As Melhores
LENDAS
MEDIEVAIS

CARMEN SEGANFREDO

A. S. FRANCHINI

As Melhores LENDAS MEDIEVAIS

L&PM FANTASY

1ª edição: outubro de 2008
Esta reimpressão: 2015

Capa: Marco Cena
Preparação: Patrícia Rocha
Revisão: Lia Cremonese

CIP-Brasil. Catalogação-na-Fonte
Sindicato Nacional dos Editores de Livros, RJ

F89m   Franchini, A. S., 1964-
          As melhores lendas medievais / A. S. Franchini e Carmen Seganfredo. –
      Porto Alegre, RS : L&PM, 2015.
      264p.

      ISBN 978-85-254-1836-4

          1. Antologias (Conto medieval). 2. Antologias (Literatura medieval).
    I. Seganfredo, Carmen, 1956-. II. Título.

08-4085.   CDD: 398.2
                     CDU: 398.21

© Carmen Seganfredo e A. S. Franchini, 2008

Todos os direitos desta edição reservados a L&PM Editores
Rua Comendador Coruja 314, loja 9 – Floresta – 90.220-180
Porto Alegre – RS – Brasil / Fone: 51.3225.5777 – Fax: 51.3221-5380

Pedidos & Depto. Comercial: vendas@lpm.com.br
Fale conosco: info@lpm.com.br
www.lpm.com.br

Impresso no Brasil
2015

SUMÁRIO

Prefácio 7
O ciclo do Rei Artur 9
O nascimento de Artur 11
   1 – Merlin e os dois dragões 11
   2 – Merlin e os dois duques 13
   3 – A espada na pedra 15
A espada do lago 18
O roubo de Excalibur 27
O teste da Távola Redonda 34
Sir Gawain e o Cavaleiro Verde 45
   1 – O desafio de natal 45
   2 – Sir Gawain e lorde Bercilak 50
   3 – A Capela Verde 60
Gareth e Lineth 64
   1 – Camelot: visite nossa cozinha 64
   2 – Gareth vai à luta 67
Balin e Balan 75
   1 – A donzela e a espada 75
   2 – A primeira façanha de Balin 78
   3 – Depois da glória, a derrota 80
   4 – A espada maldita em ação 82
   5 – A terrível profecia se realiza 88
Sir Galahad e o Santo Graal 91
   1 – O trono vazio 91
   2 – O rei mutilado 95
O martírio de Elaine 100
   1 – O encontro noturno 100
   2 – A paixão segundo Elaine 103
Lancelote e Guinevere 109
A morte de Artur 120
   1 – A gargalhada cósmica 120
   2 – O fim de tudo 126

As mil e uma noites 131

O rei Chariar e seu irmão Chazaman 133
Sherazade e o rei Chariar 140
Aladim e a lâmpada maravilhosa 145
    1 – O dorminhoco Aladim 145
    2 – Aladim e o gênio 151
    3 – Aladim e o mago 158
Ali Babá e os quarenta ladrões 163
    1 – O triste fim de Cassim 163
    2 – Morgiana e os quarenta ladrões 173

Lendas celtas 181

O pesadelo de Branwen 183
    1 – O pedido de casamento 183
    2 – O massacre dos cavalos 186
    3 – O pesadelo da rainha dos brancos seios 191
    4 – A vingança do rei gigante 196
Tristão e Isolda 203
    1 – O fragmento da espada 203
    2 – Tristão conhece Isolda 210
    3 – O filtro do amor 221
    4 – Até que a morte os una 233
Cuchulain e Emer 237
    1 – Origem do nome "Cuchulain" 237
    2 – Cuchulain e os filhos de Nechtan 238
O furto do touro de Cooley 245
    1 – A aposta mortal 245
    2 – O touro da discórdia 249
    3 – O furto e a guerra 250
O flautista de Hamelin 255

PREFÁCIO

A Idade Média, ao contrário do que se acredita, foi um dos períodos mais férteis da imaginação humana. Ela resplandeceu em todas as artes – na pintura, na música, na arquitetura e, entre tantas outras, também na literatura. Uma nova civilização fincava por toda a parte as suas raízes, modificando velhas idéias e estabelecendo uma nova forma de ver e compreender o mundo. Nesse aspecto, o espírito medieval soube estabelecer, com notável brilhantismo, um universo imaginário único e inconfundível.

Ao mesmo tempo, os autores medievais deram provas de um extraordinário poder de adaptação ao mostrarem-se capazes de absorver a cultura antiga, adequando velhos mitos à nova visão cristã de mundo. Que eles tenham sido capazes de compreender que o espírito humano é, antes de tudo, uma continuidade, costurando habilmente duas épocas e dois pensamentos, dá uma boa idéia da perspicácia destes homens.

Um dos exemplos mais notáveis desta habilidade sincrética é a do ciclo de histórias arturianas, nas quais a antiga visão pagã do mundo encaixa-se de maneira tão harmônica com a nova crença judaico-cristã que, muitas vezes, o leitor sequer se dá conta da originalíssima mescla. Poucas pessoas sabem, por exemplo, que a lenda do Santo Graal – uma das mais famosas lendas medievais de cunho cristão – é uma adaptação, para fins apologéticos, de antigas lendas celtas, onde caldeirões mágicos faziam as vezes do cálice sagrado no qual José de Arimatéia teria colhido o sangue de Cristo.

Tomamos por base deste volume um punhado dessas lendas, que são as mais representativas da época.

Procuramos também, nesta pequena seleção, estabelecer um critério um pouco diferenciado daquele que estamos habituados a ver nas coletâneas medievais tradicionais, abrindo o espectro do mundo fechado que imaginamos ter sido aquela época – outro estereótipo recorrente acerca da "Idade das Trevas" – para nela incluir um pouco da tradição pagã remanescente que permeava boa parte da cultura ocidental daqueles dias.

Nesse aspecto, o exemplo mais notável é o da mitologia celta, que atravessou a Idade Média com suas histórias, muitas vezes sem qualquer mescla de "enxertos" cristãos. Ao contrário do que acontecera em outras regiões da Europa, cristianizadas de maneira avassaladora no primeiro período medieval, a Inglaterra e, especialmente, a Irlanda e a Escócia só começaram a ser cristianizadas, de fato, a partir do século 5 d.C.

Incluímos aqui uma das lendas celtas mais famosas – a de Tristão e Isolda –, bem como a história de Branwen e duas relativas ao chamado Ciclo do Ulster, nas quais desponta a figura mítica e portentosa de Cuchulain, o herói supremo das crônicas irlandesas. Espécie de Hércules celta, Cuchulain é o campeão de todas as causas, protótipo bárbaro do cavaleiro que o ideário medieval irá popularizar, de maneira mais trabalhada, ao longo de todo o período.

Seguindo o espírito da globalização, que também estava presente na Idade Média – especialmente durante o período das Cruzadas, nas quais as idas e vindas freqüentes de guerreiros obrigavam a um intercâmbio de lendas entre o Ocidente cristão e o Oriente islâmico – incluímos, também, algumas lendas árabes das *Mil e uma noites*.

Para finalizar, recontamos a lenda do flautista de Hamelin, tipicamente medieval na sua truculência moral.

Em outro volume pretendemos dar continuidade a esta antologia, incluindo outras histórias que o tempo consagrou.

Os autores

O CICLO DO REI ARTUR

O NASCIMENTO DE ARTUR

1 – MERLIN E OS DOIS DRAGÕES

Quando a torre do castelo do rei Vortigem da Bretanha sacudiu, certo dia, até quase tudo vir abaixo, ele decidiu, muito naturalmente, saber que raios era aquilo. Depois de mandar chamar os dois magos do reino, lhes fez a seguinte indagação:
– Pelos cornos de Chemosh! O que se sucede abaixo do castelo? Que horrendos golpes e tremores são estes?
Os dois feiticeiros entreolharam-se e responderam juntos:
– São os deuses, alteza. Eles exigem um novo sacrifício.
Nem bem haviam pronunciado isto e um novo e mais poderoso golpe abalou todo o castelo, o que obrigou os dois feiticeiros a agarrarem-se ao trono com suas longas unhas afiadas.
– Outro sacrifício? – exclamou o rei, espantado. – Mas já não houve um ontem?
– São necessários sacrifícios diários, alteza.
– Desde quando?
– Desde hoje, alteza.
– Faça um novo sacrifício e estes tremores cessarão no mesmo instante – disse o outro mago.
– Só sabem dizer isso, dupla de asnos? – explodiu o rei. – Sacrifique, sacrifique!
– É a lei, majestade.
– Mas não há mais jovens virgens a sacrificar!
– É a única maneira, alteza, de o vosso castelo permanecer em pé.
– Fora, os dois! – exclamou o rei.
Então Vortigem decidiu que era hora de mudar o procedimento.
– Tragam até mim o menino Merlin – disse ele a um lacaio. – Dizem que este é um verdadeiro mago.

O menino veio e explicou tudo com notável clareza.
– Dois poderosos dragões, um vermelho e o outro branco, combatem nos confins da terra, bem abaixo do vosso castelo – disse o garoto, com a maior naturalidade.
Merlin espirrou e, antes de continuar, esfregou o nariz batatudinho com a manga do seu manto estrelado.

– Que dragões são esses? – disse o rei, ansioso.

– O dragão vermelho foi gerado por um mago bretão, enquanto o branco foi gerado por um mago saxão.

– É mesmo? E qual deles vencerá? – perguntou o rei, com a boca seca.

– O dragão vermelho derrotará o branco.

Vortigem, como bom bretão, deu um pulo de alegria do trono.

Infelizmente o semblante do menino mago continuava sério.

– Há mais alguma coisa? – balbuciou o rei, ainda em pé. – Algo ruim?

– Quando o dragão vermelho derrotar o branco, o vosso trono ruirá.

Vortigem desabou sobre o trono ainda firme.

"Vencem os bretões e perco o trono?! Mas que raio de vitória é esta?", pensou o rei, desconcertado, pois sempre achara que ele e a Bretanha fossem uma coisa só.

Mas Merlin foi além e pressagiou também o nome do sucessor de Vortigem.

– Seu sucessor se chamará Ambrosius – disse ele, sem piscar.

– Ambrosius? Quer dizer que serei sucedido por um sujeito chamado Ambrosius?

Os dois charlatães, que haviam se intrometido na audiência, riram fungado.

– E um novo mago sucederá aos dois atuais – acrescentou o menino, retirando-se respeitosamente.

– Alteza, sacrifique imediatamente este fedelho! – disse um dos magos, esbravejando.

– Sim, ele ousou pressagiar vossa destruição! – disse o outro.

Vortigem, no entanto, acreditara em cada palavra do menino-mago.

– Vossa alteza não dará crédito, por certo, às palavras de um moleque! – disse o primeiro mago.

– É um pequeno charlatão, gerado, dizem, pelo próprio diabo! – acrescentou o outro.

Vortigem chamou dois lacaios parrudos, pondo um fim à arenga dos magos.

– Atirem estes dois paspalhos no calabouço!

E foi assim que Vortigem, sem perceber, começou a dar cumprimento às profecias de Merlin. Não demorou muito e o dragão vermelho derrotou o branco e Vortigem morreu, tomando-lhe o lugar o sucessor de horrendo nome.

2 - MERLIN E OS DOIS DUQUES

Muitos anos depois, o rei Uther Pendragon, sucessor de Ambrosius, também se viu em maus lençóis, o que o obrigou a convocar o mago Merlin. Ele havia se apaixonado pela mulher do duque de Tintagel, da Cornualha. Ambos haviam se hospedado em seu castelo, mas, tão logo o duque percebera o interesse do rei, tratara de fugir com sua adorável esposa, sem sequer se despedir do seu anfitrião.

– Igraine é o nome dela! – disse o rei ao mago, com os olhos faiscantes. – Que os intestinos do ciumento miserável virem do avesso se não vai maldizer a hora que ousou desprezar a minha hospitalidade!

Ele mandara fazer uma oferta ao duque pela sua esposa, mas a embaixada fracassara miseravelmente.

– Ele prefere declarar guerra a vossa alteza do que entregar-vos a bela Igraine – dissera o emissário.

O rei, que não conseguira ficar mais enfurecido do que já estava, enviara, então, seu grande exército para sitiar o castelo de Tintagel. Só não fora ele próprio a comandar o assalto porque caíra de cama de desgosto.

– Cria bastarda de Chemosh! Com tantos duques covardes e sabujos fui ter como rival justo este bode arrogante!

A guerra estourara, mas o duque reagira soberbamente, impedindo a tomada do castelo.

Diante dessas funestas notícias, o rei gemera como uma mulher em trabalho de parto. Depois, em desespero de causa, enviara um emissário a Avalon para convocar o mago, que agora ali estava, à sua frente,

– E aí está, meu mago dileto, a que ponto cheguei por força desta paixão obsessiva! – disse o rei.

Merlin escutara tudo silenciosamente. Agora, Merlin ia falar quase no mesmo tom.

Entretanto, a busca do mago, efetuada pelo emissário, merece antes uma nota, pois alcançar Avalon, com suas fronteiras indefinidas, foi algo que lhe custara bastante trabalho.

"Onde vou encontrar um barqueiro que se aventure a me levar até esta ilha enfeitiçada?", pensara o sujeito, às margens do lago onde repousava uma certa espada que o tempo tornaria a mais famosa de todas já existentes.

Depois de arranjar ele mesmo uma barca, arrojara-se em meio às suas águas nebulosas. Mas, por mais que fixasse o horizonte, não conseguira visualizar a alta torre do castelo de Merlin, conhecida como Colina de Glastonbury.

"Dizem que o mago recua a ilha com seus feitiços ou a faz submergir quando bem entende", pensara ele, desanimado. "Hoje parece ser o dia em que a ilha está submersa, pois não vejo nem uma nesga de terra acima da água!"

De repente, porém, vira uma parte da bruma dissolver-se. Nas margens, enxergara um velho mendigo, que lhe dissera com a voz solene e catarrosa dos sábios:

– Nem sempre está tão distante o que parece invisível.

O mensageiro, porém, ignorara-o.

– Bolas, um velho doido!

– Procura o mago?

– Sim, velho tonto! Sabe onde está?

– Sou eu.

O emissário respondera com uma mesura irônica.

– Muito prazer, grande mago! Eu sou a fada Vivian!

E então o mago desaparecera.

– Maldição! Não tem senso de humor? – praguejara o emissário.

Felizmente, a mesma voz catarrosa ecoara na bruma, outra vez.

– Volte, gracioso, e diga ao seu rei que o mago Merlin irá visitá-lo quando assim decidir.

O emissário ainda vira uma gralha alçar vôo por entre as brumas e desaparecer em direção à ilha de Avalon.

Ouçamos, agora, o que disse o mago Merlin ao rei Uther Pendragon.

– Vossa majestade terá a bela Igraine. Em troca, porém, quero o filho de vossa união.

– O que fará com ele? – perguntou o rei, temendo algum sacrifício.

– Eu o criarei e educarei para ser o novo rei.

– Trato feitíssimo! – disse o rei, pulando da cama, sem qualquer resquício de desânimo.

Então o druida pediu ao rei que ficasse quieto.

– Por artes de meus encantamentos irei dar-lhe, agora, a aparência do duque da Cornualha. Logo depois iremos até a torre onde jaz a duquesa, para que sua majestade possa tê-la em seus braços.

O rei relutou um pouco em assumir o aspecto do duque rival, mas acabou aceitando. Em dois passes de mágica Uther Pendragon estava transformado no duque barrigudo.

– O verdadeiro duque irá morrer ainda hoje em batalha – afirmou Merlin. – Vossa alteza irá retornar ao castelo e passar a noite com a esposa dele, como se fora o próprio duque.

– Que os olhos de Lugh fiquem cegos se não é você o mais sábio dos druidas! – exclamou, eufórico, o rei.

– Já percebeu, caro Merlin, como a história sempre se repete? – disse o rei ao mago, enquanto viajavam em direção ao castelo de Tintagel. – Os feitos de pagãos e cristãos se misturam como grãos no celeiro! Sinto-me o próprio Davi quando mandou Urias para a morte enquanto se deitava com a mulher dele!

Ao chegar à Cornualha, tudo se deu como o mago planejara: o duque morreu em combate, e Uther apresentou-se à esposa do falecido como se fora o seu marido.

Na manhã seguinte, a doce Igraine foi informada de que o verdadeiro duque morrera no dia anterior.

– Impossível! – exclamou ela.

– Por que, grande senhora? – perguntou o mensageiro.

A duquesa, no entanto, decidira calar-se. O que não diriam se soubessem que dormira com outro homem?

– Impossível! Eu amava demais o senhor meu marido!

– Infelizmente, assim é, grande senhora. O corpo está lá fora.

Igraine reconheceu o duque e desfaleceu de raiva ao saber que ofertara seu corpo a um embusteiro.

A duquesa ocultou sua vergonha e cobriu-se de luto, como convinha a uma viúva. Após algumas semanas, descobriu que estava grávida, recebendo, no mesmo dia, uma proposta de casamento de Uther Pendragon.

– Nada mais impede que associe meu destino ao de sua majestade – disse ela.

Nove meses depois, o mago Merlin apareceu no castelo para cobrar a promessa, levando consigo o fruto daquela curiosa modalidade de adultério.

Este menino chamou-se Artur e foi entregue aos cuidados de *sir* Hector, um nobre cavaleiro da corte.

Quanto ao rei, encontrou também seu destino: encurralado por inimigos, numa das tantas guerras em que se envolveu, viu-se vítima de uma emboscada tão torpe quanto a que armara para desvencilhar-se do antigo rival.

Sem saída, só restou ao rei cravar sua espada numa pedra para evitar que seus adversários a tomassem. Merlin firmou a lâmina na rocha, por meio de artes mágicas, para impedir que fosse retirada por outro que não Artur, filho de Uther.

Assim morreu o rei Uther Pendragon, enquanto seu filho, o pequeno Artur, crescia sob a guarda de *sir* Hector e na companhia de Kay, seu irmão adotivo.

3 – A ESPADA NA PEDRA

Os anos passaram até que Merlin julgou que era chegada a hora do mundo saber que Artur era o herdeiro legítimo de Uther Pendragon. Após emergir das brumas de Avalon, seguiu em direção à corte, espalhando a boa nova.

– Um novo rei está por vir! Ele será ainda mais glorioso do que Uther jamais o foi! Que todos os nobres compareçam em frente à catedral, no dia do nascimento de Cristo, para saber quem será ele!

No dia aprazado, cristãos e pagãos foram ao local marcado, curiosos para saber do que falava o poderoso Merlin. Logo que lá chegaram, se depararam com uma espada incrustada numa pedra com os seguintes dizeres:

"Aquele que arrancar a espada da pedra será o legítimo rei da Bretanha."

— É impossível arrancá-la! – exclamavam os cavaleiros entre si, pois todos haviam tentado e fracassado.

— Esqueçam a espada – disse Merlin. – Façam um torneio no Ano-Novo e verão surgir o novo rei.

Todos se esqueceram da espada e foram, dali a alguns dias, à justa programada. Cavaleiros de todas as localidades acorreram à corte para se sagrarem vencedores.

Sir Kay, o irmão adotivo de Artur, também foi. Artur, ainda um moleque, era o seu escudeiro.

— Maldição! – exclamou Kay, de repente, no meio do caminho. – Esqueci minha espada na estalagem!

Então, voltando-se para o jovem Artur, lhe ordenou:

— Se quer ser um bom escudeiro, comece por ir buscar a minha espada.

Artur, obediente, partiu numa corrida veloz de volta à estalagem.

Ao chegar lá, porém, teve uma desagradável surpresa: a estalagem estava fechada.

— E agora? – perguntou ele, coçando o cocuruto.

Artur chamou e gritou, mas não havia ninguém. Então, dando uma volta nas redondezas para ver se encontrava o dono, chegou em frente da igreja onde estava a pedra com a espada fincada.

O garoto aproximou-se e, sem perceber a inscrição na pedra, testou o dedo na lâmina.

— Ui! – exclamou. – É mais afiada do que a espada de meu senhor!

Então, decidindo que era melhor levar aquela do que nenhuma, pegou a espada pelo cabo e retirou-a da pedra como se a removesse de uma porção de manteiga.

Artur saiu correndo de volta ao torneio com quantas pernas tinha.

Logo ao receber a espada, *sir* Kay estranhou.

— Moleque! – gritou, dando uma tapona na cabeça do escudeiro. – Esta não é a minha!

Artur admitiu que não era.

— Roubou-a, então? – disse o cavaleiro, preparando um tapa de verdade.

– Não, *sir* Kay! – gritou Artur, encolhendo-se todo. – A estalagem estava fechada e não pude trazer sua espada. Então encontrei esta outra, sem dono, cravada numa pedra.

Antes que qualquer outro pudesse compreender o que acontecera, *sir* Hector, pai adotivo de Artur, pôs-se de joelhos diante do garoto, bradando:

–Viva Artur, rei dos bretões!

Uma pequena multidão reuniu-se ao redor.

– O que o velho está dizendo? – perguntavam os curiosos, entre si.

– Está caduco! Diz que o moleque é o novo rei da Bretanha!

Um coro de risos subiu aos céus, enquanto *sir* Hector continuava a prestar vassalagem ao filho.

– Vamos voltar todos – ordenou *sir* Kay –, e você vai nos mostrar como fez.

Uma procissão de curiosos seguiu Artur, neste que foi seu primeiro triunfo real.

– Talvez a espada já estivesse frouxa de tantos tentarem – disse Kay, ao chegar, com uma ponta de inveja.

O cavaleiro tomou a espada e enterrou-a de novo na pedra.

– Ora, agora não vale mais! Ela já foi retirada e qualquer um poderá fazê-lo outra vez! – bradou alguém.

Sir Kay, porém, surdo às vozes, tentou retirar a espada novamente, mas não conseguiu.

Um novo e mais hilariante coro de risos correu de boca em boca.

Vários cavaleiros adiantaram-se, tentando obrar o feito maravilhoso. Mais de trinta suaram o topete, mas a espada voltara a estar entalada na pedra.

– Deixem o garoto tentar! – sugeriu um mendigo, que outro não era senão Merlin disfarçado.

Artur foi empurrado até a pedra, debaixo de risos.

– Por favor, alteza! – disse um debochado, fazendo uma vênia grotesca.

O escudeiro, com a consciência tranqüila dos puros, tomou a espada novamente e, com uma única mão, moveu-a outra vez, como se a retirasse de um pudim de Natal.

Desta vez todo o mundo caiu de joelhos diante do garoto.

– Viva! Viva! – bradavam, felizes, os bretões. – Artur é nosso rei!

Artur tornou-se o novo rei da Bretanha, adotando Merlin como seu conselheiro dileto – uma parceria feliz que durou até o dia em que, sem dar qualquer explicação, o mago retornou à sua verdadeira pátria, a ilha mística de Avalon.

A ESPADA DO LAGO

– Pobre cavaleiro! Que morte inútil! – disse o jovem rei Artur ao ver retornar morto, sobre o triste cavalo, o guerreiro que um dia fora seu antigo amo.

O cavalo baio avançou sobre a relva num passo macio e acabrunhado, evitando ao máximo chacoalhar a valiosa carga que trazia sem vida sobre o lombo. Em suas pupilas negras e aguadas percebia-se a vergonha, produto da nobre convicção eqüina de sentir-se o único responsável pela desventura do seu dono.

– Morto simplesmente por pretender atravessar uma floresta! – concluiu, desconsolado, o jovem rei, num tom que revelava sua pouca maturidade.

– Perdão, meu senhor: morto por desrespeitar o aviso de que quem atravessasse a floresta corria risco de vida – corrigiu-lhe Merlin, o mago, conhecedor profundo da magia que encerram as palavras.

– E desde quando alguém tem o direito de proibir o livre trânsito nas matas, senão eu próprio? – retrucou altivamente o rei.

– É isto mesmo, ninguém senão Artur tem tal direito! – exclamou uma voz exaltada que partiu dentre os cavaleiros do rei, que também observavam o triste espetáculo.

– Quem disse tal? – esbravejou o mago, afrontado em sua dignidade de sábio do grupo.

Não custou muito para que o dono da voz se destacasse.

– Eu o disse, pois também comungo da inconformidade do meu rei e senhor!

Griflet era o nome do jovem que, apesar de toda a sua altivez, sequer era cavaleiro.

– Melhor faria em cuidar do feno e das provisões, jovem estouvado – disse-lhe Merlin, azedo. – Não vê que estamos tratando, nós outros, de altas cavalarias? A ti competem, quando muito, altas cavalariças!

Um coro de risos explodiu, enquanto Griflet mordia os lábios de impotência e humilhação.

A história poderia ter terminado por aí se o jovem escudeiro não tivesse voltado a carga.

– Sagra-me cavaleiro, rei Artur, e confia-me esta missão! Asseguro-te que saberei vingar esta afronta covarde que, mais que a todos, a ti próprio envergonha!

– Mas não vai calar-se, então? – esbravejou Merlin, com as barbas brancas revoltas.

Neste instante, porém, Artur interveio na disputa.

– Deixa-o falar, mago. Nem que seja para desafogar a dor que todos sentimos.

Duas manchas róseas brotaram nas faces enrugadas do velho mentor.

– Perdão, meu jovem pupilo, mas é meu dever instruí-lo. Creia-me: este jovem não sabe o que diz. O cavaleiro desafiante da floresta deve ser um dos mais fortes e destemidos guerreiros do reino para ter derrotado o seu antigo amo. Mandar esta quase-criança desafiá-lo é o mesmo que mandá-la para a morte.

– Ao que parece o nosso bravo escudeiro também tem coragem o bastante para fazer frente a nosso ofensor – respondeu Artur. – Apesar de jovem, está preparado para qualquer desafio. Seja lá quem for o agressor, não pode ficar impune após tão covarde ataque.

Empolgado, Griflet correu até Artur, pondo-se de joelhos diante daquele rei quase tão jovem quanto ele.

– Por favor, meu senhor, permita que eu vá!

Artur conteve a custo um sorriso ao perceber que Griflet, além de ter puxado para baixo o seu elmo para ocultar a barba rala, engrossara também a voz para proferir seu último e desesperado apelo.

Após um breve momento de indecisão, Artur, num ímpeto tão juvenil e inconsiderado quanto o do jovem implorante, retirou, com decisão, a sua espada da cintura e proferiu:

– Eu o consagro cavaleiro, Griflet, para que vá até a floresta desafiar o agressor para um combate!

Um silêncio atônito se seguiu, quebrado apenas pelo estalar vigoroso de uma palmada que o desconsolado mago dera em sua própria testa.

O jovem cavaleiro pegou suas armas com quanta pressa tinha, montou em seu belo cavalo e partiu velozmente na direção da grande floresta, pronto para a primeira missão de sua vida.

Assim que Griflet adentrou a mata, deparou-se com um escudo pendurado numa das árvores. Imediatamente seu sangue ferveu: ainda montado, desferiu um golpe vigoroso de sua espada no círculo de ferro, com quanta fúria tinha, derrubando-o no ato. Este estrondoso ruído chamou logo a atenção do rigoroso guardião da floresta, que logo foi averiguar que alvoroço era aquele nos seus tranqüilos domínios.

– Quem é você, forasteiro? – esbravejou Pellinor (pois tal era o seu nome) ao ver-se diante do cavaleiro.

Pellinor, tal como supunha o sábio Merlin, era, de fato, um dos cavaleiros mais fortes e destemidos do reino, e foi com o semblante firme de sempre que escutou soar do interior do crânio de ferro abaixado de seu desafiador uma voz artificialmente enrouquecida:

— Sou Griflet, cavaleiro de Artur, e vim vingar a morte daquele que há pouco mataste!

Pellinor, porém, não se intimidou nem um pouco com essas palavras.

— Retire o elmo para que eu possa ver o seu semblante antes de fazer o mesmo com você.

Muito a contragosto, Griflet fez o que seu oponente exigira.

— Rá, rá, rá! – fez o outro. – Volte sobre seus próprios passos, moleque, pois não luto com crianças!

Griflet corou até a raiz dos cabelos, de vergonha e de fúria.

— Deixe de lado suas desculpas esfarrapadas e enfrente-me de uma vez, seu covarde! Não vê que estou aparelhado para o combate como um verdadeiro cavaleiro?

Diante dessa afronta, Pellinor montou imediatamente em seu cavalo.

— Não permitirei jamais que me chamem de covarde, nem mesmo um fedelho como você.

Ao ouvir estas palavras, Griflet baixou novamente a viseira do seu elmo.

Jamais saberemos que expressão exata desenhou-se no rosto do jovem cavaleiro assim que a viseira estalou. O certo é que, com mão lesta, Griflet puxou as rédeas, conduzindo seu cavalo até o extremo do campo, e dali esbravejou, com uma voz que não traía o menor receio:

— Estou pronto, assassino da floresta.

— Pronto para morrer? Porque é exatamente isto, garoto bobo, que irá lhe acontecer caso não reconsidere, pondo-se a cavalgar para bem longe daqui.

Griflet respondeu enristando sua lança e arremetendo numa investida tão veloz quanto imprevista.

— Por Cristo e Artur! – bradou ele, a caminho da glória, seja na vida ou seja na morte.

Pellinor, pego de surpresa diante do arremesso do seu desafiante, teve de esporear às pressas seu cavalo. Mas este, animal acostumado aos imprevistos, logo adquiriu a presteza que a mão do seu dono exigia.

Logo, os dois cavaleiros avançavam a igual velocidade, fendendo os ares sob o troar das patas velozes das montarias. Tudo foi tão rápido, na verdade, que a última coisa que o jovem desafiante viu antes da explosão de dor foi o sol arrancando reflexos do reluzente raio prateado que seu rival apontava bem na sua direção. Quando o raio finalmente o atingiu, rasgando-lhe o flanco esquerdo, Griflet caiu sobre o solo, rodando alguns metros pelo verdejante prado. Atrás de si brilhava o rastro do seu sangue, quase tão reluzente quanto o da lança que o abatera.

Pellinor, já desmontado, caminhou calmamente até onde o inimigo prostrado ainda arquejava. Com um único braço suspendeu o corpo do jovem e colocou-o de bruços sobre a sela do cavalo.

– Se chegar vivo diga ao seu rei que não envie mais crianças para lutar em seu lugar.

Em seu rosto de triunfador não havia traço algum de rancor, pois assim mandava o nobre espírito marcial daqueles dias.

Assim que viu Griflet retornar quase morto, colocado sobre a sela da mesma maneira que seu antigo amo e senhor, Artur ficou pálido como a neve.

– Vejam todos! – bradou Merlin. – Aí está o produto dos rompantes juvenis!

Artur acercou-se do cavalo e de seu lastimável ocupante.

– E então, meu bravo e leal combatente? – perguntou ele, com uma boa dose de remorso.

Griflet cerrou os olhos, sem coragem para repetir o recado infamante de seu triunfador.

– Se chegar a curar-se deste ferimento feio – disse Merlin, rompendo o silêncio –, será com novo gosto que voltará a escovar o pêlo dos seus velhos amigos na estrebaria.

Porém, dessa vez, ninguém riu do seu gracejo. Ao procurar Artur, o mago teve, então, outro espanto.

– Poções e malefícios! Mas aonde pensa que vai, meu senhor? – indagou o velho, sem crer no que via.

Artur, montado em seu cavalo, de armadura posta e elmo cerrado, tal como fizera o desastrado jovem antes de partir para o seu infeliz embate, já desaparecia velozmente na névoa densa da floresta.

Desta vez não uma, mas três sonoras palmadas estalaram na testa coberta de vergões do velho mentor.

Com sua identidade velada pelo elmo abaixado, Artur cavalgou até adentrar a floresta onde Pellinor continuava a desfrutar da condição de rei e soberano. Apesar da bruma que ainda errava por entre os grossos carvalhos, o jovem rei pôde ver, como numa trilha infeliz, as manchas secas do sangue de Griflet.

– Pobre jovem! – exclamou ele, como se fosse um velho e experiente campeador.

Artur conduziu seu cavalo mais para o interior da mata até deparar-se finalmente com *sir* Pellinor sentado tranqüilamente em frente à sua tenda.

– Aí está você, seu poltrão! – esbravejou Artur ao ver o adversário a limpar calmamente a sua lança.

Um suspiro de enfado escapou dos lábios de Pellinor.

– Mais um para aborrecer-me? – disse ele, sem erguer os olhos.

– Vamos, rufião.. Levante e lute!

— Quem é desta vez? Espero que seja o próprio Artur, pois não estou mais disposto a enfrentar seus escudeiros inexperientes.

— Que lhe importa quem seja? Não basta saber que o desafio?

Provocado outra vez, Pellinor reagiu como sempre: num pulo pôs-se em pé, de lança em punho.

— Que assim seja. Tantos haverei de matar que, cedo ou tarde, bater-me-ei com o próprio Artur.

Montando em seu cavalo, Pellinor rumou novamente para a clareira onde derrotara os dois adversários anteriores. Artur, sem jamais revelar a sua identidade, fez o mesmo.

"Aqui começa ou termina a minha carreira heróica", pensou o jovem rei, enristando sua lança.

Os dois bravos e anônimos cavaleiros arremessaram-se um contra o outro, sentindo o vento gelado penetrar por cada fresta de suas armaduras. De novo aquela sensação deliciosa, misto de temor e audácia, percorria cada nervo e tendão de seus corpos. Uma sensação que somente um desafio feito à própria morte — pois a quem, afinal, lançavam estes homens de ferro os seus viris desafios, por todo o Ocidente, em seus torneios e justas? — poderia proporcionar.

Os desafiantes alcançaram-se, finalmente, produzindo um choque tão selvagem que ambas as lanças partiram-se ao mesmo tempo. Artur regozijou-se ao descobrir-se vivo e inteiro; Pellinor, por sua vez, pasmava por não obter uma vitória tão fácil quanto as anteriores.

— Bravo! Parece que desta vez tenho um rival à altura! – disse ele, incapaz de ocultar a admiração por um grande adversário quando o tinha pela frente.

Artur curvou discretamente a cabeça. Agora tinha a certeza de estar duelando não mais com um reles vilão das florestas, mas com um verdadeiro cavaleiro. Um cavaleiro infinitamente mais experiente do que ele e que agora, para sua surpresa ainda maior, punha-se a elogiá-lo.

Instantaneamente, Artur sentiu brotar em seu coração juvenil a flor vistosa e inebriante da vaidade – e isto definiu, para o bem ou para o mal, todo o restante do combate.

Com as lanças inutilizadas, Artur e Pellinor apossaram-se de suas reluzentes espadas. Encerrado o breve capítulo das cortesias, ambos retornaram à luta com a mesma ferocidade de antes.

Os golpes sucediam-se numa velocidade vertiginosa. Pellinor, mais experiente, desferiu a maior parte deles. Porém, como sempre acontece quando uma das partes é visivelmente inferior à outra, cada golpe feliz de Artur causava impressão muito mais forte do que a produzida por dez ou vinte botes felizes do outro. Ao receber um golpe que lhe arrancou parte da proteção da coxa direita, deixando-a nua e exposta, Pellinor perdeu por um momento a compostura e bradou, sarcástico, ao adversário:

– Comemore sua pequena façanha, pois esta será toda a sua vitória!

Artur não pôde deixar de sorrir por debaixo do elmo ao ver alvejar aquele pedaço de carne branca como a coxa de uma donzela por entre o metal escuro da armadura.

Bem cedo, porém, acabaram-se para Artur os motivos para riso. Irado pela desfeita sofrida, Pellinor descarregou sobre o desafiante uma tal chuva de golpes que logo o corpo de Artur cobriu-se de hematomas e de sangue por debaixo da armadura.

– Maldito! – esbravejou o jovem rei, respondendo com um golpe tão feroz que sua espada partiu-se em mil pedaços contra a armadura do adversário.

Pellinor, sabendo-se, então, senhor da situação, arremessou um chute poderoso ao peito do rival. Artur caiu de costas, ferido e desamparado. Antes que pudesse esboçar qualquer reação sentiu a ponta da espada comprimida contra a sua garganta. Pellinor recuou por um instante a lâmina e disse placidamente:

– Retire o elmo. Quero ver seu rosto antes de matá-lo.

Artur descobriu a cabeça, tentando dar ao seu último gesto terreno o máximo de dignidade.

– Aí está! Outro moleque! – disse Pellinor, enfadado por mais uma vitória irrelevante. – Vamos, diga logo quem é!

Antes, porém, que Artur o fizesse, uma voz exausta e catarrosa, surgida por entre as árvores, poupou-lhe o trabalho:

– Pare, *sir* Pellinor! Não mate Artur, rei seu e meu e de toda a Bretanha!

Paralisado pela surpresa, Pellinor esteve algum tempo a observar o velho ofegante, que, para melhor correr, arrepanhara seu manto até quase a cintura. Outra coxa ridiculamente branca a alvejar!

– A mim pouco importa que seja rei da Bretanha ou de toda a Terra! – disse ele, voltando os olhos para o inimigo abatido. – Se é, de fato, rei, tanto pior para mim se não der cabo de uma vez da sua vida!

Pellinor fez como antes, retrocedendo um pouco a espada para desfechar o golpe fatal. Desta vez, porém, não foi a surpresa que paralisou seu braço, mas um encantamento certeiro do mago.

– Cadinhos e retortas! – exclamou o velho, com a mão erguida. – Quer desencadear a desgraça sobre toda a Bretanha?

Sim, Pellinor parecia querer a desgraça de toda a Bretanha, pois sua espada continuava a vibrar ao alto na tentativa de descer sobre o pescoço de Artur.

Exausto de manter a mão erguida, Merlin preferiu desacordar o enfurecido cavaleiro com um novo e mais poderoso passe de mágica.

Pellinor tombou sobre a relva como um boneco de lata, mas sem jamais largar a espada assassina.

— Lamento muito o que aconteceu, Merlin – disse Artur, acabrunhado, erguendo-se a custo do chão.

Ao ver Pellinor caído numa piscina de sangue, o jovem rei julgou que o mago o fulminara.

— Sinto também pela morte de Pellinor, pois era um valente cavaleiro.

— Tranqüilize-se, meu senhor – suspirou o mago, com enfado. – Esta teimosa e irascível criatura continua tão viva como nós.

Imediatamente o mago pôs-se a despir Artur da sua opressiva vestimenta de ferro.

— Vejamos como está isto – disse ele, desmontando peça por peça a armadura até deixar Artur nu como uma ovelha no dia da tosa.

— Mal sobre mal! – resmungou o velho, observando as feridas, enquanto sacava da sua bolsa herbanária um maço de ervas frescas. Após umedecê-las com sucessivas e vigorosas cuspidas, Merlin pôs-se pacientemente a fazer um bolo nojento daquilo tudo na palma enrugada das suas mãos. Ao mesmo tempo, repetia como num mantra xamânico, o seu refrão, agora levemente alterado:

— Bem sobre mal... bem sobre mal...

Assim que terminou de pensar as feridas do rei, Merlin, talvez ainda sob o efeito do seu transe curativo, viu-se assaltado por um acesso profético. Seus olhos, postos agora sobre Pellinor abatido, pareciam enxergar coisas sublimes e grandiosas.

— Acredite, Artur: num futuro próximo *sir* Pellinor habitará Camelot e, assim como seus dois filhos, Percival e Tor, será um de seus mais bravos campeões.[1]

Artur pareceu agradado da idéia. Sem guardar mais rancor algum do adversário, fez com que Merlin o acordasse e convidou-o a fazer parte de sua corte. Pellinor aceitou, pois, como todo cavaleiro digno do nome, estava cansado de duelar a esmo, sem ter um senhor a servir.

— Pode ter a certeza de que encontrou o melhor de todos, sire – disse Merlin, satisfeito.

Assim, cavalgaram os três de volta a Camelot, até que, no caminho, Artur fez todos pararem.

— Alto! Só agora dou-me conta de que estou sem nenhuma espada!

Ao contrário de Artur, porém, Merlin não manifestou o menor sinal de surpresa.

— Não se preocupe – afirmou ele, serenamente. – Assim que retornarmos a Camelot daremos início à busca da espada mais importante que já existiu: a espada Excalibur.

Artur gostou tanto do nome que não hesitou um instante em desejá-la.

---

1. Camelot era o nome do palácio onde Artur vivia e palco dos encontros memoráveis dos cavaleiros da Távola Redonda.

– Excalibur! Excalibur! – repetiu durante todo o restante do trajeto.

Assim que chegaram a Camelot, Artur e Merlin partiram outra vez para efetuar a sua busca. Cavalgaram muitas milhas debaixo de uma cortina cerrada de chuva até entrarem numa floresta envolta pelas brumas. Artur ia um tanto receoso, nada confiante da espada que tomara em substituição à primeira.

Após atravessarem um emaranhado de carvalhos, o rei e seu velho mentor chegaram finalmente à beira de um grande lago esverdeado.

– Eis a morada da espada! – disse o mago, desmontando e aproximando-se das suas margens.

– Aqui?! – exclamou Artur, após agachar-se e espanejar a superfície da água, recoberta de uma grossa camada de limo. – Mas só vejo peixes e plantas!

Merlin lançou o gemido clássico dos velhos antes de desabar sobre a relva.

– Há muito mais neste lago, meu jovem, do que plantas e peixes.

Ao redor, os troncos nus das árvores reluziam da água incessante das chuvas, expondo até mesmo as suas retorcidas raízes. As flores d'água, únicas a vicejarem no inverno, espalhavam-se por sobre a camada superficial de limo, dando um tom lilás e azulado de sonho ao tapete esverdeado do lago.

Então o céu escureceu subitamente. Um vento repentino começou a encrespar as águas antes pacíficas, fazendo o tapete de limo mover-se em ondas cada vez mais revoltas. Quando somente a luz dos relâmpagos tornava algo discernível, surgiu de dentro do lago a ponta de uma lâmina faiscante.

Artur pôs-se em pé, com sua espada substituta na mão.

A lâmina surgiu, prateada como a de um verdadeiro raio, e foi subindo até revelar seus copos dourados. Mas o verdadeiro espanto se fez quando, empunhando a espada, surgiu a mão e o restante do corpo de uma dama de longos e dourados cabelos.

– Desfrute agora, meu senhor, de um privilégio de poucos – disse-lhe Merlin.

Artur, que já não tinha mais nada nas mãos, não sabia o que mais admirar, se a donzela ou a espada.

– Quem é ela? – perguntou o jovem rei.
– A Dama do Lago – respondeu o mago.

Os olhos negros da dama, que até então mantinham-se cerrados, abriram-se como dois pequenos poços em meio ao verde infinito das águas. Antes que qualquer outra palavra pudesse ser dita pelos visitantes, a doce mulher entreabriu seus lábios pálidos, e foi como uma seráfica melodia o som que deles partiu.

– Há muito tempo o esperava, rei dos bretões, para lhe fazer a entrega do que lhe compete.

A Dama aproximou-se da margem e estendeu a espada ao rei.

– Ela lhe dará poder e glória – afirmou ela. – O preço desta dádiva que ora lhe faço será apenas o de atender um pedido que lhe farei no futuro.

– Pedido? – balbuciou o rei. – Que pedido?

– Ao seu tempo o saberás.

Artur não desgrudava os olhos da espada, sentindo já em sua mão o cabo finamente lavrado.

– Sim, sim, eu prometo!

Tão logo disse estas palavras, a Dama estendeu-lhe o cobiçado objeto.

– Excalibur é sua.

Artur maravilhou-se com a espada, pondo-se logo a tomar o seu peso.

– Veja, Merlin! É a espada mais perfeita que já segurei! – exclamou ele, incrédulo. – Posso sentir a ponta da sua lâmina como se fosse a extremidade do meu próprio braço!

Merlin, entretanto, disse-lhe apenas isto:

– Esqueceu, meu senhor, de pegar a bainha.

Só então Artur percebeu que a Dama do Lago trazia na outra mão a bainha, um invólucro quase tão deslumbrante como a própria espada.

Artur apanhou o objeto com igual reverência e pôs-se a admirá-lo também quando escutou o ruído de algo que submergia: era a Dama do Lago que desaparecia, engolida pelas esverdeadas águas.

Agora Artur tinha a certeza de que era o único dono de Excalibur.

– Minha, só minha! – disse Artur, vibrando a arma contra inimigos imaginários.

Então a voz imperturbável de Merlin cortou mais uma vez seu entusiasmo:

– O que considera mais valioso, meu rei: Excalibur ou a sua bainha?

Artur voltou os olhos para o mago, na pose, ainda, de um duelista.

– Que pergunta! Excalibur, é claro! Nada pode valer mais neste mundo!

– Pois digo-lhe que está redondamente enganado.

Artur voltou à posição normal, deixando pender a espada.

– É a bainha o mais importante – explicou o mago. – Ela vale mais do que mil espadas, pois quem a usar não perderá jamais uma gota do seu sangue, a despeito de qualquer ferimento. Não esqueça nunca disso e conserve-a sempre em seu poder.

E foi assim que Artur tomou posse da arma mais famosa do mundo: a espada Excalibur.

O ROUBO DE EXCALIBUR

Artur já era rei da Bretanha quando recebeu, certo dia, a visita da irmã Morgana, habitante de Avalon.

– Morgana, você por aqui! – disse o rei, surpreso em vê-la no seu castelo de Camelot.

Mais surpreso ficara, ainda, ao ver a enorme pantera negra que ela trazia numa coleira de prata.

– Como vai, caríssimo irmão? – perguntou a feiticeira de olhos negros como o pêlo reluzente do felino.

Os cavaleiros da Távola ergueram-se em sinal de respeito, embora suas mãos estivessem pousadas preventivamente sobre o punho das suas espadas. Os gatos arrepiavam o pêlo e arreganhavam os dentes à medida que a bela mas sinistra dama avançava juntamente com seu espantoso animal de estimação.

Guinevere, a rainha, apertava entre os dedos o crucifixo, profundamente desgostosa da visita da cunhada feiticeira.

"Cunhados e feiticeiras: seguramente, duas criações do diabo!", pensava ela, entre as palavras de esconjuro.

"Bela e jovem como sempre!", pensava Artur, por sua vez. "Parece ainda a mesma menina que andava a catar ervas medicinais e doces frutas pelos bosques!"

– Ervas para poções e frutas venenosas – corrigiu a feiticeira, aproximando-se do trono para o beija-mão.

Enquanto ela fazia isto, a pantera rosnou ameaçadoramente, atraindo a atenção dos cavaleiros.

Ao inclinar-se, Morgana lançou uma nuvem invisível sobre a espada e a bainha mágica que estavam colocadas ao lado do trono. Graças a isto pôde apoderar-se de ambas sem ser percebida.

– Muito bem, o que deseja, caríssima irmã? – disse o rei, vagamente desconfortável.

– Neste momento, nada mais desejo, ilustríssimo irmão – respondeu a feiticeira, voltando-lhe as costas e desaparecendo no mesmo passo firme e ritmado com o qual entrara.

No lugar da pantera lustrosa restara apenas um gato preto de olhos esmeraldinos.

Ninguém entendeu coisa alguma, até que Lancelote deu um grito:

– A espada, alteza...!

Artur deu um pulo, imaginando, por uma fração de segundos, que uma espada qualquer descia sobre si.

– Excalibur! Ela desapareceu!

Só então o rei e todos os demais compreenderam o ardil de Morgana.

– A bruxa levou sua espada! – exclamou Guinevere, quase triunfante. – Eu sabia que boa coisa ela não veio fazer!

– E também a bainha mágica! – disse *sir* Gawain.

Imediatamente os cavaleiros ergueram-se de seus assentos e saíram em busca da espada de Artur.

Após baterem os pântanos e charnecas de toda a Bretanha em busca de informações, retornaram com pouca coisa além das visagens do povo supersticioso.

– Alguns camponeses juram tê-la visto adentrar o pântano que margeia o lago de Avalon – contou *sir* Boors.

– E por que duvida? Ela não vive em Avalon? – exclamou o rei, enfurecido.

Logo a irmandade da Távola Redonda em peso adentrava o fétido e encharcado solo que rodeava o lago misterioso, que era uma espécie de portal dimensional para o universo mágico do Reino das Brumas.

– Já era hora destas coisinhas lindas mudarem de dono! – exclamou Morgana, admirando a faiscante lâmina da mais famosa das espadas, enquanto a bainha descansava em sua cintura delgada.

Apesar de mulher, Morgana conseguia esgrimir facilmente a espada, que se tornara levíssima em suas mãos. (Excalibur fora confeccionada em Avalon com um metal mágico capaz de ajustar perfeitamente o peso da espada ao da mão que a manuseava.)

– Agora, de posse destas duas relíquias, estarei apta a superar a Dama do Lago, tornando-me a Dama do Mundo! – dizia ela, a bailar sonhadoramente. – Se Artur, sem filiação sobrenatural alguma, foi capaz de se tornar rei da Bretanha com elas, o que não acontecerá comigo, maga poderosa, capaz de rivalizar com o próprio Merlin?

Num acesso báquico, Morgana desfez-se do manto, ficando vestida apenas com a bainha.

– Ó espada, toda feita de lua! A ti ofereço esta dança, lúbrica e nua!

A feiticeira, delirante e despida, movia-se sob a lua, a esgrimir freneticamente a sua Excalibur. Ao passar o frio metal sobre a pele alvíssima de inimiga do sol, sentiu um arrepio delicioso eriçar-lhe cada um dos seus poros, e um gemido agudo preencheu o espaço, despertando do seu sono toda a natureza.

Sobre o chão, sua capa de pele descansava ao lado da grande pantera negra.

Morgana jazia deitada, agora, com a espada entre ela e a negra pantera. Seus dedos acariciavam a cabeça do animal, que subitamente arregalara os olhos esverdeados.

– O que foi, bichaninha? – disse ela, suspendendo a cabeça.

Morgana afastou das orelhas os negros e longos cabelos, que lhe desciam pelo corpo como um manto reluzente.

– Intrusos! – sibilou ela, com ódio na alma.

Oh, como abominava estas três sílabas!

"Vai acabar o meu império implícito!", pensou, desgostosa, pondo-se em pé.

Então, após fazer uso de sua segunda visão, divisou os emissários do irmão.

– São as crianças de Artur – disse ela, com desprezo.

Só que, entre eles, também estava Artur em pessoa.

Os cavaleiros avançavam, maldizendo cada passo que davam naquela sinistra região. Apenas o rei parecia possuído de um misto de repulsa e atração; afinal, aquela era a morada da sua irmã (ou, melhor dizendo, as suas cercanias).

Avalon estava, de alguma maneira, no seu sangue. Ele sentia fazer parte daquilo tudo, de alguma maneira, e tinha a certeza interior de que um dia haveria de ir viver ali para sempre.

"Avalon é meu verdadeiro reino, e não a Bretanha", pensava, a cavalgar por entre as brumas.

Por diversas vezes Artur foi retirado de seus pensamentos pelos alertas falsos de seus homens.

– Irra! Era apenas o reflexo da bruxa numa poça d'água!

Artur sorriu disfarçadamente. Era Morgana, decerto, a divertir-se com eles.

Pela mente de Artur voltaram os dias antigos, nos quais os dois brincavam de esconder pelas matas recobertas de bruma – a mesma bruma que agora a ocultava, porém num jogo muito mais sério.

Foi então que Morgana surgiu abruptamente diante do seu cavalo. Nua e com o corpo recoberto de talhos provocados pela espada..

"Então, a bainha não protegia a todos de perder sangue, mas somente a ele, o rei dos bretões?", ainda se perguntou, absurdamente, Artur. "Ou a bainha, não protegia das cutiladas da própria espada Excalibur, ou, ainda, a bainha não protegia quem a houvesse tomado por pilhagem?"

Tudo era enigmático e desarmante quando se tratava da feiticeira, sua irmã. A verdade é que ela parecia haver se espojado no próprio sangue, como uma bruxa presa de um delírio noturno, naquilo que os cristãos chamavam de sabá e os pagãos de "A Noite de Walpurgis".

Por uma fração de segundos Artur teve a certeza de que Morgana iria matá-lo com sua própria espada.

Felizmente, Artur se enganara. Ele puxara os freios do seu cavalo com tanta força que arrancara um relincho de dor do animal. Mas o bicho estava tão assustado que, mesmo assim, disparou floresta adentro.

– O que está fazendo, maldito? Pare! Pare! – gritava Artur, impotente, sem conseguir controlar o corcel.

Galopando selvagemente pelo lamaçal, o cavalo espirrava lodo e rãs esmagadas para todos os lados, enquanto Artur tentava inutilmente pôr um fim à cavalgada macabra: as rédeas haviam sido arrancadas de suas mãos e estavam agora nas mãos da irmã que, nua e descabelada, corria – ou, antes, voava – à sua frente. Parecia uma demônia decidida a arrastar sua presa até as profundezas do próprio covil, para ali destroçá-la impiedosamente.

Quando a louca fuga se encerrou, Artur já deixara, há muito, de escutar as vozes dos seus cavaleiros.

Morgana também desaparecera, e ele não fazia a menor idéia de onde estava.

O fedor do lugar era tão insuportável que até o cavalo protestava, espirrando e escoiceando.

– Como Morgana consegue viver neste lugar nauseabundo?

Então, lá adiante, enxergou outra vez a feiticeira. Com as mãos ela afastara a mortalha negra dos cabelos para trás do rosto, revelando totalmente a sua nudez alva lambuzada de sangue. Apesar da distância, Artur pôde ver perfeitamente desenhadas a forma triangular do seu púbis e a orla negra e redonda dos seus mamilos.

– Morgana, volte a si e pare com isto! – disse ele, imperativamente.

Uma risada insana escapou dos lábios rubros da bruxa, tingidos do seu próprio sangue, antes que ela voltasse a correr, agora sozinha.

Artur esporeou seu massacrado cavalo e saiu em seu encalço.

"Ágil como sempre", pensou ele, enquanto seus cabelos esvoaçavam. "Veloz como se estivesse sempre atrasada para o mais inadiável dos encontros. Leve como a gralha, voando baixo o suficiente para não ser apanhada pelos predadores do céu, e alto o bastante para não ser apanhada pelos animais peçonhentos da terra."

Artur estava com sua couraça reforçada, mas sabia que nada poderia protegê-lo dos sortilégios da irmã, uma vez que a única coisa capaz disso – a bainha mágica – estava em poder de Morgana.

Mas a possibilidade da morte não o assustava, de fato.

"Morrer pelas mãos de Morgana, afinal, não seria a pior das mortes", pensou aquele que um dia haveria de morrer por outras e muito menos desejadas mãos.

A certa altura, Artur, sempre a perseguir Morgana, viu-a transpor um rio de águas turbilhonantes e repleto de vapores negros e sulfurosos, num salto leve e alto, digno de uma felina.

Artur, sem tempo para frear o corcel, esporeou-o, acrescentando um urro louco e desesperado.

O cavalo, porém, exausto e aterrorizado, não conseguiu alcançar a outra margem, caindo dentro do rio.

Artur achou que morreria cozido junto com a montaria, mas descobriu em seguida que o rio transformara-se num charco de areia movediça. O corcel se debateu loucamente, apressando a submersão sua e de seu cavaleiro.

Parecia que uma garra invisível puxava o cavalo para baixo, lenta mas irredutivelmente.

O cavalo já estava quase inteiramente submerso, restando apenas a sua cabeça que ele alçara para fora do charco engolfante. Seus olhos negros e aterrorizados pareciam prestes a cair-lhe das órbitas, como dois ovos negros, enquanto seu relincho selvagem atroava os ares.

Do outro lado do charco Morgana, nua e dilacerada, assistia a tudo, impassível.

Então a sua voz rouca e rascante apunhalou a noite:
– Venha lutar, rei dos bretões!
Na sua mão pendia Excalibur, prateada e faiscante como uma espada recém extraída da grande forja da lua.
– Por que despe desta maneira seu corpo e sua alma? – disse Artur, ainda sobre o charco.
– Quieto! – rugiu a megera. – Estou em meus domínios, aqui sou a soberana! Saque a sua espada e lute pela posse de Excalibur como um verdadeiro guerreiro. Vamos ver se o rei está mesmo crescido!
Morgana guinchou loucamente.
– Desta vez, garoto-escudeiro, terá de tirar a espada de minhas mãos, e não de uma simples pedrinha!
Uma revoada de corujas e gralhas ergueu vôo, passando por sobre a cabeça de Artur, indo depois tingir o grande holofote prateado da lua com milhares de pontos negros e moventes.
Mais um pouco e a lua desapareceu sob o sinistro eclipse, mergulhando a Terra na mais absoluta treva.

— Retire-me daqui! — disse Artur, com a máxima dignidade possível. — Como espera que lute imobilizado?

Morgana gargalhou tão loucamente que seus seios esbatiam-se um contra o outro.

— Que reizinho fajuto é este? — perguntou ela, ao fim do acesso. — Não pode sair por si mesmo?

Então, com um gesto da espada, fez com que Artur e o cavalo fossem catapultados do charco, indo cair quase a seus pés. Artur reergueu-se, atordoado, enquanto o cavalo, em estado de choque, permanecia estirado.

— Acabou, Morgana! — disse ele, voltando a si. — Devolva a espada e volte à razão!

— Jamais! Uma espada com tal poder não pode ficar nas mãos de uma irmandade patética de eunucos hipócritas!

— Morgana, você está fora de si! Está num estado lamentável e ignóbil!

A feiticeira deu outra gargalhada espectral.

— Quer que Excalibur volte a exercer a função degradante de protetor de donzelinhas devassas, não é? É isto, meu irmão? Sabe tão bem qual é o preço cobrado pela vara dos seus porcos para salvar cada donzelinha!

Morgana fez um gesto tão indizível com a espada que Artur virou o rosto, horrorizado.

— BASTA, MORGANA! — exclamou o rei, subitamente colérico, retirando a espada da bainha, pronto a duelar.

Morgana suspendeu a espada, mostrando-a ao irmão.

— Vou criar com isto um exército de verdadeiras donzelas! Donzelas noturnas, ferozes e implacáveis, que jamais tornarão a precisar da sórdida proteção da sua súcia de devassos travestidos de campeões da pureza!

— Pela última vez, Morgana, deixe de proferir asneiras e devolva-me Excalibur!

— Se quer a espada de volta, rei Artur, lute por ela!

Então, antes que Artur pudesse dizer ou fazer qualquer coisa, ela mesma arremessou o primeiro golpe.

Num gesto de puro reflexo, Artur desviou-se do golpe de sua própria espada Excalibur, sendo atingido apenas de raspão no ombro. Como estava sem sua bainha mágica, pela primeira vez Artur sangrou.

— Louca! Ousa atentar contra a vida do seu próprio irmão?

Morgana preparava-se para lançar o segundo golpe quando Artur recolocou sua espada na bainha.

— Muito bem, Morgana das fadas, mostrarei que sou capaz não só de viver, mas também de morrer por meus valores. Não lutarei com você, pois, além de mulher, é também minha irmã.

– Seus homens valorosos e corajosos estão aqui para matar-me! Faça isto, também, se puder, e abandone de vez a sua hipocrisia!

– Já disse, não vou lutar – disse ele, arremessando a espada no charco, onde ela afundou em segundos. – Meus cavaleiros afirmam que minha própria irmã conspira contra mim e que deseja sem cessar a minha ruína. São mais fiéis a mim, portanto, do que você! Isto sempre me surpreende, apesar de todos os avisos. Eu duvido e hei de sempre duvidar, mesmo que meus olhos se escancarem ante a mais repugnante realidade.

Então Morgana finalmente cedeu e, por alguns instantes, a vergonha inundou seu coração.

– Vá embora e leve consigo o seu infeliz exército de ex-combatentes. Nenhum deles haverá de sobrar, de qualquer modo, no fim de tudo.

– O que quer dizer com isto?

– São coisas futuras – resmoneou a feiticeira. – Muito sangue descerá de todos os corpos, inclusive do seu, antes que você retorne para Avalon e possamos, enfim, estar reconciliados.

– Por que não o fazemos agora? – disse o rei.

– Não, não deve ser assim.

– Lutar! Lutar! Lutar! Quem disse que eu quero apenas isso?

Morgana, vencida, entregou a espada a Artur, depositando-lhe nos lábios um beijo inesperado e manchado de sangue.

– Espero que um dia possamos voltar a correr outra vez nos bosques que já existiram aqui – afirmou Artur.

Morgana sorriu enigmaticamente.

– Sim, Artur, voltaremos a fazer isto.

Então, num último gesto de desafio – ou, quem sabe, para apressar o reencontro –, Morgana lançou no charco a bainha mágica, que desapareceu em segundos.

Desde então, Artur passou a estar vulnerável.

O TESTE DA TÁVOLA REDONDA

Após receber de presente de casamento do rei Leodgranz a Távola Redonda, o rei Artur chamou os seus melhores cavaleiros para sentarem-se em volta dela. Depois de passar os olhos azuis pelo grande anel daquela que viria a ser a maior irmandade de todos os tempos, disse num tom digno e austero:

– Meus nobres irmãos de armas. Esta é nossa primeira reunião, e outro não poderia ser o seu assunto senão o juramento que espero ouvir da boca de cada um de vós.

Um silêncio repentino desceu sobre a famosa Távola, quebrado apenas pelo arrulhar das pombas que, do alto dos caibros do teto, permaneciam alheias à solenidade do momento.

– Exijo de todos vós o juramento de que vossas espadas estarão sempre prontas a tomar a defesa dos mais fracos e, principalmente, das damas aflitas.

Merlin, o mago, também estava entre o grupo seleto dos cavaleiros. Seu semblante parecia ainda mais austero do que o do próprio rei.

– Sua majestade deve saber que juramentos não são feitos de meras palavras vãs – alertou o velho.

Artur voltou os olhos na direção do mago. Havia neles um brilho de surpresa e alguma ironia.

– Decerto que sei, caro Merlin. No leito das rameiras é que se escutam promessas vãs. Mas, diga-me: estamos, porventura, em um?

Um coro de risos espocou por toda a roda. Merlin, contudo, tornou-se ainda mais grave.

– Perdão, majestade, mas juramentos precedidos de risos podem redundar em compromissos sérios?

Alguns resmungos mal-humorados fizeram-se ouvir.

– Mas o que quer o velho, afinal? Estragar a festa?

Um traço de impaciência também franzia a testa do rei.

– Diga logo, meu bom amigo, a causa das suas prevenções.

– Já o disse, meu senhor. Afirmo que nem todos os que estão sentados ao redor desta mesa são capazes, ainda, de compreender a importância deste juramento.

Artur passou em revista os rostos dos seus convivas e viu, dolorosamente, na expressão imatura da maioria, a confirmação constrangedora das palavras do sábio.

– Protesto! – disse *sir* Pellinor, erguendo-se bruscamente do assento. – De minha parte afirmo conhecer, em todos os termos, a importância deste voto! Não é de hoje que pratico desagravos por toda a Bretanha!

Seus olhos faiscavam na direção do mago, pois o vinho fizera-o sentir-se o alvo principal da crítica.

– Sente-se, meu caro – disse Artur, num tom comedido, mas firme.

Pellinor obedeceu, porém sem desgrudar os olhos do velho, que permanecia impassível.

– É preciso que sua majestade faça todos compreenderem a importância deste juramento – insistiu o velho.

Então, outras vozes, não menos alteradas, ergueram-se no salão. Todos os cavaleiros sentiam-se ofendidos pelo péssimo julgamento do mago.

– O que podem saber velhos de mantos estrelados acerca de juramentos da cavalaria? – esbravejou alguém.

"Uma balbúrdia!", pensou Artur, alarmado. "Então é deste jeito que a Távola Redonda haverá de principiar?"

O rei tentou restabelecer inutilmente a ordem e já via a hora em que as espadas iam retinir quando, para seu espanto maior, viu irromper pela janela ogival do salão, num salto inacreditável, um enorme cervo branco.

Artur esfregou os olhos ao ver a criatura alva e selvagem avançar velozmente do fundo do salão na direção da Távola, levando atrás de si um cão de caça tão branco como ele.

Por Uther Pendragon! Agora era a arruaça total!

Fugindo de seu perseguidor, o cervo branco irrompera pela janela como num último recurso para a sua salvação. Após realizar um salto espetacular sobre a Távola onde o rei e seus cavaleiros até há pouco altercavam, o apavorado animal continuou em sua fuga, deixando atrás de si um rastro de copos e talheres virados.

Em poucos segundos, o salão de Camelot convertera-se no picadeiro de um verdadeiro circo.

Então, passado o susto, outro coro prodigioso de risos explodiu entre os cavaleiros novatos.

"Que espetáculo!", pensavam todos, deliciados. Então era desta maneira esfuziante que se passavam os festins na corte? Pelas cordas do alaúde se alguém jamais esqueceria aquilo!

O cervo, enquanto isto, alcançara o pátio interno do castelo. Atrás dele seguiam todos, inclusive Artur e o mago.

Nem bem chegaram e tiveram nova surpresa, ao verem adentrar os portões do castelo uma magnífica dama, montada num corcel branco.

– Senhor, este cão branco é meu! – disse ela, sem qualquer mesura, dirigindo-se diretamente ao rei. – Ele me foi roubado vergonhosamente!

No mesmo instante, surgiu dos portões um cavaleiro negro, que arrebatou a dama diante de todos e desapareceu, sem dar a ninguém a menor chance de reação.

Novo coro de risos partiu da garganta dos cavaleiros, como se estivessem aos pés de um tablado na feira de Scarborough. Uma verdadeira farsa destrambelhada, eis o que era!

Então a voz severa do velho mentor fez-se ouvir outra vez.

– Bem vê, meu senhor, como seus cavaleiros estão alheios ao significado de tudo quanto vêem!

Artur tentou dar às suas feições atônitas o ar de quem compreendia o sentido daquela pantomima infernal.

– Já é tempo – completou o mago – de estes pajens armados crescerem em experiência e saber.

Os cavaleiros tentaram rebelar-se outra vez diante da nova ofensa do mago, mas foram detidos pela voz enérgica do rei, já farto de tanta algazarra.

– Basta, insensatos! Ouçam o que Merlin tem a dizer!

Logo o palácio voltou a mergulhar naquele primeiro e soturno silêncio da Távola.

– Você, Pellinor – disse o rei, ao cabo de um breve intervalo. – Monte já em seu cavalo e vá resgatar a donzela raptada. Traga também o cavaleiro negro, para que receba o justo castigo pela afronta praticada contra uma dama dentro dos muros do meu castelo.

Feliz em poder provar o valor do seu braço, Pellinor partiu a toda brida.

– Agora você – falou Artur a *sir* Tor. – Traga até mim o cão de caça branco que também se perdeu.

– *Sir* Gawain! – disse, finalmente, a um terceiro. – Encontre e traga até mim o cervo branco que escapou.

Artur parecia haver entendido, finalmente, o significado de toda aquela barafunda.

Merlin, satisfeito, aproximou-se então do rei e lhe disse confidencialmente:

– Saiba, vossa majestade, que quando estes três jovens retornarem desta aventura terão se transformado nos mais sábios dentre os cavaleiros da Távola Redonda!

Sir Gawain cavalgou velozmente no rastro do cervo branco. Pela primeira vez, desde que entrara para o serviço do rei, tinha um objetivo a cumprir.

"E que diferença um homem com um objetivo de outro sem!", pensou o cavaleiro, esporeando com vontade o robusto animal.

Mal havia adentrado a floresta próxima a Camelot quando deparou-se com dois jovens a duelarem.

– Alto! Qual é a razão desta sangrenta disputa? – gritou ele, interpondo-se entre os dois.

Gawain percebera que um dos combatentes estava mais exausto do que o outro, e por isto interviera.

– Vimos o cervo branco passar por aqui e decidimos capturá-lo – respondeu um deles. – Estamos lutando para ver qual de nós é o mais preparado e corajoso para tal.

– Parem com esta luta inútil e retornem a Camelot – ordenou Gawain. – Antes, digam-me para que lado foi o cervo.

– Por que diríamos? – disse o primeiro, com um riso de mofa.

– Não estamos lutando justamente para decidir qual de nós irá capturá-lo?

Sir Gawain bateu o pé, fazendo retinir as suas esporas.

– Biltres! Nenhum de vocês o fará, pois Artur ordenou que eu o faça!

Havia tamanha autoridade em sua voz que os dois patetas se encolheram.

– Ele foi por ali – exclamou o primeiro, apontando o Norte.

– Ele foi por ali – disse o segundo, apontando o Sul.

Antes que Gawain pudesse rachar suas cabeças, os dois brigões, reconciliados e milagrosamente acordes, rumaram às pressas na direção de Camelot.

Gawain, indeciso acerca de qual caminho seguir, ouviu, de súbito, os latidos dos cães que perseguiam o animal.

– Eis um sinal, como diz o mago! – exclamou, transpondo o rio num galope veloz.

Sempre orientado pelo alarido dos cães, Gawain deparou-se logo com um pequeno castelo. Porém, bastou pôr os olhos sobre ele para que o latido dos cães fosse substituído pelo grito de desespero e agonia do cervo.

Gawain sacou sua espada e adentrou, correndo, os portões da pequena fortaleza.

O quadro que o cavaleiro encontrou ao entrar no castelo era totalmente desolador. Deitado sobre as pedras, o cervo tinha o ventre aberto por um horrendo talho, por onde ainda palpitavam as suas entranhas.

– Ai, ai, ai! O pobre animalzinho!

Quem dizia isso, aos prantos, era o gordo castelão, de bruços sobre o corpo do ensangüentado animal.

Alertado pela presença de Gawain, o castelão ergueu-se com imprevista fúria e investiu na direção do intruso com um punhal sacado às pressas.

– Ah, patife...! Era você, então, o caçador!

Gawain desviou-se num pulo do bote, aplicando, ao mesmo tempo, um golpe seco com o punho da espada no fígado do agressor. O estalo da pança do castelão contra a pedra nua do chão anunciou o fim prematuro do combate.

– Clemência!... Não me mate... nobre cavaleiro! – resfolegou o gorducho, com a boca babujada de pó.

Gawain pegou o castelão pela dobra dupla do pescoço e suspendeu-o no ar, apesar de todo o seu tamanho.

– Não deve esperar por clemência quem ataca sem motivos!

Gawain tinha a ponta da espada aplicada à garganta do castelão, que urrava como o porco no cepo.

Neste instante sobrepôs-se aos urros do desgraçado a voz estridente de uma mulher:

– Piedade, cavaleiro! Não mate meu amado provedor!

Encorajado pela aparição salvadora da esposa, o amado provedor decidiu fazer-se de valente outra vez:

– Solte-me, salteador de castelos! – gritou ele, pedalando no ar as suas perninhas curtas de suíno.

Duplamente irritado, Gawain retrocedeu a lâmina da espada para enfiá-la até os copos na garganta do gorducho, e foi então que, desesperada, a esposa lançou-se no caminho do aço, recebendo sobre o pescoço o golpe fatal.

Atônito, Gawain viu rolar sobre o chão a cabeça da pobre dama, que só foi parar de encontro a uma tina d'água.

– Meu Deus, o que fiz? – exclamou o cavaleiro, soltando finalmente a sua inofensiva presa.

Gawain tinha agora aos seus pés, além da carcaça do cervo, o corpo sem vida de uma dama.

Uma dama morta por suas próprias mãos!

– Oh, a minha honra! Manchada para todo o sempre! – disse Gawain, desconsolado.

Tomado pela vergonha e pela culpa, o cavaleiro escutou em silêncio as injúrias do pobre castelão.

– Covarde maldito! Assassino de damas! Aqui del-Rei! Soldados!

Como no teatro, irromperam no mesmo instante, no recinto, quatro esbirros armados de longas espadas.

Imediatamente travou-se entre Gawain e os guardas uma batalha árdua e desigual, mas que o cavaleiro de Artur soube sustentar com vigor e valor. A luta, na verdade, teria entrado noite adentro caso a filha do castelão, demonstrando uma espantosa boa vontade, não tivesse posto um fim ao combate com estas conciliadoras palavras:

– Basta! Não matem o assassino que acabou de decapitar a minha mãe! Consegui convencer meu pai a perdoá-lo, desde que ele leve até o nosso venerado rei os despojos deste cruel morticínio.

As espadas silenciaram. No rosto do castelão desenhava-se uma magnanimidade suspeita, com resquícios evidentes de medo.

– Leve o corpo de minha mãe em seu cavalo e a sua cabeça pendurada ao pescoço, como sinal público da sua infâmia – disse a donzela, juntando do chão o apêndice materno que tantas palavras doces lhe endereçara um dia.

Sir Gawain, demonstrando uma serenidade que rivalizava com a da donzela, aceitou a proposta, não vendo despropósito algum na idéia de sair a cavalgar por aí com a cabeça de uma dama presa ao pescoço. Junto com este colar macabro, levou também a cabeça do cervo abatido (porém não no pescoço, pois era muito grande para tal).

Como era de prever, Gawain foi alvo da mais severa de todas as recepções ao chegar em Camelot. Assim que pôs os olhos irados na cabeça da dama e do cervo, Artur tomou-se de cólera.

– Aí está onde pode chegar a ausência de misericórdia! – bradou ele. – Que isto lhe sirva de lição por toda a vida, para que jamais torne a negar clemência aos mais fracos ou se esqueça de proteger as damas!

Enquanto Gawain completava a sua tarefa da maneira desastrada como vimos, *sir* Tor também tentava cumprir a sua: a de trazer o cão branco de volta.

Estava, pois, atravessando a mesma floresta quando viu um anão saltar-lhe à frente, com os grandes dentes à mostra (uma das duas coisas desproporcionais que possuía):

– Alto! Daqui não passa, cavaleiro!

Tor deu um sorriso amável ao anão.

– Ah, é? E por que não, fiel sentinela?

– Porque meus senhores assim determinam!

– E quem são eles, amiguinho?

– Não escutou, palerma? Dê meia-volta e adeus!

Neste ponto, a paciência minúscula de Tor encontrou o seu fim.

– Saia da frente, anão idiota, antes que eu resolva afiar as minhas esporas nos seus dentões de cavalo!

Próximo dali estava o castelo onde os donos aviltavam o silêncio da tarde com a sua tagarelice sórdida. Sem pestanejar, o anão enfiou dois dedos na boca e produziu um assovio estridente.

No mesmo instante, surgiram de dentro dois brutamontes, que nada tinham de anões.

– Façam-no em pedaços, meus amos e senhores! Pedaços bem pequenos! – bradou o anão, encolerizado. (Na verdade, bem vistas as coisas, o anão é quem parecia ser o senhor daqueles dois trogloditas.)

Seja como for, o combate que se travou em seguida foi digno de um cavaleiro de Artur.

Duas espadas covardes imaginaram poder subjugar uma única valente. Mas a espada de Tor, manejada por um punho superior, logo as fez ver que seriam vãos todos os seus esforços.

– Desistam, canalhas! – ordenou Tor, durante uma pausa do enfrentamento.

– Por que haveríamos de fazê-lo? – insistiu um dos adversários.

– Sim, somos dois contra um! – disse o outro, com um resto de confiança que era pura bazófia.

Então, Tor, farto daquilo, arremessou um golpe horizontal que partiu em mil pedaços as espadas rivais. Os cacos foram chover em cima do anão, que ficou com as barbas repletas de pedaços de metal.

– Acabou-se! – afirmou Tor, avançando para os derrotados.

No mesmo instante, os dois caíram de joelhos, mendigando pela vida.

– Não vou matá-los se forem até Camelot e contarem ao rei tudo quanto se passou aqui.

Os dois prometeram que assim fariam e desapareceram na poeira da estrada.

Não se descreve o olhar de desprezo que o anão lançou-lhes ao vê-los partir levando apenas o cabo das espadas nas mãos. Este olhar transformou-se, porém, no mais reverente dos olhares quando voltou-se para o vencedor.

– Valente cavaleiro, de agora em diante sou vosso mais humilde servo! – disse ele. – Não sei como pude servir durante tanto tempo a estes dois mariolas!

– Quer servir-me, anão? – respondeu Tor. – Pois então acompanhe-me!

O nanico descobriu a sua dentadura eqüina até as raízes.

– Claro, meu amo e senhor, faça-se a sua vontade!

E assim partiram ambos em busca do cão branco.

Cavaleiro e anão cavalgaram por longo tempo através do bosque até depararem-se com um mosteiro dotado de dois pavilhões. Cada qual ostentava em seu topo um escudo: um branco e o outro vermelho.

Sir Tor espiou para dentro do pavilhão branco e viu três donzelas dormindo. Enquanto fazia isto – e por seu gosto o teria feito para sempre –, vibrou no ar a voz irritante do anão.

– Meu amo! Eis aqui o cão branco!

O anão encontrara no pavilhão vermelho uma donzela a dormir, com o cão branco enrodilhado aos seus pés.

Tor foi até lá para pegar o famoso animal, mas o cão não era o bobo que todos pensavam e abriu imediatamente num estardalhaço, acordando a jovem.

– Alto, senhor! Que quer com meu alvíssimo cão? – bradou ela.

As três donzelas do pavilhão branco também acorreram prontamente.
– Fora, ladrões!
Neste instante, o anão fez parar tudo, sem poder suportar uma contradição que lhe parecia gritante.
– Por que razão o cão branco dorme no pavilhão vermelho, e não no branco?
As quatro damas silenciaram, mas não o cavaleiro.
– Que importa isso, idiota? – esbravejou ele. – Passem já para cá o animal!
– Tire as mãos dele, vil ladrão! – gritaram todas, como num jogral.
– *Sir* Tor não é um ladrão! – corrigiu o anão. – Apenas cumpre ordens de Artur, rei dos bretões!
O cavaleiro já ia longe, abraçado ao seu alvo fardo, quando escutou estas duras palavras:
– Vilão soez! Devolva o cão imediatamente ou duelará comigo até a morte!
Era um cavaleiro robusto quem lançava o tremendo desafio.
O anão aspirou no ar, outra vez, o aroma acre da luta (pois era o seu nariz, e não outra coisa, a segunda parte desproporcional da sua anatomia).
– Dê o fora, intrometido! – bradou Tor ao desafiante, que imaginou ser o protetor das donzelas. – Este cão pertence, doravante, a Artur!
– É o que veremos, ladrão de cães brancos! – respondeu o desafiante.
E daí por diante foram as armas que tomaram a palavra.

Empunhando lança e escudo, Tor retornou montado em seu cavalo. O desafiante fez o mesmo, e logo os dois rolavam por terra, com as lanças partidas.
De pé, outra vez, ambos desembainharam as respectivas espadas e atacaram-se com tal ferocidade que os escudos retiniram antes de partirem-se em quatro. Mais alguns golpes e a mesma sorte coube aos elmos e armaduras.
A verdade é que ambos teriam terminado o combate inteiramente nus caso o adversário de *sir* Tor não tivesse demonstrado sinais evidentes de exaustão, propiciando a Tor a ocasião de dar um desfecho ao duelo.
– Pronto! – disse ele, vibrando um tremendo golpe que forçou o oponente a dobrar os joelhos. – Agora, conceder-lhe-ei a clemência caso...
O cavaleiro ia repetir as mesmas condições que ditara aos adversários anteriores quando viu-se interrompido pelo vozerio irado da dona do cão branco.
– Não conceda clemência alguma, *sir* Tor! – Este maldito não teve piedade quando meu irmão lhe implorou pela vida!
Havia tal dor e revolta na voz da donzela que Tor não vacilou em enterrar a lâmina no peito do adversário.

Na manhã seguinte, após aceitar a gentil hospitalidade das damas, o cavaleiro de Artur retornou a Camelot, levando consigo o cão branco (que a sua dona, após uma proveitosa reflexão noturna, resolvera ceder) e a cabeça do cavaleiro sem honra como prova do cumprimento de sua missão.

Após contar todos os passos da sua aventura – sem excluir o episódio da clemência indevida que quase concedera ao cavaleiro impiedoso –, *sir* Tor escutou da boca de Artur este fecho asperamente moral:

– Espero que tenha aprendido a que enganos pode levar o excesso de misericórdia!

Sir Pellinor, o terceiro dos cavaleiros que havia partido em missão, na busca da jovem raptada pelo cavaleiro negro, viu ao longe uma donzela que, junto a um poço, se desvelava em cuidados com um cavaleiro ferido.

– Deus seja louvado, que já me remete o socorro! – disse ela, ao escutar o trote do cavalo de *sir* Pellinor.

O cavaleiro, no entanto, sem atentar para os rogos da donzela, passou reto como uma seta.

– Estou em missão real e não posso parar! – gritou ele, sem atentar para mais nada.

Sem socorro, o cavaleiro ferido não resistiu e morreu pouco depois sobre o colo da impotente donzela.

– Pois, então, que seja este o selo de tudo! – disse ela, desembainhando a espada do cavaleiro morto. – Sem meu amado a vida não tem mais sentido!

Após descobrir o seio esquerdo alvo e virginal, a donzela tomou o cabo da espada com ambas as mãos e introduziu ali, com serena decisão, a lâmina fria e aguda da morte.

Alheio a tudo isto, *sir* Pellinor continuou a cavalgar até enxergar, à distância, a dama raptada.

– Lá vai ela, nos braços do vil raptor!

De repente, porém, viu surgir outro cavaleiro, que bloqueou a passagem do cavaleiro negro. Frente a frente, os dois passaram a discutir selvagemente, e logo estavam de espadas em punho.

– Devo apressar-me se não quiser perder a honra de libertá-la! – disse Pellinor, esporeando o seu corcel.

Num instante, o bravo cavaleiro estava ao pé dos dois contendores.

– Alto, combatentes! Por que lutam tão ferozmente?

– Sou primo desta dama e vim em seu socorro – respondeu um deles.

– Não tem por que socorrê-la, pedaço de asno! Conquistei-a, em justa limpa, na corte do rei Artur! – disse, sem o menor pudor, o cavaleiro da armadura negra.

Neste ponto, Pellinor sentiu-se com todas as cartas na mão.

– Patife! Não houve justa alguma em Camelot, mas sim um rapto vergonhoso!

O cavaleiro negro cuspiu um catarro escuro e latiu:

– Como sabe disto, intrujão?

– Eu estava lá e vi tudo. O próprio Artur mandou-me no encalço desta donzela!

E, voltando-se para a jovem, acrescentou:

– Levá-la-ei de volta até a corte do rei, e ai daquele que tentar impedir-me!

Então, para sua surpresa, viu os dois rivais unirem-se covardemente contra si.

Pellinor aparou o golpe do primo sedento da prima, mas não pôde aparar o golpe do cavaleiro negro, que pôs um fim miserável à vida do seu pobre cavalo.

Sufocando uma onda ardente de cólera, Pellinor decidiu dar ao ofensor uma morte abjeta. Assim, num misto surpreendente de ira e perícia, vibrou sobre o topo da cabeça do cavaleiro negro um golpe tão preciso que bastou a lâmina tocar sobre o elmo acoplado ao crânio para que as duas cascas sobrepostas de metal e osso se rachassem de alto a baixo, deixando à mostra o cérebro intacto do adversário. A pobre dama lançou um grito de horror ao ver o cavaleiro dar, ainda, dois passos trôpegos na sua direção, tendo, apenas, mal equilibrado sobre os ombros, um cérebro lustroso e cheio de dobras como um intestino.

Mas foi só, e depois disto ele desabou de uma vez e para sempre sobre a grama.

Esta cena também impressionou fortemente o priminho, que logo deu um jeito de fazer-se dócil e pacato.

– Concedo, prima querida, que você retorne à corte aos cuidados deste bravo e justo cavaleiro.

Sem fitar o sorriso repugnante do sujeito, Pellinor montou no cavalo do cavaleiro morto e regressou com a dama a Camelot.

Atravessava *sir* Pellinor a floresta, levando consigo a dama, quando se deparou com a mesma donzela ao lado do poço. Mas, desgraçadamente, ela agora jazia sem vida sobre o corpo do cavaleiro morto.

Pellinor viu a ponta da lâmina a sair pelas costas da dama, ainda ensangüentada.

Abalado por esta visão, o cavaleiro apeou e correu até ela.

– Morta...! Miseravelmente morta...! – disse ele, desconsolado, ao lembrar dos rogos que ela lhe lançara. – Talvez isto não tivesse acontecido caso eu parasse para socorrê-la!

A outra dama, que permanecia viva e comodamente instalada sobre a sela, depois das coisas medonhas que vira, não pareceu extraordinariamente abalada com mais aquela visão.

– Aconselho-o a levar a cabeça de mais este cavaleiro, para que Artur saiba também o que se passou aqui.

Pellinor aproximou-se do cavaleiro morto e, com grande dor na alma, seccionou-lhe a cabeça. Depois continuou a viagem até Camelot, onde, com certeza, teve muito a contar.

– Lamentará a sua pressa até o fim dos seus dias! – disse-lhe Merlin, após guardar as duas cabeças que Pellinor trouxera junto com as demais. – Pois saiba que aquela a quem você negou ajuda, sem ver de quem se tratava, era Elaine, sua própria filha, que se suicidou de desespero ao ver morto seu noivo.

O pobre *sir* Pellinor ficou mais branco do que um coelho albino enterrado sob a neve.

– Assim como falhou com sua filha – prosseguiu o mago, em pleno surto profético –, também falhará contigo o teu melhor amigo na hora da tua morte.

Profecias sinistras costumam não falhar, e com esta não foi diferente: *sir* Pellinor, na hora da morte, também teria, um dia, seus rogos ignorados por *sir* Gawain, o amigo no qual mais confiava.

E assim terminou a aventura dos três cavaleiros de Artur, os quais, ao sentarem-se novamente à Távola Redonda, conforme dissera Merlin, haviam se tornado os mais experientes e sábios cavaleiros de Camelot.

SIR GAWAIN E O CAVALEIRO VERDE

1 – O DESAFIO DE NATAL

– Corram, todos! Venham ver o que somente eu vejo!

Uma bela dama da corte do rei Artur é quem, debruçada à janela, dá o brado de alerta.

– Um cavaleiro extravagante está trazendo um pinheiro tão grande que cobre ele e o cavalo ao mesmo tempo!

Estava-se em meio às festividades de Natal, e todo o salão real estava decorado.

– Um gigante verde – disse o mago Merlin, calmamente recostado num pilar, sem voltar-se para a janela.

De prontidão, os cavaleiros da Távola Redonda sacaram suas espadas para proteger as damas.

– Quem é e o que pretende este estranho? – perguntou Artur, ao ver aproximar-se do palácio de Camelot aquele colosso montado. – A última coisa que desejo é ver estragada nossa ceia com um combate imprevisto!

O estranhíssimo gigante, de pele e armadura verdes, entrou a cavalo pela porta larguíssima e rumou até o trono de Artur. Depois, com semblante firme e voz sossegada, anunciou:

– Abaixem suas armas, pequenos cavaleiros, pois nada podem contra mim.

Do alto da sua montaria, volveu os olhos verdes como dois lagos pantanosos para o ocupante do trono.

– Pelo que vejo, é o patrono desta corte. Diga-me, lá: que graça vê em cercar-se de crianças indefesas?

O cavalo, que também era verde do focinho à cauda, fremia nervosamente os músculos das coxas.

– Sim, pois declaro solenemente que ninguém aqui dentro é páreo para mim!

A voz do Cavaleiro Verde tornara-se insuportavelmente arrogante. Seus dentes verdes reluziam diante da luz dos archotes, enquanto seus olhos de pupilas esmeraldinas fixavam insistentemente o rosto de Artur.

Decididamente, aquilo era uma afronta – uma afronta endereçada ao próprio rei!

– O que quer, exatamente, em meu palácio? – disse Artur, encarando o intruso.

– Vim propor a estes frangotes apreciadores de festas um belo desafio de Natal – respondeu o gigante, cujo verdor da pele e da armadura lhe dava o aspecto de uma velha divindade pagã da natureza.

Os cavaleiros encolheram-se ainda mais dentro de suas armaduras, sentindo-se insultados até o fundo de suas almas. A coisa tornava-se ainda mais grave ao se constatar que o invasor incluía Artur em seus insultos.

Então *sir* Pellinor, um dos mais bravos campeões do rei, resolveu resgatar a dignidade daquele salão.

– Pois apresenta-nos de uma vez o desafio, amontoado de musgo! – disse ele, em alto e bom tom. – Aqui em Camelot desconhecemos o que seja o medo!

Uma gargalhada estrondosa, saída da garganta esverdeada do visitante, reboou pelas paredes do salão.

Artur, porém, continuava sério. Não gostava do tom de zombaria do estrangeiro nem da sua cor, pois havia na corte uma tradicional superstição contra o verde, associado ao azar, à morte e ao demônio.

– Faça o desafio – disse o rei, laconicamente.

Uma coruja amarrotada piou nos caibros, e isto não significou nada.

– A coisa é muito simples e não requer grande dose de coragem – disse o Cavaleiro Verde. – Quero apenas que um dos seus cavaleiros corte-me a cabeça com um golpe certeiro deste machado.

Antes que qualquer dos presentes pudesse esboçar uma reação, o cavaleiro suspendeu da sela um gigantesco machado de dois gumes – obviamente, da mesma cor do seu dono.

Um oh! de espanto feminino varreu o salão.

– Aqui está! – disse ele, alçando o seu machado coberto por uma fita trançada em verde e ouro.

Empolgados pela aparente facilidade do desafio, alguns dos cavaleiros mais afoitos lançaram-se à frente.

– Eu o farei! Eu o farei! – diziam todos, disputando entre si o prazer de cortar fora a cabeça do intruso atrevido.

– Há, porém, uma condição – disse o Cavaleiro Verde, erguendo a voz.

O forasteiro alisou sua barba espessa como um arbusto, aguardando, deliciado, o retorno do silêncio.

– Que condição? – disse, por fim, Artur.

– Após receber o golpe terei o direito de retribuí-lo, daqui a um ano e uma semana.

Demorou bastante para que outra palavra voltasse a soar dentro do salão.

Demorou, mas finalmente soou.

– Aceito o desafio!

Quem dizia isto era Gawain, o mais jovem e audaz dos cavaleiros de Artur.

O desafiante aproximou-se do ser monstruoso, que permaneceu imóvel sobre a sela, a estudá-lo detidamente. Então, aos poucos, começou a desenhar-se na face esverdeada do cavaleiro um esgar de riso que explodiu, finalmente, numa estrondosa gargalhada.

– Rá, rá, rá! Então é este o campeão que irá me desafiar? Rá, rá, rá!

Dos olhos do gigante montado brotaram quatro lágrimas verdes do tamanho de esmeraldas graúdas, que estalaram ao cair sobre a pedra nua do chão.

– Muito bem, se é este o melhor que há por aqui – disse ele, lançando um olhar de esguelha para o rei –, demos início de uma vez ao desafio!

Imediatamente a chusma vil dos lacaios ergueu um pelourinho no centro do salão, sob o olhar aterrado – mas, ao mesmo tempo, violentamente excitado – de todas as damas.

Antes que *sir* Gawain fosse cumprir o que mandava a honra e o dever, Artur chamou-o de lado.

– Você não é obrigado a fazer isto – afirmou ele, penalizado do intrépido mas imberbe cavaleiro.

– E como poderia continuar a desfrutar deste círculo superior – disse Gawain, apontando para a Távola Redonda – depois de ter permitido que meu rei e senhor fosse desfeiteado por um intruso com cara de arbusto?

Artur baixou os olhos e ergueu-os novamente. Havia neles, agora, um brilho nobre e viril.

– Faça-o, então, pelo rei e pela glória.

A saudação real foi interrompida pela voz rascante do Cavaleiro Verde.

– Dê-lhe logo o beijo cerimonial, senhor de Camelot, e acabemos logo com isto!

Gawain, que recebia com um joelho encurvado o ósculo real, ergueu-se de um pulo.

– Ali está o pelourinho, atrevido! – disse ele, apontando o engenho do suplício. – Se preferir, ao invés da cabeça ponha apenas a língua, pois me darei por satisfeito em deitá-la fora e atirá-la aos cães!

Mas o Cavaleiro Verde, ao contrário do que parecia, mostrou que não estava para brincadeiras: apeou do cavalo e, após depor o machado nas mãos do rival, foi colocar serenamente a enorme cabeça no vão destinado ao corte.

– Estou esperando – falou ele, sem o menor tremor na voz.

Diante de toda a assistência, o jovem Gawain ergueu o enorme machado verde-dourado. Um frêmito de apreensão percorreu a espinha de todas as damas (e de mais de um cavaleiro, sob a cota de malha).

– Ainda insiste nesta tolice? – disse o cavaleiro, sustentando a custo, no ar, o gigantesco cutelo.

A verdade é que algo no interior de Gawain o repreendia por estar prestes a praticar um gesto mais próprio de um carrasco do que de um nobre guerreiro.

"Onde o combate?", perguntava-se, atormentado. "Onde o jogo hábil da destreza? Onde o arremesso da força, duplicada pela ira? Onde o triunfo de todas as capacidades coligadas? Onde, afinal, a honra de tudo?"

– Maldito covarde! – bradou o homem ajoelhado. – Se não é capaz de fazê-lo, por que não o disse antes?

Então, o machado finalmente desceu sobre a nuca do cavaleiro, fazendo saltar sua prodigiosa cabeça.

Um guincho delirante partiu de todas as bocas femininas quando o aço encontrou o osso. Várias donzelas pálidas tombaram para trás, amparadas providencialmente pelos braços alertas e rechonchudos de suas aias. Graças a isso, poucas chegaram a ver quando a cabeça do cavaleiro, desligada dos nervos e tendões do pescoço, saltou do cadafalso e pôs-se a quicar desgovernada pelo salão. Atrás dela formou-se rapidamente uma piscina de sangue – sangue verde, naturalmente –, que o tronco do cavaleiro, divorciado da cabeça, vertia abundantemente sobre o solo. Até mesmo Artur, um rei já provado nas realidades fortes da vida, travou uma feroz luta interior para não deixar transparecer o tumulto das suas emoções desencontradas.

Ao mesmo tempo, um suspiro de alívio escapava-se audivelmente de todas as bocas.

O injuriador maldito estava morto!, diziam todos os olhares, radiantes.

Só que o injuriador maldito não estava morto coisa nenhuma.

– Este fanfarrão deve ter ruminado muito pasto na vida para ter miolos tão fracos e sangue tão verde!

Esta foi a última ironia proferida em Camelot naquela noite verdadeiramente sinistra antes que a voz cavernosa de Merlin, o mago, se alçasse por entre o vozerio excitado da mais nobre das turbas.

– Pois lhes digo a todos, falastrões de meia caldeira, que o Cavaleiro Verde ainda vive!

Esquecidas momentaneamente da cabeça decepada, todas as outras voltaram-se para o tronco aparentemente sem vida do cavaleiro. Aos poucos, ele começava a reerguer-se lugubremente, enquanto as poucas damas que ainda restavam em pé desabavam miseravelmente nos braços de suas aias obesas.

Como um gigantesco carvalho abatido na floresta a reerguer-se sem a sua frondosa copa, assim era o corpo sem cabeça do Cavaleiro Verde a suspender-se do ensangüentado cepo.

– É o demônio! – bradaram várias vozes, no último grau do terror.

– Não, é Cernunnos, o deus chifrudo dos pagãos! – disse outro, versado na mitologia celta.

Mas, àquela altura, pouco importava quem fosse. A única coisa certa é que a criatura medonha permanecia viva e só Deus ou o diabo sabiam o que pretendia fazer depois de tudo o que passara.

Todos afastaram-se instintivamente do cavaleiro decapitado quando ele começou a procurar, com ameaçadora paciência, a sua cabeça. Noutras circunstâncias, a cena poderia até ter provocado o riso nos espíritos mais frívolos. Mas aquele corpanzil verde a vagar na penumbra como um autômato obstinado expulsava o humor de todos os corações. Uma mão solícita chegou a apontar para o tronco desorientado o endereço correto da sua cabeça.

– Ali, ali...! – dizia o dedo trêmulo e servil.

A cabeça, apoiada num canto, olhava para o seu antigo corpo, que avançava tropegamente para ela.. Um fio espesso de sangue verde escuro escorria-lhe da boca, descendo-lhe pelo queixo. De suas narinas também minavam dois filetes escuros e irregulares. Um odor violento de seiva enjoava todos os estômagos saturados de vinho e cerveja.

E então tronco e cabeça finalmente se reencontraram.

Apesar da situação inusitada, todos os presentes admitiram que o Cavaleiro Verde recolhera a sua cabeça do chão com grande dignidade. Jamais haviam visto alguém recolher a cabeça do chão com tanta dignidade. Na verdade, jamais haviam visto alguém recolher a cabeça do chão, com ou sem dignidade.

O Cavaleiro Verde colocou-a debaixo do braço e rumou seus passos até o trono do rei.

– Está cumprida a primeira parte do desafio – disse a boca, sob a axila.

Depois, voltando-se para *sir* Gawain, arrematou.

– Esteja na Capela Verde daqui a um ano e uma semana. Então, será a minha vez de desferir o golpe.

A cabeça fez um estalo com a língua. O cavalo aproximou-se. O Cavaleiro Verde montou no cavalo verde.

– Espero que cumpra a sua parte como cumpri a minha – disse ele, antes de desaparecer literalmente na floresta, misturado ao verdor espesso da vegetação.

E se o Cavaleiro Verde continuava verdíssimo em sua cor, os habitantes de Camelot estavam agora mais brancos do que um coelho albino tingido de branco e enterrado na neve.

2 – SIR GAWAIN E LORDE BERCILAK

Aquele foi um ano cheio de apreensões. Gawain lutou, dormiu, comeu e bebeu, como em todos os anos, mas sempre com a sombra do compromisso maldito a nublar-lhe o prazer dos bons momentos.

– Tudo isto é muito bom, mas há o compromisso! – dizia-se ele, em qualquer situação, amena ou feliz.

– Esqueça isto, adorado! – dizia-lhe uma cortesã, tentando violar inutilmente a sua castidade. – Seja feliz agora e já! A vida é momento!

"Mas a felicidade velada pela apreensão mereceria mesmo o nome de felicidade?", perguntava-se ele, desconsolado.

Além disso, abominava com todas as suas forças aquela expressão rasteira "A vida é momento!" Um dito chinfrim e plebeu, digno de pândegos e rameiras da mais baixa extração!

E assim passou-se o ano do pobre cavaleiro. Porque não era brincadeira saber que em breve teria de enfrentar o cavaleiro do inferno. Ou alguém ainda tinha dúvida da sua procedência?

– Um agente das trevas – disse-lhe alguém, sem rebuços. – É com ele que você terá de se haver.

– Pois é, foi meter-se a herói – declarou outro, a degustar a paz e a segurança da sua covardia.

– Nestas horas, meu filho, é o silêncio que vale – chegou a dizer-lhe, com a franqueza da idade, um velho de longas barbas alvas, a quem a pusilanimidade dera uma vida mais longa do que a de Matusalém.

A verdade é que, à medida que se aproximava o dia do ajuste, mais as pessoas afastavam-se de Gawain, como se ele levasse a lepra no corpo. De qualquer modo, não havia mais volta: em breve teria de colocar-se de joelhos diante daquela criatura selvagem e perversa e ofertar-lhe graciosamente a nuca para o golpe fatal do cutelo.

Oh, senhores, mas era de enlouquecer...!

Até que chegou, enfim, o dia da partida. Montado em seu cavalo, com todas as galas e atavios de um verdadeiro cavaleiro de Artur, *sir* Gawain era completamente outro em matéria de ânimo e ousadia.

– Chegou a hora, graças a Deus! – disse ele, confiante. – Pois um mal que se aguarda é todos os males.

Gawain ia em busca da Capela Verde de que falara o seu desafiante para completar a sua parte no desafio. O rei e os demais cavaleiros despediram-se dele efusivamente, garantindo-lhe que triunfaria.

– Já é um triunfo para mim poder defender a honra de Artur e de seus doze campeões! – respondeu Gawain, fazendo descer, num estalo, a viseira do seu elmo.

Em seguida, arremessou-se, num galope viril, para a glória do dia e da chuva que caía inclemente dos céus da Bretanha.

Após vários dias de exaustiva cavalgada, *sir* Gawain encontrou um magnífico castelo erguido sobre uma colina. Deu graças a Deus por nenhum deles ser verde, pois estava exausto e precisava de um bom descanso.

O cavaleiro subiu a colina animado com a perspectiva de se lavar e comer alguns bons tassalhos de carne.

"Um empadão de vitela seguido de uma lampreia assada!", pensou ele, até estar diante do dono do castelo, um nobre alto e espadaúdo que se apresentou como lorde Bercilak. Junto dele estava sua linda esposa, *lady* Bercilak.

– Estamos honrados e felizes por termos em nosso castelo um dos afamados pares do rei Artur! – disse o lorde. – Espero que nos dê a honra de permanecer conosco até o nosso grande banquete de Ano-Novo.

Na verdade, o que Gawain queria mesmo era comer sossegado o seu empadão e a sua lampreia. E, talvez, trocar mais algumas palavras e sorrisos com aquela encantadora *lady*.

– Infelizmente só poderei ficar até o amanhecer – disse ele, por fim. – Tenho, justamente no Ano-Novo, de cumprir um compromisso inadiável de honra na Capela Verde. Na verdade, nem sei ainda onde fica tal lugar.

– Ora, viva! – exclamou, de repente, o anfitrião, arreganhando todos os seus dentes. – Então certamente passará o Ano-Novo conosco, pois a Capela Verde não está a mais de duas milhas daqui!

"A busca, então, terminou...!", pensou *sir* Gawain, num misto de alívio e apreensão.

Gawain foi encaminhado a um magnífico quarto no castelo, após ter comido tudo quanto quis e mandou a sua vontade. Ao mesmo tempo, o casal de nobres recolhia-se aos seus aposentos.

– Diga-me, minha querida, o que achou desse cavaleiro? – disse o lorde, recostado no travesseiro perfumado de alfazema.

Seus olhos observavam hipnoticamente a bela esposa em seu *boudoir*, a espalhar a longa cabeleira negra sobre o anteparo alvíssimo das suas costas.

– O que achei dele, meu senhor?

– Sim, dê-me o seu julgamento enquanto observo a noite descer outra vez sobre a colina nevada do seu dorso.

Lady Bercilak não manifestou a menor emoção ao escutar, pela milésima vez, a mesma e sovada metáfora.

– Bem, eu diria... eu diria que o rapaz é um tanto comum, meu senhor – disse ela, algo vacilante.

O lorde sentiu um espasmo violento contrair-lhe o bíceps por debaixo do lençol. Pelo dente quebrado do salmão se ela não mentia! No mesmo instante teve ganas de tomá-la pelos cabelos e dizer-lhe, numa vertigem de ciúmes: "Quando resolver mentir para mim, faça-o sem vacilações, compreendeste?"

– Por que pergunta, meu senhor? – disse ela, precipitadamente, pois os silêncios de lorde Bercilak normalmente não auguravam nada de bom. ("Importa, sobretudo, que não conjeture!", pensou ela, a manejar mecanicamente a escova. "Que nunca e jamais conjeture!")

Lorde Bercilak conseguiu controlar seu ímpeto e responder à esposa nestes suavíssimos termos:

– Não pergunto por nada, minha adorada; simplesmente conjeturo se esse código cavalheiresco, do qual todos esses cavaleiros fazem praça, realmente existe, ou se tudo não passa de um mero ardil a serviço dos seus juvenis apetites.

Lady Bercilak deixou cair a escova no pior momento possível.

"Irra, estúpida!", pensou ela. "Não agora, não agora!"

– Quer que a junte, minha adorada? – disse o lorde, porém sem manifestar a menor intenção de fazê-lo.

– Não precisa, meu senhor – disse ela, pensando: "Aí está! Sempre a dizer que o faria sem jamais fazê-lo!"

Alguns minutos se passaram antes que o lorde obstinado voltasse à carga.

– Deve ser um rapaz muito atraente para as donzelas, não acha?

– Não sei, meu senhor. Há já bom tempo que deixei de ser uma – respondeu ela, com manifesto desagrado.

– Perdão, adorada! Continua mais bela que qualquer donzela, asseguro-lhe.

Uma risada repleta de perdigotos explodiu, de repente, sobre o lençol.

– Veja, querida, até rimou: mais bela do que qualquer donzela! Talvez eu devesse dedicar-me à lira, o que acha?

Outra rajada de perdigotos podres porejou novamente o lençol de finíssima cambraia.

– Código de honra! – disse ele, logo em seguida, unindo incoerentemente os dois assuntos. – Acha-o realmente, tão honrado e leal quanto proclamou-se a noite toda?

– Certamente que sim – disse *lady* Bercilak, secamente, desejando sinceramente que não.

"Pronto!", pensou o lorde, como quem fisga o salmão. Conseguira finalmente o que queria! Quando ela irritava-se e mentia sem vacilações era porque estava disposta a dar livre curso às suas infames traições!

– Ah, esqueci de dizer-lhe: amanhã cedinho vou caçar – anunciou o lorde, ajeitando-se para dormir.

No dia seguinte, antes de partir, o lorde comunicou a Gawain o seu intento.

— Espero que não tome minha ausência como uma desfeita – disse ele, alegre como uma criança, com um falcão apoiado no braço. – Tenho programada esta caçada de longa data.

— De forma alguma, senhor – disse o cavaleiro. – Faça um bom proveito.

— Minha esposa lhe fará as honras da casa durante a minha ausência.

Sir Gawain lutou para manter sua face inalterada diante de tamanha e deliciosa novidade.

— Farei tudo para incomodá-la o menos possível – disse ele, sem achar coisa melhor para dizer.

— Quanto a isto, não se preocupe. Ela irá servi-lo em tudo quanto a honra e o recato permitirem.

Gawain achou que tudo já havia sido dito, mas o lorde não pensava assim.

— Ah, mais uma coisa! Sou um homem muito dado a jogos e desafios. Quero, pois, propor-lhe uma barganha.

"Uma barganha!", pensou Gawain, alarmado.

— Trarei a você tudo o que conseguir amanhã, durante a caçada. Em troca, quero que me dê tudo o que conseguir durante o período no qual eu estiver ausente.

Antes que o cavaleiro pudesse entender o que o seu anfitrião propusera, já este desaparecia no pátio em meio à barafunda fétida dos cavalos e dos lacaios.

Após a partida do lorde, o castelo ficou imerso no mais absoluto silêncio. Um delicioso e assustador silêncio.

No imponente salão, *lady* Bercilak lia um livro ao pé da grande lareira. Uma tora imensa de carvalho ardia a fim de espantar o inverno do seu descontentamento, como dizia a si mesma a cada nova estação fria.

Gawain viu-se na obrigação de fazer companhia à senhora do castelo – uma obrigação, de resto, nada onerosa ou desagradável. *Sir* Gawain cumprimentou *lady* Bercilak. Ela retribui-lhe o cumprimento, sem erguer os olhos do seu pequeno volume. Trocaram impressões superficiais sobre aquele livro, depois sobre todos os livros. *Lady* Bercilak adorava a poesia galante e, mais do que tudo, a que exaltava a natureza em traços veros, mas delicados.

— Admirável o seu adendo – disse o cavaleiro –, a natureza em traços veros, sim, "mas delicados".

— Creia-me, senhor: a natureza é tudo! – disse ela, empolgada, corando extraordinariamente em seguida, como se tivesse acabado de revelar a maior de todas as suas intimidades.

— Por que o rubor, minha senhora? – disse o cavaleiro, com um gentil sorriso. – Não disse, afinal, algo muito distante da verdade.

Lady Bercilak pareceu vagamente decepcionada. Mais do que isso: contrariada mesmo.

– A galanteria que um cavaleiro deve a uma dama não deveria obrigá-lo a concordar inteiramente com minhas palavras? – disse ela, fitando-o pela primeira vez nos olhos.

– Perdão, doce senhora. Se a senhora fosse a natureza inteira, para mim, então, ela seria tudo.

Lady Bercilak corou terrivelmente outra vez, como se a parte superior do seu vestido houvesse sido puxada para baixo abruptamente por mãos invisíveis, deixando inteiramente expostos os seus seios gráceis e simétricos.

Temerosa de ouvir, em seguida, um elogio inferior àquele – oh, como não suportaria uma retificação para menos daquelas sublimes palavras! –, *lady* Bercilak retirou-se rapidamente, pretextando um princípio de constipação.

A noite chegou, e com ela uma devastadora tempestade.

– Viva! – exclamou *lady* Bercilak, refugiada em seu quarto.

Ninguém em toda a Bretanha sabia admirar mais esta expressão máxima do vigor da natureza do que a esposa de lorde Bercilak. Na verdade, qualquer garoazinha miúda bastava para deixá-la num estado próximo do paroxismo. Jamais pudera entender o ódio que a maioria dos bretões estultos devotava à chuva, esta tradição nacional.

Os trovões ribombavam marcialmente, enquanto os ventos rivais atiravam chicotadas desencontradas de água nas paredes rijas do castelo. Como era gostoso ("excitante", dizia ela, colando a boca nas páginas abertas do seu umedecido volume) escutar os elementos a rugirem lá fora, em sua titânica revolta! Melhor ainda era ter a certeza de estar completamente a salvo no interior daquelas paredes sólidas, que nem mesmo um tufão poderia fazer ruir!

– A salvo? – exclamou, porém, num susto de si mesma.

Subitamente, lembrou-se de que os servos haviam sido dispensados logo ao cair da noite, restando apenas, do lado de fora, os soldados da casa da guarda.

– Deus, estou completamente a sós, dentro do castelo, com *sir* Gawain! – exclamou a desnorteada *lady*.

E lá fora a tempestade, que não deixava ninguém sair nem entrar.

A bela dama aguçou o ouvido. Apesar da chuva, escutara um ruído suspeito. Aquele foi o primeiro de uma espiral de ruídos que a partir dali passaria a escutar – tantos, na verdade, quantos queria escutar.

"Seriam os passos do cavaleiro?", conjeturou. O que haveria de querer consigo àquelas horas?

Aos poucos o acúmulo de ruídos fez crescer dentro de si o temor supremo de toda castelã: o de ser violada miseravelmente dentro dos seus próprios aposentos!

Num pulo, *lady* Bercilak saltou da cama e correu descalça a passar a tranca na porta.

– Tola! Como pude não pensar nisto antes? – disse ela, recostada na porta, a arfar violentamente.

Então colou um ouvido histérico na porta, para escutar melhor. Era preciso estar alerta para quando o violador viesse provocar-lhe a desonra. E então gritar com todas as suas forças.

Mas gritar para quem? Para o misterioso hóspede? Mas e se fosse ele próprio o agente da sua desonra?

"Mas podia não ser ele!", pensou, de repente, num alívio momentâneo. Poderia ser um salteador qualquer que tivesse se infiltrado sorrateiramente no castelo, aproveitando-se da ausência de lorde Bercilak.

– Preciso da sua proteção! – disse ela, de repente, correndo a vestir-se. – Ele é um protetor das damas, afinal!

Existem poucas coisas neste mundo que necessitem de menos consistência do que um pretexto. Foi, pois, com o mais frágil deles e uma vela bruxuleante na mão que *lady* Bercilak aventurou-se nos corredores de pedra.

Chapinhando nas poças d'água que o vento atirava para dentro das janelas, a dama avançou pelos corredores sob os flashes dos relâmpagos, até chegar à porta do quarto onde o hóspede deveria estar dormindo placidamente.

Mas, a exemplo da assustada dama, a última coisa que *sir* Gawain fazia neste instante era dormir placidamente.

"Será impressão minha, ou escutei três batidas à porta", pensou ele, erguendo a cabeça do travesseiro.

Eram três efetivas batidas na porta, sim, que se repetiram logo em seguida.

– Quem é? – perguntou ele, passando a mão na espada.
– Sou eu, *lady* Bercilak!
– O que houve, senhora? – disse ele, sem abrir a porta.
– Por favor, deixe-me entrar um instante. Estou assustada!
– S-sim... por favor! – exclamou o cavaleiro convidando que ela entrasse.
– Perdoe-me importuná-lo, mas esta chuva... estes trovões... e estas suspeitas...
– Suspeitas...?

Lady Bercilak ficou constrangida.

– Oh, são imaginações... julguei ouvir passos furtivos aproximarem-se do meu quarto...
– Mas quem haveria de ser, minha senhora? Não estamos a sós neste castelo?

A dama enrubesceu ainda mais, se tal coisa era possível.

– Decerto não imagina que eu próprio... – continuou a dizer o cavaleiro, antes de ver seus lábios selados por dois dedos alvos e finíssimos.

– Oh, não, não...! Não pense jamais isso, jovem adorável...!

Um trovão ensurdecedor cobriu providencialmente as duas últimas palavras.

– Perdoe, sou uma medrosa! – disse a dama, afastando-se do cavaleiro. – Acredito até em fantasmas!

Gawain quis dizer-lhe que enfrentaria qualquer fantasma por ela, mas quem parecia um fantasma era ele, sem conseguir mover-se nem pronunciar palavra.

Então, ao ver que o cavaleiro estava mais atrapalhado do que ela, *lady* Bercilak readquiriu sua audácia. Após reaproximar-se dele, disse-lhe numa voz bem diferente da anterior:

– Acho que o medo já passou e posso retornar ao meu quarto.

Gawain fez menção de abrir-lhe a porta, mas o belo rosto da dama, quase implorante, estava tão próximo de si que ele não teve como resistir.

Durante alguns segundos eternos, os lábios de ambos estiveram ardentemente unidos, até o instante em que Gawain lembrou-se da barganha e do que devia ao lorde ausente.

– Adeus, *lady* Bercilak! Não me faça dever mais do que isto ao seu esposo!

Sem querer onerar o cavaleiro com mais alguma obrigação cortês, a dama retornou ao seu quarto.

Na manhã seguinte, o lorde reapareceu, trazendo consigo uma corça enorme e gotejante de sangue.

– Tome! – disse ele, entregando o animal abatido a Gawain.

O cavaleiro tomou nos braços, meio desajeitadamente, a carcaça – já que não era para o ofício de caçador ou carniceiro que Deus o pusera no mundo –, observando com evidente desgosto o olhar do animal, um olhar fixo e inocente de cordeiro sacrificial.

– Eis o que consegui na caça! – disse o lorde, exultante. – Entrego-o a você, conforme o combinado. Agora, dê-me o que conseguiu durante a minha ausência.

Gawain ficou inteiramente desconcertado.

– Vamos, bom amigo, cumpra como bom cavaleiro a sua parte no trato!

Gawain tentou achar alguma falha no animal que o desobrigasse de cumprir a sua parte, mas não havia nada a objetar: o animal estava bem morto e bem caçado.

Então, diante desta sombria inevitabilidade, o cavaleiro encheu-se de coragem e disse:

– Eis tudo quanto obtive durante a sua ausência.

Após tomar a cabeça do lorde nas mãos, *sir* Gawain depositou-lhe um beijo rápido, contendo a custo a repugnância que lhe ia na alma.

O lorde sorriu amarelo, mas assim que o cavaleiro se retirou, pôs-se a morder a mão de raiva.

– Patife! – disse de si para si. – Quer fazer-me crer, então, que foi somente isso?

Infelizmente, tudo levava a crer que as coisas haviam se passado exatamente assim.

– Maldito impostor! Pois tudo quanto fizer com minha esposa terá de fazer obrigatoriamente comigo!

E foi assim que lorde Bercilak, num desarranjo total da sensatez, decidiu levar adiante esta nunca vista brincadeira.

No dia seguinte, bem cedo, o lorde partiu para uma nova caçada.

– Já sabe, hein? – disse ele a Gawain, nitidamente mais empolgado do que da primeira vez. – Quando voltar, repetiremos o brinquedo: dou-lhe tudo o que conseguir na caça, e você, tudo quanto conseguir na minha ausência!

Na mesma noite, Gawain trancou a porta do quarto, disposto a não sucumbir a novas tentações. Colocou dois travesseiros sobre a cabeça para não escutar nenhuma batida, por mais leve que fosse.

Apesar de tudo, o cavaleiro não conseguia pegar no sono. Virava-se de um lado e de outro, mas o silêncio enchia sua cabeça de ruídos ainda mais vívidos que os reais.

Dali a pouco o vento começou a soprar, como na noite anterior, enquanto os relâmpagos voltavam a esgrimir nos céus os seus espadins recurvos.

– Oh, estes temporais! – exclamou, apertando os travesseiros contra os ouvidos.

Então, num repente extravagante, lançou longe as cobertas e correu até a janela. Espreitou a entrada do castelo, um grande pátio onde as folhas soltas revoavam e esbatiam-se como morcegos desidratados. O pátio conduzia a um fosso enorme, do tamanho de um lago, onde nove cisnes senis deslizavam de dia por entre os caniços e os juncos.

Dali a pouco, Gawain viu *lady* Bercilak surgir como um espectro, envolta num manto escarlate. Com serena decisão, ela avançou até a borda do fosso, deixou cair o manto e mergulhou inteiramente nua nas águas geladas.

"Não pode ser! Estou delirando!", pensou ele, ao ver as nádegas da senhora do castelo alvejarem dentro d'água, de lá para cá, impelidas docemente pelo espanejar ritmado de seus pequeninos pés.

Ao chegar na extremidade do fosso, ela voltou-se e pôs-se a nadar de costas, com os seios empinados para o céu tempestuoso. Ao divisar, num estado febril, o triângulo enorme do púbis de *lady* Bercilak negrejar dentro d'água, *sir* Gawain cerrou os olhos com toda a força. Ao tornar a abri-los, porém, não viu mais mulher alguma a banhar-se: a água estava parada, e o manto vermelho havia desaparecido do chão.

Só então Gawain teve a certeza de que se tratava de uma visão infernal.

"Uma tentação diabólica! Um súcubo maldito enviado pelo inferno!", pensou ele, atarantado.

Gawain retornou às pressas para o leito e ali encontrou, despida e deitada, a esposa de lorde Bercilak.

– Aqui, as delícias! – disse ela, dando palmadinhas no colchão com um sorrisinho diabólico celestial.

Lady Bercilak estava estendida na cama como uma gata. Sua pele, levemente azulada pelo frio, ainda estava úmida da água. Ela afastou-se ligeiramente para o lado, coleando o corpo como uma serpente, até deixar *sir* Gawain ocupar o seu lugar.. Depois tomou assento sobre ele e, com os seios postos diante dos seus olhos atônitos, pôs-se a...

Uma levíssima batida na porta fez Gawain estremecer e voltar à realidade. Num pulo, correu a abri-la.

– Quem é? – disse ele, sabendo perfeitamente de quem se tratava.

– *Sir* Gawain, abra, por favor! Sou eu, *lady* Bercilak!

– De novo, minha senhora?

– Oh, é esta terrível tempestade! Morro de medo de tempestades!

A esposa do lorde entrou e aninhou-se entre os braços do cavaleiro.

– Por favor, *lady* Bercilak! – balbuciou ele, com os braços rijos de boneco.

– Estou com muito medo! – disse ela, implorante.

Mas, ao ver que o cavaleiro recusava-se a consolá-la, seu espírito conheceu rapidamente a irritação.

– Espírito falaz! Não manda, então, o seu código de honra proteger uma dama assustada?

Sir Gawain teve vontade de dizer que ninguém mais do que ele estava assustado, mas achou que nada seria mais capaz de infringir os códigos da sua ordem do que admitir isto.

Finalmente, a rigidez abandonou seus braços, indo procurar, em outro lugar, morada mais propícia.

– Está bem, minha senhora, acalme-se – disse ele, aninhando-a em seus braços.

Talvez tivesse se acalmado mesmo, não fosse um trovão apocalíptico ter estourado naquele instante, fazendo-a colar a boca contra o peito do cavaleiro e pôr-se a gritar histericamente por socorro.

– Vamos, acalme-se! – implorou ele, sentindo o hálito quente escaldar-lhe o peito.

Ela afastou-se um pouco e, com os olhos marejados pelas lágrimas, gritou:

– Ó, mais cruel dos cavaleiros! Bem vejo que consigo não existem mesmo cortesias!

Completamente esquecido do lorde e de suas apostas amaldiçoadas, *sir* Gawain fê-la calar-se, então, com um longo beijo – e logo a teria arrastado para o leito infernal caso o estardalhaço de uma dúzia de mastins esfomeados a ingressar no pátio não tivesse denunciado o regresso inesperado de lorde Bercilak.

– Ouço latidos de cães! – gritou ela, descolando os lábios. – Será o lorde que retorna da caça?

Era, já o dissemos.

Imediatamente, *sir* Gawain fez com que a dama regressasse às pressas para o seu quarto.

Dali a instantes, o lorde aparecia diante do cavaleiro, ensopado dos pés à cabeça.

– Meu bom amigo, não estranhe o meu retorno inesperado! – disse ele, extraordinariamente ansioso, com o falcão resfriado a gotejar-lhe sobre o ombro. – Com esta chuva não foi possível continuar a caçada!

Sir Gawain notou, não sem alguma apreensão, que o lorde havia ido falar direto com ele antes mesmo de ir ver a própria esposa. Que estranhas alterações estariam se processando naquela alma atormentada pelo ciúme?

– Ainda assim, cumpri a minha parte do desafio! – disse o lorde, desaparecendo do quarto e retornando em seguida com um javali de presas recurvas. – Eis um belo javali de longas cerdas para você!

Gawain pasmou para o animal que, apesar de bastante dilacerado pelos dentes da matilha, estava perfeitamente reconhecível. Uma onda de repugnância cresceu em seu peito ao ver a língua de palmo e meio do javali pendida para fora da boca, como um trapo ensopado.

– E você, meu jovem, o que tem para mim? – disse o lorde, impaciente.

O lorde disse exatamente isto:

– E você, meu jovem, o que tem para mim?

Coagido pela lei suprema que o regia, *sir* Gawain, com uma careta de agonia que rivalizava com a do javali, depositou um ósculo brevíssimo na boca do lorde.

Lorde Bercilak, apesar do mimo, pareceu novamente frustrado.

– Droga, esta ave está me resfriando! – disse ele, retirando-se para o seu quarto com o falcão gotejante.

Na manhã seguinte, porém, Gawain reencontrou-o com novo ânimo.

– Bom dia, amigo! – disse o lorde, muito bem-humorado. – Como vê, parto para mais uma caçada!

Lorde Bercilak deu uma piscada cúmplice para o seu hóspede e disse, antes de partir outra vez:

– Já sabe, hein? O nosso belo trato!

Aquela noite, que não trouxe tempestades nem fantasmas, nem por isto deixou de propiciar um novo encontro entre *sir* Gawain e *lady* Bercilak. Os dois, acordados por gritos aterrorizantes, haviam saído de seus quartos ao mesmo tempo e chocado-se violentamente. A dama, parte mais fraca do encontro, tombara nos braços do cavaleiro.

— Ar! Ar! Preciso de ar! – gritara ela, arfante, a ofertar-lhe os lábios.

Ele a socorrera numa bem-sucedida operação, antes que outro uivo medonho os trouxesse de volta à realidade.

— Não se preocupe! – dissera a dama. – São os cães de Bercilak, que uivam na lua cheia.

— Mas se são os cães do lorde é porque ele está de volta!

— Decerto que sim.

— Então, há aqui motivo de sobra para preocupações!

Gawain já ia retirar-se quando a dama lhe estendeu algo.

— Tome, fique com isto!

Era uma guirlanda de seda verde.

— Traga sempre no pescoço esta *Guirldle* e jamais terá motivos para se arrepender!

Neste ponto, ela se retirou, e o lorde surgiu com uma raposa com o pêlo todo tinto de sangue. Os olhos do lorde estavam tão vivazes quanto os da caça nos seus saltitantes dias de vida.

O hóspede recebeu nos braços, ainda trêmulos, a caça fresca e, antes que o lorde lhe fizesse a costumeira cobrança, aplicou-lhe, de uma vez, o odioso beijo na boca.

— Vou levá-la à cozinha, para que se faça dela um bom guisado – disse *sir* Gawain, a ocultar a guirlanda verde com tanto empenho quanto o lorde o fazia em relação ao seu febricitante ciúme.

E assim terminaram os três desafios de lorde Bercilak, nos quais *sir* Gawain provou a mistura exata do bom e do abominável. Ao mesmo tempo, chegara a hora de ele dar cumprimento ao verdadeiro desafio que o trouxera até ali: encontrar a Capela Verde e ofertar ao Cavaleiro Verde o pescoço para o golpe fatal do machado.

3 – A CAPELA VERDE

Gawain levantou-se no dia fatal, exatamente um ano e uma semana após o primeiro desafio. Armou-se dos pés à cabeça, sem esquecer de colocar no pescoço a guirlanda de seda, presente da bela esposa de Bercilak.

A fim de ajudar Gawain a encontrar o caminho para a capela, lorde Bercilak lhe ofereceu um guia – um sujeitinho magricela que não parecia lá muito animado com a incumbência.

— Senhor, tem certeza de que deseja mesmo ir até lá? – disse o guia, tão logo partiram.

— Naturalmente – disse o cavaleiro. – É uma questão de honra.

— Quer dizer que vai permitir que aquele diabo verde lhe corte a cabeça assim, sem mais nem menos?

— Já lhe disse: a honra a isso obriga.

— Mas de que vale a honra sem a cabeça?

Neste ponto, *sir* Gawain perdeu a paciência.

— Basta, vilão! Isto são assuntos superiores, totalmente alheios ao entendimento da baixa ralé.

Porém, quanto mais se aproximavam das terras onde ficava a capela, mais o guia ficava inquieto e reclamão.

— Eu lhe digo, senhor: isto é loucura completa! Eu não faria isso nem por honra nem por dinheiro.

— E sabe, porventura, o que seja um e outro?

Neste ponto foi a vez do sujeitinho se alterar todo.

— Hei de provar-lhe, senhor, que conheço ao menos o valor do dever!

Dois minutos se passaram, tempo mais do que suficiente para o guia esfriar o seu ímpeto.

— Sabia, senhor, que o cavaleiro da clorofila costuma recitar salmos satânicos naquela capela?

— Por que não diz de uma vez, frango d'água, que não quer levar-me até lá?

Outra vez o guia ofendeu-se – ou pareceu fazê-lo muito bem.

— Levá-lo-ci, senhor, é a minha missão! Espero que reconheça nela algo de honroso também!

— Decerto que sim – disse o cavaleiro, condescendente.

— A menos, é claro, que declare expressamente não precisar mais de mim.

Infelizmente, o cavaleiro não expressou nada neste sentido.

Então o guia compreendeu que chegara a hora do tudo ou nada: após enterrar as esporas no flanco ossudo do seu burrico, viu-se, em seguida, a rolar pelo pó da estrada como um feixe disperso de varas.

— Ai, ai, ai! Acho que quebrei a perna! E mais umas cinco costelas!

O cavaleiro não se deu ao trabalho de apear para verificar.

— Lamento, sire, mas acho que terá de seguir sozinho, agora!

Sir Gawain continuou, indiferente, como quem deixa para trás algo que não vale a pena voltar para recolher.

Gawain seguiu o caminho indicado pelo guia e chegou, finalmente, à Capela Verde. Na entrada da construção recoberta de heras, estava o Cavaleiro Verde, a afiar calmamente o seu machado num amolador cor de limo.

Ao ver o desafiante, o anfitrião expôs todos os seus dentes esmeraldinos num grande sorriso.

– Bom dia, cavaleiro! Agrada-me descobrir que a pontualidade é um dos seus traços fortes.

Sir Gawain, no entanto, não estava para cerimônias. Após desmontar, declarou seu propósito.

– Cumpramos de uma vez a parte final de nosso desafio.

Próximo dali estava um cepo de bom tamanho, para o qual o cavaleiro rumou seus passos.

– Teve um ano inteiro para afiar a sua arma – disse ele, resoluto, diante do sorriso de vagem rachada do gigantesco cavaleiro. – Vamos acabar logo com isso.

Era uma manhã gélida. Nos galhos carregados de neve, os pássaros exortavam o sol a apressar a sua subida pelo céu da Bretanha, que amanhecera miraculosamente límpido e cristalino.

Sir Gawain, no entanto, não podia ver nada disso, pois tinha a cabeça voltada para a terra. Atrás de si estava o Cavaleiro Verde, a empunhar o seu enorme machado de dois gumes.

– Muito bem, lá vai! – disse ele, fazendo descer, de uma vez, a terrível arma sobre o pescoço da vítima.

Gawain escutou o silvo agudo da lâmina. Quase ao mesmo tempo sentiu todo o seu corpo estremecer.

– É o fim! – pensou ele, cerrando os olhos para não ver o mundo rodar diante de si.

Mas nada rodou. Sua cabeça continuava solidamente presa ao pescoço!

– Mas o que é isto? – disse, atônito, o gigante verde.

Ele tornou a erguer o machado e desferiu um segundo golpe com o outro lado da lâmina – um ato de moralidade duvidosa, já que ninguém mencionara a possibilidade de aplicar-se um segundo golpe no caso do primeiro falhar.

Mas mesmo este também falhou. E também um terceiro golpe.

– Não entendo! – disse o algoz. – Ninguém até hoje escapou ao golpe certeiro do meu machado!

Sir Gawain, que a esta altura já estava de pé, tomou para si a palavra:

– A mim pouco importa o seu histórico de crimes! Tudo quanto sei é que terminou a brincadeira! Que tal duelarmos agora como dois verdadeiros cavaleiros?

Neste momento, o cavaleiro, lançando fora o machado, fez a mais espantosa das revelações.

– Então não me reconhece, bravo amigo? Sou eu, lorde Bercilak!

Sir Gawain custou a reconhecer nos traços vegetais do cavaleiro a figura do enciumado lorde.

– Não se assuste, isto são artes de Morgana, irmã de Artur!

– Morgana, a feiticeira, envolvida nisto! – exclamou Gawain, dando um tapa na testa. – Claro, só podia ser!

– Morgana concedeu-me a faculdade de tornar-me o Cavaleiro Verde a fim de testar a lealdade dos cavaleiros da Távola Redonda – disse o gigante, a coçar vigorosamente a orelha verde, como se tivesse alojada ali uma pulga da mesma cor.

– Lealdade? – disse Gawain, furioso. – Chama lealdade desferir-me três golpes, quando lhe desferi apenas um?

– Bem, admita que por três vezes, em meu castelo, você também foi desleal para comigo.

Gawain lembrou-se imediatamente de *lady* Bercilak e dos três ardentes beijos que lhe dera.

– De minha parte, considero-me perfeitamente quites – disse o lorde, com um sorriso delicioso.

Gawain passava a mão sobre a nuca quando tocou a guirlanda mágica: fora ela que o salvara!

"Bem me valeu, então, aquela deslealdade!", pensou ele, "pois sem ela estaria agora sem a cabeça!"

Sir Gawain não teve tempo de avaliar todo o alcance moral desta nova revelação, pois lorde Bercilak – ou, se preferirem, o Cavaleiro Verde – ofereceu-se para acompanhá-lo até Camelot.

– Vamos! – disse o gigante, saltando, com o machado às costas, para a sela do seu cavalo de esverdeadas crinas. – Não vejo a hora de tornar-me, também, um dos cavaleiros do rei Artur!

E aqui termina o famoso desafio que o misterioso Cavaleiro Verde fez a Artur e seus cavaleiros numa gelada noite de Natal. Resta dizer apenas que o rei recebeu os dois cavaleiros com grandes festejos, sem fazer maiores objeções a guirlandas salvadoras e aos meios mais ou menos tortos de se obtê-las. O que importava era ter o valente Gawain de volta com a cabeça sobre os ombros e ver incorporado à sua Távola, com ou sem cabeça, o bravo Cavaleiro Verde.

Isso serviu, também, para amenizar-lhe um pouco a dor da perda de Merlin – pois, sabe-se lá por que motivos esotéricos, o mago desaparecera da corte para nunca mais retornar.

GARETH E LINETH

1 – CAMELOT: VISITE NOSSA COZINHA

Salão real de Camelot. Rei Artur estava sentado ao redor da mais famosa das távolas, a debater animadamente com seus cavaleiros. De repente, um jovem desconhecido, com vestes improvisadas de cavaleiro, adentrou o salão.

O estranho rumou até o rei num passo talvez altivo demais.

– Alto! Quem é você? – disse Artur, fazendo o estranho parar com um gesto viril da mão.

O estranho fixou a mão e, por alguns breves instantes, pareceu hipnotizado por ela.

"Temos novo Cavaleiro Verde?", pensou o rei, antes de engrossar a voz.

– Vamos, intruso! Diga logo quem é!

– Não está me reconhecendo, meu tio? Sou seu sobrinho, Gareth, irmão de Gawain!

O jovem esfregou nervosamente as suas enormes mãos, como se as lavasse no próprio suor.

Artur fixou o rosto daquele que se dizia seu sobrinho, sem muito entusiasmo.

– Muito bem, o que deseja?

– Espere, senhor! – interrompeu Gawain. – Nunca vi este sujeitinho aí que se diz meu irmão!

– Fomos criados separadamente – respondeu o recém-chegado. – Mas certamente já ouviu falar em mim!

Sir Gawain, sem poder negar, confirmou com uma careta contrariada.

– Arre! Desde que tomei assento nesta Távola que os parentes brotam de todos os lados como gotas de um chafariz! Por que não vai fazer outra coisa, moleque?

– Quero ser cavaleiro, meu tio – disse Gareth, alheio à interrupção. – Com algum treino tenho a certeza de que estarei plenamente apto a integrar o grupo seleto dos cavaleiros que servem ao rei dos bretões.

A resposta não poderia ser pior: um coro ululante de risos.

Neste instante entrou no salão *sir* Kay, o condestável de Camelot. Era o encarregado da administração do castelo e também o responsável pela área de suprimento.

– Perdoe a intromissão, meu senhor – disse ele, estudando o jovem dos pés à cabeça –, mas acho que posso encontrar uma boa ocupação para este rapazinho enquanto ele não se torna plenamente apto a integrar esta Távola.

– É mesmo? – perguntou o rei, com um sorriso mais aborrecido do que divertido.

– Para mim não poderia ter chegado em melhor hora, majestade. Preciso urgentemente de alguém para me dar uma mãozinha na cozinha. E veja só que mãozinhas ele tem para dar!

Todos os olhos pousaram nas mãos desproporcionais e irrequietas do jovem.

– Parece uma boa idéia – concluiu Artur. – Faça como achar melhor.

O jovem Gareth ficou tão afrontado pela sugestão que perdeu a palavra.

– Se o rei diz, está dito! – disse o despenseiro, alígero. – Vamos lá, garoto!

Sem voz e sem ação, Gareth foi levado para a cozinha sob um novo coro de risos.

Houve um cavaleiro, porém, que viu no jovem candidato a auxiliar de cozinha algo mais do que um mero depenador de aves ou girador de espetos.

– Perdoe se volto ao assunto, meu rei – disse Lancelote, antes de reiniciarem os debates –, mas não lhe parece um desperdício deixar mourejar na cozinha um jovem daquele porte? Deve possuir uma força colossal naquelas mãos!

– Oh, não! De novo o fedelho? – exclamou Gawain, irritado.

– Meu bom Gawain, sei reconhecer, quando vejo, um par promissor de mãos! Este jovem parece predestinado pela natureza a manejar com vigor e perícia todas as armas de um cavaleiro.

– Não o duvido! – disse o rei, decidido a pôr um ponto final na questão. – Mais adiante veremos como segura uma espada ou maneja um escudo. Antes, porém, quero ver como carrega uma bandeja ou assa um javali de bom tamanho!

E foi assim que a sorte dos primeiros dias do jovem Gareth em Camelot viu-se definitivamente selada.

– Muito bem, Beaumains, vamos ver como se sai com este cutelo e esta bela carcaça! – gritou rudemente o despenseiro a Gareth, a quem logo apelidou de "belas mãos", em francês.

Ambos já estavam no interior da famosa cozinha de Camelot. No ar havia o ruído infernal de uma atividade que parecia perpétua. O jovem candidato a cavaleiro estava trajado com um magnífico jaleco de carniceiro coberto de manchas de sangue de pelo menos vinte gerações de bois e galináceos.

Sir Kay, o despenseiro, acompanhou com olho atento o desempenho do aprendiz, que se virava como podia com seu machado afiadíssimo. Seus colegas, no entanto, pareciam algo desconfortáveis com a sua presença.

– Por favor, *sir* Kay, retire este frangote daqui antes que ele nos despedace a todos junto com os animais! – disse Moustache, um cozinheiro de braços peludos como os de um macaco. Os pêlos estavam todos melados de sangue e até mesmo o seu bigodão de pontas em gancho parecia ter sido lustrado com este mesmo "azeite".

As postas que Gareth cortou foram lançadas numa gamela repleta de uma carne escura e quase podre.

– Puá! – fez o jovem, nauseado com o fedor indescritível.

– Oh, ruim? Pois lhe garanto que vai achar isto aqui o jardim das rosas quando pisar pela primeira vez num campo de batalha! – disse-lhe *sir* Kay, antes de levá-lo a cumprir nova e prazerosa tarefa.

– Muito bem, apresento-lhe agora estes dois adoráveis cavalheiros! – disse *sir* Kay, apontando dois rapagões imundos, que há horas executavam a mesma tarefa: surrar impiedosamente bistecas de carne com um martelo de pau. A carne estava posta em cima de um pequeno banco de dois pés e sobre ela choviam os golpes e as injúrias:

– E toma mais esta, saxão! – gritou um deles.

– E leva mais esta, romano! – exclamou o outro.

A carne, que teoricamente só deveria ser temperada mais tarde, recebia ali mesmo o primeiro batismo de sal do suor que gotejava sem parar dos sovacos dos dois amaciadores de carne.

Gareth também recebeu um banco, um martelo e uma gamela cheia de bistecas para amaciar.

– Rá! Rá! Que o velho Uther retorne de Avalon e me leve com ele se já se inventou exercício melhor para fortalecer os músculos de futuros cavaleiros! – disse *sir* Kay, lavado de riso.

Gareth estava, agora, noutra parte da despensa, debruçado sobre uma enorme manjedoura de sal. Havia duas extenuantes horas que não fazia outra coisa senão esfregar pedaços de carne no áspero tempero. Suas mãos, até há pouco tempo alvíssimas e lisas, estavam inchadas e repletas de cortes.

– Oh, *sir* Kay! – clamou o jovem, a mostrar suas mãos judiadas. – Logo estarão inutilizadas!

– Beaumains, você não passa mesmo de um *parvenu*! – disse o despenseiro. – O que o sal fura, o sal cura! Ande logo e coloque a carne naqueles barris ali!

Sir Kay apontou para grandes barris enfileirados que outros serviçais fizeram rolar durante a manhã inteira por um grande e escuro corredor. Ali a carne que não era consumida imediatamente era guardada junto com frutas e especiarias. Junto com o sal, elas ajudavam a impedir o apodrecimento total da carne.

E foi assim que, até a noite, Gareth teve motivos de sobra para distração e cansaço.

O aprendiz dormiu aquela noite como quem dorme seu último sono, aspirando ininterruptamente o chulé dos serviçais. Cedo da madrugada, porém, viu-se acordado pelos berros do despenseiro-mor.

– Fora da cama, dorminhoco!

Naquele dia, o jovem das belas mãos teve de haver-se com a cozinha propriamente dita. Havia ali tamanha agitação que ele chegou a sofrer de vertigens.

– Vamos, molóide, ajude a colocar de volta o caldeirão no gancho!

No dia anterior, o caldeirão principal havia sido lavado e areado, e agora era hora de ele retornar ao seu elemento natural: o fogo escaldante.

Com que prazer *sir* Kay viu aquele gigantesco e bojudo recipiente de ferro ser alçado por oito braços robustos e conduzido depois, como uma relíquia sagrada, de volta ao seu gancho de repouso!

– Isto, agora a fogueira! – bradou ele, vendo crescer, em instantes, as primeiras labaredas.

Instalado, assim, no interior da imensa lareira, a alguns centímetros das toras flamejantes, o caldeirão readquiria rapidamente a sua dignidade ígnea, começando a ganhar aquelas bochechas vermelhas que faziam os olhos do despenseiro encherem-se de lágrimas.

– O bochechudão! – disse ele a Gareth, numa vaidade paterna. – Pode haver algo mais belo neste mundo?

Sir Kay sentia-se o próprio deus Daghda diante da Panela do Grande Pai – como era chamado o caldeirão ritual da tradição celta –, a cozinhar amorosamente todos os males e bens da humanidade.

Ao lado do caldeirão havia um espeto gigantesco, capaz de empalar ao mesmo tempo cinco bois inteiros.

– Muito bem, agora é só girar o brinquedo! – disse *sir* Kay, entregando a um incrédulo Gareth a função de fazer girar, por horas a fio, um enorme javali até tê-lo dourado dos pés à cabeça.

Neste novo passatempo, Gareth consumiu, até a noite, o restante de suas forças.

2 – GARETH VAI À LUTA

Enquanto Gareth fazia seu árduo aprendizado na cozinha, os cavaleiros de Camelot exercitavam-se em animados torneios. Assim que *sir* Kay virava as costas, o jovem aprendiz corria à janela para espreitar, nem que fosse por alguns segundos, os combates dos cavaleiros.

– Isto é o que eu queria! – exclamava ele, a golpear as coxas com o pano de prato ensopado.

– Já pra tina! – dizia-lhe o despenseiro, apontando-lhe a tina repleta de pratos imundos.

Certo dia, porém, Gareth foi surpreendido por uma alegre invenção dos cozinheiros.

– Quer tomar parte numa justa? – disse-lhe um deles. – Daqui a pouco teremos uma daquelas!

Aproveitando as ausências eventuais de *sir* Kay, os cozinheiros organizavam uma paródia de torneio dentro da própria cozinha, onde sobrava espaço para as "cavalgadas heróicas". Gareth, animado, quis ser um dos cavaleiros.

– Oh, não, aprendiz! – disse o organizador. – Antes de ser cavaleiro, há de ser cavalo!

E foi assim que Gareth, com uma toalha encardida jogada por cima, teve de carregar nas costas um dos lavadores de pratos mais fedorentos que já existiram em toda a Bretanha. Armado de uma baixela amassada e duas vassouras acopladas, o Cavaleiro da Noz-Moscada enfrentava, em glorioso desafio, o Cavaleiro da Tina Rachada.

– É a primeira vez que vejo um cavaleiro cheirar pior do que o cavalo! – disse Gareth, recebendo um golpe nos rins das esporas fingidas do senhor da Noz-Moscada.

– Vamos, relinche! – disse o nobre cavaleiro.

Assim, enquanto o despenseiro não retornou, travaram-se várias justas em plena cozinha de Camelot. Gareth, tendo saído-se bem como cavalo, foi logo ordenado Cavaleiro do Pilão e da Escumadeira e, sob este honroso título, venceu todos os seus confrontos.

No outro dia, Gareth estava de novo a espreitar na janela, duplamente animado, quando foi flagrado por ninguém menos do que Lancelote.

– Vejo que se interessa mesmo por batalhas! – disse ele, com um sorriso.

– Amo a cavalaria! – respondeu Gareth, corando. – Daria tudo para participar de uma justa de verdade!

Lancelote esteve alguns segundos a admirar o entusiasmo do rapaz. Então, num repente, exclamou:

– Pois muito bem, eu o desafio!

O queixo de Gareth se desprendeu e permaneceu caído. Ele entendera direito ou o mais valoroso dos cavaleiros de Artur estava realmente a desafiá-lo para uma justa?

– O s-senhor... está b-brincando?

– Não, não estou. Quero ver como se sairá em seu primeiro desafio.

– Desde já considero-me vencedor, sire, por ter Lancelote do Lago como meu primeiro oponente!

– Há muito mais em jogo do que o mero orgulho, meu rapaz. Saiba que o vencedor terá como missão libertar a dama de Lionesse, que se encontra prisioneira. Sua irmã Lineth veio esta manhã pedir auxílio a Artur.

"Uma missão! Libertar uma dama!", pensou o jovem, quase a ponto de desmaiar.

E foi assim que Gareth passou de aprendiz de cozinheiro a aprendiz de cavaleiro.

Foi um curto, mas árduo aprendizado: Gareth teve de aprender a manejar a lança e dominar um cavalo de verdade em poucos dias, enfrentando o alvo móvel preso a um poste. A cada bote errado um saco de terra pesadíssimo lançava-se contra ele, fazendo-o despencar do cavalo. Seu corpo recobriu-se de manchas roxas de todos os tons até ser julgado apto por seu treinador a enfrentar *sir* Lancelote com alguma chance de sair com vida do confronto.

Sir Kay, no entanto, permanecia inconformado com aquela nova situação.

– O lacaiozinho acha mesmo que pode ser cavaleiro? – disse o despenseiro, ao ver o jovem vestir a armadura no seu quarto – um quarto tão estreito que a cada movimento seu a parede era fortemente golpeada.

– Dá licença, sim? Tenho de ir justar com *sir* Lancelote – disse Gareth, embainhando a espada com uma mão e espalmando a outra no peito do despenseiro para abrir passagem.

E então a arena gloriosa surgiu-lhe pela frente.

Lancelote e Gareth postaram-se nos dois extremos da arena sob os olhos atentos de toda a corte. Todos estavam alegres e expectantes, à exceção de Lineth, a desairosa irmã da raptada que, do alto da tribuna de honra, esbravejava de inconformidade. (Na verdade, ela não se conformava mesmo era com o fato de não ter sido ela a raptada.)

– Não vou aceitar que um lavador de pratos chamado Beaumains seja o libertador de minha irmã!

E tanto azucrinou que o próprio rei, perdendo a paciência, espichou a cabeça e gritou encolerizado:

– Por que não te calas?

Um coro de risos precedeu o sinal do juiz para que os dois competidores se lançassem um contra o outro. Artur determinara que os cavaleiros portassem lanças de madeira com as pontas rombudas.

– Não podemos pôr em risco a vida do jovem – dissera ele, sem considerar a hipótese de uma vitória dele.

Mesmo assim, a disputa não era totalmente isenta de perigos, pois era muito comum, por exemplo, um dos competidores cair do cavalo e quebrar o pescoço.

Os cavalos partiram, afinal. Lancelote e Gareth aproximaram-se rapidamente. Cada qual corria de um lado da cerca, posta entre ambos os competidores para que não trombassem na hora do encontro das lanças. Os torrões de terra subiam para o alto com uma ferocidade vulcânica.

— É agora! – gritou alguém na platéia.

Um ruído espantoso fez as damas pularem nos assentos. Gareth havia sido atingido, mas a proteção do escudo havia-o livrado do pior. Os dois cavalos afastaram-se. Nenhum dos cavaleiros havia sido derrubado.

— Viva! – disse o treinador de Gareth, gritando e pulando de alegria ao ver seu pupilo resistir ao primeiro embate, pois esta era toda a vitória que esperava obter daquele confronto.

Na tribuna, porém, houve um instante de pasmo.

— Lancelote não o matou? – perguntou cem vezes a mulher que não queria calar-se.

— Oh, donzela, por quem sois! – gemeu finalmente alguém ao seu lado. – Mas não está vendo? Lá estão ambos! Ninguém morreu, e a coisa vai começar outra vez!

— Mas Lancelote não deveria tê-lo matado logo na primeira vez?

— Que sei eu do que deveria ou não deveria, minha senhora?

— Senhorita! Eu tenho o caroço!

— Olhe, lá vão eles! – disse o outro, sem entender o que era aquilo de caroços.

Invertidas as posições, Lancelote e Gareth galopavam velozmente para um novo encontro. A assistência, eletrizada, permanecia em pé, certa de ver agora o desfecho.

Um novo oh! de espanto varreu a platéia e a tribuna de honra. O inesperado tornara a acontecer: a lança de Lancelote partira-se de encontro ao escudo de Gareth, que continuara a galopar pimpão e sem nenhum arranhão! Já o cavalo de Lancelote havia se ferido com uma lasca da lança partida e manquejava lamentavelmente.

— Mas o que é isto? Uma maldita farsa? – esbravejou a donzela tagarela. – Se é este o campeão que deverá salvar minha irmã, a pobrezinha está muito bem arranjada!

— Pelo jeito parece que não será Lancelote quem irá salvá-la! – disse Artur, duplamente feliz por manter em sua corte o melhor dos seus cavaleiros e ganhar, ao mesmo tempo, um habilidoso homem de armas.

Lancelote pediu outra lança. Seu escudeiro arremessou uma nova de madeira.

— Esta não, a outra – disse ele, serenamente.

Ora, a outra era de metal e sem qualquer proteção na ponta!

— Dêem outra igual a Gareth e recomecemos com isto – completou o Cavaleiro do Lago.

Como em resposta, o seu cavalo relinchou penosamente. Lancelote alisou-lhe o flanco ensangüentado e disse:

— É o que nos cabe agora, amigo: sangue e honra.

Gareth, porém, ao ver o estado do cavalo de Lancelote, jogou sua lança ao chão e voltou-se para a tribuna:

– Meu rei e senhor! Quero encerrar aqui este combate!

– Mas não houve, ainda, vencedores – disse Artur, que ansiava por uma solução de consenso que poupasse os dois contendores.

Lancelote, então, retribuindo o nobre gesto de Gareth, ergueu a viseira do elmo e disse:

– Houve um vencedor, sim!

Depois, voltando-se para o adversário, disse-lhe com um grande sorriso:

– Parabéns, *sir* Gareth! Reconheço como sua a vitória!

O pobre jovem quase desmaiou de emoção ao ver-se sagrado vencedor e, mais do que tudo, por ter recebido de Lancelote um tratamento reservado somente aos nobres.

Artur declarou encerrado o desafio e chamou os dois para comemorarem consigo.

Alguém, no entanto, não apreciara muito o resultado da diversão.

– Que paspalho! – rosnou a donzela que ninguém queria raptar. – Por que não matou de uma vez aquele fanfarrão? Gentileza e clemência ficam bem numa donzela impoluta como eu e não em guerreiros audazes e cruéis como deveriam ser estas duas latas de manteiga aí!

Depois, voltando-se para Artur, arrematou:

– É este mariola que pretende enviar para enfrentar os raptores de minha irmã?

– Sim, ele é o vencedor. Gareth provou suficientemente o seu valor.

– Pois acho mais fácil que vá lamber as esporas dos raptores do que combatê-los!

– Basta de impertinências! – exclamou o rei, pronto a perder de novo a compostura real.

Gareth, porém, estava alegre demais para aceitar desfeitas.

– Compreendo perfeitamente a sua prevenção, cara donzela – disse ele a Lineth, em respeitosa curvatura. – A prevenção, sabemos todos, engendra a má vontade, e, como diz o ditado: "A má vontade não elogia".

Lineth suspendeu a sobrancelha esquerda, caracterizando com isto um poderoso esforço mental de compreensão.

– Belindanas! – disse ela, ao cabo de alguns segundos, o que, no seu linguajar altamente pessoal, queria dizer simplesmente: "Não entendi o que quis dizer nem quero entender!"

– Amanhã parto para libertar sua irmã – acrescentou Gareth. – Esteja certa, cara donzela, de que empregarei nisto todas as minhas forças.

Ao ver que não havia outra solução, Lineth deu as costas a todos e foi refugiar-se, chorosa, em seus aposentos.

Gareth, a exemplo da donzela, também passou a noite em vigília, orando a Nosso Senhor pelo bom sucesso das suas armas. Antes, Artur sagrara-o cavaleiro numa cerimônia que ele jamais esqueceria.

– Agora sou um dentre eles! – dizia a si mesmo, por entre as palavras das orações. – Cavaleiro de Artur!

Estava nisto, quando escutou um toc-toc receoso na porta.

– Quem é? – respondeu ele.

– Permita que eu entre – disse uma voz quase inaudível.

Gareth assim o fez e viu entrar porta adentro uma mulher tapada dos pés à cabeça.

– Vim desejar-lhe boa sorte – disse a criatura, descobrindo timidamente o véu.

– Lineth, você aqui!

Sim, era ela ali. Extraordinariamente confusa, a donzela não sabia o que dizer a Gareth senão desejar-lhe mil vezes uma boa sorte em sua missão – "toda a sorte do mundo".

Gareth agradeceu outras mil vezes e já conduzia a donzela para a porta com suas mãos impressionantes quando viu-a voltar-se abruptamente, a cabeça inteiramente descoberta.

– Sabe, meu jovem, eu permaneço virgem! – disse ela, numa erupção súbita e grotesca de orgulho casto.

O cavaleiro não soube o que dizer, senão um frouxo "É mesmo?"

– Sim, soube triunfar, dia após dia, de todas as odiosas tentações da carne!

Então, num gesto ainda mais inesperado, tomou uma das mãos de Gareth e introduziu-a por dentro do manto, na altura do seu seio esquerdo.

– Apalpe, meu jovem, apalpe! – disse ela, comprimindo sobre o peito a mão do cavaleiro. – Agora, diga-me: o que sente? O que sente?

Gareth sentia que o seio escaldava, mas não achou muito cavalheiresco dizer.

– Vamos, apalpe melhor, use estes adoráveis dedos! – insistiu ela. – Não sente aí uma protuberância?

Gareth apalpou, atarantado, e declarou senti-la.

– Oh, Deus seja louvado! Sentiu-a mesmo?

Gareth afirmou com a cabeça, disposto a sentir qualquer coisa para livrar-se do terrível embaraço.

– É o caroço da castidade! – revelou ela, triunfante, libertando a mão do cavaleiro. – Talvez não saiba, mas somente nós, as castas perseverantes, o possuímos! Quero que o salvador de minha desafortunada irmã – a esta altura, já miseravelmente desonrada! – possa atestar que ao menos eu soube defender e preservar a minha castidade!

E mais não disse, desaparecendo pela porta como desaparecem os espectros.

Gareth partiu e combateu os raptores da dama de Lionesse com tal perícia e denodo que logo retornou vitorioso, trazendo consigo a bela donzela.

– Obrigada, belo e gentil cavaleiro! – exclamou a doce dama de Lionesse, de fresco hálito, ao ouvido de seu salvador, enquanto cavalgavam por entre belas colinas e verdejantes florestas.

A donzela ia junto com o seu salvador, na mesma sela, voltando-se a todo instante para dizer-lhe coisas adoráveis.

– Não poderia ter encontrado cavaleiro mais justo e audaz para me defender!

Desta vez, porém, suas bocas ficaram tão próximas que Gareth não resistiu e deu-lhe um longo beijo.

"Estou no céu!", pensou ele, extasiado. "Após vencer uma disputa com o maior cavaleiro de Camelot e derrotar os raptores desta adorável jovem, cavalgo agora com ela por amenos prados, a trocar deliciosos beijos e juras de amor!"

– Justos céus, que mais posso querer? – disse ela, repetindo as mesmas e exatas palavras que ele pensava.

– Como disse?

– Oh, perdoe-me! Dizia a mim mesma que devo estar no céu, pois após ter sido raptada por malfeitores, vejo-me agora a cavalgar com meu belo salvador por amenos prados, a trocar deliciosos beijos e juras de amor!

Gareth sorriu, deliciado, e arrematou:

– Sim, meu amor. Que mais podemos querer?

Os justos céus sabiam e fizeram descer, no mesmo instante, uma refrescante e copiosa chuva.

Gareth envolveu a dama em sua longa capa e assim cumpriram ambos, como um só ser, o restante da viagem.

Quando *sir* Gareth retornou a Camelot sua fama já corria pela boca dos menestréis.

– Ouça, eles já cantam meus feitos! – disse ele à dama, que corou ao ver-se mencionada nos versos.

O único que continuava a desconsiderar os feitos de Gareth era *sir* Kay, o invejoso condestável.

– Sorte de aprendiz, eis tudo! Logo voltará a amaciar bifes na cozinha!

Mas Gareth estava predestinado a ser um grande cavaleiro, e nada poderia fazê-lo retroceder. Até mesmo Lineth, a irmã da donzela raptada, passara a admirar o novo cavaleiro.

– Bravos, *sir* Gareth! – disse ela, antes mesmo de abraçar a irmã, que recolhera-se aos aposentos para preparar-se para a festa que Artur daria em homenagem a ambos. – Como arrependo-me de minhas primeiras e inconsideradas palavras! Por favor, peço que esqueça o mau julgamento que fiz de você!

Gareth abraçou Lineth como a uma sogra chorosa.

– Está tudo esquecido! – disse ele, com toda a fidalguia.

– Permita, então, que eu seja a sua dama de companhia durante a festa! – disse ela, com olhos súplices. – Só assim poderei considerar-me totalmente perdoada!

– Perdoadíssima está, minha senhora – disse Gareth, tentando desvencilhar-se.

Lineth, porém, tomando-lhe o braço, travou docemente a sua partida.

– Por que diz "senhora", anjo alabastrino? – segredou-lhe ela, num sussurro cúmplice. – Não sabe, então, que ainda permaneço donzela?

Gareth jamais soube dizer se Lineth enfatizara ou não a palavra "ainda". O fato é que, prevendo o pior, decidiu esclarecer logo as coisas com aquela enigmática mulher.

– Minha cara amiga, agora que fizemos as pazes posso contar-lhe, também, um maravilhoso segredo.

"Oh, meu Deus! Ele também possui o estigma dos puros!", pensou ela, quase a desfalecer de gozo.

– A dama de Lionesse e eu vamos nos casar – disse-lhe ele, baixinho. – Queremos que seja nossa madrinha!

Lineth sentiu o sangue do rosto refluir inteiro para a caldeira do coração e retornar, em seguida, numa temperatura escaldante.

– C-como? Vai casar-se com a rameira?

– Minha senhora...! O que está dizendo?

– Senhorita! Eu tenho o caroço!

Gareth tentou desvencilhar-se outra vez, mas em vão.

– Ela está desonrada, ouviu? Desonrada para sempre! Esteve nas mãos de vilões, ouviu? O que acha que fizeram com ela todo este tempo? Violada, ouviu? Violada e desonrada! É com esta mulher que pretende casar-se?

Sim, ele casaria com ela de qualquer maneira, afiançou ele, dando as costas a mais pura e frustrada das mulheres.

Felizmente nada daquilo que Lineth dissera se passara, e Gareth pôde casar-se livremente com sua amada.

E foi assim que Gareth, de simples cozinheiro, passou a ser um dos melhores cavaleiros da Távola Redonda.

BALIN E BALAN

1 – A DONZELA E A ESPADA

Balin e Balan foram dois bravos cavaleiros do rei Artur, cuja história conheceremos agora.

Embora, a princípio, seus nomes possam sugerir algo de cômico, parecendo mais próprios de bufões do que de cavaleiros, estes dois irmãos gêmeos foram especialmente audaciosos e tiveram um dos mais trágicos finais dentre todos os bravos cavaleiros da corte do rei Artur.

Tudo começou no dia em que uma mensageira vinda do Reino das Névoas chegou ao castelo de Camelot.

– Trago uma mensagem da senhora de Avalon – disse a bela amazona, montada num fogoso corcel branco.

A Casa da Guarda, composta de vários soldados, divertiu-se diante da inusitada figura.

– O que faz uma donzela montada deste jeito? – disse um dos guardas, aproximando-se.

Ao vê-lo aproximar-se demais, porém, o cavalo branco relinchou e empinou, pedalando as duas patas dianteiras na cara do alabardeiro, que foi estatelar-se ao chão.

Todos riram, mas a donzela permaneceu séria, a manejar habilmente as rédeas prateadas.

– Muito bem, pode entrar! – disse, afinal, o chefe do grupo.

A porta levadiça foi suspensa, e o ruído áspero das polias e correias substituiu o do riso dos homens. As janelas do castelo encheram-se dos rostos curiosos da criadagem, e foi sob as vistas de quase uma centena de olhos arregalados que a recém-chegada adentrou os paços majestosos da morada de Artur.

A amazona foi conduzida ao salão real, onde estavam o rei e a rainha. Após cumprimentá-los, retirou de sob o manto de pele o pergaminho selado e o entregou ao rei.

Ao fazê-lo, porém, deixou entrever, presa à cintura, uma pesada espada no interior da bainha.

– O que uma bela jovem como você faz com uma espada deste tamanho? Não há cavaleiros em Avalon para defender as donzelas? – perguntou Artur, divertido.

Ao ouvir falar na espada, o rosto da donzela anuviou-se.

– É meu negro fado carregá-la, sire, até o dia feliz no qual um cavaleiro de coração puro dela me liberte.

Artur lembrou imediatamente da espada que arrancara da rocha, e cismou se ali não estaria um desafio bem mais áspero e difícil: arrancar uma espada da cintura de uma mulher.

– Já atravessei, inutilmente, toda a Bretanha – prosseguiu ela, pesarosa. – Então, a senhora de Avalon determinou que viesse à sua corte, na esperança de encontrar aqui o cavaleiro capaz de libertar-me deste pesadíssimo fardo.

Ao escutar estas palavras, o rei abriu um grande sorriso.

– Pois veio ao lugar certo! Existem aqui dezenas de guerreiros capazes de livrá-la deste tormento!

No mesmo instante ordenou a um lacaio que fosse chamar todos os cavaleiros da Távola Redonda.

– Diga-lhes que os espera, em meu salão, o mais fácil e delicioso dos desafios!

Não demorou muito para que um alegre e ruidoso cortejo de guerreiros adentrasse o salão.

– Vamos, aproximem-se todos! – bradou o rei.

Assim que souberam do que se tratava, os cavaleiros puseram-se a disputar entre si para ver quem realizaria uma tão alta façanha a um preço tão baixo.

A Iwein, um dos mais respeitados cavaleiros de Camelot, coube a honra de ser o primeiro a tentar. Um murmúrio de despeito correu pelos demais, logo extinto pela voz de Artur.

– Muito bem, Iwein! Liberte a dama do seu pesado fardo!

O cavaleiro aproximou sua mão viril da delgadíssima cintura da donzela. Um ligeiro estremecimento percorreu o corpo da jovem. Todas as respirações estavam suspensas, e, mais que todas, a da própria donzela.

– Vá com calma, bravo Iwein! – disse uma voz, seguida de muitos risos.

A mão fechou-se, enfim, sobre o punho da espada. Uma gárgula filigranada estava impressa no cabo, e Iwein sentiu um certo ardor ao encostá-la na palma da mão.

– Vamos, puxe logo! – gritou alguém.

Iwein obedeceu e puxou, mas nada aconteceu.

– Não entendo! – disse ele, enquanto os demais o expulsavam aos gritos de "Fora! É nossa vez, agora!"

Foi a vez, então, do afamado *sir* Pellinor, que fracassou da mesma maneira.

– Deve estar colada, é claro! – disse ele, sem conseguir erguer a espada um milímetro acima da bainha.

Um terceiro veio, e um quarto, e um quinto, e já estava-se no décimo cavaleiro quando o rei mandou cerrar as portas do salão, no receio de ver o fiasco transpirar para fora.

– Mas isto já é um desonra! – esbravejou. – Não é possível que os melhores cavaleiros do mundo não consigam obrar um feito tão simples!

– Não é necessário força – insistiu a donzela, que era quem mais sofria, lutando para manter-se no lugar a cada puxão dos guerreiros. – Está dito que o eleito irá retirá-la como a uma espada normal.

Neste instante, *sir* Galahad, que recém havia chegado, começou a esmurrar a porta.

– Abram, é Galahad! – disse Artur, animado. – Ao seu braço casto deve estar reservada esta façanha!

Pela primeira vez viu-se os outros torcerem para alguém que não fossem eles mesmos. Lancelote, que seria o próximo da fila, lhe cedeu a vez, num gesto que qualificou "de extrema generosidade".

Após inteirar-se do desafio, *sir* Galahad exclamou:

– Logo estará liberta, bela donzela!

Tais palavras caíram como um balde de água fria nos ouvidos do rei.

– Use as duas mãos – disse ele, na pose clássica do desânimo: sentado e com o queixo apoiado ao punho.

– Que duas, sire! Uma só basta! – exclamou o casto.

– AS DUAS, EU DISSE! – esbravejou Artur.

Diante do destempero do rei, o cavaleiro pressentiu a dificuldade imprevista: após envolver o cabo da espada com as duas mãos, deu-lhe um puxão com toda a força que possuía.

O resultado foi o pior possível: o cavaleiro terminou com o traseiro colado ao chão, enquanto a pobre donzela jazia esparramada sobre si. Já na bainha, as coisas continuavam exatamente como antes, com a gárgula impressa a exibir a língua de fora em evidente escárnio.

Ao fim de tudo, chegou a vez de Lancelote do Lago tentar o que ninguém conseguira.

Infelizmente, só conseguiu o que todos já haviam conseguido: fracassar no seu intento.

Então, diante do constrangimento geral, rebentou uma discussão geral, na qual todos acusavam-se mutuamente de "impuros" e "castos de araque", enquanto a donzela recompunha-se, sob os olhos envergonhados do rei. Após vestir novamente a capa de pele, que havia retirado para facilitar a tarefa dos cavaleiros, a filha de Avalon deu adeus ao rei constrangido e a toda a sua tropa de falastrões.

– Não se aborreça, alteza. Em todas as cortes acontece o mesmo – disse ela, gentilmente, antes de retirar-se com a pesada espada a estorvar-lhe os delicados passos.

2 – A PRIMEIRA FAÇANHA DE BALIN

A dama já estava no pátio, pronta para retornar a Avalon, quando viu chegar *sir* Balin, o menos afamado dos cavaleiros de Camelot. Ao ver a donzela, os olhos do cavaleiro desviaram-se, vexados.

– Mais um pateta! – disse ela, esporeando raivosamente o cavalo branco.

Este, entretanto, pela primeira vez em sua vida, refugou uma ordem sua.

– Vamos, Branco-Sol! – disse ela, agitando as rédeas, porém sem sucesso.

Enquanto a dama lutava para fazer-se obedecer, *sir* Balin era informado de tudo quanto se passara no salão real. Então, sem saber de onde lhe viera a coragem, o cavaleiro tímido retornou até a jovem e lhe disse:

– Eu poderia, também, tentar sacar a espada, bela donzela?

A esta altura os dois já eram observados pelos demais, que haviam escutado os relinchos do cavalo.

– Vamos, deixe-a ir! – disse um dos cavaleiros vencidos. – Não há de ser você a conseguir o prodígio!

Algumas vaias desceram sobre o cavaleiro, tido como o mais bronco e desajeitado de Camelot.

Estava-se nisto, quando Artur, do alto de uma das torres, bradou:

– Permita, bela donzela, que *sir* Balin tente o que ninguém conseguiu!

Imediatamente as vaias cessaram, e a dama desistiu de lutar contra o cavalo.

– Está bem, sire, se insiste! – disse ela, apeando outra vez.

Subitamente, *sir* Balin tornou-se estranhamente vexado.

– Vejam, o galanteador ficou tímido outra vez! – disse uma voz.

A dama lançou um olhar impaciente ao jovem incapaz de desgrudar os olhos das patas do cavalo.

– Vamos, guerreiro! Se não tem ânimo para levantar os olhos para uma donzela, que ânimo terá para levantar a mais pesada das espadas?

Com um gesto de enfado, a dama abriu novamente a capa de pele, descobrindo sua delgadíssima cintura. Um rubor escarlate tingiu as faces do pobre cavaleiro.

– Quem é a donzela ali, afinal? – gritou alguém, divertido.

Sir Balin, aflitíssimo, maldizia-se até a raiz da alma. Por que fora meter-se com a dama? De onde lhe viera este ímpeto inconveniente? Decerto havia dentro de si um íncubo infernal a debochar da sua castidade!

– E então? – exclamou a dama, irritada. – Vai ou não retirar a espada?

Só então o cavaleiro ousou enfrentar o olhar da donzela. Foi um duelo no qual, apesar de toda a sua timidez, o cavaleiro sagrou-se vencedor, pois ela mostrou-se, ao fim, visivelmente confusa.

"Tem o olhar cristalino dos puros! Se tem tal poder nos olhos, deverá tê-lo também nas mãos!"

Então, num gesto impulsivo que surpreendeu a si própria, deixou a capa deslizar inteira até o chão, como se não pretendesse nunca mais tornar a vesti-la.

O olhar do cavaleiro reluziu com um brilho atônito, que ainda mais a alucinou.

"Oh, estes olhos!", pensou ela, num começo de desvario, sentindo crescer outro ímpeto ainda mais extravagante: o de arrancar com os dedos crispados o restante das vestes, até estar trajada apenas com a bainha maldita!

Mas os tempos modernos, contaminados pela nova e austera religião, já não permitiam tais excessos, e foi vestida que acompanhou os movimentos hipnóticos do cavaleiro em direção ao seu corpo.

Ao contrário das mãos afoitas dos outros, a mão hábil do cavaleiro pousou com intangível leveza em sua cintura, momentos antes de ele extrair, com a delicadeza de um cirurgião, a espada do seu invólucro.

A lâmina subiu em absoluto silêncio, sem roçar, uma única vez, as paredes metálicas da bainha.

O silêncio persistiu, todo feito de pasmo, até explodir um único aplauso: o de Balan, irmão gêmeo de Balin.

– Bravos, meu irmão! Calou a boca de todos!

Logo os aplausos engrossaram, até converterem-se em verdadeira tempestade, pois a inveja jamais tomara assento na Távola Redonda. Balin, festejado por todos, já não parecia mais o mesmo simplório de antes.

"É de almas assim que preciso para estabelecer a religião cristã no reino pagão de Artur!", pensou a rainha Guinevere, enquanto a donzela, aliviada de sua carga maldita, cobria de beijos o rosto e a boca do cavaleiro. (Uma ligeira inclinação, produto do hábito, a fazia curvar o corpo sobre o cavaleiro, ou era só impressão?)

A única pessoa que permanecia indiferente ao feito de Balin era o mago Merlin. Escorado num dos pilares do palácio, com o semblante sério e absorto, murmurava a si mesmo:

— Infeliz criatura! Melhor lhe fora ter permanecido no anonimato!

A donzela já manobrava as rédeas do seu corcel, para partir quando lembrou-se de algo muito importante.
— Esqueci, gentil cavaleiro, de pedir-lhe de volta a espada.
Balin pareceu profundamente surpreso ao escutar o novo pedido da dama.
— Devolver-lhe?! Quer dizer que não poderei ficar com o troféu da minha vitória?
Uma mancha cinzenta e opaca empanava o brilho anteriormente límpido dos seus olhos.
— Lamento, mas assim tem de ser. Apesar de ela não estar mais presa à bainha, deve retornar comigo a Avalon.
Neste momento o cavaleiro, até então cordial e pacífico, revelou-se subitamente colérico.
— Jamais a devolverei! Conquistei-a por justo direito!
Balin já havia enterrado a espada na sua própria bainha, e, pelo jeito como a mantinha segura ali, parecia que nem mil outros Balins seriam capazes de removê-la.
A donzela balançou a cabeça, como uma mãe diante de um filho imprudente.
— Isto não pode ser – disse ela, estendendo o braço. – Devolva-a já e poupe-se de muitos desgostos.
— Maldita tratante! – insistiu o cavaleiro, dando um pulo para trás como um anão a quem quisessem tomar o machado. – A Preciosa é minha e comigo estará até a morte!
Um sorriso triste desenhou-se nos lábios da donzela.
— Mal sabe o quão proféticas são suas palavras! Saiba que com esta espada matará quem mais ama, além de você mesmo!
Balin, porém, parecendo hipnotizado pelos arreganhos da gárgula cunhada na espada, preferiu ironizar.
— Adeus, bela donzela, e obrigado pelo presente! Lamento não dar ouvidos às suas gentis previsões, mas é preciso entender que a época romana dos auspícios já se encerrou!
Vendo, então, a inutilidade de tudo, a donzela deu as costas ao cavaleiro e desapareceu na névoa.

3 – DEPOIS DA GLÓRIA, A DERROTA

Algum tempo havia passado desde o aparecimento da dama da espada, quando, certa tarde chuvosa de inverno, o castelo de Camelot foi presenteado com uma visita ainda mais ilustre.

– A Dama do Lago acaba de adentrar os paços de sua majestade! – anunciou o condestável.

Esta famosa senhora era a soberana de Avalon, o reino das brumas, além de ser mãe do mais famoso cavaleiro da Távola Redonda: Lancelote do Lago.

Toda a corte curvou-se ante o surgimento de tão grande senhora. Artur recebeu a nobre visita com todas as pompas, ordenando aos seus cavaleiros que lhe prestassem reverente acolhida.

A Dama estava ricamente vestida em trajes que misturavam o azul das águas com o ouro do sol. Seus cabelos prateados resplandeciam com o brilho das tochas.

– Meu amigo, venho cobrar-lhe um antigo favor – disse a Dama, que não era de muitas conversas.

Imediatamente o rei lembrou-se do dia em que recebera das mãos daquela senhora o seu bem mais precioso, a espada Excalibur. Jamais poderia esquecer aquele braço a emergir das águas com a espada brilhante que ajudaria a torná-lo o rei mais famoso de todos os tempos.

– Sou um vosso servidor – disse o rei, adaptando a frase que sua esposa, Guinevere, lhe havia ensinado sobre o deus cristão: "O maior dentre vós sede vosso servidor".

– Quero a cabeça do cavaleiro que se apoderou da espada de minha donzela – disse a Dama, sem rodeios.

Artur ficou pálido de surpresa. Não podia esperar daquela dama tão delicada um pedido tão áspero.

– O dono anterior desta espada amaldiçoada matou meu irmão e exijo uma reparação do seu atual possuidor – disse a benfeitora do rei, no tom de quem sabe que será atendida.

Sir Balin, que era o único cavaleiro ausente, chegara naquele instante ao castelo. Ao ser informado da presença da ilustre visita, tomou-se de uma cólera profunda. Após apear de um pulo, entrou às pressas no castelo, subiu correndo os degraus que levavam ao salão real e invadiu o recinto de espada na mão.

– Assassina! – rugiu ele, avançando com tal rapidez que ninguém pôde impedi-lo de cortar fora a cabeça da Dama, num único golpe.

– Louco! – gritou o rei, levando as mãos à cabeça. – Que demência apossou-se de ti para cometer tamanha blasfêmia?

Sir Balin ainda arfava de ira ao responder:

– Há três anos que meu irmão e eu procuramos a assassina de nossa mãe! Fez-se, agora, a justiça!

– Blasfemo e perjuro! – respondeu o rei. – Como ousou violar o sagrado dever da hospitalidade? Não sabe, besta infrene, que devo a posse do meu trono à mulher que jaz agora morta a meus pés?

81

Artur sentia um misto de ódio e horror preencher-lhe cada vão do coração. (Que desgraças medonhas se seguiriam a este crime? A Dama do Lago decapitada em seu castelo por um de seus cavaleiros!)

Então, *sir* Balin, dando-se conta do mal que fizera, cobriu-se de vergonha e arrependimento:

– Perdão, sire! Não pude conter o ódio e o desejo de vingança!

Não houve desculpa, porém, capaz de aplacar a ira do rei:

– Desapareça já da minha frente, criatura para sempre infamada, e não ouse nunca mais pôr os pés em Camelot!

Sir Balin olhou ao redor e só viu expressões de censura naqueles mesmos rostos que, alguns dias antes, o haviam cumulado de elogios e sorrisos. Vendo, assim, que nada nem ninguém justificaria seu gesto impensado, embainhou a espada maldita e partiu para longe do lugar onde conquistara num dia a glória, e no outro, a derrota.

4 – A ESPADA MALDITA EM AÇÃO

Balin foi acompanhado em seu amargo exílio pelo seu fiel irmão Balan.

– Em má hora resolveu você acertar nossas contas com aquela megera! – disse *sir* Balan, enquanto os dois cavalgavam sem rumo por entre as florestas bretãs.

Apesar do remorso que sentia por ter desonrado o seu rei, *sir* Balin não parecia nem um pouco abatido por ter cortado fora a cabeça da Dama do Lago.

– Jamais teria outra oportunidade para vingar nossa mãe! – disse ele, com a mão apoiada no cabo da espada fatídica. – Lembra como ela costumava desaparecer, no último instante, sob as águas do seu lago?

Mas Balin não podia esquecer mesmo era o desprezo e o ódio que vira brilhar nos olhos do rei.

– A partir de agora só tenho em mente um desejo: o de redimir-me aos olhos de Artur.

– Pois tenho uma excelente idéia! – disse *sir* Balan, colhendo as rédeas.

– Diga, meu irmão! Diga e eu o farei!

– Realize um grande feito! Uma façanha tão extraordinária que faça o rei esquecer a afronta!

– Mas diga-me qual! Que façanha poderei realizar que obscureça o mal que pratiquei?

– Enfrente e derrote o rei Rions, o maior inimigo de Artur!

Um sorriso de expectativa iluminou o rosto de Balin.

– Rions...? Mas será que poderei?

– Poderemos, caríssimo irmão! Poderemos!

E, desta forma, Balin e Balan partiram para derrotar o maior inimigo de Artur.

Apesar de serem apenas dois contra um exército, os irmãos souberam planejar tão bem a sua investida que conseguiram encurralar o inimigo num desfiladeiro, quando este retornava de mais uma de suas campanhas de rapinagem.

Ao ver-se sem meios de escapar ao cerco, o rei negociou, de modo vil, a sua vida.

– Sei quem são vocês! Foram injustamente expulsos da Bretanha! Juntem-se a mim e derrotaremos Artur!

– Silêncio, canalha! – rugiu Balin. – A ti caberá a pena de resgatar nossa honra diante de Artur!

Sem dizer mais nada, Balin e Balan atacaram o que restava do exército, destroçando-o até o último homem.

– Agora é a sua vez, cão maldito! – disse Balin, passando a espada fatídica no pescoço de Rions.

Um chafariz de sangue espirrou da glote perfurada do rei, enquanto ele escarvava a terra com as unhas.

Depois de ensacarem a cabeça do rei inimigo, os dois irmãos a entregaram na entrada do castelo de Artur.

– Entreguem-na a sua alteza, com os manifestos de veneração dos irmãos Balin e Balan – disseram eles aos guardas, antes de retirarem-se a galope para executarem novas e brilhantes façanhas.

Artur não pôde deixar de admirar o extraordinário feito, embora o desagradasse o método.

– Maldito Balin! Continua com este negócio de cortar cabeças!

O mago Merlin, entretanto, não pareceu nem um pouco impressionado com o feito e tratou de preparar o espírito do rei para as desgraças que ainda estavam por vir.

– Saiba vossa majestade que a vida destes dois bravos irmãos está muito próxima do fim. Duas maldições pesam sobre eles, e nada poderá afastá-los de seu trágico destino.

A estas palavras, Artur inclinou a cabeça, em sombria concordância. Mas, secretamente, desejaria ter podido ao menos agradecê-los pelo grande feito – e, quem sabe, até mesmo, liberá-los da punição, trazendo Balin e Balan de volta ao convívio de Camelot e da sua corte de honrados cavaleiros.

Balin continuou a cavalgar em busca de novos e extraordinários feitos. Um dia, seguia sozinho por uma vereda abandonada quando encontrou um cavaleiro que parecia infeliz e sem rumo.

– O que faz por estes ermos? – disse-lhe Balin.

– Busco um senhor a quem servir – respondeu o desanimado homem de armas.

– Por que não vai até a corte do rei Artur? Se for honesto e leal, terá boa acolhida.

O jovem achou uma grande idéia. Mas, como não sabia como fazer para chegar até Camelot, pediu a Balin que lhe mostrasse o caminho.

– Está bem – disse o cavaleiro, feliz de encontrar um pretexto para voltar à sua terra.

Iam os dois cavaleiros por uma clareira quando o companheiro de Balin deu um grito de dor e tombou ao solo com uma lança atravessada ao peito.

Aquilo fora realmente espantoso, pois ninguém poderia ter-lhe atravessado uma lança sem ser visto.

Sir Balin tentou socorrer o cavaleiro ferido, mas viu que nada mais poderia ser feito.

– Volte pelo mesmo caminho... – balbuciou o cavaleiro moribundo. – Encontrará uma donzela... ela lhe dirá como encontrar... o cavaleiro invisível!

– Cavaleiro invisível? – exclamou Balin, ainda incrédulo de tudo. – O que está dizendo?

– Garlon é seu nome... irmão do rei Pellan...

E depois não disse mais nada, pois mortos não falam.

Balin encontrou uma dúzia de donzelas ao retornar, mas soube logo qual era a certa assim que pôs os olhos sobre ela. Seus traços solenes revelavam a posse inequívoca dos mistérios.

Infelizmente, ela negou-se a revelar o local onde vivia o personagem misterioso, o que resultou em nova explosão de ira do cavaleiro, que desde a posse da espada perdera quase todos os vestígios de sua antiga cordialidade. Após tomá-la pelos ombros, indagou-lhe, todo alterado:

– Diga logo onde posso encontrar este assassino!

A pobre criatura ficou tão apavorada que perdeu a fala.

– Vamos, maldita, fale! – disse Balin, chacoalhando-a vigorosamente.

Somente quando a donzela começou a miar de desespero ele a largou.

– Não me machuque, meu senhor! Venha comigo e saberá onde vive este tirano!

Balin e a donzela chegaram rapidamente ao pé de uma colina.

– É lá, meu senhor! – disse ela, apontando para um castelo que dominava todo o panorama.

– É aí, então, que mora o desgraçado? – perguntou o cavaleiro, coçando o punho da espada.

A pobre donzela ficou mais pálida do que a renda do seu longo chapéu bicudo.

– Não, meu senhor, mas o dono dele saberá dizer-lhe com precisão onde encontrá-lo!

Para sorte da donzelinha o cavaleiro resolveu descarregar a ira galgando a colina num galope furioso. Após chegar ao topo, foi recebido pelo senhor do castelo, que lhe disse tudo quanto sabia do tal Garlon.

– Enfrentei-o recentemente num duelo, derrotando-o – disse o castelão. – Este patife, no entanto, resolveu vingar-se em minha família, atacando selvagemente o castelo com a ajuda do seu irmão, o rei Pellan.

Neste ponto a voz do castelão tornou-se embargada.

– Em conseqüência desta batalha, meu filho encontra-se entre a vida e a morte.

Sir Balin perguntou, então, se podia fazer algo por ele.

– Pode sim, meu bom amigo! Se está mesmo disposto a enfrentar este crápula, mate-o e traga um pouco do seu sangue para aplicar nas feridas do meu filho, pois somente isto poderá livrá-lo da morte.

No mesmo instante Balin partiu, juntamente com a donzela e o castelão, na direção do castelo do rei Pellan.

Depois de duas semanas de cavalgada, Balin e a donzela foram recebidos no castelo pelo rei. (O pai do jovem moribundo ficara escondido do lado de fora, por motivos óbvios.) Era dia de festa em todo o reino, e o rei lhes disse, muito folgazão, que ficassem à vontade e comessem e bebessem "até explodirem".

Logo ao entrar no salão, *sir* Balin foi avisado pela donzela de que o famigerado Garlon estava presente.

– Onde? – perguntou ele, apertando-lhe o bracinho com tanta força que os dedos ficaram impressos na pele.

– Ali! – disse ela, mostrando um sujeito grandalhão e de aspecto arrogante.

– Espere aí! Ele não é invisível?

– Não, ele só desaparece quando quer.

Balin já estava pronto para ir decepar mais uma cabeça quando foi detido pela jovem.

– Não faça isto! Aguardemos!

Mas quem não quis aguardar foi o próprio Garlon, que, ao ver os olhos do visitante postos com tanta fúria sobre si, cresceu rapidamente em sua direção.

– Quem é este atrevido que me olha de maneira tão acintosa?

– Sou aquele que vai partir em duas a sua cabeça! – disse Balin, sacando a espada.

Já ia longe o dia em que *sir* Balin era capaz de retirar uma espada da bainha sem fazer o menor ruído. Alertados pelo ruído rascante, os convidados esvaziaram o salão com admirável rapidez.

Ao centro restaram, apenas, os dois desafiantes a expelirem nas respectivas faces o vento escaldante das suas narinas.

Balin e Garlon trocaram golpes ferozes por toda a extensão do salão, enquanto o rei assistia a tudo com um sorriso divertido, como se espetáculos desta natureza fizessem parte da rotina do seu castelo.

Cedo, porém, Garlon percebeu que seu adversário era muito mais hábil do que ele. Por isto mesmo, resolveu recorrer logo ao seu estratagema predileto: o de tornar-se invisível.

Mas Balin já esperava por isto: depois de aparar três golpes traiçoeiros da arma invisível, guiado apenas pelo fedor e pelo movimento de ar produzido pelo corpo do seu oponente, Balin arrancou uma cortina branca e lançou-a na direção do mau odor. O pano branco caiu em cima de Garlon, tornando-o tão visível quanto o fantasma de Marley. Num golpe velocíssimo, Balin vibrou a espada sobre a cabeça do adversário, fendendo-lhe o crânio até a altura dos ombros.

E foi assim que o cavaleiro invisível tornou-se definitivamente invisível.

Imediatamente o rei Pellan deu um brado colérico aos seus homens:
– Não permitam que o cão viva!

Cinco dezenas de espadas enristadas avançaram na direção do cavaleiro. Armado apenas de sua Preciosa, ele fez o possível para manter-se a salvo dos golpes. A espada da maldição parecia movimentar-se por conta própria, tal como diziam fazer a espada do deus nórdico Freyr.

– Vamos, estúpida, recolha o sangue! – gritou Balin, atirando um cálice para a donzela.

Felizmente, ela teve sangue frio suficiente para recolher o sangue ainda quente do cadáver.

A distração de Balin, no entanto, foi fatal. Num golpe furibundo, o rei Pellan expulsou de suas mãos a espada, que foi cair num local inalcançável.

– Venha! Agora só nos resta fugir! – disse Balin, tomando a donzela pelo pulso e arrastando-a selvagemente pelos corredores do palácio.

Recuando de aposento em aposento, Balin e a donzela chegaram a um salão magnificamente decorado.

– Tranque a porta! – ordenou o cavaleiro, enquanto corria para ver se encontrava outra arma.

– Ali, na parede! – gritou ela, apontando para uma lança dependurada.

Balin apoderou-se dela e ficou aguardando os soldados de Pellan arrombarem a porta.

– Morreremos? – gemeu a jovem, agachada ao seu lado.

– Sem dúvida! – disse o guerreiro. – Mas não antes do primeiro miserável que entrar por aquela porta!

Se aquilo era um consolo, pensou ela, foi o pior que já escutara em toda a sua vida.

Os golpes dos machados sucediam-se com um vigor cada vez mais assustador. Os gonzos estalaram quatro vezes antes da porta fazer-se em mil pedaços. Quase no mesmo instante a figura do rei Pellan surgiu, coberta de suor e de lascas de madeira. Ele estava certo de defrontar-se com o guerreiro desarmado, mas não foi bem isto o que viu ao mirar Balin, de posse da lança, na pose inesperada de um arremessador de dardos olímpico.

Um sorriso de triunfo desenhou-se no rosto de Balin quando teve o rei inteiramente à sua mercê.

– Para você, reizinho bastardo! – disse ele, arremessando o velocíssimo projétil.

No exato instante em que a lança atingiu o peito do rei, um estrondo terrível abalou toda a estrutura do castelo. Foi como se mil raios tivessem atingido o palco daquele sangrento confronto.

Com o impacto, Balin foi arremessado brutalmente ao chão, perdendo os sentidos.

O cavaleiro acordou com a voz rouca do mago Merlin junto ao seu ouvido.

– Levante-se e abandone este lugar!

Balin ergueu-se, assustado, batendo com a cabeça num teto absurdamente baixo. Mas logo descobriu não tratar-se de teto nenhum, pois estivera o tempo todo debaixo de uma sólida mesa.

– O que houve? – disse ele ao mago. – Onde estão os patifes que queriam matar-me? E você, o que faz aqui?

Não havia mais castelo algum, senão ruínas. Pior ainda, não havia mais reino algum, pois tudo fora varrido pela explosão provocada pelo arremesso da lança.

– Você foi o causador desta tragédia! – disse-lhe o velho mago, de sobrancelhas severas.

– O que está dizendo? Eu só matei o rei, e nada mais! O que havia com aquela lança?

– A lança que você usou para atingir o rei era a mesma que o soldado romano usou para ferir Cristo.

Balin ficou boquiaberto. Nunca escutara um disparate tão forte.

– Ora, que raios uma relíquia sagrada estaria fazendo dependurada no castelo de um rei depravado?

Mas o mago não respondeu, limitando-se a mostrar-lhe o cenário de destruição.

– Quer dizer que todo este reino foi destruído por minha causa? – perguntou Balin, atônito.

– O reino inteiro. Você próprio só está vivo graças à proteção desta mesa de ouro.

Ao ouvir falar em ouro, o cavaleiro lembrou-se da sua companheira.
– Onde está ela? – perguntou ansiosamente.
O mago olhou de lado para uma pilha de escombros. Debaixo dela escorria, melada de sangue, uma mecha dourada dos cabelos da donzela. Balin compreendeu, então, a horrenda verdade.

Muito bem, a donzela morrera. "Mas e o rei?", quis saber o cavaleiro.
– Ele voltou para o seu castelo, levando consigo o sangue que irá curar o seu filho.
Outro milagre fortíssimo! O cálice repleto de sangue intacto após a explosão!
– Vá embora você também, eu já disse! – exclamou o mago, dando-lhe as costas.
Balin seguiu o conselho de Merlin e abandonou as ruínas fumegantes do castelo. Lá fora a situação era a mesma: até onde a vista alcançasse, só se viam destroços e traves enegrecidas a despedirem uma fumaça residual, como enormes palitos de incenso. De repente, porém, Balin viu reluzir algo no meio de uma pilha de corpos mutilados.
Era uma espada! Por um momento Balin chegou a pensar que fosse a sua Preciosa. Mas não havia gárgula alguma impressa no cabo, o que lhe dava o aspecto de uma espada qualquer.
De qualquer modo, Balin introduziu-a em sua bainha e partiu em direção à sua última e mais trágica aventura.

5 – A TERRÍVEL PROFECIA SE REALIZA

Após muito cavalgar, o cavaleiro banido de Camelot penetrou numa floresta úmida e trevosa. Percorreu-a sem parar por oito dias e oito noites – dezesseis noites, na verdade, tal a treva ali reinante –, até alcançar um vale ensolarado.
Então, escutou o som agudo de trombeta. Logo imaginou, meio delirante, que eram caçadores no seu encalço, dispostos a vingar a morte do rei e de todo o reino que ele destruíra num único golpe.
Mas, ao invés disso, deparou-se com um grupo amável de donzelas. Elas lhe sorriram amistosamente e convidaram-no a seguir com elas para uma grande festa que estava acontecendo num castelo próximo dali.
Assim que chegaram, Balin foi apresentado à senhora do castelo. Apesar de comandar uma festa, ela trazia no rosto marcas ainda úmidas de lágrimas.
– Foi Nosso Senhor quem o mandou até nós! – disse ela, com o lenço de renda empapado numa das delicadíssimas mãos. – Preciso de um cavaleiro que lute contra o guardião da ilha!

– O que fez este biltre? – perguntou Balin, de má vontade, pois estava exausto de brigas.

– Este tirano perverso não permite que atravessemos a ilha, sob pretexto algum.

Só então Balin percebeu que fora ele mesmo quem escolhera o caminho da violência ao apoderar-se da espada amaldiçoada e que agora só lhe restava segui-lo uma vez mais.

– Para que lado fica esta ilha dos infernos? – disse ele, enchendo de ar os pulmões.

Sir Balin estava sem seu escudo, que se partira no combate anterior. Ao ver isto, um dos cavaleiros covardes que se recusara a duelar com o tal guardião aproximou-se e lhe ofereceu o seu.

– Obrigado. Além de covarde, você também é gentil – disse *sir* Balin, partindo para o desafio.

O cavaleiro exilado entrou num pequeno barco e navegou até a ilha do guardião, num quadro muito semelhante ao de Tristão quando teve de haver-se com o Cavaleiro Vermelho.

Assim que desembarcou na ilha viu correr até si uma donzela aflita.

– Oh, sire! Por que não está com seu escudo? – indagou ela, com os olhos arregalados de espanto.

– Estava quebrado e deixei-o no castelo – respondeu-lhe Balin, de mau humor.

– Oh, que lástima! – gemeu ela, levando os dez dedinhos à boca. – Eis o que não deveria jamais ter feito! Pois acaba de propiciar seu trágico destino!

– Onde está o guardião? – gritou Balin, lançando na areia, com um safanão, a agourenta donzela.

Não foi preciso, porém, perguntar uma segunda vez, pois logo surgiu o tal personagem. Tal como o adversário de Tristão, este também trazia uma armadura vermelha que o cobria dos pés à cabeça.

Os dois cavaleiros já estavam com as viseiras dos elmos abaixadas, e foi assim que começaram a arremessar golpes furiosíssimos um contra o outro.

– Parem! Parem! – exclamava a donzela, tentando impedir o duelo, mas os estalos do metal e o elmo na cabeça os impediam de ouvir qualquer coisa.

E assim seguiram, por várias horas, defendendo-se e acutilando-se. Nem escudo, nem arnês algum podiam protegê-los com eficiência dos golpes cada vez mais sangrentos e devastadores.

Balin e o guardião traziam as armaduras totalmente perfuradas quando caíram ao solo, ao mesmo tempo.

A vida dos dois combatentes estava no fim. Balin, ainda deitado, apoiou-se, sobre a espada para falar com o adversário, também moribundo.

– Suspendamos o combate – disse ele, arfante. – Aqui não há mais nada a fazer senão morrer dignamente.

O outro guerreiro ergueu a cabeça, sem nada dizer. Parecia, no entanto, extraordinariamente ansioso.

Neste instante Balin viu ressurgir no cabo da sua espada a carranca da gárgula, que estivera, por alguma arte mágica, oculta desde o seu reaparecimento. Ao mesmo tempo, o outro guerreiro lançou um grande grito:

– Esta espada...! Onde a arranjou...?

Balin, com um tremor no coração, reconheceu imediatamente a voz de seu irmão Balan.

– Balan, é você? Não, não pode ser! Por favor, diga que não!

Então o guardião, num último e supremo esforço deixou cair o elmo sobre a areia.

– Não, não! – gritou Balin, horrorizado, reconhecendo o rosto do irmão.

Após reunir as últimas forças, Balin arrastou-se penosamente até onde o outro agonizava. Despojado, ele também, do seu elmo, ficaram ambos face a face, sem poder acreditar no que viam.

– Como veio parar aqui, malfadado irmão? – perguntou Balin, desconsolado.

– Fui obrigado a tornar-me guardião desta ilha maldita após ter matado o guardião anterior – disse Balan, a verter lágrimas pelos olhos e sangue pela boca. – Esta horrível armadura vermelha era dele!

Balin quis contar, também, as suas desventuras, mas não teve tempo de fazê-lo, pois Balan lançou seu último suspiro. No mesmo instante, ele fez o mesmo, juntando-se ao irmão na viagem da qual jamais se volta.

Desde então os dois irmãos dividem a mesma cova, como um dia dividiram o ventre da mãe. Dizem os moradores da ilha que na hora melancólica do crepúsculo podem-se escutar, vindo de dentro da estreita morada, os seus resmungos contra o mundo dos vivos e os deuses perversos que o governam. É a "Hora da Lamentação dos Gêmeos", na qual podem-se ouvir, também – embora muito raramente –, alguns sons agudos que sugerem vagamente o riso.

SIR GALAHAD E O SANTO GRAAL

1 – O TRONO VAZIO

A Távola Redonda estava reunida para mais um de seus memoráveis encontros. As taças e os risos retiniam na boca dos cavaleiros, enquanto os bardos entoavam as vibrantes canções que falavam de amores e combates.

– Esta é a távola redonda que mais aprecio, transbordante de aromático vinho e deliciosa comida! – disse um dos cavaleiros, mais amigo da amizade e da mesa do que da guerra.

– Sim, que hoje não se fale dos frios apetrechos de guerra nem dos códigos sisudos das justas! – disse outro cavaleiro, manejando no ar, com notável perícia, uma enorme coxa de galinha.

Artur, senhor supremo daquela afamada corte, apreciava tudo com o ar absorto dos verdadeiros soberanos, que mesmo na alegria meditam sobre o efêmero dela e também sobre suas conseqüências geralmente funestas. Pensava mais uma vez na necessidade de colocar a caveira dos romanos no centro da Távola para lembrar seus súditos da vanidade de tudo.

A verdade é que Artur se atacara do fígado, outra vez, naquela noite. Com o rosto apoiado ao punho, escutava, numa espécie de modorra, as canções dos bardos que exaltavam os inigualáveis feitos dos guerreiros de Camelot.

> A mais célebre das mesas,
> Repleta dos melhores cavaleiros,
> Mais nobres e gloriosos que quaisquer...

Enquanto os bardos tocavam seus alaúdes e flautas, surgiu na porta a figura funesta de Morgana, a temida irmã do rei. Conhecida de todos como hábil feiticeira, foi com os olhos de uma verdadeira filha da noite que passou em revista toda a mesa redonda antes de começar a falar.

– Pelas brumas de Avalon se estas nobres barrigas que agora se ocultam por debaixo da mesa já não estão quase tão redondas como a Távola famosa! – disse ela, juntando contra o peito as duas abas do seu xale negro, como o corvo aziago ao recolher as asas.

Artur cerrou os olhos, recriminando a si mesmo: "Aí está, espírito soturno, o que atrais com tuas melancolias!"

O salão real de Camelot tornou-se subitamente silencioso, assim como numa floresta cessa abruptamente o canto dos pássaros quando o nariz do caçador aponta dentro da mata.

Esquecendo um pouco os cavaleiros, Morgana voltou-se para os músicos:

– Eh, vocês aí! Parem de cantar lorotas! Quem lhes disse, harpistas de taverna, que a Távola está completa?

A julgar pelo silêncio, nenhum deles dissera.

– Completa a Távola não está, como nunca esteve. O que significa, então, aquele lugar eternamente vago?

O queixo pontudo da fada com ares de bruxa apontava para o Trono Perigoso, que continuava a estar desocupado.

– Vamos, patuscos, os tempos são outros! Mais nobres e gloriosos que quaisquer! Puá! Que sabem acerca disto? Derrotaram, porventura, todos os cavaleiros do universo para se arrogarem o título e a soberba?

A irmã de Artur estava realmente decidida a estragar a festa e teria conseguido caso não tivesse apontado, naquele instante, na entrada do salão, a figura de um jovem misterioso e de cândida aparência.

Sob a luz difusa dos castiçais, o jovem avançou na direção da mais célebre das mesas.

"O que mais agora?", pensou Artur, empertigando-se todo para receber o estranho visitante.

Aliás, desde a aparição do Cavaleiro Verde que era um entra-e-sai miserável naquele salão. Não havia porteiros em Camelot? Pela porta escancarada ele já vira entrar, sem qualquer anúncio, um homem a cavalo e até mesmo um veado com uma dúzia de perdigueiros atrás! Decididamente, estava na hora dessa bagunça acabar!

– Quem é você, garoto? Como entrou aqui?

Sem se dignar a lhe responder, o jovem passou reto e foi ocupar o Trono Perigoso.

"Outro atrevido...!", pensou o rei, escarlate.

– Muito bem, já está instalado. Agora diga quem é se não quiser tornar este seu assento realmente perigoso – disse o rei, embora aquelas feições lhe fossem bastante familiares.

– Sou *sir* Galahad, neto do rei Pelles, o Rei Mutilado – disse o jovem, finalmente.

Artur já ouvira falar no tal rei. Ele jazia paralisado no leito, em seu castelo de Carbonek.

Então, subitamente, o rei bretão reconheceu aquelas feições.

– Você é muito parecido com Lancelote – disse ele. – É seu irmão ou parente?

As cabeças dos cavaleiros assentados à mesa iam de um rosto para o outro, como no jogo da péla, até que uma terceira voz se fez ouvir, confundindo todas as cabeças.

– Natural que se pareça, majestade – disse o próprio Lancelote. – Este jovem é meu filho.

De fato, *sir* Galahad era filho de Lancelote e de Elaine, filha do rei Pelles.

– Ora, então seja muito bem vindo, meu jovem! – disse Artur, subitamente amável.

Ao ver a cadeira vazia finalmente ocupada, Artur sentiu-se, ao mesmo tempo, alegre e triste, pois dizia a profecia que o seu ocupante iria encontrar o Santo Graal[2], mas que seria este, também, o começo do fim da Távola.

Artur ordenou, com um gesto impaciente, que o senescal enchesse novamente a sua taça.

"Ao diabo com o fígado!", pensou, tomando um gole farto.

Porém, assim que sentiu o vinho lavar suas entranhas, viu-se tomado de um estranho ímpeto.

– Comemoremos todos! – disse ele, erguendo-se, de repente, com a taça a vibrar. – Que haja regozijo em todos os corações, pois o anel de nossa irmandade acaba de se fechar!

Outra vez as taças tilintaram, e as canções recomeçaram com redobrado furor.

– Esta noite é noite de alegria! O guardião do cálice chegou, e novos tempos se anunciam!

"É o primeiro sinal do fim? Pois que seja!", pensou o rei, enobrecido outra vez. "É preciso que a Távola se acabe? Que se acabe, pois! Que o meu reinado termine para que o novo e verdadeiro reino se inicie sobre a Terra!"

Parece que Artur finalmente compreendera o sentido da coisa.

A festa prosseguiu animada, mas não por muito tempo. Como se fora o eco da previsão sinistra do dissolução da Távola, soou o terrível ribombar de um trovão, seguido de uma tremenda e inesperada tempestade.

Assustados, os bardos calaram-se outra vez, como um grupo de pombas ao pressentir a chegada do milhafre. Uma rajada poderosa de vento apagou, ao mesmo tempo, as velas de todos os castiçais. Mas nem por isto deixou de haver luz no recinto: um fulgor difuso e azulado desceu do alto, envolvendo divinamente a todos. No meio dele estava uma donzela de brancas e fosforescentes asas, trazendo nas mãos um cálice de ouro. Ali estava a fonte da luz misteriosa.

---

2. A versão cristianizada do caldeirão de Daghda, que nos tempos pagãos o avatar celta de Artur fora buscar no Outro Mundo.

Todos reconheceram nele o Santo Graal, apesar de estar coberto por uma pátina alva. A donzela ergueu a dourada taça, pronunciando estranhas preces. Depois, destapando-a, deu de beber ao rei e aos demais cavaleiros a melhor bebida de quantas já haviam provado em vida ou nos sonhos. Era uma taça inesgotável aquela, pois quando o último terminou de beber havia tanto líquido em seu interior quanto havia no começo.

Após este ritual, a donzela tornou a ocultar o cálice sob o pano, subindo aos céus da mesma maneira que descera, enquanto outra rajada de vento poderosa passava sobre os castiçais, acendendo novamente todas as velas.

E todos quantos não haviam morrido de puro terror, declararam-se, depois, maravilhados.

Os integrantes da Távola estavam como que possuídos por um êxtase divino, tal como acontecera com os apóstolos na noite de Pentecostes.

– Quem era a bela portadora do cálice? – perguntou, afinal, um dos cavaleiros.

– Dandrane é seu nome – disse o jovem Galahad. – Ela é irmã de Percival.

O cavaleiro mencionado confirmou com a cabeça, sem nada dizer, pois um homem que acabou de ver a irmã descer dos céus com um par de asas nas costas e um cálice fulgurante nas mãos não está obrigado a dizer nada.

Dentre todos os cavaleiros, *sir* Galahad era o que estava num estado mais próximo da beatitude.

– Quero mais do que tudo no mundo encontrar o Santo Graal! – disse ele, num fervor extático.

Galahad, conhecido como "o Casto" era a pessoa ideal para a tarefa, todos admitiram. Até mesmo Percival e Lancelote, dois favoritos à glória, haviam sido rejeitados por não serem exatamente castos.

Mas o cavaleiro não era presunçoso e declarou que não pretendia seguir sozinho.

– Será um busca longa e difícil – disse *sir* Gawain.

– Por que difícil, toleirão? – disse Morgana, demonstrando um interesse um tanto estranho para uma cria pagã. – Quem não sabe que José de Arimatéia trouxe o cálice para a Bretanha após ter recolhido nele o sangue do Filho do Homem? Mexam-se, pois, e o encontrem!

– Sim, o cálice deve estar entre nós – disse Artur –, pois foi daqui que saiu, das mãos do próprio Merlin.

Um instante de pasmo seguiu-se às palavras do rei. Ali estava algo que nem todos sabiam, pois somente agora ele decidira revelar os mistérios que envolviam a mais cobiçada de todas as relíquias.

— Quando Cristo visitou a Cornualha – retomou Artur –, Merlin o presenteou com este cálice, e foi com ele que, na Última Ceia, o Salvador deu de beber aos seus discípulos. Após a sua crucificação, José de Arimatéia recolheu no cálice o sangue que jorrou da ferida do seu mestre e o trouxe de volta à Cornualha.

— Então ele está, como no início, entre nós? – perguntou Lancelote.

— Exatamente. E assim como o objeto pagão foi transformado em relíquia cristã, assim os povos deste continente haverão, em breve, de abandonar suas antigas crenças para se converterem à religião de Cristo.

— Mas então é possível reavê-lo, sim! – disse Boors, dando razão a Morgana.

— Basta que nos empenhemos nisto com verdadeiro espírito cristão de fé e perseverança! – disse *sir* Galahad.

Então, inflamados pelo ânimo de Galahad, ergueram-se todos como um só homem e deram início à demanda mais famosa já efetuada: a demanda do Santo Graal.

2 – O REI MUTILADO

Terminara o período de ociosidade em Camelot. Foi com prazer que os cavaleiros vestiram novamente suas armaduras, ajustando com precisão todas as peças de sua indumentária metálica: o peitoral reforçado, as cotoveleiras, a escarcela da cintura, o coxote para as coxas[3], as grevas para a proteção das canelas, os sapatos de ferro e o elmo.

Quando todos estavam prontos e ataviados, Artur lhes proferiu um breve discurso na saída do castelo.

— Meus irmãos, esta é uma missão diferente de qualquer outra que já tivemos. Não se trata mais de salvar donzelas ou duelar contra homens ou monstros. Vamos em busca de algo maior e mais transcendente, o objetivo maior de nossa existência; um objetivo tão importante que significará a própria dissolução de nossa sociedade.

Os cavaleiros tinham plena consciência do vulto de sua missão e não houve um único que quisesse deixar de ajudar a pôr este selo de glória na existência da mais famosa de todas as irmandades.

— Para alcançarmos o Graal é preciso, apenas, que tenhamos um coração limpo de toda cobiça e pecado.

Neste ponto, Lancelote encolheu-se dentro de sua armadura. Ele sabia que tanto o pecado quanto a cobiça já haviam se apoderado de sua alma. Disfarçadamente, ergueu os olhos para uma das torres do castelo e enxergou, na distância, a efígie daquela que era a causa de sua perdição: Guinevere, a esposa do rei.

---
3. Na Espanha se diz *quijote*, daí o nome de seu mais célebre cavaleiro.

— Vamos, meu pai! O que está esperando?

Lancelote levou um pequeno susto ao ser despertado de seu devaneio pela voz aguda do filho.

Galahad manobrava nervosamente as rédeas de seu corcel, enquanto todos os outros já seguiam adiante, jogando neve para todos os lados, num ruído fofo e suave. Ele, porém, relutava em deixar o chão de Camelot, o mesmo chão que sua amada Guinevere continuaria a pisar em sua ausência.

Então, para não atrair as suspeitas, esporeou as ancas do cavalo, deixando para trás Camelot e aquele que seria para sempre o verdadeiro Graal da sua alma: o coração da bela Guinevere.

— Que Deus o acompanhe! – sussurrou a rainha, lacrimejante, a quem a culpa fazia pluralizar um voto endereçado apenas ao verdadeiro alvo dos seus olhos: o bravo Lancelote do Lago.

— Aqui nos dispersamos! – disse Artur, a certa altura, na entrada de uma vasta floresta.

Um por um, partiram os irmãos da Távola, tomando as mais variadas direções. Galahad, Boors e Percival, no entanto, resolveram seguir juntos numa cavalgada que os levaria ao mar, pois algo lhes dizia que ali seria o primeiro passo para chegarem ao cálice sagrado. Os três encetaram sua marcha em silêncio até o instante em que Boors, que apreciava muito conjeturar, resolveu expor aos companheiros o produto de suas meditações.

— Estive pensando, caros amigos, nas palavras de Artur. Recomendou sua alteza que não possuíssemos traço algum de cobiça em nossos corações. Agora, pensem comigo: para alcançarmos o Graal não é preciso cobiçá-lo antes? Não será a cobiça, afinal, que nos fará chegar até ele?

Sir Galahad, com um meneio decidido da cabeça, refutou a teoria.

— Não confunda os termos, meu caro argumentador – disse ele, com a segurança de um bom conhecedor das palavras. – A cobiça à qual nosso rei se refere é o sentimento mesquinho de se buscar algo para si mesmo. Não cobiçamos o cálice sagrado, mas aspiramos à sua posse apenas como meio de acelerar a instauração do reino celestial sobre a terra.

Decididamente, o espírito teológico dos novos tempos já começara a invadir os corações daqueles homens,

— Homens movidos por ideais – disse Boors. – Eis aí algo bem diferente do que acontecia nos tempos primitivos, quando um guerreiro selvagem e obtuso lançava-se a uma nova aventura movido apenas pela mera cobiça ou, pior ainda, pelo simples prazer do perigo.

— Sem moral ou propósito algum – completou Percival, com severidade.

— Tempos bárbaros! – sentenciou Galahad. – Tempos realmente bárbaros!

Os cavalos andaram mais alguns metros antes que *sir* Boors repetisse as palavras:

– Sim, tempos realmente bárbaros...!

Nestas e noutras conversas entretiveram-se os três cavaleiros, até avistarem, junto ao mar, uma grande embarcação, que parecia estar ali à sua espera. Nos céus, a neve havia se transformado numa tempestade ruidosa, que ajudou os cavaleiros a tomarem a decisão de embarcar imediatamente.

– Rápido, subam a bordo! – disse o barqueiro, no topo da embarcação, com a barba grisalha encharcada.

A nave era ampla o bastante para receber os cavalos dos três embarcadiços, e logo todos navegavam sobre as águas do mar revolto – o que encheu de temor a Boors e Percival.

– Decerto iremos todos afundar! – disse Boors, que era o mais temeroso.

– Tolices! – exclamou Galahad. – Por que não seguem a lição do Cristo quando esteve em situação idêntica?

– O que fez ele? – perguntou Boors, que não era lá muito versado nos evangelhos.

– Dormiu! Simplesmente dormiu! – exclamou Galahad, com um riso deliciado.

Boors e Percival entreolharam-se, duvidosos.

– Aí está uma coisa que eu jamais poderia fazer! – disse Percival, agarrado ao mastro com todas as forças.

– Pois o Salvador o fez e censurou ainda os discípulos que foram acordá-lo no melhor do sono, chamando-os, com toda a justiça, de "homens de pouca fé".

Com ou sem fé, venceram todos, afinal, a tempestade, até que Galahad, mirando o horizonte, descobriu os contornos inequívocos da sua terra.

– Mas aquele é o castelo de meu avô! – exclamou ele, para o barqueiro, reconhecendo o castelo de Carbonek.

– É para lá que devem ir todos – disse o barqueiro, com as barbas já secas pelo alísio.

Após desembarcarem, os cavaleiros atravessaram as terras estéreis e devastadas do reino, em direção ao castelo do rei Pelles. Contaminada pela doença paralisante do rei, a natureza inteira parecia haver mergulhado no mesmo estado de letargia mórbida. As poucas aves que se avistavam naquele cenário desolador pareciam empalhadas e coladas aos galhos sem vegetação das árvores. Nem uma única delas distendera suas asas à passagem dos três cavaleiros, como se lhes custasse menos deixar-se abater do que realizar um esforço mínimo para salvar suas pequenas vidas.

Também as nuvens no céu permaneciam estáticas e sem força para fazer descer a chuva dos seus ventres abaulados e acinzentados. Antes pareciam nuvens velhas e encardidas que ali estivessem, há séculos, a absorver o pó da terra, e que vento nenhum era capaz de expulsar, já que o próprio vento não tinha mais fôlego para um único sopro.

– Estamos chegando – disse *sir* Galahad, que, ao contrário dos outros, caminhara por um vale florido e ensolarado, pois sendo a terra da sua infância lhe trazia mil recordações dos dias felizes em que a natureza ainda era verde e viva.

Ao entrarem no castelo, os três foram levados imediatamente até os aposentos do velho rei.

Ao entrarem nele, avistaram um homem deitado e combalido. Sem poder movimentar a cabeça, o velho moveu apenas os olhos na direção dos três. Estudou confusamente as feições de Boors e Percival, mas quando fixou Galahad uma lágrima solitária desafiou sua letargia facial, descendo-lhe pelas feições imóveis.

– Meu avô! – disse o jovem, ajoelhando-se ao pé do leito.

Galahad esteve um bom tempo prostrado até que uma visão semelhante à de Camelot começou a materializar-se diante de todos. A mesma luz sobrenatural inundou o quarto do doente, que parou de gemer para observar, de olhos arregalados, duas criaturas resplandecentes a descerem do alto. Uma segurava o Santo Graal, enquanto a outra portava a grande lança que ferira a Cristo no monte Calvário.

Desta vez, porém, as criaturas fosfóreas falaram:

– Toma e cura – disseram, em uníssono, a Galahad.

O neto do rei Pelles aproximou-se e tomou nas mãos reverentes a mesma lança que o infeliz Balin havia arremessado um dia contra o rei Pellan, provocando uma explosão apocalíptica que varrera o castelo e o reino todo.

"Pellan lá, Pelles aqui", pensou Boors, o conjeturador. "Serão, afinal, o mesmo rei...?"

Galahad, porém, que não cuidava senão em curar o avô, tocou ansiosamente em seu peito com a ponta da lança miraculosa, provocando uma repentina explosão de luz que cegou a todos dentro do aposento.

– Deus tenha piedade, é ele mesmo! – gritou Boors, protegendo a cabeça com os braços.

Quando todos voltaram a enxergar, porém, descobriram que tudo continuava em seu lugar. Quer dizer, tudo menos o rei, que estava miraculosamente em pé! Num passo sadio, ele foi até a janela, de onde viu seus campos antes estéreis recobertos outra vez de flores e plantações. Seu castelo, por sua vez, ao invés de ruir tornara-se novo em folha, erguendo-se imponente como nos velhos dias de poder e glória.

Galahad abraçou o avô, recebendo dele um beijo na face. Depois voltou-se para os dois companheiros e abraçou-os, também, como quem se despede.

– Vai deixar-nos...? – perguntou Percival, atônito.

Galahad sorriu e todos souberam, então, que assim seria.

Após tomar nas mãos o cálice sagrado, o neto do rei Pelles juntou-se às duas entidades sobrenaturais, tornando-se tão resplandecente quanto elas. Depois, ascendeu aos céus juntamente com elas, como Elias em sua biga de fogo.

Sir Lancelote experimentou uma mistura de alegria e tristeza ao saber da elevação de seu filho.

– Orgulhe-se – disse o rei Pelles. – Galahad foi o único, dentre todos os cavaleiros de Artur, a quem foi dado o dom de ver o Santo Graal a descoberto, pois apenas ele tinha a alma e o corpo absolutamente puros.

E deste modo teve fim a busca pelo Santo Graal e também a sociedade dos cavaleiros de Artur, pois como sempre acontece quando desaparece um objetivo comum, os homens que antes lutavam unidos passam a pensar apenas em si próprios e em seus objetivos pessoais. Assim como o Santo Graal desaparecera para nunca mais ser visto na Terra, assim desfez-se, aos poucos, a irmandade da Távola Redonda, conforme rezava a antiga profecia.

O MARTÍRIO DE ELAINE

1 – O ENCONTRO NOTURNO

A noite já ia alta, mas Lancelote não conseguia dormir. As lembranças dos instantes de prazer que tivera há alguns dias com a rainha incitavam sua mente a vagar irrequieta como um barco sem amarras.

– É possível vê-la e não revê-la? – perguntou ele, repetindo o que a fênix de Voltaire dissera à bela Formosante.

Ele sabia que Guinevere estava sozinha em seus aposentos, pois Artur fora caçar nos brejos da Bretanha.

Lancelote reagiu, tentando forçar o sono, pois precisava levantar cedo para lutar no torneio da manhã seguinte.

– Vamos, pateta, chegar de pensar bobagens! – censurou-se ele, segundos antes de pular da cama para fazer novas bobagens.

Lancelote espiou pela janela do quarto, situado numa das torres do castelo de Camelot. O jardim estava mergulhado num silêncio mortal. Desgraçadamente, era noite de lua cheia, o que tornava até os grilos visíveis.

Mas ao seu desejo pouco importava: após vestir-se, desceu discretamente até o jardim. Oculto entre altos arbustos, afastou os ramos que lhe ocultavam a visão, avistando a janela dos aposentos da rainha.

Estavam iluminados àquela hora!

Isto só podia significar uma coisa: que ela também pensava nele!

Mais do que isso: que o aguardava ansiosamente!

E assim, com a mesma facilidade com a qual o desejo galgara estes três degraus silogísticos, assim Lancelote decidiu escalar o muro recoberto de hera para rever a sua amada.

"Ela sente-se culpada, mas não deveria", pensou ele, preparando-se para escalar a torre. "Até mesmo Deus parece estar do nosso lado, nos proporcionando tantas oportunidades para pecar."

Como um bom escolástico, este bretão recém-saído das trevas pagãs também sabia promover, em proveito próprio, algumas inocentes confusões teológicas.

Após indiciar Deus, desceu ao rei – reunindo, assim, num mesmo libelo, os dois grandes culpados de tudo.

"Artur não deveria ausentar-se sabendo que estou aqui a rondar sua mulher", pensou ainda, dando graças ao mesmo Deus pelo fato. "Se Guinevere fosse minha mulher não sairia do seu lado um único instante!"

Lancelote relanceou o olhar ao redor. Ninguém por perto. Todos dormiam, preparando-se para o evento grandioso do dia seguinte. Então, começou a escalar as heras da alta muralha que dava para a janela da rainha.

Já havia subido alguns metros quando escutou, abaixo de si, uma voz feminina:

– Ora vejam! O mais forte dos cavaleiros de Artur não tem força para resistir a uma paixão!

Com o susto, Lancelote perdeu o equilíbrio e despencou abaixo, por cima da voz. Embolado no chão, viu-se, então, cara a cara com Morgana, a irmã feiticeira do rei.

– Eu devia imaginar! – disse ele, irritado, ao reconhecê-la. – Não dorme, bruxa maldita?

– Nem eu, nem duas pessoas de sono levíssimo – respondeu Morgana.

A temível irmã do rei colocou-se em pé com notável desenvoltura. Apesar do epíteto injurioso com o qual o cavaleiro a presenteara, Morgana não representava o tipo clássico da bruxa, pois era uma mulher ainda jovem e de boa aparência.

Ao ver que desculpa alguma explicaria sua escalada noturna, Lancelote preferiu abrir o jogo.

– Se a paixão não fosse mais forte do que eu, não seria uma paixão – disse ele.

– Vejo que está com a alma mais leve do que a pluma que ostenta normalmente em seu elmo – respondeu a feiticeira, dando-lhe as costas e ingressando no pequeno bosque à sua frente. – Pena que a pobrezinha da rainha não tenha a consciência tão alada quanta a sua e esteja neste momento, lá em cima, a remoer seus remorsos.

Lancelote seguiu atrás da feiticeira como o ladrão que deixa atrás de si todo o seu tesouro.

– Se lhe importa muito isto de consciências – disse ele, injuriado –, saiba que a minha está suficientemente pesada. Graças ao crime que cometi com a rainha, foi-me vedada, para todo o sempre, a visão do Santo Graal.

Ao ouvir as últimas palavras Morgana fez uma careta de enfado.

– Arre! O Graal outra vez! Sei bem atrás de qual cálice você andava!

Lancelote corou violentamente.

– Oh, aí está o casto outra vez! – disse a feiticeira, cuspindo para o lado. – O que não faltam nesta corte são devotos da castidade, todos dispostos a testá-la na calada da noite!

— A demanda do Graal foi a mais nobre empreitada já realizada pelo homem e a razão de ser de nossa irmandade!

— Tolices! O Graal foi um pretexto fútil que Artur inventou para reagrupar os seus cavaleiros dispersos. Galahad o encontrou e subiu aos céus com um belo par de asas. E daí, o que resultou desta pantomima? Absolutamente nada! Cadê o reino dos céus e as fanfarras e todo o resto da baboseira? Mas agora a brincadeira acabou e cada qual voltou a cuidar dos seus verdadeiros interesses. Quer dizer, todos menos o tonto do meu irmão que, esquecido de cálices e da própria esposa, anda a estas horas a procurar alces galhados pelas florestas de Kent!

— Palavras ferinas e cruéis para quem fala do próprio irmão! Não entendo você, Morgana. Artur é o mais generoso dos homens e o mais justo dos reis; no entanto, sua irmã única, a quem ele tanto ama, o odeia. Por que deseja sua ruína?

Morgana, entretanto, não se impressionou nem um pouco com a acusação, pois estava preocupada apenas com seu filho Mordred, arquiinimigo de Artur. O resto todo, nos céus e na terra, que fosse pelos ares.

— Não se trata de ódio, meu caro, são os fados — explicou ela sem explicar, à melhor maneira esotérica. — E agora ouça: não há um só de seus pretensos amigos que não esteja esperando por uma boa chance de delatá-lo ao rei! Eles estão tão entediados após a unificação das ilhas que, para mostrar o menor vestígio de valentia ao seu rei, não hesitarão em lançá-lo à fogueira de uma boa intriga da corte. Acredite: cedo ou tarde irão esmagá-lo como a este mísero fungo!

Como se fora os traidores, a feiticeira pisoteou um cogumelo dotado de luz própria até reduzi-lo a nada.

— Pouco me importa o que digam ou façam. Preocupo-me apenas com o mal involuntário que faço àquele que me defende como a um filho amado — disse Lancelote.

— Esta é outra de suas hipocrisias ou ingressa, agora, na pieguice? Se for isto, retroceda já à hipocrisia!

Morgana, como todo espírito forte, abominava o sentimentalismo e suas expansões lacrimosas.

Exausto, então, de argumentar com a feiticeira, Lancelote silenciou. Talvez fosse melhor retornar ao seu quarto antes que o bate-boca atraísse a atenção de alguém.

— Adeus, isto não são horas de discutir — disse ele, dando-lhe as costas.

— Espere! — exclamou ela, tomando-o abruptamente pelo braço.

Lancelote voltou-se com um suspiro de enfado, mas antes que pudesse dizer qualquer coisa recebeu nos lábios um beijo abrasador da sua adversária.

– Pois bem, dou-lhe inteira razão! Isto é o que vale! – disse ela, afastando-se com um sorrisinho sarcástico.

E desta maneira imprevista encerrou-se a noite mais desastrada dos amores de Lancelote.

2 – A PAIXÃO SEGUNDO ELAINE

Quando Artur retornou de sua caçada, na manhã seguinte, encontrou a rainha ainda deitada.

– Pensei que iria encontrá-la de pé, a me esperar! – disse ele, dando-lhe um beijo suado.

Guinevere resmungou qualquer coisa. Na verdade, só fora dormir quando o dia amanhecera, cansada de esperar o ausente realmente esperado. Virando para o lado, pôs-se a olhar para o travesseiro do rei, o mesmo onde Lancelote repousara a cabeça mais de uma noite. "Quero ficar eternamente aqui, nos seus braços!", dissera ele, esmurrando o travesseiro do rei com o direito que o amor lhe conferia. "Estou farto de mentiras: aqui é o meu lugar!"

Só depois que o rei se retirou para o garderobe – o lavabo daquele tempo –, foi que a rainha esboçou um movimento: sentada no leito e abraçando os joelhos, pôs-se a remoer, outra vez, a sua culpa, até que todo o arrebatamento apaixonado pelo amante desvaneceu-se no ar e ela passou a ver somente os olhos claros e dignos do marido.

Então, duas coisas ardentes brotaram ao mesmo tempo em seu coração: o desejo de jamais magoar Artur e o receio de ser chamada, um dia, de adúltera. (Cristo, não havia outra expressão menos proparoxítona e impactante?)

Aliás, todos eram adúlteros sobre a face da terra, menos Artur. Por que ele não pecava também, santo Deus? Por que o Senhor não permitia que ele fosse posto à prova, uma única vez, e sucumbisse também, para que a consciência dela finalmente repousasse? Virtude em excesso, entre tanta fraqueza, não era, também, uma forma de soberba? (Oh, se os puros abjurassem a soberba e se dignassem, eles também, a pecar humildemente! Seria este o paraíso imoral na Terra – o único possível enquanto a tentação continuar a rondar por aí com o seu irresistível par de olhos cândidos e maus!)

Enquanto Guinevere dissolvia na caldeira fervente da nova religião os restos da sua inocência pagã, Artur retornava, de barbas gotejantes e virilhas asseadas.

– O que há, querida? Está diferente. – disse ele, intrigado.

– Ando meio sem ânimo, só isso – respondeu ela, meio amuada.

– Sem ânimo, você diz? – espantou-se o rei, alargando o cativante sorriso. – Nunca a vi mais cheia de vida! Até o seu cabelo parece mais viçoso!

Artur tomou um maço dos cabelos da rainha e aspirou-os profundamente. Erguendo-se de um pulo, ela correu descalça até a janela.

– Bobagens, querido! Já passou, está tudo ótimo!

A rainha escutou, às suas costas, como num galope, o avançar dos passos firmes do seu senhor.

– Guinevere! – exclamou ele, pousando suas mãos grandes e fortes nos ombros da esposa.

A rainha sentiu o sopro másculo e irregular da respiração do rei fazer esvoaçar as pontas dos seus cabelos soltos e compreendeu, então, que era hora de cumprir, mais uma vez, com o seu dever de esposa.

Depois de voltar-se para abraçá-lo com todo o afeto que pôde reunir, Guinevere fechou os olhos e começou a passar em revista todas as suas qualidades de homem e esposo – a bondade, a generosidade, a tolerância, a magnanimidade – ou seja, as últimas qualidades capazes de despertar o desejo no corpo de uma mulher.

E foi assim que Guinevere deu a prova, mais uma vez, do quanto sua alma amava a alma de Artur.

Lancelote resolvera ir ao torneio disfarçado, atendendo às palavras de Morgana.

– A desgraçada é perversa, mas é sábia também! – disse ele, colocando uma armadura diferente da que normalmente usava nos torneios e justas de Camelot.

A suspeita com relação aos companheiros da Távola começara a lavrar em seu coração, preparando o terreno para a paranóia: vai que algum deles, pago pelo rei, resolvesse acabar com a sua vida!

– Pronto, estou irreconhecível! – exclamou o cavaleiro, olhando-se no espelho.

Antes de iniciarem-se as disputas, cada cavaleiro recebia o que se chamava de "prenda", ou seja, uma donzela a defender. Sem poder escolher a esposa do rei, Lancelote contentou-se com a filha de um barão da corte, Elaine Le Blanc.

– Quem é o cavaleiro? – disse a Branca, curiosíssima.

– Depois veremos quem é o trocista! – disse Artur à jovem, com uma gargalhada. – Que comece a justa!

O adversário de Lancelote era *sir* Boors, o mesmo tagarela que acompanhara Galahad ao castelo do Graal.

Ao sinal do rei, os dois adversários lançaram-se um contra o outro. Até o final da disputa, houve sete cargas violentíssimas. Na sexta, o cavaleiro incógnito já estava bastante machucado.

– Proponho o fim do duelo – disse Boors, magnânimo.

– Nada disso! Até que um de nós caia! – rugiu a voz do adversário por debaixo do elmo.

E Lancelote caiu – mas só depois de, numa reviravolta espetacular, derrubar Boors no último embate.

Apesar de vencedor, Lancelote apresentava os ferimentos mais graves.

– Levem-no para o convento, depressa! – exclamou Elaine, dirigindo-se também para lá.

O convento era uma espécie de hospital onde os doentes recebiam melhor tratamento. Assim que chegou lá, Lancelote teve o seu elmo retirado, e só então Elaine soube quem fora o seu defensor.

Seu coração encheu-se de orgulho por ter sido a escolhida de Lancelote, o melhor dos cavaleiros de Artur.

"Então Lancelote me ama, deveras! Oh, adorado, eu o amarei, também, por toda a minha vida!"

Esta certeza começara a germinar em seu coração um ano antes, durante uma ceia em Camelot. Jamais esquecera quando, após alcançar ao cavaleiro a terrina dos legumes, ele lhe dissera "Obrigado!" num tom lúbrico inequívoco.

Sim, disso ela tinha a mais absoluta certeza: já naquele dia ele a amava perdidamente!

Elaine teve seu desvario interrompido com a chegada de uma das irmãs do claustro.

– Sou a irmã Ruth – disse a monja de olhos penetrantes. – Se precisar de algo, por favor, me chame.

Com mão angelical ela depositou na cabeceira do leito um vaso com um narciso negro de inebriante perfume.

Elaine permaneceu no convento, cuidando ela própria dos ferimentos, até que, certa tarde, *sir* Boors apareceu.

– Nunca poderia imaginar que era você, Lancelote! – disse ele, surpreso e constrangido.

Boors surpreendeu-se, também, com os desvelos exagerados da donzela.

– A filha do barão está apaixonada por você – disse ele ao convalescente, assim que ela se retirou.

Lancelote fez uma careta de desagrado.

– Acho que sim. Por mais que eu permaneça frio, ela insiste em me cumular de agrados!

– E por que não lhe retribui?

– Porque não gosto dela, ora! Já estou farto dos paparicos dessa mulher!

Boors observava atentamente as reações do companheiro, aumentando as suspeitas em seu coração de que Lancelote amava outra – aquela que não deveria amar jamais.

A saudade de Guinevere tornava Lancelote, aos poucos, amargo e cruel.

– Pois acho que deveria sentir-se lisonjeado – disse Boors, decidido a arrancar-lhe a verdade. – Além de pertencer a uma das mais ilustres famílias do reino, Elaine é bela, instruída e elegante. Que melhor partido poderia querer?

– Ora, cale-se!

– A menos, é claro, que seu coração já esteja regiamente ocupado.

Então Lancelote explodiu de uma vez:

– Você também com calúnias? Fora daqui!

Boors abandonou o convento convencido do pecado de Lancelote.

Chegara o dia da partida. Lancelote já estava recuperado e preparava-se para deixar o convento quando viu surgir Elaine le Blanc, toda alterada. Sobre a cabeça trazia um monstruoso chapéu bicudo de mais de um metro de altura. Só que, ao invés da cor alva que ornamentava o seu nome, o chapéu tinha a sugestiva cor azulada – a cor dos apaixonados.

Após abraçá-lo, ela afastou-se um pouco para mostrar-lhe uma coisa.

Lancelote sentiu um calafrio premonitório subir-lhe pela espinha.

Após retirar o cone de sorvete gigante da cabeça, Elaine soltou o cabelo negro, que foi esparramar-se pelos seus ombros como o véu das internas do convento.

– Veja, não pareço uma monja?

Lancelote sorriu amarelo, sem saber o que dizer.

Então, Elaine, pondo-se na ponta dos pés, sussurrou-lhe ao ouvido:

– Eu a monja, você o monge...!

Elaine pronunciara estas palavras como quem recita a senha proibida de alguma seita herética. Suas narinas vermelhas pulsavam como as de uma lebre, enquanto seu olhar despedia chispas de vivo ardor.

– Bem, donzela, adeus! – disse Lancelote, mas ela cerrou os dedos sobre o seu pulso como uma planta carnívora.

– Lancelote, case-se comigo! – disse ela, pedindo, exigindo, implorando e intimando.

Lancelote ficou paralisado de terror, antes de responder:

– Não posso atendê-la, formosa donzela. Fiz um voto perpétuo de castidade.

– Faça outro, então, de perpétuo deleite! – respondeu ela, jovial.

– Prometi nunca casar-me.

Então, com um sorrisinho dúbio, ela retrucou:
– Prometeu também nunca ter uma amante?
Lancelote corou até a raiz dos cabelos. Deus, até ela já sabia dos boatos!
– Eu não me importo. Dizem até que há mais emoção! – sussurrou ela, outra vez.
Só então Lancelote compreendeu, horrorizado, que ela referia-se a si mesma.
– Donzela, por quem sois! – disse ele, duplamente vexado.
– Eu o quero de qualquer jeito, adorado! Case-se comigo! Seja meu amante! Rapte-me!
– O que diz, donzela? Raptá-la?
– Sim, com você viverei até na floresta! Serei muito feliz como uma humilde camponesa!
Pela mente de Lancelote passou, num raio de loucura, a imagem de uma mulher obesa e sorridente, com uma tripa de filhos ao redor a disputarem selvagemente pedaços de morcela de cachorro.
Lancelote tomou o chapéu de Elaine e recolocou-o de qualquer jeito em sua cabeça antes de dizer-lhe:
– Não diga tais coisas! Jamais ousaria praticar tais infâmias com aquela que me tratou com tanto desvelo. Vamos, é preciso voltar ao juízo!
Então, ao escutar esta palavra fatal a todos os amantes, a donzela conheceu o pânico.

Desgrenhada e com o chapéu entortado de uma bruxa, Elaine enveredou pelo caminho miserável da súplica:
– Pelo amor da Virgem santíssima, diga que me ama!
– Sinto muito, donzela, mas não posso mentir.
– Você me ama, sim! Defendeu-me na liça!
– São as regras do torneio, nada mais. Procure compreender.
Elaine fez uma cara de desespero antes de encará-lo, num misto de amor e ódio.
– Mas e aquele dia, na ceia...? Como pôde esquecer?
Lancelote não entendia mais nada do que ela dizia.
– Adeus, donzela! Esqueça-me, é o que lhe peço!
Então ela começou a gritar, estabelecendo o reinado puro do terror.
– Minha vida não tem mais sentido. Quero morrer! Quero morrer!
Agora já era, positivamente, um escândalo. Uma cena às portas do convento!
Reunindo toda a sua coragem, Lancelote fugiu com quantas pernas tinha.

Desde este dia, a infeliz Elaine recusou-se a comer e a beber.

Lancelote, penalizado, fez-lhe saber que lhe daria um dote de mil libras por ano caso ela decidisse casar-se com outro, mas ela não queria saber de dotes de mil libras por ano nem de cretino algum.

– Lancelote ou a morte – dizia ela, todos os dias, pelos lábios finos e exangues.

Nove dias já durava o seu calvário. Um frêmito de admiração corria entre as suas amigas. Dizia-se que, nos últimos dias, a Branca havia adquirido uma cor vagamente azulada, que as admiradoras identificaram logo como "seráfica". A casta Elaine convertia-se em anjo, diziam todas, um tanto enciumadas daquele fim ao mesmo tempo romanesco e místico. Ia virar santa, isto era certo. Seu quarto converteu-se numa espécie de santuário, onde iam todas reverenciá-la.

– Uma mártir do amor! – proclamou, enlevada, uma gordinha de bochechas coradas de pêssego.

No décimo dia, Elaine mandou chamar Lancelote e lhe disse com a voz débil dos moribundos.

– Reze por minha alma, já que nada quis fazer por meu corpo.

E desta triste maneira morreu a mal amada donzela. Seu corpo foi colocado em uma barca negra, que desceu até Winchester, desaparecendo para sempre nas águas escuras e revoltas do rio.

Ao mesmo tempo engrossavam em Camelot – e em toda a Bretanha – os boatos acerca do segredo de amor medonho e pecaminoso que impedira *sir* Lancelote de corresponder ao amor daquela jovem tão doce e fiel.

LANCELOTE E GUINEVERE

Lancelote e Guinevere, apesar das mil promessas e juramentos de nunca mais se verem, continuavam com seus encontros furtivos e sua desenfreada paixão. Uma nuvem de suspeita pairava o tempo todo sobre a rainha e o mais dileto cavaleiro do rei. Até as amas do castelo já a haviam alertado sobre a gravidade da situação.

– Minha senhora, não há mais como a verdade não chegar aos ouvidos do rei!

Guinevere ficara apavorada: o que antes era tratado como boato, agora já era tido como verdade!

Não havia quem não pressentisse em toda a Bretanha que uma catástrofe se aproximava.

Apesar disso, o desejo dos dois amantes era tão forte que eles terminavam sempre reincidindo no seu crime.

– Lancelote, ouça! – dizia, porém, a rainha, passados os instantes alucinados da luxúria.

– O que foi? – respondia ele, quase adormecido.

– A tragédia! Posso ouvir seus passos de loba, lá fora, na neve!

Mas Lancelote estava obstinado. Algo dentro dele o impulsionava a seguir cegamente, como se quisesse precipitar os fatos, obrigando o destino a dar uma solução – mesmo a pior de todas – ao dilema que o atormentava.

Que dilema? O remorso?

Não, o desejo de ter a rainha definitivamente para si.

Entre os cavaleiros de Artur havia já a certeza dos amores ilícitos de Lancelote.

– Basta de transigir com a infâmia! – disse, certo dia, Mordred, o sobrinho perverso de Artur.

Filho de Morgana, irmã do rei, Mordred estava destinado a ser o pivô da ruína do seu tio e da sua própria.

Então, certo dia, sabedor do destino que pesava sobre si, pensou lá consigo: "Se coube a ti, pobre Mordred, o papel de tempestade, eia!, descarrega logo tua tormenta para que o sol dos tolos volte logo a brilhar!"

Após chamar Agravaine, um cavaleiro menor da corte, anunciou-lhe que ambos seriam os artífices da queda da rainha.

– Se ela der mais um passo em falso, será o seu fim!

Desde então, como dois Argos de mil olhos, Mordred e Agravaine passaram a vigiar, noite e dia, a rainha.

Guinevere estava mais uma vez nos braços de Lancelote. Como em todas as noites de infração, nesta também ela repetia, com as mesmíssimas palavras, o juramento de não tornar a reincidir no pecado.

– Agora chega, Guinevere! – disse baixinho a si mesma, após o prazer. – É preciso juízo!

Então jurou solenemente, diante de todas as potências invisíveis, que abandonaria Lancelote.

Ao dizer isto, porém, o cavaleiro se mexeu na cama, descobrindo parte de sua alva nudez.

– Abandoná-lo inteiramente não – corrigiu-se em seguida, pois isto seria pedir demais ao seu frágil coração. (Virtude alguma sobre a terra pedia tais excessos, pensou ela, como juíza imparcialíssima que era dos seus atos.)

Urgia, porém, pôr um fim definitivo nestes encontros criminosos no leito real. Quanto a isto, não havia dúvida!

Guinevere jurou que, a partir daquele dia, amaria Lancelote em qualquer parte do universo, menos no leito que voltaria a dividir exclusivamente com o rei. Ah, disso o Céu podia estar certo! Se preciso fosse eles pecariam até mesmo numa caverna para nunca mais voltarem a conspurcar o leito real!

– Numa caverna! – exclamou, de repente, como quem faz uma feliz descoberta. – Sim, com a chuva a cair torrencialmente lá fora! – acrescentou, olhando sonhadoramente para a porta.

Mal sabia que, atrás dela, estavam os dois espiões.

Mordred e seu assecla haviam assistido a tudo, desde o princípio. Verdade que Agravaine tentara intervir assim que ambos haviam deitado no leito, mas Mordred o havia detido rudemente:

– Quieto! Quero ver como ama a rainha!

Agravaine ficara horrorizado.

– Mas, Mordred... ela é sua tia!

– Quero ver como ama a minha tia!

E assim, Mordred e Agravaine acompanharam todos os passos da escalada que levara, em pouco tempo, a rainha e seu amante aos picos abrasadores da Montanha da Perdição.

– Vá, agora, e chame os outros idiotas! – ordenou o sobrinho de Artur, pois queria a presença de todos os cavaleiros da Távola Redonda a fim de que, mais tarde, não o acusassem de perjuro e blasfemo.

(Sim, bem sabia ele do que eram capazes as lágrimas bem escolhidas de uma mulher!)

Alertados por Agravaine, os cavaleiros avançaram pelos corredores do palácio com o passo leve dos perdigueiros à espreita da caça. Ainda incrédulos, queriam todos tirar a prova com seus próprios olhos.

Ao ver Mordred postado na porta, como uma sentinela do diabo, *sir* Percival irritou-se.

– Eu devia imaginar! Você por trás disto!

– Silêncio! Não estrague tudo! – fez Mordred, imperioso.

– Se for mais uma de suas armações, juro que pagará com a vida! – disse Percival, apoiando a mão no cabo da espada. –Lembre-se de que vai invadir os aposentos da rainha!

– Nós vamos invadir, caro amigo! – disse ele, voltando-se para a porta e tomando o trinco nas mãos.

Ao ver que ela estava trancada, um sorriso deliciado desenhou-se em seu rosto.

– Em outras circunstâncias, bateria à porta de sua alteza, anunciando nossa visita – disse ele, falsamente compungido. – Mas, hoje, infelizmente, a rainha não se mostrou digna, sequer, de um simples protocolo.

Atirando, então, uma patada formidável sobre a porta, Mordred fez com que ela se partisse em duas.

Aterrada com o estrondo formidável, a rainha soergueu-se como que impelida por uma mola, permitindo assim, pela primeira vez ao restante da irmandade da Távola, desfrutar da visão celestial dos seus seios desnudos.

Depois de alguns segundos de paralisia geral, Mordred comandou a invasão.

– Vamos, patetas, entrem! – disse ele, penetrando no quarto como um triunfador.

Ninguém notara Lancelote, tal o fascínio que provocara naquela coleção de castos a visão deslumbrante dos seios da rainha.

"Eu também teria feito! Eu também teria feito!", pensou, secretamente, mais de um restaurador da honra do rei.

A situação, porém, exigia o comportamento duro e austero dos membros de uma expedição punitiva.

– Maldito! Impeçam-no de fugir! – bradou Mordred, de repente, como se fosse ele o marido traído.

Antes, porém, que alguém pudesse pôr a mão em Lancelote, ele já estava em pé, com a espada na mão. Depois de desfechar um golpe mortal no primeiro que tentou detê-lo, alcançou a janela e desapareceu nas sombras da noite.

– Vamos entregar logo esta rameira ao rei! – explodiu Mordred, após vasculhar a escuridão pela janela.

— Você sabe muito bem que Artur não está na corte — disse Percival, raivoso. — Agora, saiam todos.
— Por que sairmos? — perguntou Mordred, surpreso.
— A rainha precisa vestir-se — explicou Percival, de olhos baixos.
— Ora, que se vista à nossa frente! — exclamou Mordred.

Após reunir num bolo as roupas espalhadas, atirou-as sobre a cama, com um arreganho de prazer.

— Vamos ver como a prostituta encerra mais uma noite dos seus prazeres!

Nem bem terminara de latir isso quando uma bofetada explodiu na sua face direita.

Mordred, atônito, ficou paralisado, com o rosto voltado para a porta despedaçada. Da sua narina atingida escorria um filete brilhante de sangue, enquanto o estalo hediondo quicava de uma parede à outra.

— Pagará por isto! — sibilou ele, sem voltar o rosto ao agressor. — Juro que pagará!

Outro tabefe explodiu, agora no lado oposto do seu rosto, devolvendo-o à posição inicial.

— Nada o fará desafiar-me para um duelo? — rugiu Percival em sua cara, com a halitose aterradora dos loucos. (Oh, céus, como desejaria descarregar naquele barril de excremento humano toda a carga de frustração e vergonha que acabara de descer sobre si e toda a Bretanha!)

Compreendendo, então, que morreria às mãos daquele homem endemoniado, Mordred retirou-se.

— Saiam todos! Deixem a puta vestir-se!

Percival só não matou o sobrinho do rei pelas costas porque os demais o impediram.

Artur permaneceu quase impassível ao ser informado de tudo, como se já soubesse do fato, espantando-o, realmente, a ocorrência súbita dele. Pois secretamente esperava que a rainha viesse a resolver tudo pelas suas próprias mãos.

Em sua mente ecoava um único pensamento: por que Guinevere permitira que o pior acontecesse?

A rainha estava incomunicável na torre da prisão, na ala leste do castelo. Esta torre era chamada de *oubliettes* ("os esquecidos"), em homenagem àqueles que ingressavam em seus escuros e úmidos aposentos. Sentada num banco de pedra talhado na própria parede, Guinevere estava com as mesmas roupas do dia em que o mundo ruíra sobre ela, sete semanas antes. Uma minúscula lareira, com alguns galhos esturricados, dava uma pálida luz ao aposento e nenhum calor.

Artur foi conduzido até lá e entrou sozinho na peça maldita.

Ao vê-lo, Guinevere baixou a cabeça e nada disse.

Enquanto esperava seus olhos acostumarem-se com a treva, Artur pensava no que diria. Tendo deixado ao sabor do improviso, cometera, sem o saber, a pior das imprudências. Pois um homem ferido pode explodir violentamente para o mal por um simples grão de pó que lhe arranhe a ferida em chaga. Aos poucos viu a imagem da rainha ganhar seus contornos definitivos. Já podia avançar. Deu lentamente um passo, dois passos, três passos, e no quarto passo o grão de pó raspou-lhe subitamente, como uma lixa em brasa, a ferida aberta do seu coração.

Artur aspirara o ar, próximo da esposa, e este simples fato transtornou-o inteiro, da sola dos pés ao último fio da sua barba. A ternura que ainda lutava para sobreviver em seu peito foi esmagada por uma onda súbita e irracional de crueldade – uma golfada de ira que não pôde controlar, por mais que tentasse. Ele não a agrediu fisicamente, mas o que disse foi mais cruel e perverso do que qualquer outra coisa que pudesse ter dito ou feito naquele momento.

– Pela primeira vez, prostituta vil, você cheira pior do que eu.

Disse e saiu, deixando-a desmaiada sobre o seu novo e gélido leito real.

A rainha foi condenada a morrer na fogueira. Além da traição cometida contra o rei, havia a suspeita de que pretendesse entregar a coroa da Bretanha ao amante.

– Veja o que encontrei nos aposentos da traidora – disse *sir* Mordred, mostrando ao tio um pequeno vidro contendo uma porção letal de veneno, que ele mesmo introduzira no aposento para que outros o encontrassem.

Artur baixou os olhos, esmagado. Agora já não tinha mais forças para duvidar de nada. Guinevere tramara sua morte. A história estava repleta de casos assim. Por que não poderia acontecer dentro dos muros do seu castelo?

– Matem-na! O que esperam? – disse ele, num repente.

Mordred afastou-se, satisfeito. Em seu cérebro, porém, tramava outra coisa muito diferente.

Artur que esperasse, pois as traições haviam recém começado.

Lancelote refugiara-se em seu castelo. Seu coração, no entanto, não conhecia a paz desde a fuga ultrajante..

– O que farão com ela, aqueles malditos? – dizia-se a si mesmo, censurando-se por tê-la deixado à mercê daquela corja de hipócritas e perversos. (Oh, as coisas de que seriam capazes aqueles inimigos rancorosos do prazer alheio!)

Sim, agora Lancelote compreendia bem o que era aquela sociedade de loucos da qual fizera parte: um bando de libertinos doentios obcecados hipocritamente pela idéia da pureza! Sempre descarregando em seus torneios e duelos insanos a frustração do prazer do qual loucamente se subtraíam, como se fossem seres apartados da natureza. Ele, porém, dera livre vazão aos seus instintos! Ousara ter o seu prazer, o mesmo do qual eles insanamente se privavam! Pois os sátiros emasculados queriam, agora, a sua cabeça por isto! Esta fora a verdadeira traição que cometera: a de não ter-se privado, como eles, do melhor da vida!

Na situação extrema na qual se encontrava, Lancelote não podia mais raciocinar isentamente nem reconhecer a sua grande parcela de culpa. Para salvar sua amada Guinevere teria de ver em cada um de seus ex-irmãos um inimigo a matar. Teria de ver, mesmo em Artur, que fora mais do que um pai para ele, um monstro, uma fera a abater.

– Meu senhor! – disse um lacaio, invadindo o salão. – A rainha vai ser queimada viva!

Lancelote ergueu-se de um pulo e partiu para ingressar no grande furacão de fogo e de sangue.

"Onde tinham ido parar os ideais da cavalaria?", pensava Lancelote, enquanto cavalgava com um punhado de homens do seu séquito, na direção de Camelot. Como podia um verdadeiro cavaleiro condenar a uma morte tão cruel uma rainha, uma mulher, por qualquer motivo que fosse?

Alguns quilômetros adiante, Guinevere, vestida numa bata de saco, com um crucifixo no peito, sacolejava no interior de uma carroça. De mãos amarradas, não podia limpar o muco dos escarros que a plebe lhe atirava ao rosto.

Logo adiante estava o poste onde deveria sofrer o suplício. Num pequeno cortejo atrás de si, vinham os cavaleiros e o rei, que não pudera esquivar-se à obrigação de ver morrer a mulher que amara e tomara por esposa.

– Sua alteza deve fazer-se presente – dissera Mordred, convertido repentinamente em conselheiro dileto.

De nada adiantara *sir* Percival lembrá-lo do caráter vil do sobrinho, tampouco das profecias do mago Merlin acerca do papel destinado a ele na conflagração final que poria fim à Sociedade do Graal.

– É meu dever, irei – dissera Artur, como quem deseja apressar o fim de tudo.

"Também eu, talvez, tenha algo de que me penitenciar", pensou ele, a relembrar o nascimento de Mordred.

– Um homem nascido em maio, o mais funesto dos meses, tornará desolada toda esta terra.

Assim dissera Merlin, certa noite, ainda nos primeiros dias do reinado do jovem Artur.

Artur morreria, Guinevere também, e todos quantos ele viesse a amar algum dia.

Desde então o rei pensara numa maneira de impedir o nascimento do avatar da desgraça.

– Em que dia de maio nascerá este homem funesto? – perguntara ele ao mentor.

– No primeiro dia – respondera Merlin, laconicamente.

Aquilo era o bastante: toda criança nascida neste dia deveria ser morta, pensara ele, num primeiro momento. Então lembrara-se, subitamente, das escrituras cristãs, que a conversão recente imprimira em sua mente.

– Aceitarei ser um novo Herodes? Um Herodes às avessas?

Adotando, então, um meio-termo entre o extremismo do déspota e a necessidade de sua preservação, decidira que todos os bebês de linhagem nobre nascidos neste dia fossem embarcados num navio e enviados para longe.

De um modo ou de outro, porém, Artur acabara por se converter num Herodes bretão, pois o navio naufragara em alto-mar, matando todos os seus inocentes ocupantes.

Durante muito tempo errara no ar a suspeita de que ele havia ordenado o naufrágio. Com o espírito envenenado pela conseqüência do seu ato, ele não cessava de recriminar-se, dando razão às más línguas.

– Natural que pensem isto de um rei capaz de expulsar da sua terra bebês inocentes!

O filho de sua irmã Morgana, porém, havia escapado milagrosamente e fora dar à praia, onde um homem o criara. Quando atingira a maioridade, Mordred apresentara-se na corte de Artur para consagrar-se cavaleiro.

E desde então sua sombra passara a pairar sobre o rei como a de um corvo onipresente.

A carroça de Guinevere chegara ao seu destino. A pilha de lenha já estava ajuntada ao redor do poste maldito. Um guarda do rei a intimava a descer e rumar para o suplício quando escutou-se um ruidoso tropel de cavalos.

– Espadas fora! É ele, o traidor! – rugira Mordred ao avistar Lancelote à frente de seus homens.

Guinevere quase desmaiara ao ter certeza de que era o seu amado quem vinha. "Então ele não era um covarde!", pensou, feliz, enquanto o rei fazia a mesma reflexão, num misto contraditório de desapontamento e alívio.

Lancelote, mesmo errando, levava até o fim o seu desejo, e isto contava alguns pontos na alma justa do rei.

Mas não na de Mordred.

– O que estão esperando, palermas? – gritou ele aos homens de Artur. – Agarrem-no!

Quarenta espadas, porém, saltaram furiosamente do outro lado, e isto bastou para pôr tudo em suspenso.

Sem coragem para dirigir a palavra a Artur, Lancelote encarou Mordred.

– Ninguém irá tirar a vida da mulher que eu amo sem antes tirar a minha!

– Ousa, então, afrontar o seu rei na frente de todos? – rugiu Mordred. – Não lhe bastou fazê-lo pelas costas?

– Cale a boca, bastardo! Com o rei me entenderei a seu tempo.

Então, aplicando as esporas no flanco do cavalo, penetrou com assombroso destemor por entre as hostes de Artur, chegando num relâmpago até onde estava a rainha.

– Aqui querem-na morta – disse ele, tomando-a nos braços. – Eu quero-a viva. A partir deste instante, portanto, você é minha, de todo direito.

Mordred cuspiu raivosamente de lado.

– Direito? Mas a que direito se refere, cão traidor?

– Um direito superior a qualquer outro: o amor! – disse Lancelote, esporeando outra vez o cavalo.

Desta feita, porém, a surpresa já se esvanecera, e a guarda de Artur – composta basicamente dos ex-companheiros de Lancelote – avançou para o fugitivo, dando início a uma batalha fratricida que encheu de horror o coração de Artur.

Sir Gawain, sobrinho do rei, como Mordred, era um dos cavaleiros da Távola mais exaltados contra o renegado.

– Pagará com a vida a traição feita a meu tio!

Arremetendo contra Lancelote, travou-se logo entre os dois um feroz duelo, o que obrigou o cavaleiro a depositar a rainha ao chão. Imediatamente fechou-se ao redor dela um círculo formado pelos cavalos do seu salvador e dos quarenta bravos que o acompanhavam. Recebendo os esbarrões dos flancos dos animais, Guinevere foi lançada em todas as direções até ver-se atirada ao chão, ali permanecendo com a cabeça coberta pelos braços.

Em menos de cinco minutos ela havia passado do inferno para o céu, e arremessada de volta ao primeiro.

Dentre todos ali presentes só Artur não combatia, sem ânimo para erguer o braço contra o ex-protegido. Uma parte de sua alma desejava ardentemente que o traidor levasse a melhor, salvando-o, assim, da obrigação de punir sua esposa.

Então, por uma reviravolta do combate, Lancelote conseguiu abrir uma brecha entre as hostes inimigas. Como num clarão de liberdade, viu descortinar-se à sua frente o prado livre e ensolarado.

– Vamos, meu amor! – disse ele, estendendo a mão à rainha e puxando-a de volta para a sela.

Lancelote e Guinevere dispararam pela trilha, levando atrás de si dois perseguidores implacáveis: *sir* Gareth e *sir* Gaheris, irmãos do enfurecido *sir* Gawain.

Com o peso extra, o cavalo de Lancelote não foi capaz de vencer o galope de seus mais velozes perseguidores.

– Deposite-a no chão, se não quiser que a matemos também! – exclamou *sir* Gareth.

Lancelote fez o que disse o adversário. Ao longe podia ver os demais se aproximando. Se fosse rápido o bastante para desvencilhar-se dos dois inimigos, poderia, ainda, recomeçar com sucesso a sua fuga.

De posse de suas lanças, os dois irmãos encurralaram Lancelote contra uma parede rochosa, mas ele vibrou um golpe tão furioso com sua espada que fez as duas lanças em pedaços, atirando-se em seguida, como um leão, contra eles.

Lancelote arremessou golpes à direita e à esquerda com um furor tão cego que só parou de acutilar ao escutar os gritos desesperados de Guinevere.

– Lancelote amado! Eles estão chegando!

Só então descobriu, caídos ao chão, os corpos estraçalhados de Gareth e Gaheris.

Ao ver os cadáveres dos dois ex-companheiros, o espírito de Lancelote fraquejou.

– Pelo amor de Deus! – gritou Guinevere, estrábica de medo.

– Espere, maldito, e duele comigo! – bradou *sir* Gawain, à distância.

– Lancelote, não! – gritou a rainha, com todas as suas forças.

– Eu devo isto a ele – disse o cavaleiro, olhando mais uma vez para os dois mortos.

Então Guinevere arriou de joelhos sobre a relva, com as mãos outra vez na cabeça

– Oh, estes duelos malditos...!

Logo o desafiante chegou, escarlate de fúria e indignação.

– Muito bem, terá de matar a mim também! – disse *sir* Gawain.

Junto com ele chegaram todos os demais.

– Basta de duelos! – bradou *sir* Mordred. – Matem-no de uma vez!

Mas *sir* Gawain os impediu com um gesto ameaçador da espada.

– Não, ele é meu! Reivindico, perante meu tio, o direito de punir este vilão!

Artur surgiu dentre a multidão. Pela primeira vez seus olhos cruzaram diretamente com os de Lancelote.

117

– Reconheço-lhe este direito – disse ele, voltando a cabeça.

– Meu tio, atente para o que está fazendo! – exclamou Mordred, colérico.

– Se derrotá-lo, estaremos livres, espero! – disse Lancelote, fixando os termos do combate.

– Não, não! Mil vezes não! – bradou Mordred.

– Cale-se, estúpido! – exclamou Artur, perdendo, pela primeira vez, o controle.

Seu semblante era o de um homem velho e terrivelmente cansado.

– Basta deste morticínio insensato! A decisão desta contenda está nas mãos de vocês dois. Gawain morrendo, Lancelote e a mulher estão livres. Caso contrário, serão ambos executados no poste.

Lancelote e Gawain postaram-se para o duelo, enquanto Mordred preparava-se para efetuar a sua própria traição.

Desta feita não havia lugar para as praxes dos códigos. Lancelote e Gawain postaram-se um diante do outro, prontos para arremessar o primeiro golpe. Gawain olhou outra vez para os irmãos mortos e sentiu duplicar sua ira.

– Aí está o resultado da sua perfídia!

– Defendi-me, apenas isto! – disse Lancelote.

– Você destruiu a irmandade do Graal!

– Todos temos nossa parcela de culpa, inclusive você, com sua arrogância hipócrita!

– Maldito fornicador!

Então, esgotado o brado das bocas, passaram ao retinir das espadas. *Sir* Gawain arremeteu com fúria, enquanto Lancelote aparava o primeiro golpe, devolvendo-o, em seguida, com redobrado furor.

Os partidários de Artur e de Lancelote, postados lado a lado, assistiam ao combate sem poder mover um dedo, enquanto Guinevere, mal protegida pelos poucos homens de Lancelote, tinha a cruz prisioneira entre as mãos. Seus lábios moviam-se sem parar, regurgitando todas as orações que conhecia.

A luta durou muito tempo, pois Lancelote sabia que Gawain era devoto do deus-sol, e que das nove até o meio-dia ele se sentia particularmente forte. Contando com esta útil informação, Lancelote tudo fez para resistir durante as horas de força de Gawain, o que lhe custou muitas feridas e golpes profundos, que arrancaram-lhe boa parte do seu sangue.

Finalmente, quando sentiu que Gawain começava a perder sua força, Lancelote reuniu o que restava das suas e passou a desferir golpes ferozes e indefensáveis, que acabaram por lançar seu adversário em terra.

Quando, mesmo coberto de feridas e com a armadura praticamente destroçada, teve finalmente *sir* Gawain caído e sob a ponta de sua espada, todas as respirações ficaram suspensas.

– Vamos, enterre logo a espada! – gritou Gawain, com o pescoço descoberto.

Lancelote, porém, não quis fazê-lo.

– Jamais matarei um homem indefeso – disse ele, voltando-se diretamente para Artur. – Quero apenas a liberdade minha e de Guinevere, como foi pactuado.

Mas já não havia mais Guinevere nenhuma a ser disputada: enquanto os dois cavaleiros duelavam, *sir* Mordred, num gesto imprevisto, havia apoderado-se da rainha e fugido a galope com ela.

– Chegou a funesta hora! A profecia se realiza! – sussurrou Artur, ao ver sua esposa desaparecer nos braços de Mordred.

Desinteressado de tudo o mais, ele deu as costas aos dois duelistas e seus partidários.

– Vamos logo, meu rei! – bradou Percival, correndo até ele. – Vamos matar este patife!

Então Artur, fixando-o nos olhos, lhe disse com um sorriso cansado:

– Vamos, sim, meu amigo. Mas não me peça para ter pressa em matar meu próprio filho.

Percival ficou paralisado como uma estátua.

– Filho...? Mas, em nome de Deus, o que está dizendo, alteza?

Artur olhou para o rosto do cavaleiro e disse, com absoluta frieza:

– Também eu tenho meus pecados. Vou lutar contra Mordred, filho meu e de minha irmã, Morgana.

Artur reuniu seus homens e desapareceu num galope sombrio de volta a Camelot.

A MORTE DE ARTUR

1 – A GARGALHADA CÓSMICA

Tudo começara com a traição cometida pela rainha Guinevere contra o seu marido. Após envolver-se com *sir* Lancelote, um dos cavaleiros favoritos do rei, ela desencadeara sobre a Bretanha um vendaval de desgraças.

Flagrada nos braços do amante, a rainha fora levada à fogueira.

Entretanto, por uma reviravolta do destino, ao tentar salvá-la da morte, Lancelote acabara por colocá-la nas mãos do sobrinho perverso do rei.

Guinevere, assim, de esposa de Artur estava prestes a se tornar esposa do produto aberrante de uma antiga união pecaminosa de Artur com Morgana, sua própria irmã.

O rapto de Guinevere não fora um ato inconseqüente. Mordred antes mesmo de deixar os limites de Camelot para assistir à execução da rainha, já havia preparado um ato de traição: ao retornar pretendia apoderar-se do trono.

– Meu tio tornou-se um governante tíbio e desmoralizado – dissera ele aos conspiradores, um dia antes. – Amanhã, haja o que houver com a rameira, a Bretanha voltará a ter um rei de verdade, com as barbas negras e a honra íntegra.

Não lhe foi difícil arranjar sócios para o seu ato: muitos barões da Bretanha estavam profundamente desagradados com os últimos acontecimentos. Havia a consciência cada vez mais nítida de que Artur, velho e alquebrado como estava – e agora, também, miseravelmente desonrado –, não tinha mais condições morais de reinar sobre os bretões.

– A Bretanha deve livrar-se do seu rei ímpio e devasso, para maior glória de Deus – afirmara um dos conspiradores, um bispo glutão de beiçolas perpetuamente engraxadas.

Como naqueles tempos rudes não havia ainda parlamentos nem cortes a serem compradas, só restava o caminho da espada para efetuar-se a redenção da Bretanha.

Mordred era exatamente o oposto do pai: um espírito recalcado e perverso, capaz de tudo para alcançar seus objetivos. Sentado no trono de Camelot, com as fortificações do castelo tomadas pelos seus homens, ele aguardava o regresso daquele que já sentia-se à vontade para chamar de "tirano e usurpador".

– Quem é o senhor de toda a Bretanha? – indagava ele a seus cortesãos.

— *Sir* Mordred, alteza – respondiam todos, em curvaturas reiteradas.
— O grande usurpador, porém, não pensa assim. Um velho decrépito, amigo do profanador da sua honra, pretende tomar-me pela força a coroa. Permitirão os senhores que tal aconteça?
— Não, alteza, não o permitiremos.
— Malditos! Por que não gritam?
— Não o permitiremos, alteza!!
— Então vão e lutem, pelo rei e pela Bretanha!

Lancelote vira sua amada Guinevere ser raptada por Mordred sem nada poder fazer, pois estava ferido demais do duelo que travara contra *sir* Gawain.
— Artur a resgatará! – dissera ele, antes de perder os sentidos.
Em sua alma havia a certeza de que, após tantos conflitos, o rei não tentaria mais tirar a vida da esposa.
De fato, Artur, após reunir as forças leais a ele, organizara um poderoso exército para reaver a coroa usurpada.
— Faça saber a *sir* Mordred – disse ele a um arauto – que o espero nos campos de Salisburgh, para que ponhamos um fim definitivo nesta disputa insensata.
As tropas de *sir* Mordred chegaram diante do acampamento alguns dias depois dos exércitos de Artur. Era uma imensidão impressionante de homens a pé e a cavalo a moverem-se como formigas por debaixo de milhares de pendões esvoaçantes. Junto com os exércitos bretões vinha junto outro, tão grande quanto este, composto de saxões.
— Meu rei, o usurpador juntou-se com os inimigos da Bretanha! – exclamou *sir* Kay, um dos cavaleiros da Távola.
Artur saiu da tenda, aos tropeços, sem acreditar no que ouvira.
— Não! Isto ele não faria! – disse ele, afastando com os braços todos quantos o impediam de ver a verdade.
Mas lá estava: na retaguarda das forças bretãs avançavam cinco colunas gigantescas de guerreiros saxões, a brandir, num furor pagão, para a grande biga flamejante de Thor, as suas espadas e machados.
Então, a última parte do mundo de Artur ruiu, como rui a última coluna de um castelo devastado e calcinado. O velho rei cobriu com as mãos o rosto bordado de rugas. Sua voz trêmula e abafada mal pôde ser ouvida
— Perjuro maldito! Isto você não podia ter feito!

Apesar da imensidão de homens ao seu redor, o rei destronado conseguiu divisar seu filho à frente das tropas.
— Mordred – disse Artur, mecanicamente, sem descolar os lábios.

Uma armadura negra e quase opaca cobria-o da cabeça aos pés, tão negra que o sol, incidindo sobre ela, transformava-se num disco pálido como a lua. Sua barba também estava retinta como carvão, pois mandara tingi-la com alcatrão. Mordred era um pedaço tenebroso da noite a cavalgar despudoradamente sob o sol.

Artur conhecia seu filho: mais do que amedrontar, pretendia, com isto, afirmar o declínio do pai.

"Veja, meu pai decrépito!", dizia a figura trevosa, em sua pose arrogante. "Eu sou O Novo, aquele que, pela força e pela juventude, tem o direito natural de governar a Bretanha!"

Artur terminou de paramentar-se para a guerra. Ao contrário do filho, não portava armadura inteira, pois jamais o fizera. (Por que haveria de andar enlatado, se houvera sempre a bainha protetora?). Ao invés da armadura, ele estava com uma cota de malha prateada que lhe descia do pescoço aos pés. Por cima trazia uma túnica totalmente branca, com a cruz amarela do Cristo costurada com fios de ouro no peito.

Artur resplandecia como uma divindade solar com seus cabelos brancos a esvoaçarem por cima da alva túnica.

– *Sir* Kay! *Sir* Glifet! *Sir* Lucan! – bradou o rei, chamando os melhores cavaleiros dos que haviam restado da Távola.

Eram todos ótimos e valorosos cavaleiros – oh!, e como iriam prová-lo na tempestade de espadas que estava para se iniciar! –, mas Artur não pôde deixar de lembrar, com infinita tristeza, de Lancelote, Percival, Galahad e Gawain – a mais fina flor da cavalaria que o destino impedira de tomar parte neste último confronto.

– Aqui estamos, majestade! – disseram os três cavaleiros, perfilando-se ao lado de Artur.

Todos os três estavam como que transfigurados. Artur podia sentir ao redor deles – e até mesmo de seus cavalos – uma vibração poderosa que fazia os fios soltos do seu cabelo moverem-se sozinhos, como que galvanizados.

– Estão todos prontos?
– Sim, alteza! – bradaram todos.
– Então vamos – disse Artur, esporeando o cavalo.

Havia um enorme espaço vazio entre as duas massas opostas de guerreiros. À medida que Artur avançava, capitaneando seu exército duas vezes menor do que o do adversário, as forças colossais de Mordred também avançavam.

Então, quando pai e filho puderam finalmente reconhecer as feições um do outro, cessou o rumor dos passos dos cavalos e dos soldados. Muito à distância, por detrás dos exércitos de Mordred, levantara-se uma nuvem negra, que estacionara nos céus, porém a revolutear estranhamente sobre si mesma.

Artur fixou melhor as vistas e compreendeu o que era aquilo: uma nuvem de gralhas – as aves do séquito de Morrigane, a deusa celta da guerra – à espera do banquete jamais visto.

– Morrigane... Morgana... – disse Artur, associando, mecanicamente, o nome da deusa ao da irmã.

Durante alguns minutos escutou-se apenas o ruído do vento chacoalhando e esbatendo os milhares de pendões dos dois lados. Aqui e ali retiniam as espadas, as lanças e os machados, a chocarem-se acidentalmente. À exceção do grande vazio entre os dois exércitos, toda a imensa campina estava ocupada até o último espaço por pés humanos e patas eqüinas.

– Sobrinho, meu sobrinho! – disse o rei, de repente, num tom de desolada censura. – Então, só para afrontar teu velho tio, recorres ao auxílio da ralé saxã?

Mordred alçou o queixo barbado, com o capacete negro apoiado no braço. Voltando a cabeça levemente para trás, gritou com todas as suas forças:

– Ouviram, nobilíssimos saxões? Um rei desprovido de moral ousa ofendê-los! Não lhes basta isto para que riam?

Então uma gargalhada única e solitária soou – a gargalhada de um comandante bretão, que teria chorado ou gritado ou relinchado ou arriado as calças ou qualquer outra coisa que a boca do seu rei ordenasse.

Só então a massa compreendeu que estava autorizada, ela também, a rir. Uma segunda risada soou, depois outra, e muitas outras mais, alcançando, enfim, depois de alguns minutos, as hostes saxãs da retaguarda, que riram como perdidas de algo que seus ouvidos jamais escutaram.

Todo o céu ecoava do riso colossal, enquanto Artur fixava o rosto do filho.

Então, fosse pelo contágio natural daquele estrepitoso coro de risos, fosse porque encontrara algo no olhar do filho, Artur sentiu-se impelido, ele também, a sorrir. Primeiro cerrou os dentes para não fazê-lo, mas o riso ululante que vinha do mar humano era tão irresistível que terminou por arrancar-lhe dos lábios um sorriso.

Mordred, sem acreditar no que via, de repente viu-se também a sorrir, sem saber que sorria.

Então Artur começou a rir de verdade. Sua voz grossa e catarrosa explodiu num urro tão descontrolado que a massa às suas costas, imaginando ter ele dado uma resposta à altura do que quer que fosse que o cão negro tivesse latido, começou a gargalhar ela também, até que todos, até o último homem debaixo do sol escaldante, se dobrassem de rir.

Mas, assim como principiara o riso, de repente também esmorecera até acabar-se num silêncio duas vezes mais opressivo e sinistro.

Mordred, tornado repentinamente sério, vociferou:

– Adiante, bretões e saxões valorosos! Pelo seu rei e pela justiça!

Sete mil clarins soaram como flechas sonoras, assassinando o silêncio, enquanto a massa compacta de cavalos e homens descia do alto da colina como desce a água de uma represa arrebentada.

Do outro lado, aconteceu o mesmo.

– Por Deus e pela Bretanha! – bradou o rei, sacando sua fiel Excalibur.

A massa dos bretões fiéis ao rei arremessou-se junto com o seu rei numa corrida vertiginosa, de encontro ao inimigo.

Quando as duas ondas gigantescas e negras finalmente se encontraram, o chão vibrou como num terremoto.

Milhares de lanças viram-se destroçadas de encontro aos escudos ou atravessadas nos corpos dos cavaleiros de ambas as partes. Misturados uns com os outros, os soldados acutilavam-se quase sem espaço para impulsionar o braço, acabando muitas vezes por agarrarem-se as barbas uns dos outros. Os gritos subiam aos céus, enquanto dos corpos começavam a descer as torrentes de sangue que, até o fim do dia, haveriam de transformar o campo num lodaçal.

Sir Glifet e *sir* Lucan, companheiros desde os primeiros e felizes dias da Távola, lutavam lado a lado, protegendo, sempre que possível, um ao outro.

– Não descuidemos do rei! – bradou Glifet, com a barba respingada do sangue inimigo.

– Não, decerto! – exclamou Lucan, colhendo as rédeas do seu cavalo para enveredar na direção de Artur.

Sir Kay, porém, não desgrudava um instante do seu rei. Na verdade, ele e cerca de duas dezenas de homens não faziam outra coisa senão impedir que os saxões e os bretões renegados se aproximassem do soberano.

– Afastem-se, deixem-me lutar! – gritava o rei, tão enfurecido com seus homens que estes tiveram de abrir uma entrada, deixando um flanco aberto, como uma cunha, para que algum inimigo mais destemido chegasse mais próximo.

Artur, com um arreganho de ira, avançava sobre o louco imprudente e destroçava-o impiedosamente, mas isto não bastava para saciar sua sede de sangue, de sorte que, após manobrar com extraordinária perícia o seu cavalo, conseguiu driblar a proteção dos seus homens e ingressar subitamente no verdadeiro centro da batalha.

Foi neste instante que o rei dos bretões, sem ter sofrido qualquer dano, sentiu-se alçado de dentro de si mesmo, passando a pairar, como uma divindade onipresente, sobre a Fúria e sobre a Morte.

Artur sentiu que seu corpo continuava a lutar e a cortar e a ferir e a matar lá embaixo – um Artur que era ele, positivamente ele, mas que via como se fosse um outro homem a vê-lo –, enquanto seu Eu profundo crescia em direção ao sol, cada vez mais próximo das nuvens negras que celeremente avançavam – elas também, um exército coeso –, sentindo o cheiro do sangue que subia e da chuva que já descia, Artur flutuava por entre os raios despedidos pelas nuvens, a observar a batalha num estado próximo da Grande Compreensão, quando enxergou por entre os combatentes, além de si mesmo, sua esposa Guinevere – sim, Deus, era ela! – e também Lancelote, e também Percival, e também Galahad – Deus, o que fazia ali, tão puro, o portador do Graal? – e enxergou até mesmo o seu velho mentor, o mago Merlin, a cavalgar por entre as hostes, e então viu que de sua boca orlada de barbas brancas como a neve saía, regurgitada, uma bola também alva e ofuscante de Luz, que ele intuiu como sendo a Verdade – "É ela, a Verdade, a Verdade!", exclamou, com as pupilas lavadas de chuva e de lágrimas –, e viu depois que Merlin, com um sopro a lançava brincalhonamente para o alto, e que ela punha-se a saltar e a quicar de um lado para o outro por entre a multidão dos homens que se feriam e matavam, e que esta luz branca e pura andava de homem em homem como peregrina ridente, e que ela tinha o poder de torná-los, por uma brevíssima fração de segundos, alvos e puros e verdadeiros, Artur via tudo isto esbatido por todos os ventos, a rodar e a ver a Verdade passar bela e furiosa de mão em mão, até alcançar as mãos delicadas de sua amada Guinevere, que tornava-se subitamente nua e pura e transbordante de Verdade, enquanto seus olhos de rei nublavam-se de lágrimas amargas pelo que lhe dissera – a infâmia da cela, da frase perversa e cruel! (Deus, por que o dissera?) – e do que estivera prestes a fazer-lhe, atando-a no poste do suplício – e depois ia a Verdade alcançar Lancelote, enchendo-o de luz e perdão, e passar em seguida por homens os quais nunca vira, mas que também se tornavam por uma fração de segundos plenos e cheios de Verdade, porque também eles eram homens, porque também eles tinham mães, pais, filhos, amigos, porque também eles eram pedaços esparsos e miseráveis da Verdade – até que a bola de luz expelida pelo mago alcançava seu filho Mordred, o filho que ele concebera em pecado e tentara expulsar da sua vista e que jamais tratara de filho, descobrindo que toda a escuridão e a treva de sua armadura eram incapazes de impedir que sua figura se tornasse, ela também, uma figura de Deus, clara e cristalina, porque também Mordred, filho do seu pecado, tinha sua parcela de Verdade em meio à Grande Mentira do Mundo – até que a bola de Luz, voltando finalmente às mãos do mago, era arremessada velozmente em sua direção, no Artur que lá embaixo ainda estava a lutar, a cortar e a ferir e a matar, explodindo em seu peito e devolvendo-o, finalmente, à Terra.

2 – O FIM DE TUDO

Depois do calor terrível que descera dos céus durante as primeiras horas da batalha, a chuva começara. Um verdadeiro dilúvio desabou dos céus, determinado a lavar dos corpos o sangue e as vísceras que o sol putrefazia. Um verdadeiro pântano estabelecera-se sobre todo o campo de batalha, obrigando cavalos e guerreiros a chapinharem debaixo das cordas d'água, enquanto tropeçavam nos cadáveres de homens e animais.

Mais da metade dos combatentes de ambos os lados já havia perecido, mas havia ainda a outra metade. Mordred não conseguia entender o porquê das hostes do tio ainda não terem sido exterminadas.

– Estes homens parecem ter o demônio no corpo! – dizia ele, com uma ponta de inveja.

De fato, para cada homem que os soldados de Mordred abatiam, os guerreiros de Artur abatiam cinco.

A conta exata para que a batalha terminasse rigorosamente empatada.

A certa altura, Mordred, avistando o rei, descobriu algo que lhe transtornou o espírito: o rei sangrava! Sim, pela primeira vez o rei mostrava-se vulnerável!

Isto só podia significar uma coisa: que Artur estava sem sua bainha mágica protetora.

Deixando de lado todo temor, Mordred decidiu, então, ousar tudo.

– Matemos o Grande Tirano! Morto o Tirano, estará morta a revolta!

Após reunir mais de quinhentos de seus melhores combatentes, o usurpador fez uma carga direta sobre seu antigo rei e senhor, provocando um rebuliço nos dois exércitos.

– Agora, Artur, é entre nós! – disse ele, enxergando o tio por entre a massa dos seus soldados.

Sir Kay, que afastara-se um pouco para enfrentar uma legião de saxões, recolheu às pressas uma pequena multidão de combatentes e retornou num galope feroz para onde já lutavam com extraordinária bravura Griflet e Lucan.

– Veja, Kay está chegando! – disse Griflet, dando um urrah! selvagem.

Mas não era só *sir* Kay quem chegava: de todas as partes acorriam bretões leais a Artur, indo cair todos em cima dos quinhentos assassinos como uma nuvem de vespas enfurecidas sobre um touro encorpado.

O centro da batalha deslocou-se de vez para o local onde se dava aquele que parecia ser o confronto final.

Dos céus, enquanto isto, continuava a descer a chuva inclemente, ao som do ribombar dos trovões, que eram como que um prenúncio de futuras batalhas, desde então inscritas no tempo.

Lutou-se sem cessar até o dia começar a morrer. Pouco mais de mil combatentes, de ambos os lados, ainda continuavam a brandir suas espadas e seus machados sob o fulgor vermelho do crepúsculo.

Parecia incrível que aquela massa incomensurável de homens tivesse conseguido matar-se no espaço de apenas algumas horas. Os guerreiros restantes lutavam por cima dos corpos dos demais, sem conseguir espantar mais as gralhas, que já saltitavam descansadamente sobre os cadáveres, dando-se o luxo de escolher os melhores petiscos.

A esta altura ninguém podia ter mais dúvidas de que aquela batalha não conheceria jamais um vencedor. Tanto Artur quanto Mordred compreenderam isso e só então decidiram acertar suas contas, porque depois disso já não haveria mais reino algum a defender.

Pois o tempo de Artur decididamente acabara. E o de Mordred jamais começaria.

Sir Dodin, um dos derradeiros cavaleiros da Távola, duelava com o bastardo de Artur. Apesar da superioridade de Mordred, Dodin combatia valentemente, sustentando os golpes do adversário com espantoso valor.

A certa altura, porém, uma flecha certeira atravessou-lhe o pescoço. Mordred, com um grito de triunfo, tomou seu machado e vibrou sobre o elmo do adversário um golpe tão poderoso que, atravessando o metal, destroçou-lhe a cabeça.

– Maldito! – rugiu *sir* Kay, arremessando-se contra o cavaleiro negro.

Um novo duelo começou até que Mordred tivesse abatido, também, um dos mais destemidos combatentes da Távola.

Artur sentiu uma dor profunda dilacerar seu peito.

"Pobre Kay! Terão de morrer todos, então, até o último homem?", pensou, atirando-se finalmente contra o filho.

Desta vez já não havia mais hostes a impedir o confronto dos dois reis. Eram dois reis sem soldados a se arremessarem para o duelo final – o último da história da Távola Redonda.

Artur, a cavalo, postou-se diante do filho. Não havia mais nada a ser dito. Após erguer sua Excalibur, arremessou o primeiro golpe sobre a couraça do cavaleiro negro. Mordred aparou o golpe com um meneio horizontal da sua espada – uma bela espada de lâmina negra e reluzente. Uma chuva de faíscas explodiu sobre os dois duelistas.

Mordred retirara seu elmo, deixando que sua cabeleira negra esvoaçasse ao ar.

Enquanto os dois cavaleiros atiravam golpes um contra o outro, os cavalos também faziam a sua parte, atacando-se a dentadas, como se cavalos e cavaleiros fossem uma coisa só, dois centauros a se digladiarem em plena Bretanha.

Então, o cavalo de Artur tropeçou nos corpos caídos e caiu, levando consigo o seu cavaleiro. Mordred, impiedoso, lançou um golpe, não contra seu tio, mas contra o cavalo, decepando-lhe a cabeça.

Agora Artur estava a pé, e Mordred, a cavalo. Esporeando o animal, o cavaleiro negro avançou de espada em punho. Artur, num golpe arrojado, ao invés de aparar o golpe do atacante, passou a lâmina quase rente ao chão, decepando as patas dianteiras do cavalo, enquanto Mordred caía junto com o animal, rolando sobre uma dezena de corpos.

Artur, porém, pagara alto o custo deste triunfo: a espada de Mordred atravessara sua cota já quase estraçalhada das centenas de estocadas que recebera, perfurando profundamente suas entranhas.

Mordred ergueu-se, ainda de espada em punho. Artur permanecia em pé, apesar do ferimento que sangrava abundantemente por sobre os restos de seu manto tinto de sangue.

– Não resista, meu tio – disse ele. – Irei executá-lo.

Artur permaneceu impassível. Sua Excalibur abaixada parecia ser o sinal da rendição.

– Você não pode viver, meu filho – disse Artur.

Mordred avançava, afastando com os pés os corpos dos mortos e dos moribundos.

– Mordred, meu filho, você não viverá.

Então o cavaleiro negro parou por um breve instante. E ao parar compreendeu tudo.

– Nenhum de nós, meu pai, viverá – disse Mordred, recomeçando a avançar.

"Um pai matará seu filho. Um filho matará seu pai", pensou Artur. "E o mundo conhecerá o seu fim. Pois como, após isto, poderá subsistir este mundo?"

Mordred atirou o seu golpe, e Artur fez o mesmo. As espadas passaram rentes uma da outra, sem, no entanto, se tocarem. Pai e filho tombaram: Mordred estava morto, e Artur agonizava.

Griflet e Lucan, cobertos de feridas, arrastaram-se até o local onde Artur morria.

– Levem-me até as margens do lago! – disse ele, pois sabia estar próximo das águas de onde a Dama do Lago lhe entregara, num dia distante, a espada Excalibur.

Os dois guerreiros reuniram os últimos restos de suas energias para carregar o rei até lá. No meio do trajeto, *sir* Lucan caiu de joelhos e tombou sem vida ao solo, deixando a Griflet a tarefa de levar o rei até seu destino.

Após depositar Artur sobre o solo, recebeu deste a ordem para lançar sua espada no lago.

Griflet arrastou-se penosamente até lá, mas ficou com pena de jogar fora a espada do rei e lançou a sua própria.

– Fez o que lhe pedi, bom e fiel Griflet? – balbuciou o rei.

– Assim o fiz, sire.

– E o que aconteceu com a espada?

Griflet ficou atrapalhado.

– Ela afundou, meu rei, majestosamente.

Artur cerrou os olhos de frustração e decepção.

– Griflet, Griflet...! Eu aqui a morrer, e você aí a mentir!

Artur ordenou que o cavaleiro voltasse e cumprisse a sua ordem.

Mas Griflet ficou outra vez penalizado de jogar fora a mais bela espada do mundo e jogou, desta vez, a sua bainha.

– O que houve com a espada, bom Griflet?

– A espada mergulhou nas águas, alteza, e um coro de anjos soou nos céus.

– Griflet, Griflet...! Estarei, então, surdo, que nada ouvi? Por que não faz o que digo antes que o chame de mau?

Então Griflet voltou e fez, finalmente, o que o rei ordenara. Antes, porém, que a espada tocasse a água um braço feminino emergiu do espelho líquido e tomou-a, em pleno ar.

Griflet quase antecipou-se ao rei na morte ao ver tamanho prodígio.

– Meu rei! Meu rei! – disse ele, ao retornar. – Uma mulher apanhou sua espada e a recolheu para o fundo das águas!

Artur franziu as rugas dos seus olhos e fez um gesto com a mão, despedindo o cavaleiro.

– Obrigado, fidelíssimo Griflet. Agora, deixe-me a sós.

Deitado às margens do lago, Artur ficou observando o brilho cristalino das águas. A noite já descera, e a lua banhava tudo com sua luz argêntea. De repente, uma barca surgiu e começou a crescer em direção às margens.

Sir Griflet, de longe, ergueu-se, a custo, para observá-la. Era uma bela barca prateada, de dentro da qual saíram três damas de vestes longas e brancas. Uma delas era Morgana, a feiticeira. Elas tomaram Artur nos braços e o transportaram até a barca, partindo em seguida para uma região envolta pelas brumas – o reino mítico de Avalon.

Guinevere, a esposa do rei, decidiu, após a tragédia final, internar-se num convento. Ali passou o resto dos seus dias, segundo as monjas, em profunda contrição e oração. A bela esposa de Artur faleceu antes que seu amante, Lancelote – que tivera a mesma idéia de ir buscar consolo no claustro –, chegasse a fazê-lo.

Diz a lenda que ambos morreram arrependidos dos seus pecados, prontos para ingressarem, beatíficos e redimidos, no coro celestial dos anjos. Mas isto é mais uma fraude dos frades. Eles morreram mesmo foi pensando um no outro e lamentando o fato de não terem podido realizar na terra o amor para o qual Deus ou a natureza os havia criado.

AS MIL E UMA NOITES

O REI CHARIAR E SEU IRMÃO CHAZAMAN

– O que houve com você, Chazaman? Que infortúnio pode ser tão grave que nem Alá ou o tempo conseguem amenizar? – perguntou o rei Chariar, vendo certa manhã que o banquete continuava intacto na frente do seu irmão, que viera visitá-lo após vinte anos de separação.

– Fui vítima de um infortúnio tão desgraçadamente triste que a ninguém jamais deve ter ocorrido algo parecido – respondeu Chazaman, amargamente.

– Pelas huris do paraíso! – exclamou Chariar, avidamente. – Conte-me logo!

– Não, não me peça para revelar meu infortúnio, pois isto só faria reacender a minha dor – completou ele, com a cabeça pendida sobre o prato como um salgueiro sobre um lago.

O rei, vendo que seria inútil insistir, mudou de assunto e convidou o irmão para caçar. Mas este não quis nem ouvir falar no assunto.

– Vá e divirta-se você, meu irmão, pois não quero azedar a sua distração.

Chariar, então, partiu sozinho para a caça, na esperança de, ao retornar, encontrar o irmão mais animado – ao menos, ao ponto de poder lhe saciar a curiosidade.

Quando a noite chegou, Chazaman foi até uma das janelas que dava para o jardim e ali ficou a observar o vasto lago e os campos de jasmim que a lua iluminava.

– Sim, também eu, um dia, fui caçar despreocupadamente pelos campos! – disse ele, com certa inveja. – Feliz de você, meu irmão, que ainda pode desfrutar de tais prazeres sem o menor desgosto!

Embalado pela brisa noturna, Chazaman pôs-se, então, a relembrar, com um masoquismo digno de Jó, todos os detalhes da sua desgraça. E o fez com tamanha precisão que, a certa altura, pareceu rever mesmo, como num tapete estendido, todos os passos da desgraça que lhe estragara a vida para sempre.

Chazaman permanecia estático, com os olhos postos na lua quando as duas sólidas portas que davam para o jardim escancararam-se repentinamente. Da dupla passagem surgiu a imagem da linda esposa do rei, belamente trajada e rodeada de escravas e escravos inteiramente nus. Rindo e cantando, seguiram todos em festivo cortejo até as margens do magnífico lago artificial que defrontava o palácio. Ali, as escravas despiram a rainha com extraordinária perícia e rapidez. Assim que ela esteve liberta de suas vestes um servo negro, enorme e possante, destacou-se abruptamente do grupo e rumou na sua direção. Ao sentir sobre a raiz dos cabelos o sopro ardente das ventas do servo, a bela mulher suspendeu a cabeça, em ousada aceitação. Imediatamente um par de braços rijos e negros como o ébano a envolveu. Não demorou muito para que o gigante a deitasse sobre a relva e, sob as vistas de todos, a possuísse incontáveis vezes. Os escravos fizeram o mesmo com as escravas, e assim divertiram-se todos até o amanhecer.

Chazaman, como espectador privilegiado que era, assistiu a tudo sem perder um lance sequer. Em seu rosto, porém, ao contrário da careta do espanto ou da ira, desenhava-se um deleitoso sorriso.

– Alá seja louvado! – dizia a si mesmo, em feliz devaneio. – Vejo agora que tais infortúnios não acontecem somente comigo! Eis aí um mal bem pior do que o que me sucedeu!

A lua já devolvera ao sol o cetro dos céus quando a longa e deleitosa diversão dos amantes se encerrou. Nua e exausta, a rainha retornou sozinha ao palácio, entrando pela folha entreaberta da mesma porta de onde saíra. Os servos, como nos sonhos, haviam todos sumido.

Chazaman estava agora com o coração leve como um pássaro e foi neste estado de ânimo que sentiu voltar-lhe todo o apetite e, com ele, todo o antigo encanto pela vida. Passou a mão num damasco reluzente de uma cesta ao lado e pôs-se a mordê-lo com a mesma volúpia da nossa primeira mãe.

Imediatamente duas palmas estalaram.

– Servo, traga-me imediatamente o mais delicioso desjejum!

Chazaman comeu e bebeu com mais voracidade do que jamais havia feito em sua vida.

Quando o rei voltou da caça, ficou espantado com a transformação do irmão. Chazaman comia à mesa com grande apetite, bebendo regiamente, como convinha a um soberano.

– Folgo em revê-lo, caríssimo irmão! – disse Chazaman, com a boca repleta dos sofisticados manjares.

– Mais feliz fico eu ao encontrá-lo alegre outra vez! – respondeu o outro, abrindo um alvo sorriso por entre os negros bigodes. – Parece como nos dias de nossa infância! Diga-me como conseguiu operar este verdadeiro milagre!

Chazaman respondeu com um ar mais grave e secreto, após ajeitar-se em suas fofas almofadas.

– Melhor faria, caro irmão, em não querer saber...

— Mas claro que quero saber! Parece que lhe tiraram dez anos da cara e cem quilos das costas!

— Bem, talvez seja necessário antes contar-lhe a razão do meu infortúnio.

— Oh, resolveu contar agora?

— Sim, pois a sua lembrança já não me entristece mais.

— Forte milagre! Vamos, conte tudo de uma vez!

— Estava eu de partida em Samarcán, prestes a vir visitá-lo, quando vi-me obrigado a dar as costas à caravana e voltar ao palácio a fim de buscar seu presente, que eu havia esquecido. Quando entrei no quarto real para pegá-lo, porém, encontrei minha esposa deitada com um escravo negro. Só posso dizer-lhe que este negro fazia com ela coisas que nem mesmo eu tivera ainda a audácia de fazer durante tantos anos de uma união que me parecera sempre completa e feliz.

Chariar embasbacou.

— Forte desgosto! E que providência tomou após tudo isto?

— Obviamente, fiz o que qualquer homem honrado faria: matei os dois, ali mesmo, em meu leito.

— Menos mal, caro irmão, menos mal!

— Se assim foi não sei dizer, caro Chariar, pois após matá-los senti-me imediatamente desnorteado e infeliz.

— Por isto chegou aqui naquele estado lamentável!

— Sim, mas como havia lhe prometido a visita, decidi cumprir minha palavra, sabe Alá com que ânimo.

Chariar aproximou-se do irmão e depositou em suas barbas um beijo de consolo e gratidão.

— Obrigado pela confiança em narrar-me um tão horrendo infortúnio! Bem vejo, agora, que motivos não lhe faltam para lastimar-se pelo resto dos seus dias!

— Isto é que não, meu bom irmão. Pois, como já lhe disse, desde ontem a lembrança de tal desgraça já não tem mais poder algum de me entristecer.

Diante destas últimas palavras do irmão, Chariar tornou a ficar intrigado.

— Pela burra de Balaão que já não torno a entendê-lo outra vez, caríssimo Chazaman! Quando aqui chegou e lhe perguntei a causa de sua tristeza, nada quis me dizer, e agora que peço a causa da sua alegria, me conta a de sua tristeza. Não haverá de me contar a história apenas pela metade, sabendo que sempre fui muito curioso! Diga-me logo como pôde converter aquela tristeza nesta euforia de hoje.

Então Chazaman, como quem cumpre um dever amargo, contou tudo quanto se passara na ausência do irmão mais velho, em seu próprio palácio e com sua mulher, sem omitir ou acrescentar coisa alguma.

Chariar ao ouvir a última palavra deixou cair nas mãos o seu rosto pálido e neste estado de mudo desespero permaneceu por mais de uma hora. Chazaman, enquanto isto, prosseguiu a comer, porém com a máxima discrição.

Finalmente, passado o estupor da surpresa, o rei disse ao irmão, com a voz trêmula de quem chora a amarga vergonha da traição:

– Se meus olhos forem testemunhas do que meus ouvidos acabam de escutar, então pode estar certo de que não haverá no mundo ser mais desgraçado do que eu!

– Quer tirar, então, a prova do que lhe disse? – disse Chazaman, algo surpreso.

– Se não o ofender, fidelíssimo irmão!

Ciente, afinal, de que tal denúncia exigia uma confirmação, Chazaman acabou por ceder.

– Muito bem. Faça de conta que vai caçar amanhã, novamente. Mande seus homens partirem na primeira hora do dia. Você, porém, permaneça escondido no palácio. À noite terá a confirmação de tudo quanto lhe disse.

E assim se fez.

Pela manhã, a caravana partiu sem o rei, que permaneceu escondido no palácio. Chazaman também sumiu durante todo o dia, de tal sorte que ambos os irmãos só foram rever-se à noite, quando todos no palácio deveriam estar dormindo. Disfarçado em roupas escuras, o rei rumou até os seus aposentos. Logo foi espreitar por entre as cortinas, juntando, na penumbra, as suas barbas às do irmão.

– Decerto que os amantes não perderão esta nova oportunidade de saciarem seus mais lúbricos e secretos desejos – disse Chazaman, tão animado que parecia haver esquecido que entre os amantes estaria a própria rainha.

Nesta noite, a lua tinha a forma apenas de um discreto crescente, que o Islã tomou por símbolo de sua fé. Mesmo assim, foi possível aos dois irmãos verem, do alto do balcão onde estavam, quando as duas portas do castelo se abriram de par em par para o jardim.

– Veja, lá vem a rainha! – ciciou Chazaman a Chariar.

No meio de um grupo alegre de servas inteiramente nuas, estava outra vez a figura inequívoca da rainha, finamente trajada. De outra porta, da mesma forma, saíram vinte escravos, também em completa nudez.

– Aí está! – sussurrou Chazaman, de olhos vidrados. – Tudo repete-se tal como da primeira vez!

A um sinal da personagem real, um negro alto e exótico destacou-se dentre os outros e aproximou-se da esposa de Chariar, tomando-a com vigor em seus braços da cor da noite. Possuiu-a ali mesmo, sob os olhos incrédulos do rei. Todos os outros escravos fizeram o mesmo e puseram-se a copular abertamente com as escravas. E ficaram todos nesta luxúria até o raiar do novo dia.

Durante a noite toda nem Chariar nem Chazaman haviam conseguido desviar os olhos daquela cena impressionante, embora por motivos diversos. Pois enquanto a alma do primeiro se afligia, a do segundo se rejubilava.

– Alá é justo e imparcial, meu irmão. Deve haver neste momento alguém que esteja a sofrer infortúnios iguais ou ainda piores do que os seus – disse Chazaman, com a experiência pessoal do que afirmava.

– Basta – respondeu um Chariar nem de longe consolado. – Partamos logo daqui. Precisamos entender o que Alá quer nos dizer com a repetição desta mesma desgraça. Seguiremos mundo afora até encontrarmos, tal como você diz, alguém que esteja a sofrer uma desventura ainda pior do que a nossa. Se assim não for, a morte será para nós a maior de todas as bênçãos.

Chazaman concordou, e os dois irmãos partiram, naquele mesmo instante, em peregrinação pelo mundo. Depois de caminharem um longo trecho chegaram diante de uma árvore, no meio de um prado perto do mar. Beberam de uma nascente de água doce que havia por ali e depois sentaram-se na verde relva para descansar. Estavam quase pegando no sono quando, de repente, o mar ficou revolto e uma coluna de fumaça negra subiu aos céus. Após revolutear sobre si mesma, como o cone de um furacão, a nuvem negra rumou resoluta na direção dos dois reis. Assustados com aquele fenômeno, ambos subiram na árvore e esconderam-se entre as folhas do galho mais alto para observar tudo a uma distância segura.

A coluna gasosa transformou-se rapidamente num gigantesco gênio, de largos ombros e vasto tórax, e que trazia à cabeça um enorme turbante. O perverso djin veio flutuando até a árvore onde ambos se encontravam e ali se acomodou. Desenrolou o turbante e tirou de dentro uma grande arca de cristal. Abriu-a, e surgiu dali uma bela e graciosa jovem. O djin colocou-a à sua frente sobre a relva e ficou olhando-a, fascinado, durante longo tempo. Então lhe disse, numa poderosa voz cavernosa, que fez tremer a árvore onde estavam encarapitados os dois sultões:

– Ó mais linda das mulheres! Desde que estás comigo que não tenho mais paz, temendo que a vejam e a cobicem. Mas agora neste lugar solitário poderei, finalmente, ter um pouco de descanso, usufruindo com segurança dos prazeres amenos do sono. Aqui só as tolas gaivotas poderão cobiçá-la.

Então ouviu-se uma voz suave que assim dizia:

– Descansa, ó gênio dos gênios, e tenha bons sonhos!

O gênio pousou a cabeça sobre o colo da jovem e pôs-se a dormir profundamente, ajudado que foi pelas suaves carícias que as mãos de delicados dedos lhe prodigalizavam.

Passou-se um bom tempo. A jovem, tendo cessado as carícias, volvia os olhos em todas as direções, num aborrecimento agoniado.

– Ó enfado, o mais negro dos fados! – repetia ela, a cada instante.

De repente, porém, escutou um sussurro bem acima da sua cabeça. Seus olhos amendoados voltaram-se para a copa da árvore e depararam-se com as nádegas dos dois reis apontadas bem na sua direção.

– Pela filha do profeta se não estão ali duas gaivotas enormes!

Ao ver o rosto dos dois irmãos viu logo que se tratavam de duas personagens dignas. Imediatamente seus olhos ganharam o brilho de duas luas negras, enquanto seus lábios vermelhos se distendiam num sorriso provocante. Num gesto que demonstrava grande tato e experiência, a jovem retirou de seu colo a cabeça adormecida do djin e pousou-a delicadamente sobre a relva, como se fora um ovo de enorme proporção. Depois, erguendo-se com a silente presteza de um felino, aproximou-se ainda mais da árvore, fazendo sinais imperiosos aos dois reis para que descessem. Estes, entretanto, mudos de terror, abanavam do alto as suas mãos, e com tanta intensidade que, esquecidos de se agarrarem aos galhos, quase despencaram sobre o ventre rotundo do gênio adormecido.

Diante disto, ela juntou ameaçadoramente as duas riscas de suas finíssimas sobrancelhas:

– Desçam já ou acordarei este perverso demônio que os matará da forma mais horrenda possível!

– Que Alá poupe-nos de tão terrível fim! – disseram ambos, pondo-se a descer com toda cautela e todo o silêncio que seu medo exigia.

Assim que os dois reis alcançaram o solo, a jovem lhes disse, ainda imperiosa:

– Agora invistam contra mim, como se eu fosse uma reles escrava, e possuam-me brutalmente.

Ante a negativa pasma dos dois, ela tornou a ameaçar que acordaria o gênio.

– Vá você! – exclamou rapidamente Chariar, empurrando o irmão.

– Não, vá você! – disse o outro, pondo-se, num pulo, atrás do primeiro.

Vendo que os dois ficariam naquilo o dia inteiro, a jovem aproximou-se resolutamente do djin, obrigando-os, afinal, a decidirem-se: Chariar, num ímpeto de primogênito, venceu os três passos que o separavam da jovem e, após lançá-la na relva, possuiu-a atabalhoadamente, sob os olhos cerrados do djin e os escancarados do irmão.

Depois foi a vez de Chazaman, que não procedeu diferente.

Após tudo isso, a jovem mergulhou as mãos nas suas vestes, que estavam espalhadas na relva, e retirou dali um pequeno estojo. Do seu interior fez surgir um longo colar feito de 570 anéis de sinete enfileirados, dizendo em seguida:

– Saibam que os donos destes sinetes fizeram a mesma coisa comigo, sob as barbas deste djin, entregando-me, após, os seus respectivos anéis. Agora, façam o mesmo.

Chariar e Chazaman ficaram outra vez boquiabertos.

– Por serem dois não farão nunca o que lhes digo logo na primeira vez? – disse a jovem, aborrecida. – Vamos, dêem-me logo os anéis!

Os dois reis entregaram-nos à jovem, que encarreirou-os junto com os demais no longo cordão do seu colar.

– Digam agora se já houve no mundo um colar mais belo! – exclamou ela, feliz da vida.

Chazaman, porém, abismou não tanto para a beleza do colar quanto para a sua longa extensão:

– Que o profeta me arranque fio por fio do bigode se já vi colar tão comprido quanto este!

Então, como numa iluminação súbita, uma consolação brotou imediatamente no seu espírito.

– Veja, Chariar! Aqui está um mal que jamais haverá de abater-se sobre mim, pois minha esposa, ao invés desta, somente se diverte com seus escravos!

Seu irmão, alegrado com tal descoberta, concluiu da seguinte maneira:

– Tampouco a mim se abaterá mal parecido, pois minha esposa também é uma rainha!

– Aí está o que acontece àqueles que, possuindo belas mulheres, não põem olhos alertas sobre elas! – sentenciou, ainda, o primeiro, como se não fosse este o seu próprio caso.

– Este djin amaldiçoado roubou-me na minha noite de núpcias! – exclamou a linda mulher, interrompendo-os com os olhos chispantes de ódio. – Desde então traz-me trancafiada o tempo todo neste cofre de cristal, debaixo de sete chaves. Como se isso não bastasse, ainda o joga no fundo do mar!

A jovem balançava o colar diante dos olhos como se visse nele refletida a sua vingança.

– Melhor faria o grandessíssimo tolo se usasse suas habilidades mágicas para destrancar o meu coração ao invés de aprisionar o meu corpo – disse ela, lançando um olhar de desprezo ao gigante adormecido, que continuava a roncar com o mesmo ruído das ondas a quebrarem sobre os recifes.

Neste momento Chariar interrompeu tudo para exclamar:

– Basta, já vi o bastante! Cessemos de uma vez a nossa busca! Eis o que Alá quer nos dizer com a história de nossas desgraças e também com a desta levianíssima mulher: todas as mulheres do mundo são traiçoeiras e nada mais há a fazer senão matá-las uma por uma! Pois se nem um poderoso djin como este consegue domá-las, é porque então são todas impossíveis de serem domadas. Voltemos consolados para nossas casas, caríssimo irmão, e mudemos nossos hábitos conforme a vontade de Alá.

E foi assim que os dois reis retornaram aos seus reinos, enquanto a jovem, sentada outra vez sob a árvore, colocava de volta sobre o regaço a cabeça inocente do seu amo perpétuo.

SHERAZADE E O REI CHARIAR

Havia, em tempos antigos, dois reis árabes chamados Chariar e Chazaman. Após terem flagrado, certa feita, suas respectivas esposas nos braços de negros e robustos escravos tinham saído desatinados pelo mundo à procura de uma resposta de Alá para tão infeliz decepção.

Após muito andarem acabaram num isolado prado, à beira mar, onde se depararam com um djin, que tinha tal ciúme da mulher que a trancava num cofre a sete chaves e depois o jogava no mar.

Mas, a despeito de todas estas radicais precauções, a bela prisioneira arranjava sempre um modo de traí-lo. E o fazia de forma tão desavergonhada que guardava de cada amante, como lembrança, um anel de sinete, fazendo com eles um colar tão longo que rodeava seu pescoço em muitas voltas.

Chariar viu nesta aventura um sinal evidente de Alá e extraiu deste sinal uma radical conclusão.

— Nenhum homem jamais conseguirá domar sua mulher a não ser pela morte! — disse ele.

— Pois que se faça, então, a vontade de Alá! — exclamou o outro rei.

Assim que chegou em casa, Chariar mandou cortar a cabeça da rainha e também das suas vinte escravas coniventes. Em seguida mandou capar todos os escravos negros do palácio.

— Muito bem, agora quero que uma jovem virgem venha deitar-se no meu leito real — ordenou ele ao vizir, atônito diante desta sucessão palpitante de ordens.

Após desfrutar de uma noite de intenso prazer com a virgem, Chariar ordenou na manhã seguinte que lhe cortassem fora a cabeça.

— Eis o único meio de se evitar traições! — disse ele ao vizir, não como quem explica, mas como quem se deleita com sua própria sabedoria.

E assim foi fazendo o rei nas noites seguintes, de tal modo que tinha toda noite em seu leito uma nova e jovem rainha — e o reino uma bela e jovem garota a menos no dia seguinte.

Neste pé correram as coisas por muitos anos, até que as virgens — em especial, as belas — começaram a escassear. Mais um pouco e até as virgens feias já haviam passado pela cama e pela lâmina do sultão, não restando, ao fim e ao cabo, mais uma única delas em todo o vasto reino.

– Não sobrou mais nenhuma? – vociferou o tirano ao desolado vizir.

– Perdoe a franqueza, meu senhor, mas, à medida que as vai matando, elas tendem a desaparecer.

– Tolices! Vá e só torne a aparecer na minha frente com uma bela virgem! – gritou o déspota, já se perfumando todo para a milésima noite de sua infinita lua-de-mel.

O vizir partiu, mas foi infrutífera a sua busca, restando-lhe, afinal, a dolorosa certeza de que as únicas virgens vivas que restavam no reino eram as suas próprias filhas: Sherazade e Duniazade.

– O que houve, meu pai? – disse-lhe um dia Sherazade, a filha mais velha do vizir, erguendo os belos olhos do livro que trazia sempre consigo, pois gostava muito de ler, em especial as lendas dos reis antigos.

– Está tudo bem, minha filha – disse o vizir, pondo em sua angustiada face um sorriso amarelo.

– Parece que algo o preocupa – insistiu ela, fechando o livro e se aproximando do pai.

O vizir, que não conseguiu mudar de cara, resolveu, então, mudar de discurso.

– Na verdade, minha filha, pressinto algo de muito ruim para nós. Tudo ia bem na minha vida até que, há muitos anos atrás, o enxerido irmão do rei foi visitá-lo apenas para encher seu coração de suspeitas com relação à honra da antiga rainha.

O vizir contou, então, toda a história que culminara com a morte daquela digníssima senhora. Assim que terminou o relato, pai e filha escutaram uma terceira voz dizer, entre intrigada e divertida:

– Matou-a, então, só por causa de um reles escravo?

Era Duniaziade, a filha mais nova do vizir, quem falara.

– Bem, o que se diz é que eles estavam fazendo coisas que não convinham à dignidade de uma rainha – respondeu Sherazade, muito mais instruída nestes assuntos, graças às suas muitas leituras.

– Basta, que sabe você destas coisas? – exclamou, de repente, o vizir, irritado por ver sua filha tratar abertamente de assuntos que não convinham à sua pureza.

Sherazade, porém, que esteve silente por alguns instantes, retornou ao assunto de maneira abrupta e empolgada com esta frase que veio acrescentar ao pai a pior de todas as aflições:

– Já sei, papai! Serei eu a nova esposa do rei!

– Louca! – exclamou o vizir, branqueando subitamente os cabelos que ainda lhe restavam pretos sob o turbante.

– Alá, em sua infinita sabedoria, me fez ver que somente eu posso demover o rei da sua maldade!

– Pois Alá, em sua infinita misericórdia, saberá perdoar-me, também, por demovê-la desta loucura!

– Meu pai! Não percebeu ainda que o rei, cedo ou tarde, sabendo que restamos apenas minha irmã e eu na condição de virgens, nos requisitará para o seu leito?

– Então providenciarei imediatamente o seu casamento com outro!

Mas ela não queria outro esposo senão o tresloucado rei e fez ver isto ao vizir com tamanha obstinação que este, desesperado, não hesitou em descer às súplicas:

– Pelo amor de Alá, filha querida, não ofereça seu pescoço à lâmina cruel do rei! Ele está louco e tudo quanto quer é vingar-se de sua desonra em todas as mulheres belas do reino! Você seria apenas mais uma das milhares de infelizes que passaram e ainda passarão por seu leito maldito!

– Mudarei a cabeça do rei, mantendo a minha, ao mesmo tempo, sobre os ombros – insistiu Sherazade, com uma serenidade fria que fazia suspeitar de sua própria sanidade.

– Não seja ingênua, minha filha!

A menos ingênua de todas as virgens que já existiram, porém, fincou pé e já no dia seguinte foi procurar o rei em seu palácio para fazer a oferta de si mesma.

– Forte novidade esta! – disse o soberano ao ver-se diante de uma mulher com iniciativa. – Muito bem, mas nem por ser a filha do vizir deve esperar um tratamento melhor do que dei a todas as outras: amanhã cedinho, já sabe: zás...! – fez ele, cortando o ar com seu braço robusto.

Com o vento, as mechas castanhas do cabelo de Sherazade se espalharam sobre o seu rosto, ocultando, de maneira providencial, um belo e enigmático sorriso.

Após a enfadonha cerimônia de casamento (afinal, havia uma por noite desde que o rei inventara aquela mania de casar e enviuvar no dia seguinte), Sherazade foi instalada no quarto nupcial. O rei, por sua vez, antes de borrifar-se das mais olorosas essências, mandou afastar do palácio qualquer escravo negro, mesmo sabendo que estavam todos eunucos. ("Eunucos sim, mas não manetas", pensou secretamente.)

De repente, Sherazade, sozinha e no auge dos preparativos para a sua noite de núpcias, viu entrar pela porta sua irmã, Duniazade, que havia ido ao palácio para ajudá-la nos preparativos.

As duas irmãs abraçaram-se emocionadas. Depois, sentaram-se e puseram-se a conversar e a rir com tamanha animação que o rei, ao chegar abruptamente, cismou se não seria um negro travestido.

Mas não. Ela era delicada e branca demais para ser um disfarce.

– É minha irmã mais nova, meu rei e senhor – disse Sherazade, apresentando a jovem.

Duniazade – que apesar de ser filha do vizir e de morar, como Sherazade, na mesma cidade do rei, ainda não era conhecida deste – curvou-se em graciosa reverência.

No mesmo instante, o soberano fez um novo conceito da jovem.

"Aí está aquela que ocupará o meu leito amanhã!", pensou, deliciado, antes de afastar-se um pouco.

Logo os risos recomeçaram, obrigando o rei a aguçar outra vez os seus ouvidos reais.

"Do que será que se riem tanto?", perguntou-se, aproximando-se pé ante pé, para ouvir o que diziam.

Sherazade narrava uma história tão surpreendentemente hipnótica que o rei, após sentar-se timidamente na beira da cama, como um intruso dentro do seu próprio quarto, passou o resto da noite imóvel como um dois de paus. Em seu coração não havia mais desejo algum de amar ou de matar, senão o de saber.

Chariar esteve paralisado durante um longo tempo a acompanhar as peripécias do que sua futura noiva contava até que ela, com estas abruptas palavras, interrompeu a sua narrativa:

– Por Alá! Já está amanhecendo, querida irmã, e sequer deitei-me ainda com o rei!

Chariar, sentado na beira da cama, enrubesceu involuntariamente, como se fosse ele o menino virgem à espera do amor. Mas o que verdadeiramente o incomodou foi o fato de não poder saber o final daquela história tão interessante. O rei chegou a abanar a mão, condescendente, como quem diz "Não, se for por mim, minhas senhoras...", mas ninguém lhe deu atenção.

– Ah, não! – exclamou Duniazade, simulando uma amarga inconformidade (eis que tratava-se tudo de uma engenhosa combinação). – Conte-me antes o fim da história! Você sabe como sou curiosa!

– Basta! Aqui não há mais o que insistir! Já não há tempo para nada, irmã querida, senão o de cumprir o meu dever conjugal antes de ir resgatar com a vida a culpa de todas as mulheres do reino.

O rei adorou estas palavras finais, esta é que é a verdade. Mas, como a esta altura não estava mais em condições de fazer coisa nenhuma a não ser dormir, decidiu, sob o pretexto da não-realização do ato conjugal, que a execução da esposa se daria somente na manhã do dia seguinte.

– O que não foi, será – disse ele, num tom de truculenta resignação. – Esta noite faremos tudo quanto não se fez na passada e adeus – acrescentou, afofando o alvíssimo travesseiro antes de cobrir inteiramente a cabeça.

Sherazade e Duniazade, porém, sabiam perfeitamente que era a curiosidade do rei que o fazia protelar seus dois prazeres habituais.

Na noite seguinte, Sherazade terminou a história que estivera contando, mas, assim que o fez, teve a sabedoria de encadeá-la rapidamente a outra, que espichou o quanto pôde até o novo dia raiar.

– Ora vejam, o sol outra vez! – exclamou ela, aborrecida, como quem vê surgir um grande importuno.

– Esqueça o sol e termine a história – ordenou o rei.

– Perdão, alteza, mas não sei contar histórias à luz do dia – retrucou a jovem, intransigente. – Tão certo quanto a minha vida se acabará pela metade, esta história também haverá de ficar para sempre inconclusa.

Fez-se um instante de misterioso silêncio.

– Que tal é o desfecho? – resmungou a voz real.

– Não posso conceber um mais empolgante – disse Sherazade, com maravilhosa convicção.

Outro breve silêncio, antes de Chariar voltar a falar.

– Está bem, deixemos tudo para a noite que vem. Mas já sabe, hein? Amanhã... zás!

Antes, porém, de adormecer, perguntou, ainda, como quem não quer nada:

– Diga lá, minha menina: conhece, além destas, mais outras histórias?

– Muitas outras, meu amo e senhor. Lástima não poder contá-las também.

– Mas sua irmã, a doce Duniazade, por certo as conhece.

– Não vos fieis disto, grande soberano. Conhece mal e conta ainda pior.

Chariar não disse mais nada, mas o fato de afofar o travesseiro alvíssimo repetidas vezes foi um sinal de bom augúrio à bela filha do vizir.

E assim repetiram-se as coisas na noite seguinte e nas 998 que se seguiram – que, somadas às duas primeiras, perfizeram as célebres mil e uma noites, nas quais Sherazade manteve sempre vivo o interesse do rei, e a cabeça dela solidamente presa ao pescoço. Quando as histórias terminaram o casal já tinha três filhos, e o rei, uma outra cabeça, mais culta e com entendimento suficiente para não perdê-la por qualquer bobagem.

Os escravos negros do palácio, porém, continuaram a falar fino pelo resto dos seus dias.

ALADIM E A LÂMPADA MARAVILHOSA

1 – O DORMINHOCO ALADIM

Aladim, o filho do alfaiate, como fazia todas as manhãs, não despertou com os gritos do pai.

– O quê?! Ainda está na cama?

Sim, ainda estava, dissera a mãe, apreensiva.

Neste ponto começou a segunda parte do drama de todos os dias: o libelo acusatório do pai.

– É o que sempre digo: enquanto gasto meus olhos com agulhas e linhas este inútil dorme mais do que o escorpião sob a pedra!

E aqui chegou-se à terceira parte do drama: o chamamento da mãe à responsabilidade.

– Dê um jeito neste seu filho, mulher, antes que eu dê o meu jeito! – berrou o alfaiate, que nestas ocasiões costumava renunciar à sua parte na autoria genética do garoto.

Na verdade, ele estava tão disposto a dar o "seu" jeito que a fita métrica enroscava-se em sua mão como uma pequena e ameaçadora serpente, o que nos leva a ingressar imediatamente no quarto ato: num impulso providencial, a esposa do alfaiate tomou a dianteira e correu até o quarto de Aladim, dando em altos brados inteira razão ao marido – o que, nestes casos, soava sempre lamentavelmente falso.

– Deixe comigo, meu senhor! – disse ela, ao entrar no quarto, com o esposo atrás.

A pobre mulher bem que chamou, gritou e sacudiu o filho com todas as suas forças, mas a única coisa que conseguiu foi fazê-lo acordar-se e virar para o outro lado, sem nunca deixar de dormir.

– Menina, o cântaro! – disse, então, com sombria determinação, à irmã de Aladim.

E aqui chegamos ao quinto e último ato do drama: o jarro d'água desesperador.

– Será que foi picado pela tsé-tsé? – disse a jovem, retornando com a bilha gotejante.

— Se fosse, não teria dormido tanto! – respondeu o pai, sarcástico. – A não ser que a mosca tenha feito um ninho sob o seu travesseiro. É o que vamos ver agora!

Tomando o cântaro transbordante da filha, o alfaiate virou todo o conteúdo na cabeça do jovem.

A água escorreu pelas orelhas e pelo pescoço de Aladim, que se sacudiu todo como um cãozinho. Depois virou-se para o outro lado e voltou a abraçar o travesseiro, ingressando num sono ainda mais pesado e profundo do que antes.

— Tem certeza de que ainda está vivo? – perguntou a criada, intrometendo sua cara redonda e escura na conversa.

— Tem certeza de que o pão ainda não queimou? – respondeu o alfaiate, expulsando-a do quarto, pois a verdade é que havia algo mesmo cheirando a queimado na casa.

— Meu senhor, não seria melhor deixar o menino dormir mais um pouco? – disse a mãe, conciliadora. – Mais um pouco – um pouquinho só! – e ele acorda!

Com as mãos delicadas, ela foi conduzindo todos para fora.

— Menino! – saiu dizendo o velho. – Um marmanjo, isto sim! Um vagabundo!

A verdade é que o alfaiate andava com umas olheiras terríveis de tanto costurar e coser. Naquela manhã, estavam mais negras do que o pão que a criada acabara de tirar das pedras quentes.

— Vejam só! – disse ele. – Há três dias que eu não durmo, e há três dias que ele dorme!

— Um pouquinho mais de paciência! – insistiu a mãe, carente de argumentos.

Mas já não havia mais necessidade deles, pois o marido acabara de entrar em outra dimensão.

— Todo filho aprende o ofício do pai, menos o meu! Poderia ter sido um *alkhayyát*[4] renomado, como um dia eu fui! Poderia estar costurando trajes para o próprio sultão, e então hoje tudo seria diferente!

O alfaiate dava sonoros tapas na nuca, um pouco por raiva e um pouco para manter-se desperto.

— Ibrahim é testemunha de que tentei ensinar-lhe um pouco da minha arte, mas tudo o que o estrupício conseguiu aprender foi extraviar agulhas! Pela mula de Muhammad se já houve maior extraviador de agulhas em todo o Oriente! Ah, se chegasse a descobrir onde as enfiou todas, juro que nem em mil anos precisava de outras!

---
4. Em árabe: alfaiate. (N.E.)

A mãe de Aladim suspirou aliviada: o alfaiate acabara de ingressar no Vale das Agulhas Perdidas, um dos seus rincões mentais prediletos, de onde só sairia exausto para comer ou costurar outra vez.

O velho ainda recolhia as suas agulhas quando soou a voz da menina da vizinha.

– Aladim! Já levantou?

Não, doce menina. O dia já invade a tarde, mas Aladim continua súdito fidelíssimo de Morfeu.

Mas na manhã seguinte quem não acordou foi o alfaiate. Para termos uma idéia da gravidade da coisa, basta dizer que naquele dia Aladim acordou antes do pai.

– O que houve com ele? – disse o jovem, postado com a mãe e a irmã ao redor da cama do pobre homem.

– Papai não acorda de jeito nenhum! – disse sua bela irmã, apertando contra o peito o cântaro vazio.

A água escorria por entre os sulcos da fronte do alfaiate, sem retirá-lo do seu sono de pedra.

– Está morto? – perguntou Aladim, sem coragem de verificar por si mesmo.

Não, graças a Alá, não estava. Mas seu sono era tão profundo que nada podia despertá-lo.

Aladim pasmava para aquela cena absolutamente inédita: pela primeira vez na vida ele estava acordado, e o pai não. Ao mesmo tempo, revoltava-se contra as tentativas desesperadas da mãe e da mais bela das irmãs de todo o Oriente em tentar retirar o pai daquele estado que lhe parecia ideal.

– Por que não o deixam dormir, simplesmente? Parece tão feliz, sem gritar ou reclamar! – disse ele, ao ver a irmã aproximar-se com o cântaro repleto de água outra vez.

A jovem, sensibilizada, suspendeu o novo arremesso, enquanto a mãe tomava a primeira medida sensata do dia.

– Vamos chamar o médico.

– Esgotamento nervoso – disse o médico, laconicamente.
– E como faremos para acordá-lo? – quis saber a mãe.
– Não façam nada. Deixem-no dormir.
– Mas vai acordar quando?
– Pode ser que acorde daqui a pouco, pode ser que acorde amanhã, pode ser que durma para sempre. É esperar para ver.

Naquela noite, Aladim deixou de ser o assunto da casa (outro acontecimento notável) e, quando a noite chegou, foi dormir. Só que, desta vez, não conseguiu pegar no sono – talvez o mais insólito de todos os fatos do dia. Aladim não conseguia tirar da cabeça a imagem do pai dormindo mansamente.

Após lutar muitas horas contra a insônia, Aladim conseguiu finalmente cochilar um pouco. Infelizmente, o sono teve curta duração, pois logo ele acordou sobressaltado.

"Será que está amanhecendo ou anoitecendo?", pensou, ao ver uma luz fraca filtrada pela persiana.

Logo em seguida, como numa resposta, um galo cantou. No mesmo instante Aladim lembrou-se do pai.

– Será que já acordou...?

Num pulo pôs-se fora da cama e foi até o quarto do alfaiate. Sua mãe estava ali, velando o sono do esposo.

– Ainda dorme – sussurrou, desconcertado.

Como já fosse dia, Aladim resolveu, então, ir caminhar.

Pela primeira vez na vida Aladim via o dia amanhecer. Que novidade! Não imaginava que o dia pudesse começar tão fresco e ameno! Que alegria na natureza! Que sensação vivificante! Era um verdadeiro renascer de tudo!

Aladim retirou o turbante e deixou que a brisa fresca da manhã lhe entrasse pelos cabelos.

– Quem sabe levantar cedo não seja assim tão ruim? – disse ele, com a pureza de um recém converso.

Animado, o jovem bateu perna por toda a cidade, mas logo descobriu que as primeiras horas do dia também podiam revelar coisas desagradáveis. A principal delas era o rosto apressado e aflito das pessoas com as quais cruzava nas ruas desertas: eram os escravos matinais que entristecem as manhãs de todas as partes do mundo com suas caras inchadas e seus bocejos repugnantes. Nas portas das lojas também via aquelas mesmas caras – caras ao mesmo tempo conformadas e contrariadas de quem se prepara para carregar um novo fardo. Para piorar as coisas, sentiu o sol esquentar consideravelmente a sua cabeça, obrigando-o a recolocar o turbante.

E foi assim que Aladim tornou-se, outra vez, inimigo declarado da manhã.

Apesar de tudo, continuou a caminhar, subiu e desceu colinas até ingressar num vale pedregoso onde deparou-se com uma alta montanha. Ao pé dela havia um velho sentado e de cara amarrada, parecendo tão preocupado quanto o seu pai antes de adormecer.

Aladim perguntava-se se um dia não estaria ele próprio assim quando teve suas reflexões interrompidas pela voz catarrosa do velho.

– Ei, você! Venha cá! Eu o estava justamente esperando!

– Esperando... a mim? – disse ele, espantado.

Cauteloso, Aladim aproximou-se e foi só então que percebeu que o velho era cego.

– Preciso que me ajude a encontrar uma lâmpada – foi logo dizendo o velho. – Será tão bem recompensado por isso que nem todos os seus ancestrais juntos terão visto tamanha fortuna!

Aladim era meio preguiçoso, muito bem. Mas burro decididamente não era.

– Lâmpada...? Perdão, meu senhor, mas para que quer uma lâmpada?

– Vai ou não procurá-la? – respondeu o velho, azedando-se.

Aladim não precisou pensar muito para aceitar a proposta.

"Não posso imaginar trabalho mais fácil do que procurar uma lâmpada!", pensou ele.

– E é longe o lugar onde devo ir buscá-la? – perguntou.

– Mais perto do que imagina. Na verdade, está aqui mesmo, no interior desta caverna!

Aladim olhou para a montanha, mas não viu caverna alguma.

– Mas quem é o cego aqui? – disse o velho, outra vez irritado. – Veja, ali, ali!

O velho apontava o seu dedo descarnado para uma pequena fenda na parede.

Aladim aproximou-se e logo descobriu a tal fenda.

– Sim, agora vejo! De perto a fenda é bem maior!

– É claro, idiota! De perto tudo é bem maior!

Aladim já estava a ponto de perder as estribeiras com aqueles xingamentos, mas lembrou-se do pai doente e sentiu pena do velho – uma pena colateral, é verdade, mas pena também.

– Entre logo e procure entre o tesouro espalhado uma lamparina igual a que seu pai usava para trabalhar.

– Tesouro?! Está dizendo que há um tesouro aí dentro?

– Esqueça isto! Procure a lâmpada, pois o tesouro nada vale em comparação!

Eis aí algo difícil de acreditar! Mas Aladim, como bom muçulmano, também aqui acreditou.

– O que está esperando, seu tonto? – exclamou o velho, arremessando o seu bastão nas costas de Aladim.

Que pontaria tinha aquele cego...! O bastão acertou em cheio!

Animado pela perspectiva de ver um tesouro – afinal, até ali só vira, quando muito, tesouras –, o rapaz escalou parte da montanha até alcançar a entrada da caverna, que ficava mais acima. Mais um pouco e desaparecia montanha adentro, sob o olhar parado do velho.

A escuridão no interior da caverna era quase absoluta, aliviada apenas pelo jato de luz que vazava da abertura e por algumas tochas dispersas aqui e ali, estranhamente acesas.

Aladim andou mais um pouco até ver ofuscar a luz dentro de uma galeria: era o tesouro!

Milhares de peças, moedas, vasos e uma infinidade de objetos resplandecentes amontoavam-se em diversas pilhas monstruosas, como as dunas no deserto.

– Terá dono? – pensou, agoniado, pois não podia imaginar-se saindo dali de mãos abanando.

Neste instante a voz catarrosa do velho, entrando por não sei que fresta, alertou-o:

– A lâmpada, imbecil! Procure a lâmpada!

Mas a esta altura a única coisa que Aladim queria saber era se a lâmpada era de ouro também.

Aladim vasculhou tudo, mas não encontrou lâmpada alguma. A única coisa que viu foi ouro em cima de ouro.

– Procure direito, pardavasco! – disse a voz, autoritária.

Aladim remexeu em tudo, fazendo retinir o metal pelas paredes da vasta caverna, como se milhares de duendes estivessem a chacoalhar os guizos dos seus gorros pontudos.

– Aqui não há lâmpada alguma! – insistiu o jovem. – Alguém já a levou embora!

Aladim estava pronto a abandonar a caverna, deixando-a tão bagunçada como o seu quarto, quando a voz do velho voltou a soar misteriosamente de todos os vãos das paredes:

– O problema é que você não passa de um maldito preguiçoso! Não a encontraria mesmo que ela estivesse em seu bolso esquerdo!

Aladim chegou a enfiar a mão no bolso esquerdo, mas ela tampouco estava ali.

– Imbecil! Maldito preguiçoso dos infernos!

Neste ponto o jovem viu esgotar-se a taça da sua paciência.

– Então por que não viu antes, velhote linguarudo, que eu não seria capaz de encontrá-la?

No mesmo instante, caiu violentamente para trás, como se empurrado por forte vento.

– Por castigo irá ficar aí dentro para sempre! – disse a voz irada, pela última vez.

Quando o jovem se reergueu não havia mais saída alguma na caverna.

2 – ALADIM E O GÊNIO

– E esta agora! – exclamou Aladim, ao ver-se prisioneiro na caverna com um gigantesco tesouro.

O jovem procurou durante um bom tempo outra saída, mas nada. Então, sentou-se, disposto a conformar-se – pois conformar-se, como sabem todas as naturezas fracas, cansa menos do que rebelar-se ou desesperar-se.

– Eu deveria estar feliz, afinal de contas! – disse ele, reunindo seus argumentos. – Finalmente vou poder dormir como o escorpião sob a pedra, tal como papai dizia, sem ninguém para me perturbar!

Nunca mais as odiosas censuras nem ninguém para lhe buzinar nos ouvidos que "estava ficando um homem", que "deveria começar a criar juízo" ou – o pior de tudo! – que deveria "ganhar o sustento com o suor do próprio rosto"!

Sim, agora estava livre para exercer a sua verdadeira vocação: a de dorminhoco perpétuo!

– Além disso, quem poderá dizer que fracassei na vida por causa da preguiça? – acrescentou, com um desespero alegre. – Vejam só isto, homens ativíssimos do mundo! Corram para ver, ambiciosos de toda a terra! Qual de vocês, sultões bigodudos e comerciantes pançudos, já dormiu ao lado de um tesouro igual a este?

Sua risada insana ecoou durante longo tempo pelas paredes nuas da caverna, até que ele, exausto de tanto gargalhar, desabou sobre um colchão roto que encontrou jogado num canto.

Aladim fixou o olhar no teto alto e cheio de estalactites e sombras, esperando o sono chegar, mas, pela segunda vez em sua vida, o sono não veio.

– Droga, essa tal de insônia já está virando rotina! – disse ele, com um suspiro de enfado.

O tempo arrastava-se como uma lesma geriátrica. Sem saber se era dia ou noite, pois nem um único raio de sol entrava ali, Aladim não fazia outra coisa senão procurar pela bendita lâmpada o tempo todo. Quando cansava, alimentava-se de cogumelos que brotavam nas pedras e no limo e depois deitava-se novamente, tentando dormir. Às vezes, por conta da exaustão, cochilava um pouco, mas sonhos nunca mais os teve.

É que a realidade, para Aladim, convertera-se em sonho.

Agora que já se acostumara com a quase escuridão, Aladim podia ver o que antes não via. Cansado de só procurar, caminhou pela caverna pelo simples prazer de ver as pedras e o teto cheio de goteiras. Com que espanto alegre descobriu, por exemplo, que em certas partes da caverna chovia – chovia positivamente! A luz mortiça dos archotes que, estranhamente, jamais se apagavam, se espalhava aqui e ali, confundindo seu brilho fosco com o fulgor das gemas e o halo espectral dos cogumelos. Aladim tocou nas paredes e foi avançando, sentindo a maciez do musgo alternar-se com a aspereza fria e rude da pedra. Era uma caverna muito ampla e tinha muitas câmaras. Em todas elas fabulosos tesouros se acumulavam, sendo impossível dizer qual escondia o tesouro mais valioso. Então voltou à sua mente a idéia de que todo aquele tesouro devia ter um dono.

"E se o dono for um dragão e estiver o tempo todo a me espreitar?", pensou, como se fosse um personagem extraviado de alguma saga nórdica ou saxã.

Não, se houvesse alguma fera seguramente já teria aparecido e o devorado.

Mais calmo, Aladim deitou-se e deixou que o cansaço o adormecesse outra vez.

Até que um dia, Aladim acordou completamente desanimado.

– Não existe lâmpada alguma, e eu vou permanecer enterrado aqui para sempre!

O jovem colocou as mãos no rosto, em desespero.

– Há quanto tempo será que estou aqui? Um mês? Um ano?

Não havia como saber, pois o tempo passava de maneira indistinta naquelas câmaras úmidas e escuras. Como gostaria de saber como estavam a mãe e a irmã! E seu pai, será que já havia acordado? Até da criada e de seu pão queimado já sentia saudades!

Então, numa reação instintiva contra o pânico, Aladim ergueu-se de um pulo e foi vasculhar pela milésima vez aqueles tesouros repugnantes cravejados de brilhantes – malditas maravilhas que de nada serviam para ele!

Pela primeira vez Aladim andou por entre aqueles tesouros como quem andasse por entre o monturo de Bagdá, chutando raivosamente tudo o que encontrava pela frente.

– Imundície maldita! – esbravejou, chutando para o alto preciosidades que bem valiam uma cidade.

Num destes chutes, acertou em algo totalmente desprovido de brilho que foi chocar-se contra a parede. Ao cair, o objeto fez um ruído que imediatamente chamou a atenção de Aladim: não era o ruído cantante de ouro, mas o estrondo vulgar do mais ordinário dos metais.

– Uma lâmpada...! – gritou ele, correndo a juntá-la.

Uma decepção profunda, porém, tomou conta do seu espírito ao tê-la nas mãos.

– É muito velha e amassada! Não pode ser esta a que o velho quer!
Algo, porém, lhe dizia que era a lâmpada fatídica. Nervoso, ele tentou desamassá-la, ao mesmo tempo em que a lustrava com seu colete imundo.

Então, de repente, sentiu a lâmpada estremecer em suas mãos. Em seguida, uma forte luz esverdeada jorrou de dentro dela, obrigando-o a largá-la, como se estivesse em brasas.

Caída no chão, a lâmpada continuava a pular e a fumegar, como se estivesse viva. Mas o pior veio quando a fumaça que o bico enferrujado largava começou a formar um ser monstruoso com aparência de gigante.

Aladim fitou o espectro, tomado de horror, antes de desmaiar.

– Dormindo, jamais sonhei; acordado, começo a sonhar!

Aladim acordou com a voz do gigante.

– Acorde, seu tolo! Isto não é um sonho!

O gênio espreguiçava-se, alongando-se todo em seu balão gasoso. Aladim virou o rosto para o lado, pois detestava balões estourando – ainda mais um daquele tamanho!

Mas o gigante não estava nem aí para as reações do jovem.

– Coisa boa poder alongar, outra vez, os meus pobres músculos!

– Q-quem é você? – disse Aladim, reunindo, afinal, os restos de sua coragem.

– Sou o gênio da lâmpada, e agora você é o meu amo – respondeu a criatura, cruzando os braços.

– Amo...?

– Sim, faça três pedidos e será atendido.

– Pedidos...?

– É a regra. Todo aquele que me liberta recebe de mim a graça de três favores.

– M-mas...

– Vamos, diga logo o que quer, pois tenho três deveres a cumprir!

Pobre gênio! Mesmo liberto, e com todo aquele tamanho, continuava escravo das obrigações!

Aladim ficou tão estarrecido por tanta generosidade que se esqueceu de pedir o óbvio, que era a fuga da caverna. A primeira coisa que pensou em pedir foi para ficar muito rico e casar-se com uma linda princesa, viciado que estava nas histórias que sua mãe lhe contava. Mas agora os tempos eram outros, e dinheiro havia ali de sobra. Com toda esta fortuna não seria difícil conquistar quantas princesas quisesses, pensou ele.

– Você parece menos imbecil do que os outros – disse o gênio, com uma certa simpatia.

– Por que diz isto? – respondeu Aladim, desconfiado.

— Ora, você é o primeiro amo que não pede logo para ficar rico e casar com uma linda princesa!

Aladim ficou vermelho como uma amora. Então, resolveu ser sincero.

— Se você tivesse me aparecido quando eu estava em casa, saberia exatamente o que pedir.

— Pediria o quê?

— Para dormir menos, e meu pai mais. Bem, mas isto foi antes de papai adoecer.

Achando que era alvo de uma pilhéria – afinal, quem era o sujeitinho para se comparar com ele, que dormira por mais de mil anos? –, o gênio armou uma carranca.

— Basta de conversa fiada, fedelho! Diga logo o seu pedido.

Mas Aladim queria fiar mais conversa.

— E você? Se tivesse que fazer um pedido, qual seria?

— O quê...?!

— Qual seria o primeiro desejo de um gênio que se encontra trancado há mil anos numa lâmpada?

Desconcertado pela pergunta anterior, o gênio começou a estapear sua calça larga, de um laranja berrante, ao mesmo tempo em que ajeitava o turbante na cabeça.

— Sabe que ninguém me fez esta pergunta antes? – disse ele, entrando na onda do jovem. — Todos estão sempre tão interessados em seus próprios desejos que nunca imaginei o que haveria de pedir.

Então, após alisar a sua longa barba de mil anos, o gênio disse, com um meio sorriso:

— Bem, o que haveria de querer com mais intensidade senão a minha liberdade?

Só então Aladim percebeu que o gênio ainda continuava com os pés presos dentro da lâmpada.

— Pois aí está! – disse o jovem, sorridente. — Quero que esteja totalmente liberto desta lâmpada!

Imediatamente o gênio viu-se ejetado para fora de sua minúscula prisão, com os dois pés libertos.

De fato, estava ficando cada vez mais difícil para o gênio cumprir o seu papel de dispensador de pedidos, como mandava a convenção milenar dos gênios aprisionados!

— Pelo amor de Alá, garoto tagarela, deixe-me cumprir a minha obrigação! – disse o gênio, agoniado.

— Como gosta de convenções! – respondeu Aladim, enfadado. — Antes, diga-me a quem pertence este tesouro.

– Pertence a saqueadores – respondeu o outro, espichando os seus membros ainda doloridos.

Depois de levantar diversas vezes uma perna até o queixo, e depois a outra, acrescentou:

– Há uma quantidade inacreditável destes patifes espalhados por aí. Há muito tempo eles vêm escondendo aqui o produto dos seus saques.

– E como é que a sua lâmpada veio parar neste lugar?

– Como vou saber? Já não disse que estive dormindo este tempo todo?

De repente, porém, o gênio deu-se conta de algo muito importante.

– Ah, esqueci de lhe dizer algo muito importante. É preciso que alguém fique em meu lugar na lâmpada, pois ela não pode permanecer vazia por muito tempo.

Um calafrio de horror percorreu a espinha de Aladim.

"Aí está!", pensou ele. "Chegou a hora da maldita armadilha!"

– E então, tem alguma solução? – perguntou o gênio após alguns segundos de horrível apreensão.

– Sim, já tenho alguém para ficar no seu lugar, mas isto fica para depois – disse Aladim, com a máxima frieza que pôde simular. – Antes temos de dar um jeito de cairmos fora desta caverna.

– Bem pensado! – esclamou o gênio, sentindo ressurgir sua velha claustrofobia. – O que sugere?

Aladim fixou o rosto indeciso do gênio.

– Como assim "o que sugere"? Você é o gênio por aqui, não é?

– E o que o leva a crer que eu entenda alguma coisa de saídas de cavernas?

Só então Aladim se deu conta de que o gênio era um idiota total em matéria de fugas.

– Sabe, não sou bom em direções – disse ele, corado. – Por isso fiquei preso tanto tempo preso na lâmpada.

– Então prepare-se para viver aqui o resto dos seus dias – respondeu o jovem.

– Dos nossos dias...! – corrigiu o gênio, com um sorrisinho sardônico.

Um novo calafrio percorreu a espinha de Aladim.

– Não, não vamos morrer! – disse Aladim, de repente, subitamente animado.

Após correr até um dos paredões, o jovem pôs-se a gritar com todas as suas forças:

– Achei a lâmpada, velhote perverso! Achei a lâmpada!

Bom psicólogo, o gênio corrigiu-o ligeiro:

– Psiu, não o ofenda...!

— Achei a lâmpada, velhinho bondoso! Achei a lâmpada!

Logo ouviu-se a voz do velho lá fora. Era uma voz abafada e cheia de ecos.

— Não tente me enganar-ganar-ganar... garoto tolo-olo-olo...!

— Não o estou enganando, juro!

— Sou um mago-ago-ago... muito poderoso-oso-oso! Você não sabe-abe-abe... o que é ter-me nos seus calcanhares-ares-ares...!

— Achei a lâmpada e vou entregá-la ao senhor! – disse Aladim, mostrando a lâmpada em todas as direções.

No mesmo instante, uma das paredes rachou de alto a baixo, e o sol inundou totalmente a gruta.

— LIVRES...! LIVRES...!

Quem berrava isto a plenos pulmões era o gênio, e não o garoto.

Aladim colocou a lâmpada debaixo do braço, o saco às costas e saiu para a luz do dia.

— Dê-me a lâmpada, patusco! – ordenou o velho, estendendo sua garra descarnada.

Aladim entregou-lhe. O velho esfregou-a, desconfiadamente, murmurando estranhas palavras.

— Hum, é sim... hum, é não...

Então uma luz ofuscante pareceu brotar de cada poro do velho, e ele transformou-se rapidamente em fumaça, sendo sugado pela lâmpada como um pequeno torvelinho ao vento.

— Aí está o novo inquilino da lâmpada! – disse Aladim ao gênio.

De alguma maneira o jovem intuíra que o velho, ao alisar a lâmpada para atrair para fora o gênio que lá não estava, acabaria sendo engolido no seu lugar.

Aladim correu velozmente para casa, levando consigo o gênio (além do mago, o novo prisioneiro da lâmpada). Após caminhar um bocado, sentiu cheiro de pão queimado e disse ao companheiro:

— Estamos quase em casa!

Realmente, logo avistaram a criada retirando, com uma grande pá, os pães enegrecidos do forno.

— Sempre atrasado! – disse ela, ao ver Aladim, porém sem demonstrar grande espanto.

Olhando-a bem, Aladim percebeu que ela parecia não ter envelhecido um dia sequer.

— Quem é? – disse uma voz feminina dentro da casa.

— É o menino que chegou para o jantar!

— Papai já acordou? – perguntou o garoto.

— Assim que você saiu de casa.

Tal como nos sonhos, a criada não enxergou o gênio ao lado de Aladim. A mãe dele, porém, enxergou e tratou-o como a um outro qualquer, tal como nos sonhos.

Imediatamente, Aladim correu até o quarto para rever o pai sadio outra vez.

– Que bom vê-lo acordado outra vez! – exclamou o garoto, eufórico.

– Que bom vê-lo acordado uma vez! – respondeu o pai, armando a carranca.

Apesar de tudo, o velho deu um tapa forte nas costas do filho, o que equivalia, na aritmética complicada das suas emoções, a um misto enérgico de afago e punição.

E, tal como a criada, o alfaiate não viu gênio algum com o filho, pois era homem de realidades concretas.

– O que esteve fazendo fora o dia inteiro? – disse o velho, já de pé. – Achou um lugar melhor para dormir?

Aladim embasbacou. Então todos achavam que ele tinha ficado longe apenas um dia?

– Estive procurando uma lâmpada – disse ele, por fim, preferindo descartar os detalhes. – Encontrei-a e libertei um gênio, e depois ganhei todas estas riquezas.

Aladim despejou no tapete o saco de tesouros, entre um mar de almofadas fofas e macias.

O pobre velho, incapaz de compreender irrealidades concretas, perdeu outra vez os sentidos, caindo desmaiado sobre as riquezas. Aladim, exausto de suas aventuras, também deixou-se cair sobre as almofadas repletas de ouro.

Logo, pai e filho dormiam lado a lado, num sono tão profundo e sincronizado que não se sabia se quem roncava era o pai ou o filho.

– Graças a Alá, meus pedidos foram atendidos! – disse a mãe, vendo pai e filho roncarem juntos em boa paz.

– Pedidos?! – exclamou o gênio, dando uma sonora palmada na testa. – Esqueci que o garoto deve fazer, ainda, dois pedidos!

O gênio explicou tudo, tintim por tintim, à mãe de Aladim.

– Não vai acordá-lo apenas por isso – disse ela, taxativa. – Faço todos os dias mil pedidos a Alá, e não me custa nada fazê-los também a um gênio.

O ex-habitante da garrafa ficou em dúvida se seriam admissíveis pedidos por procuração, mas, como já estava farto de tanta confusão, decidiu levar a coisa adiante daquele mesmo jeito.

– São só dois, hein! – disse ele, temeroso já daquela mulher habilíssima em arrancar prodígios de Deus.

E então, como quem repete algo infinitamente conhecido, ela respondeu em boa e sonora voz:

– Quero que Aladim fique rico e se case com uma linda princesa!

3 – ALADIM E O MAGO

Um bom tempo passou-se desde que Aladim retornou para casa. Agora ele estava casado com uma linda princesa, vivendo num palácio magnífico. As coisas iam de bem a melhor.

– Oh, Aladim, como sou feliz com você neste maravilhoso palácio! – disse-lhe a linda princesa.

– Também sou imensamente feliz ao seu lado! – respondeu-lhe o jovem, vestido como um verdadeiro príncipe.

Mas existia alguém que, no estado atual das coisas, não era nem imensa nem minimamente feliz: o mago cego, que, de alguma maneira, conseguiu libertar-se da lâmpada onde fora parar por um ato de lamentável estupidez.

Felizmente para os admiradores do mal, o mago patife conseguiu readquirir sua indignidade de vilão e estava solto outra vez. Graças a uma inexplicada reviravolta, típica dos contos mágicos, o mago estava flanando solto pelo mundo com a cabeça cheia de podridão e perfídia, enquanto o gênio habitava novamente o interior da lâmpada.

Pois é preciso que o gênio volte a ser inquilino da lâmpada para que possamos assistir à cena seguinte, que é, de longe, a mais famosa deste conto.

Estava, pois, a princesa sozinha no seu maravilhoso palácio quando escutou do lado de fora uma voz estridente anunciando uma tentadora oferta.

– Troco lâmpadas novas por velhas...! Troco lâmpadas novas por velhas...!

Não há criança em todo o Oriente que não conheça e não repita e não se deleite com estas palavras de maravilha:

– Troco lâmpadas novas por velhas...! Troco lâmpadas novas por velhas...!

Era o mago cego que vinha pela rua, carregando num pedaço de pau um cacho das mais belas e douradas lâmpadas já vistas neste mundo. No mesmo instante a princesa patetinha correu até a janela e encantou-se com a visão de todas aquelas lâmpadas a faiscarem sob o sol do meio-dia árabe.

– Puxa, quem me dera ter todas elas! – disse ela, como se não pudesse tê-las a hora que quisesse.

Voltando a cabeça para o interior do palácio, a princesa chamou uma de suas trezentas servas.

– Vamos, pegue a mais velha de minhas lâmpadas e troque-a por uma nova com aquele adorável velhinho!

Lá embaixo o adorável velhinho, de orelhas empinadas, esfregava de prazer as suas garras tortas.

Pausa sociológica: a maioria das versões desta lenda costuma creditar a estupidez da entrega da lâmpada do gênio à ingênua criada, naquilo que alguns espíritos supérfluos de hoje chamariam de "uma demonstração evidente de preconceito de classe". Só que naquele tempo não havia preconceito de classe nenhum: as coisas eram como eram e cada qual dava um jeito na vida. Além do mais, perdida entre as trezentas do séquito da princesinha, a criadinha acaba, de qualquer modo, absolvida pelo anonimato. Esta é toda a justiça que podemos fazer a uma criatura apagada e sem brio que não buscou outro meio de brilhar nesta maravilhosa história.

O velho mago, que nada tinha de adorável, ficou tão satisfeito com o resultado do seu truque que entregou todas as suas lâmpadas em troca daquela velha e amassada, trazida pela criada.

– Entregue todas à mais bela das princesas! – disse o velho, arreganhando as suas gengivas roxas.

A princesa ficou encantada com tamanha generosidade.

– Muito obrigada, bom velhinho! – gritou ela do balcão real. – Que Alá o proteja todos os dias de sua vida!

Alá, além de deus supremo, era a moeda virtual de uso corrente na época, usada preferencialmente pelos ricos.

No fim do dia, porém, Aladim reapareceu e desconfiou imediatamente daquela troca estranhíssima.

– Aqui tem coisa – disse ele.

E tinha mesmo, pois bastou raspar a unha sobre uma das lâmpadas para que a casquinha dourada despegasse.

– Aquela idiotinha! – disse a princesa, bufando de raiva contra a criada.

Mas só no dia seguinte ela compreenderia todo o alcance maléfico desta malfadada troca.

Enquanto isto, o mago sórdido, de posse da lâmpada, esfregava-a com todas as forças. Num instante surgiu o gênio numa barafunda de fumaça.

– Muito bem, patetão! – disse o velho, irado. – Agora você está sob as minhas ordens, compreendeu?

O gênio, inteiramente submetido, respondeu:

– Sim, meu amo e senhor.

– Quero que vá até o palácio da princesa e o transporte inteiro para cá, compreendeu?

– Sim, meu amo e senhor.

– Com a princesa dentro, compreendeu?

– Sim, meu amo e senhor.

– Mas sem o príncipe, compreendeu?

– Sim, meu amo e senhor.

O velho fez uma pausa irritada, suspirou e depois disse:

– Idiota! Repita, então, tudo o que eu disse!

O gênio retirou o turbante, coçou a cabeça calva (sim, ele era calvo) e não aconteceu mais nada.

– Há um palácio em tal e tal lugar... – recomeçou o mago a dizer, e assim entraram noite adentro.

No dia seguinte, após Aladim ter saído cedinho para mais uma de suas caçadas montado em qualquer animal que não o camelo – pois, segundo Jorge Luis Borges (que passou quarenta anos na Arábia, junto com *sir* Richard Burton, estudando *As mil e uma noites*), não havia camelos por lá naquele tempo –, o gênio surgiu no palácio.

– Oh, gênio! Como estou feliz em revê-lo! – gritou a princesa, correndo até ele.

– Deveria sentir-se infeliz, inocente princesa – disse o gênio, num tom levemente irônico (afinal, já que deveria fazer uma maldade, por que não fazê-la com um pouquinho – um pouquinho só – de deleite?).

A princesa arqueou as duas risquinhas finas de suas sobrancelhas.

– Por que diz isto, gênio bondoso e querido?
– Porque vou raptá-la agora e neste exato momento.
– Canalha! O que está dizendo?
– Meu novo amo e senhor assim o ordena.
– Quem? Aquele velhote tratante?
– Ele mesmo. O meu novo amo e senhor.
– Como pode servir a um ser hediondo capaz de enganar uma pobre e indefesa princesa?
– Indefesa, talvez. Mas como pode ser pobre com trezentas servas à sua disposição?

Sim, o gênio voltara outro, duro, mau e perverso.

– Perdão, alteza, mas aqui não há mais o que conversar – disse o gênio, por fim.

Após sair do palácio, o gênio agigantou-se extraordinariamente. Depois, num gesto viril, arrancou o palácio dos seus alicerces e carregou-o consigo pelos ares até alcançar a cidade onde morava o mago abjeto.

– Seja bem-vinda, mais bela das princesas! – disse o velho cego, lambendo-se todo.

– Por que trouxe-me para cá, velho asqueroso?
– Porque de hoje em diante serei o seu novo príncipe!

Vários dias se passaram depois desta primeira e hedionda entrevista.

Não, a doce princesa não sucumbira, ainda, à cupidez imunda do velho. Graças à extraordinária ferocidade que herdara de sua família, a princesa conseguira manter-se incorrupta e intocada.

Mas, em nome de Alá, até quando?

O certo é que o velho mago não estava disposto a esperar muito tempo.

– Escreva aí, gênio dos infernos: um dia ela irá me amar, por mal ou por bem!

Depois de algum tempo, retificou:

– Não, por bem, não.

Só que ele se esquecera de Aladim. Aliás, de onde tirara que o esposo da princesa raptada não iria tentar reavê-la por todos os meios?

E era exatamente isto que Aladim já começara a fazer.

Após retornar da caçada, Aladim descobrira que não havia mais palácio algum no terreno. Os relatos dando conta do desaparecimento eram todos desencontrados.

– Um gigante levou o palácio com a princesa junto! – disse um camponês, aparvalhado.

Aladim, no entanto, sabia que o palácio era o acessório. O que o raptor queria mesmo era a princesa.

No mesmo instante, o príncipe partiu pelo mundo em busca de sua amada princesa e, depois de muitas e perigosas peripécias, finalmente reencontrou-a.

– Lá está ela! – disse o príncipe, reconhecendo-a na janela do palácio. – Pobrezinha! Há lágrimas em seus olhos! – acrescentou, enxugando as suas próprias.

Havia, de fato, mas não eram lágrimas de amor, senão de ódio. Ódio do raptor asqueroso que a mantinha prisioneira dentro de sua própria casa.

– Aladim, por que não vem salvar-me? – sussurrou baixinho, depois de maldizer mil vezes o mago maldito.

– Aqui estou! – disse ele, surgindo abruptamente debaixo da janela.

Graças ao conhecimento de uma entrada secreta do palácio, Aladim conseguiu penetrar nos seus antigos aposentos. Após beijar ardentemente a esposa, tramou com ela um plano para livrá-la do perverso mago.

– Onde está a lâmpada? – disse Aladim.

A princesa não sabia.

– Se eu apoderar-me dela poderei dar ordens, outra vez, ao gênio, e então será o fim miserável do mago!

"O fim miserável do mago!", pensou ela. "Que frase!"

No dia seguinte, achou um meio de descobrir onde o velho escondia a lâmpada e trazê-la até o esposo.

– Pronto, aqui está! – disse ela. – Agora repita, devagarzinho, o que me disse ontem.

Puxa, ele dissera tantas coisas belas à esposa! Aladim deu tratos à bola e repetiu, por fim, uma das tantas e ardentes declarações que lhe fizera no auge do prazer.

– Tolo, não! – disse ela, irritada. – Era sobre o fim do mago!

– E então será o fim miserável do mago – repetiu Aladim, meio desconcertado.

– Isso, isso! – disse ela, batendo palmas como uma criança.

Um brilho pleno de deleite iluminava o olhar da doce princesa.

O mago veio, e a princesa recebeu-o – o que, por si, já era uma novidade. Mas não só o recebeu, como foi amável com ele, o que deveria ser ainda mais suspeito. Acontece que o velho cego estava tão sedento daquela bela princesa, que, com o perdão da redundância, ficou cego para tudo o mais.

– Dê-me as delícias! – ordenou ele, arregalando os olhos de órbitas paradas.

Um fio de baba elástica pendia-lhe do queixo, tornando-o totalmente repulsivo.

Antes, a princesa serviu ao mago um chá feito de certas ervas afrodisíacas que o gênio havia arrumado secretamente, sob as ordens de Aladim, que voltara a ser o seu amo.

– Beba e prepare-se para a maior de todas as delícias! – disse ela ao ouvido do mago.

O mago bebeu e, como seria de prever, apagou logo em seguida.

– Agora, a vingança! – bradou a princesa, sacando uma cimitarra enorme herdada de seu pai, um dos mais ferozes príncipes que a Arábia inteira já havia conhecido.

– Não, pare! – gritou-lhe, porém, no último instante, Aladim, irrompendo no quarto.

– Não o quê? Pare o quê? – perguntou a princesa, de olhos vidrados e boca espumante.

– Não o mate! Não compete a nós, senão ao sultão dar-lhe a devida punição.

Talvez o mais difícil de tudo naquela noite tenha sido demover a princesa do seu ato de vingança, mas, ao fim e ao cabo, Aladim conseguiu fazer com que o gênio levasse o palácio, com todos dentro, de volta para casa.

Mas a princesa não desistiu e, assim que chegou, foi correndo exigir do sultão um fim exemplar para o mago.

– Um fim miserável! – disse ela, inflexível.

– Basta-lhe que ele seja empalado e depois feito em pedaços, os quais serão misturados à lavagem a ser servida aos porcos, alimento de cristãos e de toda a classe de gentios impuros? – perguntou o sultão.

– A mim basta – disse a princesa, sorridente, e assim se fez.

Desde então, Aladim e a princesa voltaram a viver em paz e felizes, sem, porém, descuidarem nunca da lâmpada maravilhosa e do gênio aprisionado, pois gênio bom é gênio preso.

ALI BABÁ E OS QUARENTA LADRÕES

1 – O TRISTE FIM DE CASSIM

Era de manhã bem cedo. Cabisbaixo e resmungão, Ali Babá adentrava a floresta orvalhada com seu machado.

– Droga de vida, lá vou eu me esfalfar outra vez! – disse ele, com desânimo.

Logo em seguida, começou a lembrar com inveja do seu irmão rico e feliz.

– Cassim, sim, é que leva uma vida de verdade! Sabe o que é ter ouro, jóias e muitas amantes!

Do irmão felizardo, retornou, então, a si mesmo, para renovar o contraste:

– E eu, o que tenho? Nada além de um machado duro nas costas e uma coleção de calos nas mãos!

Ali Babá andou mais um pouco até encontrar uma árvore enorme. Com um suspiro de desânimo, cuspiu nas mãos endurecidas de trabalho e encarou a sua robusta inimiga.

– Aqui a batalha será longa – disse ele. – Mas é o jeito. E quanto antes começar, melhor!

Estava pronto para desferir o primeiro golpe quando escutou um tropel ensurdecedor de cavalos.

Por Alá se não vinham todos sobre ele...!

Assustado, pôs o machado nas costas e subiu árvore acima com a rapidez de uma lagartixa.

Do alto da árvore ele viu quando os cavalos surgiram. Eram conduzidos por homens fortes e rijos.

– ...trinta e oito, trinta e nove, quarenta cavalos! – exclamou Ali, baixinho.

"De onde vinha toda aquela gente?", pensou. E se aquelas terras fossem deles?

Os cavaleiros desmontaram, entre gritos, chufas e risos. Não havia um só dentre eles que não tivesse o aspecto de um salteador e parricida, de modo que Ali preferiu permanecer oculto no alto da árvore.

Um por um dos quarenta mal-encarados rumaram até um paredão rochoso de uma montanha, que tinha o formato da corcova de um camelo. Imediatamente começaram a descarregar ali sacos e arcas de suas montarias.

A curiosidade sobrepôs-se finalmente ao medo no coração de Ali. Após descer do tronco com a sutileza de um mico, foi caminhando pé ante pé, com as dobras do bico dos seus sapatos quase varrendo o chão.

Após camuflar-se preventivamente entre alguns arbustos, o lenhador ficou espionando. Estava tão perto da caravana que podia sentir o cheiro acre do suor dos cavalos misturado ao dos cavaleiros imundos.

A catinga dos cavalos era almíscar perto do fedor nauseabundo que saía das axilas cabeludas dos homens.

Então Ali Babá escutou daquelas bocas, pela primeira vez, algo que não fossem impropérios e palavrões.

– Este saque foi melhor que o de ontem, hein, chefe? – disse um dos quarenta sócios

– Cabefudo! Não interfa o dia de ontem! Não fabe que o dia de ontem já morreu? – exclamou o chefe da corja, portador de um peculiar defeito de dicção.

Logo em seguida, aconteceu o que sempre acontecia: o líder, postando-se diante da parede, abriu os braços e exclamou teatralmente "Abre-te, Fésamo!", e nada aconteceu.

Um coro de risinhos fungados lembrou o chefe de que ele não era capaz de pronunciar direito a senha.

– Vofê, abra a porta! – exclamou o chefe a outro cabeçudo.

O sujeito tomou, então, o lugar do chefe.

– Abre-te, Sésamo! – disse ele, com maravilhosa entonação.

Um retumbar oco se fez ouvir. O barulho cavo e pesado da pedra friccionando e abrindo passagem ecoou montanha adentro, fazendo Ali Babá se encolher ainda mais entre os arbustos.

Uma cratera grande o bastante para deixar passar lado a lado os quarenta bons companheiros escancarou-se.

Como se nada de especial houvesse acontecido, os quarenta larápios puseram-se, então, a carregar para o interior da caverna todos os seus despojos, inclusive as montarias.

Ao fim de tudo, a porta de pedra cerrou-se outra vez, deixando Ali Babá do lado de fora, com a boca aberta.

– Além de ladrões, serão também djins? – disse ele, referindo-se aos espíritos maus.

O lenhador decidiu que aquele dia não trabalharia mais.

– Vou ficar aqui até que eles retornem! – disse ele, acomodando-se para a espera.

As horas passaram, e foi somente lá pelo fim do dia que o rochedo moveu-se outra vez. Os facínoras saíram, aos grupos, bem alimentados e ainda melhor bebidos.

Assim que o último saiu, o chefe de língua presa gritou "Fecha-te Fésamo!", e repetiu-se toda a história.

Então todos montaram em seus cavalos e partiram para uma nova ronda de assaltos e pilhagens, enquanto Ali Babá massageava suas pernas cheias de cãibras.

Tão logo conseguiu estar de pé, outra vez, o lenhador dirigiu-se até a parede vedada.

– Como é que eles disseram, mesmo?

Abrindo os braços, falou, bem baixinho:

– Abre-te, pedra!

Mas nada aconteceu.

Tentou várias vezes, mudando a entonação, mas nem um cascalhozinho se moveu.

– Aos pobres nem as pedras ouvem! – disse ele, baixando os braços.

Ali Babá sentou-se no chão numa mistura de desânimo e angústia. Toda aquela riqueza guardada lá dentro, e ele ali fora, sem poder entrar para servir-se de um único anel!

O tempo passou, e o desânimo e a angústia do lenhador converteram-se, afinal, em revolta. Pondo-se em pé, pôs-se a atacar a parede com o seu machado, o que só serviu para lhe estragar a lâmina.

– Não vou desistir, está ouvindo? – rugiu ele à parede, provando o quanto estava alterado. – Nem que eu tenha de passar a noite toda até me lembrar da frase "Abre-te Sésamo" que eles disseram!

No mesmo instante a parede rangeu e a passagem se abriu, fazendo com que Ali Babá caísse para trás.

– Não acredito! – exclamou ele, deitado no pó. – Consegui! Consegui!

O lenhador reergueu-se e, sem piscar uma única vez, penetrou na escura passagem.

Ali Babá entrou na caverna com a sensação de estar sendo engolido. Por precaução, não deu a ordem para que a caverna se fechasse, de medo de ficar preso ali dentro, tal como um dia ficaria o famoso Aladim.

Avançou mais um pouco, sempre com cautela. Aos poucos, a luz de fora foi sendo substituída pela treva mais absoluta, o que o obrigou a tatear feito um cego.

– Irra, tonto! Por que não trouxe uma tocha?

Sua mão já estava úmida e gelada do contato com a parede, e seus pés, cobertos de equimoses dos tropeções, quando avistou o tremeluzir vermelho, como o de uma lamparina, no fim de uma passagem.

"Convém diminuir o passo!", pensou ele, avançando como um caracol, até chegar à entrada de uma câmara. Ali estavam espalhados 39 esteiras forradas de palha e um colchão de penas de ganso, limpo e espaçoso

Era ali o lugar onde os quarenta justos descansavam da sua nobre atividade. Ao redor dos leitos estava espalhada uma verdadeira coleção de facões e sabres, acessórios indispensáveis ao bom sono de todos.

Ali Babá penetrou na câmara e avançou até a fonte de luz que o atraíra: um poço perdido no meio da espaçosa abertura na rocha. Uma bacia de pedra descansava em cima do poço, transbordante de brasas incandescentes e cinzas. Ao redor do poço espalhava-se uma montanha de objetos brilhantes que fez Ali duvidar novamente de seus olhos.

– Pelas barbas do Profeta! – exclamou ele. – Mas isto aqui é ouro! Ouro puro!

Nem bem terminara de pronunciar isto e o intruso viu-se tomado do mais puro pavor. Um exército de vozes começara a gritar de todos os lados, crescendo na sua direção.

Ali agachou-se atrás do poço e, só depois de fazê-lo, foi que descobriu ser a gritaria apenas o eco da sua voz, a repetir centenas de vezes a expressão "Ouro puro-uro-uro!".

Passado o susto, Ali Babá tomou consciência do que acontecera:
– Estou rico! Mais rico do que qualquer rico que jamais existiu!
Sim, mais rico até do que o seu irmão egoísta!
– Cassim, agora, é um mendigo perto de mim!
Nunca mais precisaria cortar madeira! Bem fizera em esbarrondar com o machado! Aquilo fora um presságio – um simbolismo feliz da nova vida que estava para surgir!

Pela sua cabeça passou, então, num torvelinho, a imagem de tudo quanto passaria a ter.

– Agora terei, também, um harém! Um harém dez vezes maior do que o do meu irmão!

Junto com as imagens do futuro radioso, passou também uma imagem grata do passado: a de sua boa mãe, a repetir a sua frase mais querida: "Ali está sempre no lugar certo, na hora certa!"

Um sentimento misturado de poder e autoconfiança, desconhecido até então, apoderara-se da sua alma.

Perdido nesses pensamentos, Ali Babá jogou-se de ponta-cabeça sobre a pilha de ouro, jóias e outras riquezas.

– Ui! – disse ele, ao esbarrar em algo rombudo.

Era uma mísera lamparina de latão.

– Ora bolas! Que quero com latas? – disse ele, atirando longe o objeto mesquinho.

O ex-lenhador continuou, por um bom tempo, a sua solitária festa, até dar-se conta de que os antigos proprietários (pois assim os chamava agora) poderiam regressar, a qualquer momento, de sua "expedição arrecadatória".

– Se me vêem aqui são capazes de tentar me impedir de tomar posse legítima da minha fortuna!

Ali Babá pensava assim: como fora ele o último a encontrar uma coisa que já não pertencia mais a ninguém, cabia a ele o direito lídimo e inquestionável de apossar-se de tudo.

Por alguns instantes o lenhador, encantado com o seu raciocínio, chegou a pensar em largar tudo e ir fazer-se jurisconsulto – um ofício que diziam ser quase tão rendoso quanto aquele dos quarenta arrecadadores.

Mas para que começar a ferver os miolos se já tinha tudo ali, ao alcance das mãos?, pensou em seguida, pondo, assim, um fim precoce às esperanças do mundo de ganhar mais um ilustre malabarista das leis.

Antes de abandonar a caverna, Ali abraçou tudo o que pôde carregar, saindo aos tropeções, até ver-se do lado de fora.

– Fecha-te... Fecha-te...! Droga, esqueci de novo!

Parou e pensou. mas foi só ao chutar a parede que seu cérebro pegou no tranco, novamente:

– Fecha-te Sésamo!

Carregado de todos os seus novos e maravilhosos bens, Ali Babá se apressou em dar o fora dali. Antes de desaparecer, porém, enxergou caído no chão o velho machado de lâmina torta e rombuda.

Mas o bom e previdente sangue semita ainda corria em suas veias.

– Não é só porque me tornei rico que vou ficar, agora, comprando machado novo – disse ele, recolhendo o velho companheiro dos dias de penúria.

Ali Babá viveu como um sultão nas três semanas seguintes. Ainda não havia feito um harém, mas já havia começado a escalar as beldades que passariam a integrar o futuro serralho.

– Vou encher aquilo de uma penca de mulheres! – disse ele, repetindo a expressão originalíssima que escutara de um rabi judeu da cidade.

O fato é que toda esta gastança acabou por atrair a atenção do seu irmão Cassim, que tratou logo de ir lhe fazer uma visitinha de cortesia – a primeira de toda a sua vida.

– Olá, caríssimo irmão! É sempre bom revê-lo! – disse Ali Babá, ineditamente sarcástico.

Cassim abismou para a aparência excêntrica de Ali. Ao redor da cabeça o ex-lenhador trazia um turbante tão alto que mais parecia uma trouxa de lavadeira. Bem no centro, havia um rubi do tamanho de um punho. E, para completar a esquisitice, havia ainda um penacho de faisão enfiado no lado.

Tudo isso dava a Ali Babá o aspecto grotesco de um índio moicano que tivesse acabado de sair do banho.

– Que extravagâncias são estas, meu irmão? – disse ele, arrancando o penacho. – Quer ser repreendido pelo imã?

Ali se irritou, tomando a pena de volta.

– Não são as ordenações da vaidade, mas os privilégios do gosto – disse ele, recolocando o enfeite.

– Anda lendo agora, também? – disse Cassim, estranhando o palavreado barroco do irmão.

Jogado em cima de uma almofada havia, de fato, um livro.

– Do que trata? – disse Cassim, tomando-o nas mãos.

– São altas literaturas – respondeu Ali, como se dissesse "Não é para o seu bico".

– Pelo que vejo trata de um buscador da pedra filosofal. Cuidado, isto aqui cheira a obra de feitiçaria!

– Desculpe – disse Ali, tomando o livro de volta com um ar de piedade.

– Mas o que houve com você, querido irmão? – disse Cassim, mudando de assunto.

– Um vento propício da fortuna fez girar as pás do meu moinho, eis tudo.

Cassim enterrou os dedos na barba perfumada. Ali havia coisa.

– Quer dizer, então, maninho querido, que está rico também?

– Mais rico do que qualquer um desta cidade.

Ora, Cassim era um dos ricos da cidade; logo, Ali estava mais rico do que ele!

"Mais rico do que eu?", pensou, assombrado. "Mas olha que eu sou rico pra quibe!"

Então, subitamente, seu ar de censura esvaneceu-se como uma nuvem no deserto de Gobi.

– Pois que o bom Alá o abençoe! – disse ele, aplicando um grande abraço ao irmão.

Ali sorriu amarelo (o que não é uma força de expressão, pois mandara colocar quatro dentes novos de ouro).

– A propósito, por que nunca mais apareceu lá em casa? De agora em diante seremos unha e carne!

Depois, tomando o irmão pelas barbas, chacoalhou carinhosamente a sua cabeça:

– Já sabe, hein? Acabou este negócio de Ali ali e Cassim aqui! Unha e carne, hein?

A verdade é que Ali Babá, nos anos de chumbo da sua sorte, fora visitar o irmão umas quarenta vezes, mas, estranhamente, nunca o encontrara em casa.

De qualquer modo, Ali estava felicíssimo: havia adquirido uma fortuna incomparável, pendurado o velho machado e recebido, pela primeira vez na vida, a visita do irmão arrogante – tudo no mesmo mês!

"Ingressei, definitivamente, nos meus anos dourados!", pensou Ali, com um sorriso que lhe enrugou a cara inteira.

Ali foi retribuir a visita, no dia seguinte. Pela primeira vez na vida, encontrou o irmão em casa. Só que desta vez ele não achou o palácio lá essas coisas (a fachada, porque o interior jamais vira).

"Perto da montanha de Sésamo, nada é!", pensou, enquanto era encaminhado por belas escravas aos aposentos onde o irmão tomava descansadamente o seu chá da tarde num divã de veludo.

– Finalmente, irmão querido, dá-me a honra da sua visita! – disse Cassim, erguendo-se para abraçar Ali.

Ali passou a tarde tomando canadas de chá nos braços de Morgiana, a mais bela das escravas de Cassim.

Sim, porque agora Ali Babá também aproveitava a vida, ao invés de só assistir!

Então, na décima oitava xícara de chá, Ali contou ao irmão toda a sua aventura na caverna. Porém, quando terminou, viu que Cassim estava estranhamente quieto.

– Está tudo bem com você? – perguntou Ali, preocupado.

– Não, não! É que lembrei de um assunto urgente!

Cassim ergueu-se e, depois de beijar as barbas do irmão, partiu como se o palácio estivesse em chamas.

Cassim, seguindo as indicações do irmão, tratou de descobrir onde ficava a tal montanha. Após vasculhar toda a região montado numa mula de carga carregada de mochilas e sacas vazias – mas que na volta esperava trazer regiamente entupidas – ele achou o lugar abençoado.

– Só pode ser aqui! – exclamou, apeando da mula.

Sim, lá estava a árvore da qual Ali falara e o paredão da montanha em forma de corcova de camelo (Ali descrevera como "a corcova de um corcunda", já que inexistiam camelos, então, na Arábia).

Cassim olhou para a montanha valiosa. Instantaneamente começou a sentir-se superior. Aproximando-se mais, estudou o chão. Havia marcas frescas de cavalos, o que significava que os ladrões haviam recém deixado o covil.

– Perfeito! – exclamou Cassim, batendo palmas.

Em seguida, expôs a si mesmo o seu programa de ação e de caráter:

– Sempre fui mais esperto do que Ali, e não será agora que ele vai me passar para trás!

Então, postando-se diante da montanha, abriu os braços e disse solenemente:

– Abre-te, César!

Não, não era isto...!

– Abre-te, Ébano!

Droga, também não era...!

Definitivamente, a família Babá não era lá muito boa de memória.

Havia uma semente no meio, isto ele lembrava.

Trigo, não era. Centeio também não. Cânhamo não tinha nada a ver. Linhaça soava estranhíssimo. "Abre-te, gergelim!", nem pensar! (Mal sabia que roçara pela verdade, pois gergelim é o outro nome da semente de sésamo.)

Depois de passar em revista todas as gramíneas conhecidas, resolveu adotar o mesmo expediente do irmão, pondo-se a chutar a parede até abrir um rasgão em seu sapato dourado.

Então, de repente, foi assaltado por uma dúvida excruciante.

– E se for tudo uma piada de Ali?

Um vermelhão coloriu o seu rosto. Instantaneamente o piado dos pássaros converteu-se no riso relinchado de Ali – aquele riso "asinino e plebeu" que ele tanto desprezava.

– É uma maldita pilhéria! – exclamou. – O miserável vinga-se da maneira mais baixa!

Cassim despejou da sua bigodeira uma saraivada tamanha de injúrias, cuspes e maldições que, no meio delas, brotou, enfim, a palavra procurada: Sésamo!

– "Sésamo", é isto! – urrou ele, dando pulos de alegria.

Então, abrindo os braços pronunciou a fórmula e viu a pedra afastar-se como por magia.

Cassim entrou com mula e tudo para dentro, tomando o cuidado de fechar a passagem. Com uma tocha na mão, avançou com a sofreguidão dos abastados, que é a de se apoderar do supérfluo.

Não demorou muito a encontrar a câmara dos quarenta ladrões. Depois de pasmar para toda aquela fortuna, começou a escolher o que deveria levar primeiro. Tropeçou na mesma lâmpada velha e amassada na qual Ali se sentara, e fez o mesmo que ele, chutando-a para longe.

– Diacho! Devia ter trazido duas mulas! – exclamou, ao ver a velha pé-de-pano vergar o lombo. – Deste jeito não poderei levar nem um por cento de todas estas riquezas!

Mas era o jeito. Tomando as rédeas na mão, fez meia-volta.

– Haverá muitas outras viagens! – disse ele, com jóias até por dentro das orelhas.

Só ao chegar na saída foi que se deu conta de haver esquecido, outra vez, da maldita senha.

E desta vez para sempre.

Quanto mais fitava a escuridão, mais Cassim, desesperado, via sua mente ficar branca. Desta vez não adiantou nenhum dos expedientes anteriores: nem raiva nem raciocínio puderam desencavar da sua mente aquela palavrinha tão simples. O pânico simplesmente havia apagado todos os resquícios mentais da palavra.

E agora ali estavam Cassim e a mula – que já emitira os primeiros e débeis protestos de fome – prisioneiros da Caverna da Fortuna. E o pior de tudo: à espera dos verdadeiros e sanguinários proprietários!

Então, tentando pôr um freio nos seus nervos, o irmão de Ali pensou consigo:

"Calma, Cassim! Você é um homem hábil e inteligente! Dará um jeito de encontrar outra saída!"

Cassim procurou com toda a calma e autoconfiança do mundo e não encontrou saída nenhuma.

– Meu Deus, não há outra saída!!! – exclamou, caindo de joelhos com as mãos na cabeça.

Quando ergueu-se, sua roupa estava lavada do suor dos aflitos.

– Deve haver uma maldita picareta por aqui! – ganiu, de repente, com os olhos esgazeados.

Cassim vasculhou toda a pilha do tesouro, mas não achou nem mesmo uma colher. O mais próximo disso foi um alfinete de ouro, surrupiado de alguma princesa libertina. Era tudo o que ele tinha para cavar na pedra bruta.

Uma nova onda de pânico lavou suas roupas pela segunda vez. Para piorar, a mula começara a zurrar explicitamente. Algo lhe dizia que o seu dono era um pateta completamente incapaz de resolver a situação.

– Silêncio, besta! – disse Cassim, dando uma bofetada no flanco do bicho. – Quer nos denunciar?

Não é culpa das mulas se lhes ensinaram que um tabefe bem forte aplicado no flanco é uma ordem peremptória para que se ponham a correr. Foi o que a pé-de-pano começou a fazer, com o acréscimo de alguns bons corcoveios.

Cassim assistiu, desolado, a mula disparar por um corredor espirrando jóias e pedrarias para todos os lados.

Foi só então que o horror se apresentou em todo o seu esplendor: algum desgraçado pronunciara, do lado de fora, a maldita senha e a parede começara a mover-se. Quarenta celerados voltavam ao seu covil, depois de terem assaltado e degolado o dia inteiro. Suas adagas e sabres estavam grudentos de sangue, e suas roupas fediam à morte.

Atarantado, Cassim disparou a correr com tanta velocidade que deixou a mula para trás.

O chefe do bando, como sempre, foi o primeiro a entrar. Nem bem dera os primeiros passos quando escorregou num anel de diamantes e quase deu com as barbas grisalhas no chão.

– Maldifão! Quem foi o imbefil que espalhou jóias por tudo?

Imediatamente, a suspeita germinou no seu coração.

– Há um ladrão por aqui! Vamos, quem é o ladrão?

Trinta e nove bocas anunciaram-se como tais.

– Imbefis! – rugiu o chefe. – Vofê aí! – apontou para um nanico com ar raposão. – Investigue e descubra o fafado!

– Como farei para descobrir, grande chefe?

– Problema feu! Corra, procure e encontre!

Neste momento, um estrondo muito semelhante a um zurro ecoou nas profundezas da caverna.

O chefe sacou, num reflexo, a sua cimitarra enfeitada de placas de sangue coagulado.

– O que estão esperando? – disse ele, arremetendo com os demais na direção do ruído.

Os ladrões correram até a câmara, mas encontraram-na vazia.

– Não fejam burros! – disse o chefe. – Dividam-fe em três grupos!

Todos paralisaram-se.

– Vamos, imbefis! Quarenta divididos por três!

A verdade é que ninguém sabia sequer quanto era quarenta mais três.

– Esquefam! Procurem de qualquer jeito enquanto vou descanfar um pouco!

O chefe deitou-se no colchão e fingiu adormecer. Assim que todos sumiram, porém, ele meteu a mão no interior do colchão e retirou uma botija. Só depois de beijá-la amorosamente três ou quatro vezes foi que adormeceu de verdade.

E foi somente graças à santa botija que não percebeu que havia alguém debaixo do fofíssimo colchão.

Dali a pouco os demais retornaram. Traziam com eles uma novidade tremenda.
– Acorde, chefe! – disseram todos.
O chefe demorou, mas acabou acordando.
– Maldifão! O que houve?
– Descobri o ladrão! – anunciou, todo vaidoso, o sujeitinho com cara de raposa.
Ali estava, apontou ele, triunfalmente: a mula carregada de ouro e jóias!
O chefe pasmou para o animal.
– Posso matá-la? – disse ele, sacando o punhal.
O chefe olhou para o céu, pois esta era forte até mesmo para ele.
– Imbefil! Mulas não roubam! O dono dela deve estar por aqui!
Foi neste instante que, ao sentar-se, sentiu o calombo debaixo do colchão.
– O que é isto? – disse ele, levantando-se de um pulo. – Ergam este trofo!
Os ladrões ergueram o colchão, e lá estava Cassim, todo urinado de medo.
Quarenta alfanjes desceram ao mesmo tempo sobre o intruso, e foi este o seu fim miserável.

2 – MORGIANA E OS QUARENTA LADRÕES

Quando Ali descobriu, através da escrava Morgiana, que seu irmão havia ido para a caverna, resolveu ir atrás dele.
– O tratante deve ter fugido com todo o tesouro! – disse ele, estrábico de raiva.
Ali retornou à montanha, bem a tempo de ver os quarenta ladrões saindo do covil. Assim que os viu afastarem-se, entrou correndo na caverna. Para sua surpresa, descobriu que a pilha de ouro, ao invés de diminuir, tinha aumentado.
Havia, porém, além da pilha de ouro, algo embrulhado num canto. Correu para lá e, ao levantar o pano, descobriu o corpo do irmão. O horror e a piedade encheram o coração do pobre Ali Babá.
– Pobre irmão! – choramingou, de olhos postos no cadáver. – Aí está onde te levou a cobiça e a perfídia!
Era verdadeiramente uma lástima o que acontecera! Logo agora que começavam a se entender!

Mas, ao escutar um ruído qualquer no interior da caverna, resolveu deixar as lamentações para depois, de medo de tornar-se alvo delas também. Ali resolveu levar o corpo de seu irmão volta para a cidade.

– Nunca mais tornarei a colocar os pés nesta caverna maldita! – disse ele.

Para Ali não fazia mais sentido nenhum retirar uma moeda que fosse daquele lugar amaldiçoado.

Ali Babá marchou até a casa de Cassim e deixou o corpo escondido nos fundos. Depois foi correndo avisar Morgiana.

– Cassim foi assassinado! – disse ele, explicando tudo o que acontecera.

A pobre Morgiana pôs-se a lamentar a sorte do seu amo com um rio de lágrimas. Quando tudo acabou, Cassim foi sepultado num funeral discreto, para não despertar suspeitas. O único sinal indicativo de toda a tragédia foi o epitáfio que Ali mandou gravar em sua lápide: "Aqui jaz Cassim, morto por sua cega cobiça".

Na mesma noite em que Ali Babá furtara o corpo do irmão, os ladrões deram também pela falta dele.

– Onde colocaram o desgrafado? – esbravejou o chefe.

Todos começaram a acusar-se aos berros, pondo em prática uma velha tática de larápios que o próprio chefe ensinara: "Quando os acusarem de algo, ponham imediatamente a culpa uns nos outros e verão como, no fim das contas, ninguém sai mal-arrumado!" Só que agora não era hora de usar a boa e velha tática.

– Não entenderam, paspalhos, que fomos enganados outra vez?

Então o chefe destacou dois espiões para irem até a cidade.

– Descubram fe morreu alguém refentemente e voltem com o nome do miserável – disse ele, numa inspiração súbita que encheu a todos de assombro.

O plano terrífico era matar toda a família do defunto, pois algum parente devia ter resgatado o corpo.

Antes da noite chegar, os espiões já haviam descoberto que Cassim morrera e que seu irmão havia enriquecido subitamente. Então o chefe ordenou que eles se "infiltrafem" na casa.

No dia seguinte, os dois apresentaram-se a Morgiana como amigos do falecido Cassim.

Felizmente estas duas criaturas eram tão estúpidas que apresentaramse de barba suja e roupas imundas, dando a certeza a Ali Babá de tratar-se de uma fraude.

"Cassim jamais dirigiria a palavra a estes trolhas!", pensou ele, acertadamente.

Entretanto, decidiu fingir que engolia a isca.

– Veja Morgiana! Estes dois amigos de meu falecido irmãozinho vieram trazer-nos o seu conforto!

Morgiana olhou para os dois e percebeu, também, a patranha.

– Bem se vê que eram amigos dele, lindos e educados assim! – disse ela, com um sorriso encantador.

Os dois rufiões lindos e educados ficaram inchados como a rã da fábula.

– Passarão a noite conosco! Faço questão! – disse Ali.

Os cretinos aceitaram na hora, pois jamais haviam dormido num palácio como aquele. Depois de passarem um dia maravilhoso, comeram e beberam e preparavam-se já para dormir quando Morgiana lhes apresentou um chá especial, "excelente para chamar o sono" (na verdade, uma beberagem maldita feita de ervas mortais).

Os dois broncos tomaram as xícaras de porcelana com as duas mãos e sorveram o conteúdo como potros no cocho. Depois, lamberam os bigodes e rumaram para seus respectivos quartos, onde se deitaram e nunca mais levantaram.

Ao ver que os dois membros da sua quadrilha não voltavam, o chefe resolveu pintar a barba, tomar o primeiro banho em vinte anos e ir ele mesmo resolver o assunto.

– É o que dá confiar em imbefis! – disse o líder dos 38 ladrões.

Disfarçado de mercador de óleo, ele partiu na direção da cidade, levando numa carreta 38 cântaros enormes, onde escondeu seus abnegados companheiros. Somente num deles levava azeite de verdade.

– Azeite a granel! Azeite a granel! – disse o líder do bando, chegando à porta da casa de Ali Babá.

– Pode entrar, bom mercador – disse Ali, curioso de escutar a oferta.

O falso mercador entrou no vasto pátio, levando seus homens disfarçados, mas, para sorte de Ali, Morgiana observava tudo com olhos desconfiados.

– É muito azeite para um só mercador! – disse ela a Ali, em separado.

Depois de pensar mais um pouco, ela matou a charada: aqueles cântaros deviam estar repletos de bandidos! Só que desta vez havia um problema muito maior: matar dois era uma coisa, mas 38 de uma só vez outra bem diferente!

Ali Babá coçou o turbante e, depois de bocejar, apresentou a solução dos vacilantes: a postergação.

– O melhor é irmos todos dormir – disse Ali Babá. – Amanhã daremos um fim nesta corja.

O falso mercador alojou-se na casa, enquanto os cântaros lacrados ficaram na dispensa.

Se Ali Babá estava sempre no lugar certo na hora certa, Morgiana sabia fazer a coisa certa na hora certa. Por isso, quando Ali já estava no segundo sono, a serva resolveu ir até a dispensa. Seguiu no seu passo levíssimo de odalisca, entrou na dispensa e viu na semitreva os cântaros colocados lado a lado. Todos eles conversavam baixinho entre si.

– Arre! Estou cheio de cãibras!
– E eu, então! Nem sinto mais as minhas pernas!

Morgiana aproximou-se cautelosa; precisava descobrir qual deles trazia óleo de verdade. De um em um foi escutando as vozes, até que, no último, não escutou nada. Deu uma chacoalhada e viu que trazia óleo.

Morgiana arrastou com cuidado o enorme recipiente, mas não pôde evitar o barulho.

– Quem está aí? – exclamou um dos cântaros.

Morgiana deu um chute no recipiente.

– Filênfio, imbefil! – disse ela, imitando a voz do chefe. – Estou levando o óleo para negofiar!

– Chefinho! Não agüentamos mais estar espremidos!

– Acalmem-fe! Logo os chamarei para afafinarmos todos na casa!

Morgiana foi até a cozinha e pôs o óleo inteiro para ferver. Quando estava borbulhando retornou à dispensa.

– Voltou chefinho? – disse um dos cântaros. – Vai nos libertar daqui?

– Alegrem-fe! – disse Morgiana. – Vim para foltá-los!

Os cântaros rebolaram de alegria.

A serva abriu, então, o primeiro e despejou dentro boa parte do óleo fervente, fechando-o em seguida.

O desgraçado deu um berro abafado que assustou os demais.

– O que foi isto? – disseram todos.

– Ele espichou as pernas doloridas, fó isto! – disse Morgiana.

E assim batizou-os, um por um, com o óleo fervente, de tal sorte que antes que amanhecesse todos os 37 assassinos estavam muito bem fritinhos e mortos.

– Agora só falta o líder maldito! – disse Morgiana, deixando-o para o dia seguinte.

Acontece que o líder dos ladrões decidira fazer, ele também, uma visitinha aos bons companheiros. Depois que Morgiana se retirara, ele apareceu, pé ante pé.

– Acordem, imbefis! Chegou a hora da matanfa!

Mas como o silêncio e um odor azedo de fritura pairassem no ar, decidiu desatarraxar as tampas.

– Horror e maldifão! – exclamou, agarrando suas barbas pintadas.

Pobres companheiros! Todos fritos e acondicionados como arenques na salmoura!

– Mas Ali Babá ainda está lá a dormir! – disse o chefe, de olhos esbugalhados.

Quem teria sido, então, o autor dos 37 assassinatos?

– Isto não vai ficar afim! – disse ele, injuriado, antes de desaparecer na calada da noite.

Esquecido do ladrão que fugira, Ali Babá continuou a desfrutar das suas riquezas. Além disso, havia agora a herança do irmão, de tal sorte que ele nunca estivera tão rico.

Apesar disto, a caverna do tesouro voltara a ocupar os seus pensamentos.

– Pobreza não acaba com o uso, mas riqueza sim – disse ele a Morgiana, certo dia, inquieto com os gastos elevados. – Dinheiro que vem fácil, vai fácil. Ouro, quando não é demais, é de menos.

Ali Babá encarreirou uma dúzia de rifões para justificar uma nova visita à montanha maldita.

– Você é quem sabe, mas não me parece algo sensato de se fazer, a estas alturas! – disse Morgiana, percebendo que seu velho amo ultimamente bebia além da conta das leis de Alá. – Lembre-se do que houve com seu irmão!

– Não se meta nos meus negócios! – esbravejou Ali Babá, com a voz arrastada e a língua embolada. – Lembre-se de que ainda é uma serva da casa!

Mas ela já não o ouvia, pois seus ouvidos agora estavam atentos apenas ao som de uma campainha, que tocara neste exato instante. Correu para atender a porta, já prenunciando quem seria: o gentil Anuar, filho de seu amo.

Ali Babá cumprimentou o filho meio a contragosto, pois sua cabeça desassossegada estava naquele ouro sossegado, à sua espera. Possuído pela cobiça de Cassim, foi munir-se de vinte mulas para ir buscar o restante dos tesouros da caverna.

– A esta altura o chefe imbecil já deve ter dado no pé! – disse ele. – Desta vez vou trazer tudo o que resta!

Antes de sair, abanou para as jovens do seu serralho. Elas retribuíram das janelas, felizes do descanso e da perspectiva dos muitos presentes que o bom amo traria de sua viagem.

Somente Morgiana não abanava, pois os seus brilhantes olhos pousavam no adorável Anuar.

Ali chegou na caverna e estudou o chão. Não havia sinal algum de pegadas recentes nem de patas de cavalos. O ladrão já deveria estar longe, como imaginara.

177

— Espero que não tenha levado todo o tesouro! — disse ele, subitamente alarmado.

Com a angústia na alma, entrou às pressas no interior da caverna, puxando, num único cordel, suas vinte mulas.

Mas Ali Babá não contava com a paciência do facínora, que estava de tocaia há vários dias para executar sua terrível vingança.

"Aí está o fafado!", pensou ele, sacando o punhal reluzente. "Bem fabia que voltaria!"

Ao seu lado estavam espalhadas duas dúzias de botijas vazias, que ele enxugara durante a espera. Meio cambaleante, rastejou até o local onde Ali Babá, surdo a tudo, recolhia os tesouros.

— Afafino...! — gritou o ladrão, aplicando o punhal nas costas do ladrão de ladrões.

Ali Babá caiu desacordado em cima da pilha, sob o olhar deliciado do seu algoz.

Ali Babá, caído de boca sobre o tesouro, parecia ter vomitado todo aquele ouro.

O ex-chefe colocou o corpo desfalecido de Ali sobre uma das mulas e despachou-a de volta para a cidade.

— Bela furpresinha vão ter...! — disse o bandido. — Penfou que podia humilhar o rei dos ladrões!

A mula voltou num trote ligeiro, e logo Morgiana viu surgir o amo no mais miserável dos estados.

— Alá misericordioso! Dois senhores mortos!

Mas, para sua surpresa, descobriu que Ali Babá ainda respirava.

— Depressa, ajudem-me! — disse ela, às outras mulheres do serralho.

Elas ajudaram, mas é preciso dizer que sem muita vontade. Onde estava o restante das mulas?, diziam seus olhos frustrados. Nem mesmo naquela que o trouxera havia uma única moeda!

— Nada trouxe para nós! Amo ingrato! — reclamou uma, fazendo beicinho.

— Há sim! — disse Morgiana, mostrando uma lâmpada velha que o ladrão havia colocado dentro da mochila, por puro deboche. — Bem polidinha, vai ficar até jeitosa!

— Pode ficar com ela! — exclamaram as outras, emburradas. — Nós queremos jóias e ouros!

Morgiana rezou a Alá para que Ali Babá se restabelecesse, pois, afinal, era o pai de Anuar, e ela sequer ouvira as suas últimas grosserias. Mas não pôde deixar de pensar que não poderia escrever outra lápide para ele, caso morresse, se não esta:

"Aqui jaz Ali Babá, vítima da mesma cobiça que matou seu irmão, Cassim."

Numa bela tarde em que Morgiana, feliz da vida, tomava seu chá, com o gentil filho de Ali Babá, que agora cuidava dos negócios do pai, surgiu um visitante que ela não reconheceu imediatamente.

– Boa tarde, minha fenhora! Um lindo dia enfolarado! – disse a criatura, com a barba raspada.

"Onde já escutei isto?", pensou ela, ao mesmo tempo em que reconhecia o cavalo como sendo o de Cassim.

Então as duas idéias uniram-se e desenhou-se em seu cérebro, mais uma vez, a figura repulsiva do ladrão.

– Ah, não! Outra vez não! – disse ela, cobrindo o rosto com as mãos.

Depois, voltando-se para Anuar, o filho de Ali Babá, lhe disse:

– Foi este o homem que matou seu tio e quase matou seu pai!

Anuar quis logo ir matar o desgraçado, mas Morgiana o impediu.

– Ofereçamos-lhe antes um magnífico jantar! – disse ela, piscando um olho ao jovem, que logo compreendeu.

– Será um belo jantar? – perguntou ele, sem tirar os olhos, fascinados, dos dela.

– Para nós, o mais saboroso dos jantares – respondeu Morgiana.

Após o jantar – no qual o convidado bebeu muito mais do que comeu –, Morgiana exibiu ao hóspede um pouco da sua arte de dançarina do harém. O ladrão ficou encantado e já se dispunha a arrancar os véus que ocultavam a nudez da bela Morgiana quando viu saltar do meio deles uma adaga afiadíssima.

– Mas o que é isto? – disse ele, apalpando-se todo para apanhar o seu punhal.

Antes que ele o fizesse, ela pôs a sua adaga entre os dentes e falou assim:

– Não se assuste, bom homem. Faz parte da dança!

O bobão caiu na esparrela e sentou-se outra vez para deliciar-se com o resto do espetáculo.

A dançarina girou mais algumas vezes e, numa destas, cuspiu a adaga na direção do filho de Ali Babá.

– Agora! – gritou ela.

Anuar apanhou a adaga em pleno ar e a arremessou com toda a força na garganta do patife.

– Horror e traifão! – ganiu ele, quase sem voz, antes de tombar sobre o chão, aliviado já do peso da sua alma perjura, que o diabo carregara às pressas para as profundezas do inferno.

E foi este o fim do último e pior dos quarenta ladrões, que, junto com Cassim, pagou o preço da cobiça.

LENDAS CELTAS

O PESADELO DE BRANWEN

1 – O PEDIDO DE CASAMENTO

– Grande rei Bran, senhor incontestável de Gales! – disse, de queixo extraordinariamente empinado, Matholwch, rei de Ywerddon. – A fama que corre sobre a beleza de sua irmã obrigou-me a deixar meu reino para vir conhecê-la!

Matholwch empinava o queixo não por soberba, mas por falar com um gigante de extraordinária estatura.

– Se as trombetas da fama têm soado com justiça, grande soberano, jamais houve mulher mais bela em toda a face da terra! – continuou a dizer o visitante, que adorava trombetas e, mais do que tudo, belas mulheres.

Naquele tempo, os homens enlouqueciam de desejo ao saberem de belezas distantes e inacessíveis. Quanto mais desconhecidas e inacessíveis fossem, maior era a paixão ou o desejo que provocavam.

O rei de Ywerddon assegurou ao rei de Gales que atravessara todo o vasto mar com a única finalidade de pedir a sua irmã em casamento. Só que "única finalidade" era apenas um terço da verdade: Matholwch ardia também de curiosidade em conhecer o rei mais alto do mundo. Dizia-se que nenhum palácio do mundo tinha condições de acolhê-lo em pé e que navio algum podia conduzi-lo sem ir a pique. (De fato, o teto do palácio de Bran era tão alto que, ao escancararem-se as janelas, as nuvens lhe passavam por dentro.)

Havia, porém, um terceiro motivo que levara o rei de Ywerddon a empreender aquela longa viagem: a existência no palácio de Bran de um certo caldeirão mágico que, segundo os rumores, era capaz de ressuscitar os mortos.

Desejo, curiosidade e cobiça: três bons motivos para um homem lançar-se ao mar.

O rei gigante escutara a proposta de casamento com um rosnado gutural que podia significar qualquer coisa, desde uma concordância fraterna até um decreto irrevogável de morte.

Matholwch viu o rei gigante coçar a cabeçorra ruiva, lá no alto, como uma formiga vê a copa de um gigantesco carvalho agitar ao vento outonal as suas folhas escarlates.

"A bela Branwen não irá gostar nada desta novidade!", pensou Bran, reeditando o rosnado antes de remexer-se inquietamente no trono, como uma ave pesada demais para alçar vôo.

Ao fazê-lo, porém, sentiu fome. E com fome o gigante ficava estúpido como uma montanha sem um mago no topo.

– A viagenzinha foi longa, meu amigo – disse ele. – Banqueteemo-nos antes e falemos de negocinhos depois.

– Como quiser, grande rei! – respondeu o soberano de Ywerddon, tomando assento na grande mesa dos banquetes.

Apesar de glutão, como todos os reis, Matholwch não ingeriu nem a centésima parte dos alimentos que seu portentoso anfitrião meteu pela caverna da sua boca.

Finda a comilança, o visitante sentiu-se à vontade para retomar os negócios. Após alisar o ventre abaulado com a mão obesa e repleta de anéis, lançou a pergunta fatal:

– E então, grande Bran? Posso considerar sua bela irmã como minha futura consorte?

A estas decididas palavras, Bran, o Bendito (como era chamado por seu povo), ergueu-se bruscamente da cadeira, indo bater com a cabeça no lustre. Os pingentes tilintaram tão fortemente que o visitante julgou, por alguns instantes, que o gigante havia abalroado a cúpula celeste com todas as suas estrelas.

Neste instante, um servo solícito surgiu, como ao som de uma campainha.

– Convoque meus irmãos Branwen e Manawydan para o salãozinho de deliberações – disse Bran ao servo. Depois, voltando-se para Matholwch pediu-lhe um pouco mais de paciência, pois precisava fazer uma reunião de família.

– Oh, sim, é claro! – disse o visitante. – Branwen é minha futura consorte, não é?

"A sua sem-sorte!", teve o gigante ganas de dizer e também de atirar-lhe logo à cara um "NÃO" tão redondo como a circunferência da sua cintura. Mas o bom senso obrigou-o a comunicar à irmã o interesse do qual ela passara a ser alvo. Afinal, aquele rei, mesmo com todos os seus defeitos, era um dos mais poderosos da terra.

"A doce Branwenzinha decidirá", pensou ele, dando suas costas de muralha ao visitante.

A reunião durou o restante do dia. Enquanto isto, Matholwch passeou pelo palácio, no seu passo lento e pesado, a distribuir ordens como se já fosse o novo proprietário do castelo.

– Idiota! O que está esperando para levar meu cavalo para o estábulo? – ordenou da janela a um cavalariço, pois já era a segunda vez que escutava um relincho vindo do pátio interno.

Com o ventre encostado no peitoril, pôs-se a observar o vai-e-vem atarefado da criadagem, até seus olhos pousarem numa serva de fartos seios e volumoso traseiro.

– Pela minha fortuna! São ancas assim que eu espero de minha consorte!

De repente, escutou o ruído de uma porta que se abria atrás de si e quase caiu para trás de espanto ao ver crescer em sua direção a mulher mais bela e elegante que já vira em toda a sua vida.

Era a doce Branwen, acompanhada dos dois irmãos.

"Aí está uma dama digna de mim!", pensou Matholwch ao ver-se frente a frente com a irmã de Bran.

Um suspiro de alívio passou por entre os fios amarrotados de sua barba ao constatar que as formas da jovem nada tinham de gigantesco. Ou quase nada, pois carregava no peito um par de seios verdadeiramente colossais.

"Mas perfeitamente manuseáveis!", pensou, ainda, deliciado.

Matholwch avançou até estar numa proximidade alarmante para a donzela. Após fazer uma reverência tão completa quanto o seu ventre permitia, pôs-se a elogiar aquela que considerava já a sua noiva.

– Seus encantos, jovem beldade, excedem a todas as minhas expectativas! – disse ele, embora secretamente a desejasse mais rechonchudinha. (Mas a isto ele daria um jeito rápido em Ywerddon, pensou, reconfortado).

Matholwch pôs-se a andar em círculos ao redor da jovem, como o sol escaldante ao redor da terra (pois naquele tempo assim se acreditava), analisando-a grosseiramente, frente e verso.

Cego a tudo, o rei irlandês não vira, entretanto, que a jovem simplesmente o abominara.

– Oh, Bran, leve-me daqui! – disse ela, antes que a náusea invencível a prostrasse ao chão.

O gigante tomou-a nos braços e Matholwch viu-a desaparecer tão rapidamente quanto a vira entrar pela gigantesca porta de carvalho que dava acesso ao salão.

O quê! Casar-me com aquele urso de mãos peludas e cabeça pelada? – esbravejou Branwen em seus aposentos, furiosa com os irmãos por quererem entregá-la àquele monstro.

Sua voz soava tão alta que o rei irlandês escutou os gritos no salão, encolhendo-se todo como uma tartaruga a quem se tenta extrair viva da casca. (Matholwch chegou a crer que, por alguma arte mágica similar à do caldeirão, uma giganta ocultava-se dentro daquele corpo de formas tão delicadas.)

As coisas, no entanto, estavam difíceis para o rei gigante.

– Você é a única esperança de Gales voltar a ser um reino rico e poderoso! – disse ele, tentando convencer a bela irmã a casar-se com o rei irlandês.

– E para isto terei de casar-me com este nojento? Nunca! – urrou Branwen, fazendo as paredes do palácio estremecerem.

— Irmãzinha querida, entenda que antes da conveniência pessoal, há os interesses do reino! – disse Bran, secundado por Manawydan, que não podia esperar por outra coisa senão pela realização do casamento.

— Vocês não passam de dois frouxos! – disse ela, colocando a voz no volume máximo. – E você, Bran – a quem, a partir de hoje não chamarei mais de Bendito, mas de Maldito –, não passa de um vil mercador de irmãs!

Um estalo seco e distante fez silenciar, finalmente, a voz estridente da pobre donzela.

Dali a pouco o rei gigante voltou a procurar Matholwch no salão. O rei irlandês estava mais branco do que um coelho branco enterrado na neve nos braços de um urso polar. Quando Bran entrou, ele pôs-se a alisar disfarçadamente o cocuruto liso com uma mão tão peluda que o gigante, observando-o lá do alto, acreditou que ele se ocupava em encaixar na cabeça uma peruca ruiva.

O grande homem sentou-se à frente do rei irlandês e disse, quase a um só fôlego:

— É uma grande honra poder lhe conceder a mãozinha de minha irmã Branwen em casamento.

O rei piscou várias vezes, como quem vê uma aparição materializar-se à sua frente. Depois, pôs-se a sorrir e, logo em seguida, a rir, e ainda mais rapidamente, a gargalhar, esmurrando a mesa com suas mãos peludas de aranha.

O gigante assistiu àquela insólita demonstração de euforia com a curiosidade fria das raças melancólicas. As baixelas de prata saltitavam na mesa, como se tivessem vida própria, enquanto uma maçã saltava da boca de um leitão assado que restara milagrosa e parcialmente comido.

— Pois muito bem! – disse Matholwch, afinal. – Um homem de grande bom senso, rei Bran, eis o que é!

E foi assim que o rei irlandês conseguiu a mão da delicada princesa de Gales.

2 - O MASSACRE DOS CAVALOS

Em meio às festividades do casamento, Eifnisen, meio-irmão do rei Bran, regressou de uma de suas viagens. Não foi sem espanto que viu o palácio regurgitar de alegria, desde a cozinha até a torre. O primeiro som que lhe chegou aos ouvidos foi o da harpa gaélica de seu meio-irmão gigante, secundado pelo ornejo desafinado dos bardos.

Alarmado, o recém-chegado apeou da sua portentosa égua ruça e, ao ver o cavalariço que vinha às pressas recebê-lo, puxando pelas rédeas um belíssimo cavalo, perguntou-lhe:

— Que algazarra maldita é esta?

O cavalariço curvou-se inteiro, como um caniço, antes de responder:

— Bem-vindo, *sir* Eifnisen! O rei celebra o casamento de sua irmã Branwen com o gordíssimo rei da Irlanda. O senhor teve sorte: estamos recém no primeiro dia de uma festa que não durará menos de três!

Enquanto dizia isto, o indócil corcel negro, pertencente ao noivo, tentava de todas as maneiras libertar-se das rédeas para ir ter um colóquio ardente com a égua ruça do recém-chegado.

— Branwen... casada?! — exclamou Eifnisen, incrédulo. — Quer dizer que todos festejam um casamento a respeito do qual sequer fui consultado?

Só então o cavalariço começou a farejar a confusão.

Neste instante três mulheres da criadagem resolveram intrometer-se por conta própria na conversa.

— Nunca se viu noiva mais triste e mais bela, sire! — disse uma delas, carregando um odre bojudo de vinho.

— Sim, dá gosto de ver! — disse a segunda, a carregar um cesto repleto de pães.

— E o noivo, meu senhor! Tão ricamente gordo! — disse a terceira, a carregar uma longa e penosa viuvez.

— E que testa tem, meu senhor! — arrematou o cavalariço. — Começa no nariz e só acaba lá na nuca!

Todos gargalharam gostosamente, menos o meio-irmão do rei, que não estava para graças.

— Basta, escória! — bradou ele, lançando para o alto o cesto dos pães com um violento chute.

Com medo da ira de Eifnisen, as mulheres fugiram em todas as direções. O cavalariço, no entanto, permaneceu em seu posto, tentando tomar as rédeas da égua de Eifnisen.

— Três dias você disse que durará esta amaldiçoada festa?

— É o que o rei prometeu, grande senhor!

Pois lhe digo que não durará nem mais três minutos!

Eifnisen apeou e, após tomar as rédeas da sua égua, rumou para o estábulo, devastando com suas botinas ferozes o bem cuidado jardim. O serviçal seguiu logo atrás, saltitando como um gamo por entre os lírios mudos e moribundos.

Quando Eifnisen entrou no estábulo, descobriu-o entupido de animais. A maioria era de propriedade do noivo e da multidão dos seus convidados. Nunca se vira por ali tamanha abundância de cevada, aveia e feno seco. Parecia que uma verdadeira invasão de irlandeses perversos e arrogantes havia acontecido ali.

Sem querer saber a quem pertenciam aquelas montarias, Eifnisen abriu caminho entre elas a chicotadas, esfolando seus rostos. Um odor acre de esterco fresco subiu ao ar junto com o relincho apavorado dos animais.

— O noivo de sua irmã é um rei muito gordo e poderoso! – disse o criado, tentando aplacar a ira do recém-chegado. – A princesa tem sorte em casar-se com um rei tão gordo e abastado!

— Vai repetir quantas vezes que o desgraçado é gordo? – respondeu, brutalmente, o outro.

Eifnisen odiava aquele culto plebeu da gordura, vista, então, como sinônimo de saúde e vitalidade.

— Além do mais, que sabe você acerca da sorte, besta mais ignorante do que os animais que alimenta?

Eifnisen observou o cavalariço afastar-se, ligeiro, com o cavalo do noivo, que continuava a querer estreitar relações com a égua do recém-chegado. Depois, viu-o alimentá-lo com uma bacia de cevada e feno e jogar-lhe, em seguida, por entre as patas, duas imensas braçadas de palha que lhe chegaram até o robusto e reluzente ventre.

— Pelo excelente tratamento dispensado, vejo que esta é a montaria do noivo! – disse Eifnisen, roxo de raiva.

— Sim! – respondeu o outro, inflando o peito como se a palha do chão houvesse entrado toda para dentro da sua camisa. – Que o olho de Balar me envenene se não é o mais belo animal que meus olhos de cavalariço real já viram!

Então, num gesto repentino, Eifnisen sacou sua espada. O ruído rascante da lâmina a deslizar dentro da bainha reacendeu o pavor dos cavalos, pondo-os todos em polvorosa.

— Pegue a minha égua e desapareça daqui – disse ele, friamente.

De espada em punho, Eifnisen encaminhou-se até o cavalo do noivo. Após observá-lo bem nos olhos – mirava-os como se mirasse os olhos do rei usurpador –, anunciou-lhe:

— Você, miserável, fica por último.

E então vibrou um primeiro e velocíssimo golpe sobre a cabeça do cavalo ao lado, dando início ao massacre. A lâmina de sua espada pôs-se a dançar selvagemente em todas as direções, arrancando tripas e relinchos desesperados dos animais, que iam sendo abatidos um a um. Eifnisen cortou orelhas, focinhos e pescoços, encharcando a serragem do chão com um sangue quente e espesso.

Presos em suas baias, os cavalos não podiam fugir, tendo de receber, inermes e indefesos, os golpes da espada assassina. Alguns, no entanto, impelidos pelo pânico, conseguiam derrubar as cancelas aos coices, correndo de um lado para o outro em busca da salvação. Eifnisen, porém, havia trancado todas as saídas, e, cedo ou tarde, todos os cavalos terminaram por provar da ira abrasadora da sua espada.

E então chegou a vez do corcel de Matholwch, rei de Ywerddon. Eifnisen esmerou-se ali: após decepar-lhe as patas dianteiras, furou-lhe os olhos e cortou-lhe as orelhas, deixando-o caído sobre o lago borbulhante do seu próprio sangue. Quando a carnificina terminou, a roupa do guerreiro estava tingida de sangue e vísceras e todo o estábulo parecia um campo de batalha no qual os guerreiros mortos houvessem sido carregados para algum infra-mundo heróico, restando apenas pelo chão as carcaças agonizantes das suas montarias abatidas.

A esta altura, o alvoroço infernal produzido pelos relinchos e pelo retumbar de mil coices alucinados já chegara ao salão de festas, sobrepondo-se, de maneira apavorante, à algazarra fútil das cantorias e dos risos.

Estava o rei Matholwch agarrado à fina cintura da noiva e a entornar uma imensa caneca de vinho quando escutou o relincho lancinante dos cavalos. Num pulo, pôs-se em pé, esquecido das belezas da futura rainha de Ywerddon, e correu até o estábulo com a caneca numa mão e a espada na outra. Atrás dele seguiam todos os que podiam fazê-lo.

Assim que pôs-se estábulo adentro, Matholwch deparou-se com o cenário de horror.

– Epona misericordiosa! Mas o que houve aqui? – bradou o rei, sem largar a espada nem a caneca.

Atarantado, o rei correu de um lado a outro do estábulo, chapinhando no lodaçal de sangue, até dar de cara com o seu corcel de joelhos, já nos estertores da morte.

– Quem foi o maldito que fez isto? – bradou o rei, agitando a caneca vazia no lugar da espada.

Ao reconhecer a voz do seu dono, o cavalo cego e mutilado emitiu um último e tão terrível relincho que mesmo os mais valentes guerreiros de Gales sentiram descer-lhes pelas pernas uma corda escaldante de fezes.

Matholwch só via agora, em meio a todo aquele conjunto de cavalos destroçados, o seu pobre corcel abatido.

– Quem foi, insisto? – continuou a bradar, mas como os poucos serviçais que sabiam do retorno de Eifnisen não se atreviam a denunciá-lo, o rei irlandês viu-se obrigado a retornar furibundo ao palácio.

– O que houve, meu cunhadinho? – disse Bran, que não se dera ao trabalho de ir ver o que acontecera.

– Oh, quer mesmo saber, grande rei? – relinchou Matholwch, de narinas frementes. – Pois saiba que sofri hoje uma desfeita como nem em mil anos espero sofrer outra igual!

O rei irlandês já havia ordenado a seus homens, abaixo de gritos e cusparadas, que preparassem seus navios, pois pretendia regressar ao seu reino sem mais tardança.

– Parto agora, compreende? – disse ele a Bran. – Parto hoje mesmo, e depois é a guerra!

Bran, que ainda tinha a harpa nas mãos, não conseguia entender direito o que se passava. Tendo bebido mais do que todos os convidados juntos, tinha a cabeça tomada por uma névoa mais espessa que a de um fog londrino.

– Pela misericórdia de Epona, o que houve no estabulozinho? – exclamou o grande rei, sem entender porque o novo cunhado puxara aquelas meias vermelhas e reluzentes até a altura das canelas.

Matholwch convidou-o a ir ver com seus próprios olhos. Bran ergueu-se e, depois de quase esmagar meia dúzia de súditos numa queda – que só não se consumou graças ao apoio providencial que encontrou em uma árvore –, rumou até a estrebaria e enfiou a sua carantonha corada pela porta adentro.

Quando se deparou com a carnificina, Bran continuou apático, sem entender o que havia se passado e, menos ainda, que atitude tomar. Falta de hospitalidade era algo que seu cérebro generoso não estava preparado para entender.

Desenxabido – e ainda um tanto alterado pela névoa etílica –, o gigante pôs-se a tomar nas mãos os pedaços dos animais espalhados naquele mar de sangue, tentando recolocar as pequenas peças nos respectivos animais, de acordo com a cor e o tamanho, como um garoto após ser flagrado no excitante ofício de destruir brinquedos.

– Pelos deuses, o que pensa fazer? – exclamou Manawydan, tirando-lhe das mãos a cabeça de um cavalo.

– E o que mais posso fazer, meu bom irmão? – disse o pobre Bran, choroso. – Violar a hospitalidade sempre foi considerado como o pior de todos os pecados pelos mestres de nossa linhagem! E agora, aí está o crime...!

– Vamos embora, aqui não há mais nada a fazer – disse Manawydan ao gigantesco irmão, que lhe obedeceu cegamente – na verdade, tão cegamente que, ao erguer-se de supetão, levou consigo parte do telhado.

O rei irlandês assistia a tudo de longe, com o indicador dobrado metido entre os dentes.

– É a guerra, não o duvidem! – rosnava, sem parar, entre as mordeduras.

Dali a pouco, o rei gigante aproximou-se dele, todo solícito.

– Caro reizinho, bem vê que desconheço por completo a causa desta lamentável desgraça – disse Bran, postado à sua frente com seu novo chapéu de telhas –, mas prometo-lhe que o autor desta barbárie será descoberto e punido com o máximo rigor! Severíssima será a punição do patifezinho!

Bran curvou a cabeça, acabrunhado, e o que restava do telhado veio abaixo, quase completando a desgraça do massacre eqüino com o esmagamento do novo cunhado.

Recuando num salto agilíssimo, perfeitamente compreensível em tal circunstância (mesmo num ser dotado de alto teor de obesidade, como era o rei irlandês), Matholwch tomou novamente a espada e rugiu como um leão:

– Não ouse aproximar-se de mim, rei maldito, ou terá as canelas divorciadas do corpo com uma única estocada!

Ao ouvir falar em canelas, Bran fixou novamente, numa obsessão alcoólica, os pés vermelhos do outro.

Neste instante, porém, o rei ofendido teve uma súbita iluminação: por que não aproveitar o negro episódio para extorquir aquilo que mais ansiara obter desde a sua chegada – mais até do que a mão da delicada princesa?

– Espero que tenha a consciência bem clara, rei afrontador, de que ao deixar-me partir desta terra traiçoeira sem uma poderosa reparação estará declarando guerra a toda Irlanda! – esbravejou ele.

– Que Taranis exerça em mim a sua justiça divina se não sairá daqui sem uma bela reparação! – disse o rei galês, abalando para o interior do castelo.

Pela primeira vez desde que começara o episódio, a careca de Matholwch deixou de estar escarlate.

Bran retornou, trazendo mais arcas de tesouros do que um navio viking. Os baús repletos de magníficos tesouros reluziam diante dos olhos perquiridores do monarca irlandês.

"É tudo deveras bonito e valioso", pensou ele, "mas e o caldeirão?"

Então voltou a fechar a carranca e comunicou a Bran que somente o caldeirão mágico poderia aplacar a sua ira.

– O caldeirão ou a guerra!

O gigante esteve alguns instantes indeciso, mas acabou cedendo.

– Muito bem, meu cunhadinho, terá o caldeirão!

Pela primeira vez desde que começara o episódio, a careca de Matholwch deixou de estar enrugada.

O caldeirão veio e foi depositado diante dos seus olhos atônitos.

"Santa Brighid, aí está ele!", pensou o rei, quase a desmaiar de emoção.

– É meu? – balbuciou. – Meu para sempre?

Sim, era dele, dele para todo o sempre, afiançou o gigante com um sorriso bonachão.

Então Matholwch mostrou-se também disposto à concórdia e perdoou magnanimamente todas as ofensas. Sem esperar pelo fim dos festejos, mandou embarcar às pressas a nova esposa e o caldeirão e retornou a Ywerddon.

3 – O PESADELO DA RAINHA DOS BRANCOS SEIOS

Estamos agora em Ywerddon – ou, se quiserem, na Irlanda.

Assim que a doce Branwen desembarcou em sua nova pátria, um vento cortante começou a sibilar nos seus ouvidos, arrancando a touca dos seus cabelos finos e sedosos.

Era uma recepção gélida, como se ao próprio clima aborrecesse o surgimento daquela rainha estrangeira. Branwen acariciou as crinas suaves do animal que a conduzia ao castelo, sentindo já uma saudade infinita da sua terra.

"Gales, sim, é que é!", pensou ela, esquecida de quantas vezes amaldiçoara, nos momentos de tédio, a sua pátria de névoas e pedregulhos.

Lembrou-se, então, da delícia que era subir e descer pelos outeiros e colinas nos dias felizes de sua infância, topando a cada instante com aquelas pedras maravilhosas que pareciam brotar do chão como cogumelos de formas ásperas e rígidas. E então, quando menos esperava, lá vinha a chuva, a garoa intermitente a cobrir tudo com um lençol úmido de gotas que jamais evaporavam!

– Cubra a cabeça, menina! – disse-lhe a voz obesa e autoritária do marido, pois começara a cair na nova pátria de Branwen uma garoa exatamente igual à que caía na sua saudosa Gales.

Ao escutar a voz do rei da Irlanda, que uma sórdida trama palaciana lhe destinara por marido, a jovem retornou à realidade – uma realidade profundamente desagradável e que ela absolutamente não pedira.

"Oh, deuses, eu não pedi por isto! Eu não pedi!" – repetia ela, com amargura, desde a partida de Gales.

Mas e daí? Os deuses haviam lhe dado por conta própria, e pronto. Pois assim agem os deuses, ou o destino, ou o acaso, ou o avô de todos eles.

– E cuidado com a estrada – completou o rei. – Ywerddon está juncada de pedras.

Não, decididamente ela não pedira.

Enquanto isto, o rei andava metido, também, com seus pensamentos.

Finalmente, estava de volta à sua amada terra, de posse de uma nova esposa e, principalmente, daquele presente mágico que mudaria completamente a sua vida!

Sim, porque não era pouca porcaria possuir um caldeirão capaz de conceder a imortalidade!

Matholwch rebolou as nádegas flácidas, acomodando-as sobre a sela, para degustar melhor o valor de sua segunda nova posse. Porque a primeira ele já havia degustado em pleno mar.

"Nada mal", pensou ele, a relembrar os melhores momentos de sua lubricidade arfante.

Mas o melhor de tudo mesmo – como negá-lo? – era saber-se de posse daquele artefato miraculoso que iria estender-lhe a vida para além de qualquer limite.

"Por Lugh!", pensou, deliciado. "Uma vida que nunca acaba! Os séculos sepultarão gerações infinitas de homens, enquanto eu permanecerei vivo para sempre!"

Sim, porque só ele, dentre todas as criaturas da terra, permaneceria imortal, isto ele já decidira. A felicidade era inseparável do privilégio.

De repente, porém, uma súbita constatação veio empanar um pouco o brilho da sua satisfação.

"Serei eterno, é verdade, mas com a idade que hoje tenho!"

Isto não significa que ele fizesse um conceito modesto da sua figura. A exemplo de todos os potentados da terra, Matholwch achava-se o máximo como espécime humano. Mas sabia que já, há muito, deixara de ser jovem.

Então lhe sobreveio, com a espontaneidade de um arroto, um novo e angustiante anseio.

"Deve existir, em algum lugar, um caldeirão da eterna juventude!"

Sim, é claro! Se havia o caldeirão da imortalidade, tinha de haver, também, o da eterna juventude!

O rei pensou mais um pouco e logo achou outra coisa para querer.

E se havia o caldeirão da juventude, por que não, também, o da perfeita beleza?

Quando chegou ao palácio, onze caldeirões diferentes obsedavam já a sua mente, porque viver para sempre é querer para sempre.

A doce Branwen dormiu sua primeira noite no maravilhoso castelo de Matholwch. E dormiu mal.

"Noite após noite terei de dormir ao lado deste ser grosseiro e desprezível que o destino me deu por marido?", pensou ela, tendo ao lado aquele homem que, sendo gigante para os lados, ocupava mais da metade do leito.

Matholwch, como a jovem percebera num primeiro momento, não era de falar muito durante o dia. Talvez houvesse aí uma virtude que lhe escapara, chegara a pensar, tentando encontrar alguma qualidade naquele cipoal de defeitos que era o seu novo esposo. "Quem sabe não esconda dentro de si um sábio, pois sábios costumam falar pouco!", chegara a cogitar, loucamente, em sua boa-fé nupcial.

Mas não era nada disto. Se durante o dia quase não falara, durante a noite Matholwch tirou o atrasado e falou dormindo todas as palavras que economizara durante o dia. Palavras feias e banais – verdadeiras chulices entremeadas de roncos, silvos e marulhos estomacais provenientes das suas monstruosas digestões noturnas.

Mas foi só na manhã seguinte à sua chegada que o inferno começou de verdade para Branwen.

O sol nem havia nascido e já o rei expulsava a inocente rainha da cama.

– Acorde, preguiçosa, já e dia! Nada de dorminhocas por aqui, hein!

A doce Branwen abriu um dos azulados olhos e viu que lá fora um sol anêmico ocultava a sua face pálida por detrás do véu denso da neblina. Então teve a infeliz idéia de inquirir o rei.

– Mas por que devo levantar-me junto com as criadas?

Matholwch explodiu num riso torpe.

– Porque você será, a partir de hoje, uma delas! – respondeu, retirando-a do leito com um único puxão.

Sem saber como, a doce Branwen viu-se esparramada no chão, com apenas o lençol a cobrir-lhe o corpo.

– Mas o que é isto, insano senhor? – disse ela, apavorada. – Está delirando?

Mas Matholwch achou que já havia falado demais. Agarrando-a novamente, com odiosa brutalidade, arrastou-a até a cozinha e lançou-a no piso gelado, ante o olhar estupefato da malta das panelas e dos esfregões.

Branwen tentou de todos os modos ocultar a nudez no lençol que arrastara consigo pelos longos e gélidos corredores, mas ele se transformara num feixe imundo de farrapos que mal bastavam para lhe cobrir o essencial.

– A partir de hoje, aqui é o seu lugar. Trabalhará em meio ao fogo e à gordura, o que lhe dará, ao mesmo tempo, peso, cor e obediência! – disse o rei, ordenando que lhe providenciassem "um traje adequado à sua nova condição".

Por um bom tempo os alvos seios da doce Branwen alvejaram na semitreva da cozinha, deixando paralisados de estupor todos quantos tinham o privilégio de observar a nudez fugidia e deslumbrante da rainha.

Apesar de ter repudiado a esposa, nem por isto Matholwch deixou de cobiçá-la, como fazia com qualquer das criadas do castelo. Estando de saias arregaçadas, a lavar os trezentos assoalhos do castelo, ou a picar legumes na cozinha com a blusa de saco entreaberta no peito, a rainha-criada podia estar certa de ver-se agarrada, a qualquer momento, para saciar os apetites primitivos do rei, que não tinham hora para se manifestar.

– Largue-me, seu porco! – dizia a pobrezinha, a tentar inutilmente defender-se.

– Silêncio, criada! – bufava ele, de olhos injetados.

Quando o rei retirava-se, saciado, a pobre Branwen recompunha-se como podia e recomeçava, com as mãos trêmulas de indignação, a sua faina humilhante de sempre.

Mas isto não era tudo: para manter a submissão da rainha absoluta, Matholwch autorizara o açougueiro brutamontes a espancá-la uma vez por semana com suas mãos grandes e meladas de sangue.

– Quero a carne assim, bem amaciada.

Matholwch a queria gorda e dócil como as demais cozinheiras, a escorar nas ancas rotundas os tachos repletos de sebo e de banha.

Mas a figura da rainha continuava ainda mais esguia e delicada, devido à falta de apetite e ao trabalho árduo.

Fora do palácio já era sabido o que se passava lá dentro. Desinteressado de julgamentos morais, o povo queria mesmo era conhecer os detalhes dos padecimentos da nova rainha.

Então também se sofria dentro daquelas paredes!, pensavam, com secreta delícia, os excluídos da fortuna.

Rumores sinistros, engordados por boatos, espalhavam-se por toda a Irlanda, mas nenhum chegava à terra natal da rainha infeliz, pois havia ordens expressas de matar quem quer que desse com a língua nos dentes.

Mas, apesar de todas as ameaças, Branwen tentara fugir certa vez. Infortunadamente, o rei a vira quando ela desaparecera por entre os ciprestes do jardim e ressurgira minusculamente na próxima colina, até desaparecer completamente na floresta. As veias da careca real tornaram-se grossas como dedos e suas mãos crisparam-se violentamente, fazendo os anéis rangerem. Cego de ódio, como se Scath, a deusa das trevas, houvesse lançado sobre ele o seu manto negro e destruidor, o déspota lançou, então, brados enfurecidos, ordenando aos criados que a trouxessem de volta, sob pena de terem suas cabeças cortadas.

Quando ela regressou, enfim, rota e desgrenhada, as veias da careca de Matholwch desincharam e ele pôs-se a gargalhar, cantarolando que naquela noite "o açougueiro teria um bocadinho mais de trabalho!"

E então sobreveio a gravidez da rainha.

– Muito ótimo! – exclamou o rei, feliz por vê-la, finalmente, gorda.

Exatamente um ano depois da chegada de Branwen à Irlanda, nasceu Gwern, um pálido menino de cabelos cor de fogo e espantados olhos cor de mel.

A partir de então, a rainha só teve olhos para esta frágil criaturinha. E foi a partir daí, também, que decidiu levar ao conhecimento do rei-irmão a situação miserável em que vivia no castelo de Ywerddon.

Pois agora estava em jogo, também, a felicidade de um inocente.

Numa certa tarde de verão, quando a rainha fazia suas habituais caminhadas com o filho pela floresta que circundava o castelo, encontrou um filhote de estorninho caído do ninho.

– Pobrezinho, está tão fraco e desnutrido! – disse ela, deitando na palma da mão a avezinha moribunda.

Branwen levou-a e tratou-a com sementes e frutos. Quando o inverno chegou, a rainha tinha conseguido transformar o filhote moribundo num belo espécime de mais de vinte centímetros. Com a chegada da nova estação, seu peito negro como o carvão encheu-se de pintas esbranquiçadas, e o longo bico amarelo escureceu acentuadamente.

Branwen, então, pôs-se a treiná-lo secretamente com a intenção de enviá-lo a Gales com um pedido de socorro para o irmão, o que acabou acontecendo.

Mal Bran acabou de ler a mensagem, tremendo de ódio e indignação, convocou imediatamente os seus exércitos.

– Aquele reizinho vai pagar caro por maltratar minha irmã! – gritou ele, fazendo tremer as paredes do palácio.

Que mudança espetacular se operara nele! Que diferença daquele rei tíbio que todos haviam visto se desculpar ridiculamente com o soberano estrangeiro, com um telhado mal equilibrado na cabeça!

Finalmente o gigante se revelara como tal. Quem o conhecera na paz, jamais o reconheceria na guerra. Parecia um Cuchulain multiplicado por cinco.

– Cinco não, dez – disse um cortesão exaltado, desejoso de ver seu rei suplantar o maior herói dos celtas.

E bem que andou perto, pois lançou-se ao mar e atravessou a nado toda a distância que havia entre o seu reino e o do perverso rei irlandês, só para vingar mais rapidamente os sofrimentos de sua pobre irmã.

4 – A VINGANÇA DO REI GIGANTE

Por uma estranha coincidência, justo no dia em que o gigante deveria chegar à costa da Irlanda, Matholwch recordava-se do cunhado, a quem tratava de "gigante idiota". Do alto da chamada "torre do rei", avistou, de repente, uma cena insólita: enormes ondas a se formarem no horizonte e que avançavam, espumantes, em direção à praia.

– Pelo salmão de Finn! Mas o que é isto?

Era o rei gigante, que não só vinha a nado, como rebocava, por meio de sólidas amarras, a maior parte da sua frota naval. Matholwch, aterrado com tal visão, mandou saber de Branwen o que o estúpido do seu irmão vinha fazer ali sem ser convidado.

O Portador de Mensagens de Curta Distância – entidade palaciana e subalterna que tinha o encargo de levar e trazer mensagens do rei para a rainha, e desta para o rei – cumpriu a sua obrigação exemplarmente. Sem largar a vassoura, a rainha-serva respondeu-lhe com um olhar gelado que não demonstrava a menor surpresa:

– Diga a este patife que o gigantesco rei de Gales vem resgatar sua irmã, retirando-a das mãos imundas do déspota deste país maldito.

Branwen correu até uma das janelas que dava para o mar e divisou com os olhos úmidos de emoção a esquadra que avançava velozmente pelo mar.

– Enfim, o dia da ira! – exclamou ela, lançando abismo abaixo a vassoura e suas vestes de criada.

E assim, tal como chegara pela primeira vez à cozinha do palácio, retirou-se dali, também, sem qualquer peça de roupa. A criadagem foi brindada pela segunda vez com a visão da nudez da rainha.

Sem ligar a mínima para o juízo de quem quer que fosse, Branwen retirou-se altivamente para os aposentos reais, onde pretendia vestir-se não mais como rainha daquele país amaldiçoado, mas como aquilo que jamais deixara de ser: a digna princesa do país de Gales.

O mensageiro de curta distância tentou repetir ao rei, palavra por palavra, o recado da rainha, mas, antes que concluísse, viu-se interrompido pela voz angustiada do soberano:

– Vá à cozinha e mande que preparem, com toda urgência, o mais magnífico banquete!

Depois correu até seus aposentos, onde encontrou a rainha vestida com seus trajes galeses.

– Minha dileta consorte! – disse ele, num tom alegre e folgazão.

Branwen, que estava de costas, a observar fixamente o mar, não lhe deu atenção.

– Sim, veja! – disse o rei, correndo até ela – É seu irmão que finalmente nos dá a graça de uma visita!

– Ele não vem para visitas – disse ela, impassível. – Vem para libertar-me e, logo em seguida, matá-lo.

– M-matar-me?... M-mas por quê?

Mas ela já não o ouvia.

Matholwch, em pânico, resolveu, então, fazer uma generosa proposta:

– Ouça, querida! Na festa que darei à chegada do seu irmão, abdicarei do trono em prol de nosso filho! Que tal, não é de adoçar o bico?... Mas avise o irmãozinho, hein! Nada de mortes nem destemperos violentos, hein!

Mas, ao ver que ela sequer o ouvia, Matholwch, deixou de lado toda vergonha e lançou-se aos pés da rainha-criada.

– Afaste-se de mim, comida fétida de cães! – gritou Branwen, afastando-se ela própria.

– C-comida de caes?...

– Sim, pois muito antes do sol se pôr suas vísceras estarão espalhadas por todo o castelo para repasto dos cães.

– Mas por que tanto ódio no coração, meu amor?

Mas ela já se encontrava longe.

Branwen voltou os olhos para a frota que já se aproximava, com a cabeça de seu amado irmão Bran, o Bendito, a destacar-se no horizonte como um segundo e portentoso astro.

– Não, não tentem desviar-me do meu caminho, peixinhos! – gritava o gigante, a espantar baleias e tubarões, enquanto a água gélida e salgada explodia ruidosamente nos seus membros e no seu colossal traseiro.

Seja a favor ou contra as ondas, o gigante avançava com a mesma impetuosidade, trazendo atrás de si, presa por sólidas amarras – tal como Gulliver faria um dia nos mares acerbos de Lilliput –, a frota poderosa dos seus exércitos.

"Se a água não bate no traseiro e o sol não escalda a cabeça, ninguém há que siga em frente", filosofava o gigante, entre uma braçada e outra. "Se não houvesse situações desesperadoras, não haveria heróis. A bem dizer, homem algum teria ganho batalha alguma, pois do que são feitas todas elas, senão de aflição e dor? Bran, Bran, bem soubeste meter tua irmã numa situação mais gélida e borrascosa do que as águas que agora espanejas com furor! Por tua culpa a doce Branwen se encontra agora perdida como uma folha seca em pleno descampado, numa tempestuosa noite de inverno! Eia, rei de Gales! Vai, agora, e livra a doce irmã da tirania que tu mesmo lhe infligiste!"

Com estas e outras invectivas lançadas contra si mesmo, o gigante vencia a força das ondas e aproximava-se da costa, onde deveria dar morte amarga ao pérfido Matholwch, autor de todos os males.

– Costa irlandesa maldita à frente! – avisou um dos generais galeses, à testa da armada.

Todos gritaram e martelaram os punhos das espadas nos escudos, aquecendo-os para a batalha, enquanto o gigantesco chefe da comitiva acelerava ainda mais as suas braçadas, até conseguir, finalmente, pôr-se em pé.

Com a água a dar-lhe pelo peito, Bran lançou um tal urro de guerra na direção do castelo que a careca do rei irlandês cobriu-se de uma linfa viscosa e fétida, mescla de suor e urina que o medo misturara no atabalhoar precipitado das suas excreções. Senhor novamente do seu fôlego, o gigante empertigou-se e começou a caminhar a passos firmes na direção da praia, sentindo a areiazinha fina esvair-se-lhe por entre os dedos dos pés.

"Assim também diluir-se-ão os corpos de todos quantos ousarem desafiar a minha sagrada ira!", pensou o gigante, dando passadas de côvado na direção do castelo real de Ywerddon.

Só então o rei irlandês foi assaltado por uma idéia genial que poderia salvá-lo na última hora. Dando as costas para o gigante e seus homens, desceu correndo para as profundezas do palácio, onde guardava algo muito precioso.

Conforme as ordens dadas por Matholwch, antes mesmo que o rei de Gales chegasse ao castelo deu-se início à festa que pretendia ser um feliz evento de boas-vindas ao irmão da rainha.

– Vamos, palermas, quero todos alegres! – bradou Matholwch, desejoso de criar um clima de fraterna amizade.

Os músicos começaram a tocar, mas a melodia saiu torta e desafinada.

– Vamos, mais alto! – bradava o rei. – É preciso abafar os clarins de guerra!

Na entrada do castelo, ele mandara empilhar cem sacos feitos de pele de cervos, nos quais normalmente costumava-se acondicionar farinha. Contudo, todos sabiam que estavam ocultos ali cem guerreiros irlandeses armados até os dentes, no aguardo apenas do sinal do rei para se lançarem contra os galeses.

Todos os homens capazes de segurar uma espada foram obrigados a comparecer ao banquete, embora se mostrassem incapazes de manter firmes nas mãos simples canecas de cerveja. É que seus olhos arregalados estavam voltados o tempo todo para as janelas do grande salão real. Dali cresciam cada vez mais em direção ao castelo os ruídos dos visitantes, e, acima de tudo, o estrondo ritmado das passadas duras do gigante, que caíam sobre o solo como o bater ritmado de dois pilões gigantescos.

As mesas longuíssimas estavam repletas de comidas e bebidas, enquanto as imensas assadeiras acesas desprendiam no ar o cheiro espesso das carnes que deveriam fartar e acalmar o visitante inesperado.

– Atenção, todos! – disse, então, o rei irlandês, quando Bran, rei e gigante, chegou diante da imensa porta que dava acesso ao salão. (Matholwch havia mandado construir, logo após o casamento, uma passagem verdadeiramente "à altura" do cunhado, certo de que algum dia teria de recebê-lo para uma enfadonha visita de cortesia.)

Os menestréis continuaram a tocar suas harpas de ouro e prata. A música ia de encontro às paredes e ecoava na cúpula do salão, mas, por mais alegre que subisse, retornava sempre como o lamento soturno dos mortos.

Sem saber se continuavam a comer e beber, ou se corriam logo às armas, os guerreiros olhavam aflitos para o rei, aguardando um sinal ou uma ordem sua, que, afinal, não vinha nunca.

Com a careca a reluzir de suor, Matholwch era o retrato vivo da apreensão. Todos viram que ele só tinha olhos para a rainha, que não arredava pé da janela, vestida com seus trajes galeses. Se havia alguém realmente feliz e descontraída ali era Branwen, a doce Branwen, que parecia haver readquirido toda a antiga alegria de viver.

Suas faces reluziam de satisfação ao ver o irmão surgir, finalmente, na moldura gigantesca da porta, após o anúncio temeroso do arauto real.

– Entra, Bran, meu irmão! Entra, Bran, meu rei! Entra, Bran, meu vingador!

Bran adentrou o salão dos irlandeses de armas na mão. Junto dele seguia uma comitiva de trezentos guerreiros. O restante ficara lá fora, apenas no aguardo das ordens do rei-gigante para começar o assalto ao castelo. Entre os principais guerreiros que acompanhavam o rei galês estava Eifnisen, o meio-irmão temperamental de Branwen, que ela reconheceu imediatamente, para sua grande surpresa e alegria, correndo a abraçá-lo.

"Ah, o assassino de cavalos veio junto! Então é este o patife!", pensou o rei irlandês, ao reconhecê-lo pelo nome, pois havia descoberto, após algumas investigações, quem havia matado o seu cavalo na noite das suas bodas.

Após o saudoso abraço com a amada irmã, os olhos de touro bravo de Eifnisen percorreram todo o recinto, em busca do seu maior desafeto. Finalmente, identificou quem procurava: Matholwch, rei de Ywerddon. Só que em seus braços havia uma criança. Um grito estridente revelou logo quem era.

– Canalha! Largue meu filho!

Tendo-se descuidado do filho, Branwen não podia suportar vê-lo, agora, nas mãos do pérfido pai.

Então, tal como previra Matholwch, o gigante tornou a recair em sua pieguice habitual.

– Filho, você disse? – perguntou à irmã. – Aquele belo garotinho é meu sobrinho?

Quem respondeu, desta feita, foi o rei canalha.

– Venha cá, meu bom irmão, e dê logo um abraço em seu sobrinho. Mas saiba que ele não é somente isto: a partir de hoje é, também, o novo rei da Irlanda!

Bran começou a ir até lá, mas Eifnisen tomou-lhe a dianteira, alcançando, antes dele, o garoto. O que fez em seguida, porém, encheu todo o castelo de horror: num gesto tão brusco quanto alucinado, Eifnisen arremessou o menino, de ponta-cabeça, ao fogo da maior das assadeiras.

A que extremos de loucura não chegava aquele temperamento irascível!

Todos ficaram paralisados de pasmo e horror, menos a mãe do pequeno Gwen, que lançou-se, aos gritos, no interior da fornalha para tentar resgatar o filho com vida.

– Já é tarde, minha rainha! – exclamou o rei, ao ver Brawen retornar das chamas com a criança fumegante nos braços. – Suas mãos, em carne viva, já carregam nosso filho morto! Morto por seu próprio irmão!

Neste instante, ouviu-se um único ruído: o de novecentas espadas a libertarem-se de seus invólucros.

– Matem todos estes cães galeses! – bradou Matholwch, a quem o assassinato do filho dera, finalmente, um pouco de hombridade.

E foi assim que o grande banquete transformou-se numa luta bestial e colérica. Todos lutavam e praguejavam ao mesmo tempo, enquanto Branwen corria com o filho nos braços em direção a um riacho perto dali, na esperança de aliviar as suas horríveis queimaduras.

Os cem homens ocultos dentro dos sacos de pele não tiveram tempo sequer de se desvencilharem dos seus esconderijos, pois o gigante – que logo no primeiro instante de sua chegada percebera o grosseiro embuste – saiu para fora e esmagou, de uma só vez, os crânios de todos eles com as próprias mãos.

– São estes os primeiros a pagarem a conta dos aviltamentos perpetrados contra a minha irmã! – disse o gigante, com a alma encharcada de cólera.

Logo a massa dos soldados que aguardava ali fora juntou-se ao rei e engrossou o exército dos invasores com um verdadeiro mar de irlandeses armados de escudos e espadas. Eles adentraram o salão e começaram a praticar um verdadeiro massacre sobre os homens de Matholwch, de tal sorte que verdadeiras pilhas de corpos mutilados espalhavam-se, num mar de sangue, por sobre as mesas e o chão do salão real.

A batalha, contudo, mal havia começado e já estava ganha para os galeses. Bran, num golpe feliz, cortara fora a cabeça do seu rival irlandês, tirando o ânimo dos defensores.

– Rendam-se os que ainda vivem, se não quiserem ter um fim como o do seu rei! – bradou o gigante.

Neste ponto, Bran sentiu uma fisgada no pé, como se fosse uma picada de mosquito. Era uma lança encravada pela mão de Matholwch, o homem que ele decapitara há questão de segundos.

Só que Matholwch estava com a cabeça bem firme sobre os ombros e gargalhava como um lunático.

Matholwch tinha no rosto um sorriso tão afrontoso que o gigante inclinou-se e, espalmando sua imensa mão, deu-lhe uma bofetada tal que o rei irlandês atravessou o salão e foi espatifar-se sobre as baixelas de faisões e perdizes.

Mas não custou muito para o rei-gigante dar-se conta de que os homens de Matholwch também estavam sob efeito do mesmo sortilégio que favorecia seu rei, pois todos quantos haviam sido mortos retornavam à luta, como baratas redivivas. Só então o gigante deu-se conta do que estava acontecendo: o pérfido rei irlandês utilizara-se do caldeirão mágico para dar a si e aos seus soldados o dom da imortalidade!

– Destrua o caldeirão que em má hora tive a infelicidade de dar de presente a este canalha! – berrou Bran a Eifnisen, entregando à ferocidade deste a tarefa principal do combate.

Será que o meio-irmão tresloucado seria capaz de fazer algo sensato e proveitoso desta vez?

Era o que se perguntavam os exaustos soldados de Gales, depois de matarem pela undécima vez os mesmos adversários, verdadeiros mirmidões a ressurgirem redivivos do caldeirão maldito.

A doce e infeliz Branwen, porém, que nada sabia de caldeirões mágicos, tinha sua atenção voltada exclusivamente para o filho, que continuava a ter suas vestes carbonizadas coladas à carne tenra e delicada. Ela invocava todos os deuses do panteão céltico, enquanto aplicava ervas curativas no menino, e foi graças a esta fé pura e singela – e não à crença pervertida em caldeirões nefastos – que conseguiu curar seu filho, restituindo-lhe a vida.

Enquanto isto os guerreiros irlandeses mortos continuavam a serem lançados no caldeirão mágico e a ressurgirem com tanta pressa que muitos deles saíam dali mancando com a perna de outro, ou a olharem o mundo com um olho azul e o outro preto. Então Eifnisen, o meio-irmão abilolado de Bran, decidiu pular, ele também, para dentro daquela verdadeira caldeira do diabo para ver o que acontecia. Disfarçado de irlandês morto, e estirado no topo de uma pilha fétida de cadáveres, o filho de Gales viu-se arremessado, finalmente, para dentro do caldeirão.

– É agora! – disse ele, agachado no interior da vasilha de ferro, feito um sapo raivoso.

Retesando todos os músculos, começou a fazer tal pressão para os lados com as mãos e os pés que espatifou o caldeirão em mil pedaços, fazendo voar sangue e membros para todos os lados, morrendo ele próprio na explosão.

E foi assim que o mundo viu-se livre, ao mesmo tempo, do caldeirão maldito e de um celerado capaz de lançar crianças vivas em fogueiras.

A partir deste feito, a batalha tomou outro rumo, concluindo-se com a derrota dos irlandeses e de seu rei canalha. A batalha, porém, continuou ferocíssima, tendo durado três dias e três noites inteiras, tendo restado ao cabo dela apenas sete galeses vivos, entre eles Bran e seu irmão Manawydan.

Bran, no entanto, tão logo acabou a batalha, começou a sentir uma dor lancinante na ferida do pé. Não custou muito para descobrir que a lança que o atingira estava envenenada – último triunfo do rei irlandês antes de deixar este mundo. Eram dores tão atrozes as que acometiam o rei gigante que ele ordenou a seu irmão Manawydan lhe cortar a cabeça, abreviando assim o seu sofrimento.

Sua cabeça ardia terrivelmente. Era como se tivesse um elmo em chamas ao redor do crânio.

– Corte-a, corte-a! – clamava o rei.

Aquele era mesmo o dia dos prodígios ressuscitatórios, pois, mesmo depois de cortada, a cabeça do gigante permaneceu viva.

O gigantesco corpo de Bran foi sepultado sem a cabeça na grande Montanha Branca, conforme pedido do próprio Bran, enquanto que sua cabeça permaneceu viva por mais oito décadas, a reinar e defender Gales dos seus inimigos.

E este foi o fim parcial do rei gigante Bran e o fim completo de Matholwch, rei de Ywerddon.

TRISTÃO E ISOLDA

1 - O FRAGMENTO DA ESPADA

Há muito tempo, no condado de Lyons, que ficava no coração de uma gélida floresta, nasceu o filho de um rei chamado Rivalen. O nascimento do bebê provocou a morte da mãe, e esse triste acontecimento foi a razão de lhe terem posto o nome de Tristão, que significa "aquele nascido do pesar".

Sete anos depois, o rei casou-se novamente, e o pequeno Tristão ganhou de presente uma bela madrasta. Desta nova união real nasceu um menino, sendo portanto meio-irmão de Tristão.

Para honrar a tradição, a madrasta esmerou-se em fazer ao enteado todo tipo de maldades secretas, mas que não lograram alcançar o objetivo de expulsá-lo para bem longe de casa.

Cansada de perversidades inócuas, a madrasta decidiu, então, partir para a ignorância total e preparou uma poção envenenada numa taça de prata, deixando-a, à noite, no quarto de Tristão.

– Terá sede, é certo – pensou ela. – E, quando tiver sede, beberá; isto também é certo.

O que não era certo é que fosse Tristão a beber o veneno. E, realmente, quem acabou sorvendo a beberagem maldita foi o filho da madrasta, sempre invejoso de qualquer atenção dispensada ao meio-irmão.

E foi assim que, graças a uma artimanha do destino, Tristão viu-se livre do seu primeiro rival.

A partir de então, o ódio da madrasta não conheceu limites. Ao ver que o garoto tornava-se um homem, conseguiu convencer o esposo de que já era hora de Tristão correr mundo e aprender as artes da cavalaria.

– Tristão é filho de rei – disse ela. – E filhos de reis, mais do que ninguém, devem esmerar-se nesta arte.

O rei concordou, mas o surpreendente de tudo é que o próprio Tristão gostou da idéia.

– Não quero mais nada da vida, minha segunda mãe, senão tornar-me perito nas artes da cavalaria!

A mulher que não queria mais nada da vida senão ver o enteado morto, abraçou-o antes de vê-lo partir.

– Vá e seja o maior de todos os cavaleiros!

— Quero ser um dos cavaleiros de Artur!

O jovem – que, como vimos, não ambicionava pouco – escutou embevecido a resposta da madrasta.

— Será cavaleiro de quem quiser, meu adorado!

Tristão tomou, então, um cavalo e partiu mundo afora.

O filho de Rivalen viajou por quase toda a Europa, acompanhado de um escudeiro que adotara em uma de suas andanças, aprendendo diversos idiomas e, quando possível, as artes maravilhosas do combate.

— Viver é isto! – dizia ele, a cavalgar sem remo nem rumo, sob o sol e sob a chuva.

Porém, como todo bom cavaleiro, Tristão sabia que deveria aprender a conjugar a liberdade com o dever.

— Errar sem propósito não é liberdade, meu filho, mas perdição – dissera seu pai, no dia em que partira.

Felizmente, Tristão tinha o melhor dos propósitos: cumprir à risca o código da cavalaria. Aos dezoito anos sentia-se pronto para defender a honra e a justiça, só que, até ali, não surgira nenhuma oportunidade para fazê-lo.

Então, por pura distração, Tristão confeccionou uma harpa e passou a dedilhá-la durante o largo tempo dos seus ócios. Logo aprendeu a manejá-la com notável perícia, passando muito mais tempo a tocar do que a combater.

— Parece que, também hoje, a glória se esquiva de mim! – dizia ele, todo dia, ao escudeiro, que sabia ser esta a senha para o amo começar a dedilhar a harpa num aborrecimento de tudo, que logo requintava para uma espécie de "êxtase do tédio", ápice mórbido da melancolia que somente os enfastiados profundos alcançam e desfrutam.

— Vou executar, agora, mais uma peça dos *Enlevos e fastios* – anunciou Tristão, soturnamente..

Um tordo ergueu vôo e disparou pelos céus, tornando ainda mais triste o canto do cavaleiro.

Então, ao soar plangente do último acorde, o escudeiro encheu-se de coragem e propôs isto a seu amo:

— Por que não vai até o castelo do seu tio, na Cornualha?

Tristão suspendeu os preparativos da nova *chanson*, um tanto contrariado.

— Ora, e o que haveria de fazer lá? Saí de casa justamente por aborrecer-me da vida em família.

O escudeiro, porém, não recuou de continuar a defender, sorrateiramente, os seus tímpanos:

– Veja, meu amo: se deseja arranjar um desafio digno de um cavaleiro, deve fazê-lo entre os de sua linhagem, e não entre cabreiros e puxadores de arado.

"Muito bem, aí está um argumento razoável", pensou Tristão, de si para si.

– Com quem, afinal, pretende duelar nestas estradas, meu senhor? – continuou o escudeiro, a cravar a última estaca do convencimento. – Aqui só encontrará meios de terçar armas com salteadores e pastores borrachos.

Tristão não teve como deixar de reconhecer, outra vez, que o escudeiro brilhava nos argumentos.

– Muito bem dito, meu caro escudeiro! – disse ele, afinal. – Andaste aqui um orador!

– Ah!, esqueci um detalhe, meu senhor: o castelo do seu tio se chama Castelo de Tintagel.

Aí foi demais: Tristão partiu como um raio na direção daquele castelo magnificamente batizado.

– Castelo de Tintagel! Castelo de Tintagel! – foi o cavaleiro repetindo, até chegarem ambos ao seu destino.

Este Mark era tio de sangue de Tristão, irmão da sua falecida mãe. O jovem cavaleiro foi recebido muito bem pelo tio e, para felicidade sua, viu surgir logo a oportunidade de provar o seu valor.

A coisa aconteceu assim: estava Tristão a deliciar os ouvidos da corte com a sua harpa, numa brumosa e gélida tarde, quando rebentou uma discussão do lado de fora do palácio. Tristão correu até a janela e viu um sujeito metido numa armadura vermelha repetir o que já dissera mil vezes desde a sua chegada.

– Não quero explicações, porteiro do inferno! Vim cobrar, em nome do rei da Irlanda, a dívida do rei Mark!

Era a sétima vez em sete anos que aquela criatura escarlate vinha azucrinar o rei.

– Maldito irlandês! – respondeu o guarda real. – Quantas vezes terá de escutar a negativa do meu senhor para que desista, afinal, de importuná-lo?

Ficaram os dois neste paga-não-paga, até que o cavaleiro vermelho lançou seu desafio:

– Pois que o melhor cavaleiro da Cornualha me enfrente numa justa! Em caso de vitória a dívida estará perdoada; caso contrário, terá de ser paga imediatamente!

Tristão, num ímpeto mecânico, abandonou a harpa e gritou da janela, com todo o vigor da sua juventude:

– Cavaleiro vermelho! Aceito o seu desafio!

– Quem é você, frangote?

— Sou Tristão, filho do rei Rivalen e sobrinho do rei Mark! Isto lhe basta?

Um murmúrio de aprovação correu por todas as bocas, menos pela do desafiante.

— Não era você o menestrel que zurrava há pouco?

— Patife! — exclamou Tristão, fazendo-se mais vermelho do que a armadura do adversário.

O cavaleiro irlandês deu uma grande risada que ecoou por dentro do elmo.

— Muito bem, se é parente de reis, lutaremos! Terei, assim, o prazer de dar o luto a dois soberanos!

E foi desta maneira que concertou-se o primeiro desafio de Tristão, filho de Rivalen.

O rei Mark, que em todo o episódio da afronta preferira adotar um silêncio viril e majestoso, cumprimentou Tristão efusivamente assim que tudo ficara acertado.

— Muito bem! Aqui está um sobrinho digno do nome!

O rei fez questão de ordenar Tristão cavaleiro, numa cerimônia que reuniu toda a corte.

— Se viva fosse, minha irmã estaria muito orgulhosa de você! — disse o rei, desembainhando a espada para o ritual de consagração.

O local do duelo era uma ilha desabitada, e Tristão partiu para lá, em seguida, com seu escudeiro.

— Esteja certo de que não morrerá em vão! — disse o rei, na despedida, pois não podia supor que o jovem sobrinho fosse capaz de derrotar o cavaleiro vermelho, possuidor de uma respeitável coleção de mortes nas costas.

— Adeus, meu tio! — disse Tristão, numa pequena embarcação que seu escudeiro fazia avançar mar adentro.

Mesmo depois de ter perdido de vista o tio, Tristão permaneceu empertigado.

— Escudeiro, a harpa! — disse ele, de repente, com voz solene.

Uma mão trêmula alcançou-lhe o mavioso instrumento.

— Estou inspirado — anunciou o cavaleiro. — Apure os ouvidos, pois vou cantar.

E então, sem dar qualquer chance ao escudeiro, Tristão começou a entoar os versos de um *Lied* que alguma musa náutica lhe sussurrou, e que ele batizou imediatamente de *A vogar nas ondas vai o celebérrimo herói*.

O escudeiro deu um discreto suspiro — produto, decerto, do esforço dos remos —, e assim avançaram ambos até desaparecerem nas brumas espessas do mar.

Assim que alcançou a ilha, Tristão avistou o barco do rival ancorado. Nas areias brancas da praia, estava postada a figura escarlate do adversário, que o sol tornava faiscante como um ídolo de rubi.

– Desembarquemos – disse ele ao escudeiro.

Nem bem encostou sua pequena embarcação, Tristão tomou da espada e fez um furo no seu interior. O barco encheu-se rapidamente de água e afundou com um breve soluço.

– Por que pôs a pique o seu barco? – perguntou o cavaleiro vermelho.

– Porque apenas um de nós voltará – respondeu Tristão, altaneiro.

O irlandês deu uma risada semelhante à que dera no castelo da Cornualha.

– Bem fez, então, em afundar o seu barco! Não gosto de apropriar-me do que não é meu!

– Basta, truão! – retrucou Tristão, prontamente. – Não vim até aqui para escutar seus gracejos!

O semblante do irlandês tornou-se subitamente sério. Após colocar o elmo, rugiu metalicamente:

– Permita dizer-lhe que é atrevido demais para um moleque!

– Canalha! – respondeu Tristão, colocando também o seu elmo e sacando a espada.

Tomados de ira, ambos investiram um contra o outro, e nesta vertigem de fúria começou o combate.

Algumas horas depois, o sol continuava a cair impassível sobre a ilha.

Um dos campeões jazia caído sobre a areia, irremediavelmente morto.

No seu crânio, desguarnecido de elmo, estava fincado um pedaço da espada do adversário.

Fora este o golpe crudelíssimo que lhe subtraíra a vida.

Ao redor do corpo, havia uma mancha seca e vermelha, espécie de halo esbatido.

A areia, insaciavelmente hidrópica, havia chupado todo o sangue que o corpo do guerreiro morto havia vertido com extraordinária abundância.

Diante deste corpo, continuava a estar, imóvel e solene, a figura do seu triunfador.

A espada pendia-lhe da mão, com um pedaço a menos.

No mar, a embarcação do cavaleiro vermelho continuava a flutuar, ao sabor das ondas.

Ela aguardava, apenas, o retorno do seu dono para voltar, triunfante, à Irlanda.

Mas quem subiu no barco foi Tristão, o vencedor do combate. O sobrinho do rei Mark, porém, não estava em muito melhor estado do que o seu adversário morto.

— Sinto-me ingressar na barca de Caronte – disse ele a seu escudeiro, tentando extrair de seu temperamento sombrio uns restos de jovialidade. (Tristão, na verdade, por um traço peculiar à sua alma, só conseguia mostrar-se jovial nas situações próximas do desespero.)

O jovem cavaleiro trazia uma pequena coleção de ferimentos causados pela espada do irlandês.

— Fique tranqüilo, irá se recuperar – disse o escudeiro, aplicando às feridas um emplasto de ervas amargas.

Tristão rilhou os dentes, mas não conseguiu impedir que um gemido escapasse dos seus lábios.

— Dor e sangue, meu amo: este é o preço dos grandes triunfos – acrescentou o escudeiro.

O cavaleiro, que não estava, desta vez, para rasgos de oratória, ralhou:

— Se quer mesmo que eu me recupere, trata as feridas ao invés de teus disparates.

E assim singrou a pequena nau, até alcançar as costas da Cornualha.

Ali, porém, aguardava um vigia do rei que não era lá muito bom das vistas.

— Inferno e danação! É a nau do irlandês maldito! – disse ele, indo levar ao rei a notícia da morte do seu sobrinho.

Os mitos universais são pródigos em nos impingir enganos iguais a este. Normalmente a coisa termina com o suicídio do velho pai do herói ou de sua amante desolada, dando, assim, uma nota amarga ao triunfo. A impressão que se tem é a de que os deuses invejosos – ou os rabugentos inventores de mitos – parecem se comprazer neste toque final de frustração, incapazes de admitir um triunfo humano completo.

Desta feita, porém, tal não se deu, e o equívoco foi rapidamente esclarecido.

— Tristão vive, sire, e volta com a vitória! – disse um segundo vigia, retificando o primeiro.

— Viva! – exclamou o rei. – Nunca mais terei nos calcanhares aquele maldito cobrador irlandês!

Não, ele não disse: "Viva! Meu sobrinho está vivo e triunfou!" Isto ele disse depois, assim que colocou os olhos no jovem coberto de faixas. ("A verdade é a verdade", como dizia o velho e redundante sábio da corte.)

Mas, apesar de tudo, permanecera uma inquietação no espírito do rei.

— Pensem todos comigo – disse ele a Tristão e aos seus conselheiros reais: se o irlandês que veio efetuar a cobrança está morto, como saberá seu rei da anulação da dívida?

Todos pensaram, mas a nenhum conselheiro ocorreu sugerir que se enviasse um simples mensageiro.

– Envie o corpo com um pedido de quitação da dívida grudado na testa – disse o escudeiro, afinal.

O rei, porém, suspendeu a mão, num gesto irritado.

– Cala daí teus disparates, vil escudeiro! – disse ele, passando a palavra ao sábio da corte.

O velho ergueu-se e cerziu os olhos teatralmente, expulsando a remela. Passados alguns instantes, reabriu-os e proferiu, com grande autoridade e ornato, esta originalíssima solução:

– Grande alteza, faça isto e ganhará a eterna admiração dos povos: envia o corpo do cavaleiro morto juntamente com um pedido de quitação da dívida pregado na testa.

O queixo do rei caiu, e o sábio foi promovido imediatamente a arquisábio.

O corpo do cavaleiro vermelho foi levado até o castelo do rei da Irlanda, mas foi a rainha quem o recebeu. O pobre defunto era irmão dela, e foi, portanto, com profundo desgosto que ela descobriu o rosto do morto.

Após estudar-lhe as feições amarelas, a rainha percebeu o pedaço da lâmina assassina a sair-lhe da cabeça.

– Lacaio, traga-me uma tenaz – ordenou ela, sombriamente.

O lacaio trouxe a tenaz.

– Deixe que eu retiro, grande senhora – disse ele, prestimoso.

Infelizmente, a rainha considerava a pior das ofensas receber préstimos de lacaios.

– Se ousar profanar o corpo de meu irmão, verme desprezível, arrancarei seu nariz com isto aqui! – ameaçou ela, com olhos chispantes de harpia.

O lacaio entregou a tenaz à grande senhora. A tenaz tremia tenazmente.

– Desapareça! – disse ela, aproximando o instrumento da cabeça do cadáver amado.

A rainha quase não tinha lábios, e eles literalmente sumiram quando ela entregou-se à sua sinistra tarefa.

– Ei-lo! – anunciou, afinal, misturando sua voz ao ruído rascante de algo que a custo se extrai.

Chovia lá fora. Um relâmpago faiscou sobre o pedaço de metal, permanecendo, porém, o trovão em suspenso.

– Aqui está a prova do crime! – disse a rainha, a examinar, quase amorosamente, o pedaço de metal. Por fim, ergueu o fragmento para o alto e exclamou:

– Juro por todos os deuses da Irlanda que não descansarei enquanto não encontrar o dono desta espada maldita!

Só então, lá fora, o trovão estourou, abalando todas as paredes do castelo.

2 - TRISTÃO CONHECE ISOLDA

Tristão, apesar dos emplastos medicinais, não conseguia curar-se dos ferimentos recebidos no duelo com o cavaleiro vermelho. O asno do escudeiro havia mentido ao prometer-lhe a cura.

– Bem feito, tomar um ruminante por um herbanário! – disse Tristão, com uma careta de dor.

O cavaleiro resolveu, então, consultar uma sábia mulher – ou seja, uma feiticeira.

– Mal irlandês se cura com remédio irlandês – disse ela, logo de saída.

Tristão irritou-se com o que pensou ser um chavão diversionista para ocultar a ignorância.

– Quer dizer que a senhora só é sábia em nosso reino?

– Atrevido! – sibilou ela, colérica. – Sou sábia o bastante para saber que lá está o remédio!

Tristão reconsiderou e partiu no mesmo instante com seu fiel escudeiro para a Irlanda.

– Quer que eu tente algo diferente, meu amo? – perguntou o escudeiro, na estrada, a vasculhar o embornal.

– Sim. Feche a boca daqui até lá – ordenou Tristão. – E, sobretudo, nada de revelar minha identidade!

Tristão ia disfarçado, pois sabia que sua acolhida naquele país não poderia ser das melhores.

Apesar de tudo, ao chegar na Irlanda Tristão foi pedir acolhida justamente no castelo do rei irlandês.

– Esteja à vontade em nossa casa – disse-lhe o rei, embora a rainha tenha torcido o nariz para o forasteiro.

O cavaleiro agradeceu e, para retribuir tanta gentileza, puxou sua harpa.

– Ótimo, um pouco de música! – disse o rei, arreganhando para o visitante alguns dentes pretos e trincados. – Peço, apenas, que execute algo melancólico, pois estamos de luto.

Tristão regozijou-se com o pedido e brindou o casal com a execução completa dos seus *Enlevos e fastios*.

Encantado com a performance, o rei pediu que Tristão permanecesse no castelo o restante do ano.

– Em breve, poderá executar canções mais amenas, restituindo-nos, aos poucos, a alegria.

O rei exibiu seu sorriso devastado para a rainha, em busca da sua concordância.

– O que acha, minha querida?

Mas a rainha não estava para gentilezas. Após executar um salamaleque protocolar, retirou-se sem nada dizer.

– Perdoe, ela ainda está abalada com a morte do irmão – disse o rei, complacente. – Diz que não descansa enquanto não arrancar as tripas do canalha imundo que o matou pelas costas.

– É mesmo?! – exclamou o escudeiro, assombrado, sob o olhar enfurecido do amo.

– É verdade. Ela sonha noite e dia com o castigo do patife ignóbil.

– E já sabem quem seja o tal patife? – disse o escudeiro, cuja língua parecia ter adquirido vida própria.

– Naturalmente que sim! – rugiu o rei, com uma careta de asco. – Trata-se do sobrinho efeminado do rei caloteiro, um charlatão da mesma cepa do tio, que recém tomou as armas!

Então, fixando bem os olhos em Tristão, exclamou;

– Aliás, dizem que o calhorda tem o mesmo hábito seu de dedilhar harpas!

Tristão corou até a raiz dos cabelos, enquanto o rei divertia-se com a sua atrapalhação.

– Não se alarme, bom garoto! Dizem que o bastardo toca mal e canta ainda pior! Não poderia, pois, ser você o tal filho de uma marafona, pois cantou e tocou esta noite como um verdadeiro Ossian!

Quando o cavaleiro e o escudeiro se recolheram, este último não pôde deixar de murmurar para si mesmo:

– E pensar que amaldiçoei o mau gosto!

No dia seguinte Tristão tratou de fazer o que devia: mostrou ao rei os seus ferimentos e disse que precisava encontrar remédio para seu mal o mais rápido possível.

Iluminando o semblante, o rei exclamou:

– Minha filha há de resolver o seu problema, jovem menestrel!

Uma belíssima jovem surgiu ao chamado do rei.

– Isolda, minha adorada! Encontrei mais uma cobaia para as suas ervas!

Tristão ficou pasmo diante dos cabelos loiros e dos traços delicados da princesa. Isolda também ficou sem jeito, pois também apaixonara-se instantaneamente pelo forasteiro.

A partir de então, a donzela dedicou-se a cuidar dos ferimentos do hóspede, sem saber que lhe havia infligido no coração o mais profundo e incurável de todos.

Os cuidados da jovem dama fizeram Tristão melhorar rapidamente.

— Já me sinto quase curado, bela donzela! — disse ele, ao final do quarto dia, pois antes disto não tivera coragem de dizer palavra alguma à jovem encantadora.

Isolda ficou mais escarlate do que o cavaleiro que Tristão abatera.

— Oh, mas não pense que já está curado! — disse ela, no receio de vê-lo partir.

— Não, não, ainda estou muito fraco! — corrigiu ele, às pressas, maldizendo as primeiras palavras.

O receio de perder a companhia da donzela levou Tristão à beira de um desmaio, o que ela tomou, aliviada, por um recrudescimento da moléstia. (Oh, que piorasse, então! Que dependesse para o resto da vida dos seus desvelos e cuidados!, pensava ela, sem deveras pensar.)

— Repouse aqui a cabeça! — disse ela, tomando-a nas mãos para depô-la numa almofada de fino brocado.

Nem Stendhal seria capaz de declarar agora qual dos dois sentiu as maiores delícias: se ela, ao ter a cabeça do jovem nas mãos, ou se ele, ao sentir em seus cabelos cacheados o toque divino daquelas mãos virginais.

Imerso numa espécie de orgasmo capilar, Tristão recostou-se num divã, permanecendo sob os olhos atentos de seu anjo feminil. Estar deitado e ter a visão do rosto de Isolda exatamente acima do seu, com todo ele voltado ao estudo mínimo e atento das suas reações, fez com que aquela sensação prazerosa da cabeça se espalhasse por todo o seu corpo, obrigando-o, num gesto pudico, a virar-se abruptamente de lado.

Isolda, contudo, cega às verdadeiras razões, sentiu-se confusa e constrangida.

— Vou-me, se o aborreço — disse ela, erguendo-se e desaparecendo como uma ondina magoada.

Pois nesta primeira fase do amor tudo são mágoas e mal-entendidos. E quando eles mínguam até desaparecerem por completo, podemos estar certos, também, de termos finalizado a parte mais saborosa do fruto do amor.

Os dias passavam e Tristão, após ser tratado pela jovem donzela, recompensava-a com os acordes emocionados de sua harpa. O escudeiro estranhou logo o tom das novas melodias, que iam brotando do instrumento.

— Onde foram parar os antigos "fastios", meu amo? — disse ele, farto de escutar rimas de amor. — Tenho para mim que daquela versalhada toda só restaram os "enlevos"!

Tristão não respondeu, pois improvisava, naquele instante, um delicioso madrigal à amada.

Isolda, por sua vez, retribuía as canções com a narrativa das mais belas lendas da Irlanda, sublinhando, com uma ênfase que somente os ouvidos do cavaleiro podiam captar, os trechos que pareciam falar especificamente sobre eles.

Neste idílio de sonho, estiveram ambos envolvidos durante várias semanas, até que, certo dia, um raio caiu sobre as suas vidas: surgira um outro cavaleiro, também apaixonado pela princesa, chamado Palomides.

Este cavaleiro era sarraceno e viera disposto a tudo para casar-se com a filha do rei da Irlanda.

– Se me der a mão de sua filha, rei cristão, declaro que trocarei, com vantagem, o Alcorão pela Bíblia! – dissera ele ao rei irlandês, sem temer a execração do seu povo.

O rei irlandês, a princípio, recusara grosseiramente a sua proposta, chamando-o, nas barbas, de "cabeça-de-toalha ordinário". Mas, ao descobrir a fortuna que ele possuía e ao vê-lo renovar a promessa de que, uma vez convertido, passaria a viver como um "cristão às direitas", sem nunca mais recorrer aos artifícios da sua "seita diabólica", o rei decidiu dar uma chance ao ousado pretendente.

A solução era a habitual daqueles dias.

– Farei um grandioso torneio. Caso triunfe, poderá desposar minha filha!

O sarraceno abriu um sorriso tão grande que lhe descobriu os dois sisos.

– Mas já sabe, hein? Nada mais de Alá nem Mafoma!

– Muhammad, não mais! Issa! Issa! – disse ele, fazendo um sinal da cruz tão estropiado que um inquisidor mais alterado o teria remetido direto à fogueira.

Este torneio não foi brincadeira. Basta dizer que ali compareceram até os famosos cavaleiros do rei Artur.

Ninguém, entretanto, esperava tanta determinação do cavaleiro sarraceno. O tal Palomides estava tão decidido a casar-se com a princesa que declarara-se pronto a duelar com um por um dos presentes, e até mesmo "com todos os cães cristãos do Ocidente" (palavras estas que retirou às pressas, sob as vistas coléricas do rei).

Isolda, como a maioria das donzelas solteiras daqueles dias, não teve outra escolha senão ir postar-se na tribuna de honra, junto com o pai, para desempenhar o papel desonroso de troféu da disputa.

Começaram, enfim, as justas. O sarraceno, já no primeiro duelo, disse a que veio, lançando por terra ninguém menos do que *sir* Gawain, e logo depois *sir* Lionel, dois dos mais bravos e festejados cavaleiros de Camelot.

O infiel viera mesmo para arrebentar!, diziam, em coro, os basbaques da platéia.

— Só há uma explicação para todos os seus triunfos! – disse, enfim, Tristão, ao ouvido da amada, que parecia prestes a escapar-lhe das mãos. – Este demônio está apaixonado por você!

Tristão olhou para Isolda com uma chispa ácida de ciúme, pois sabia que não há mulher que, sabendo-se amada, não pise o degrau macio da vaidade – o primeiro da escada maldita que conduz ao pináculo da traição.

— Vou provar que o meu amor é mais sincero do que o deste macaco polígamo!

— Está louco! Aonde vai? – disse ela, aflita.

— Vou impedir que a vaidade tola que ele acendeu em seu coração consuma o nosso amor!

— Não faça isto, meu amado! Você é um menestrel e não um cavaleiro!

Mas Tristão, enfurecido, já descera para a liça. O escudeiro, que desde o dia da ilha ansiava por um pouco de ação, achou que devia acrescentar algo, também, antes de descer atrás de seu amo.

— A bela donzela verá se meu amo é somente isto que disse aí...!

— Espere! – disse ela, agarrando o escudeiro pelo capuz e pondo-se a expor as suas razões.

Se havia alguma vaidade em seu coração, garantiu ela, em prantos, era a de saber-se amada por Tristão.

— Se o ama deveras, diga, então, onde posso encontrar uma armadura neste castelo.

Isolda indicou o local, e viu o escudeiro desaparecer como um raio no rastro do seu amo.

Tristão tomou uma armadura prateada e um cavalo branco como a neve. Depois, sem ser visto pelos guardas, fez o escudeiro abrir uma brecha na cerca que dava acesso à liça.

E foi assim que o sobrinho do rei Mark surgiu diante de todos, alvo e reluzente como uma aparição.

— Quem é este palhaço prateado? – gritou o sarraceno.

Ninguém sabia dizer. Tristão, porém, sanou parcialmente a dúvida.

— Sou aquele que vai impedir que um cão infiel tome a mão daquela alta donzela!

— Retire-se, intruso! Você não está inscrito! – vociferou, da tribuna, o rei.

Alguns alabardeiros avançaram para o cavaleiro, mas ele varreu-os com um meneio hábil da lança.

— Não vim para jogar os pinos, alteza, mas para tomar parte numa justa – disse o cavaleiro misterioso. – Deixe-me enfrentar este sarraceno embusteiro, cujo único propósito é o de apossar-se de uma princesa cristã sob o artifício diabólico de uma falsíssima conversão à nossa santa fé!

Neste momento o sarraceno alçou-se nos estribos e urrou, todo aceso em cólera:

– Patife! Irei fazê-lo engolir, junto com o pó, todas as suas calúnias!

– Aceite, então, meu desafio, pagão covarde!

Palomides desceu a viseira do elmo e arremeteu, ensandecido, o mesmo fazendo Tristão.

Nas pupilas azuis de Isolda, luziu em miniatura a imagem dos dois combatentes.

Isolda, loura e bela, assiste ao combate. A aflição desenha-se em cada traço do seu rosto. Os cavaleiros se aproximam furibundos. Dentro dos elmos escaldantes, ardem dois sóis. Cada qual tem sede da vida do outro.

"Vão chocar-se, agora, e um dentre os dois morrerá!", assim antevê a donzela.

As feições da princesa contorcem-se, até que, no último instante, ela cerra as pálpebras de puro horror.

Um "urrah!" colossal e primitivo explode em seus ouvidos, mescla de triunfo, de espanto, de surpresa, de deleite e de todos os sentimentos primitivos que somente um agrupamento humano sedento de sangue sabe modular.

Durante um bom tempo os gritos vagam como lobos na treva do seu entendimento, até que ela, enchendo-se de coragem, reergue a barreira suavíssima dos seus cílios.

"Oh, amado! Tu ainda vives!", murmura a princesa, frágil prêmio dos fortes.

Mas já os cabelos de Isolda esvoaçam à direita: lá vem, outra vez, Tristão veloz!

Os fios louros voltam-se à esquerda: de lá já cresce, também, o sarraceno feroz!

O ruído dos cascos novamente atroa. As narinas da donzela fremem de terror e excitação. Duas manchas róseas tingem suas faces, e seu coração galopa mais do que os corcéis dos desafiantes.

Desta vez, porém, manterá os olhos abertos. Há de sorver até o fim a taça que o Amor lhe destinou.

Um estrondo pavoroso de metal que se choca e se rasga transtorna cada traço das suas delicadas feições. Algo de bom, entretanto, aconteceu desta vez, pois seu semblante converte-se logo na máscara amena do alívio.

Isolda vê, agora, o sarraceno estendido na areia, enquanto Tristão permanece a cavalo, com sua lança a gotejar o suco espesso das vísceras do árabe. Na fronteira da morte, o sarraceno pronuncia a sagrada profissão de fé muçulmana, que ele, num momento de contrição ou de confissão explícita da sua perfídia

215

(jamais o saberemos, pois assim morrem os que guardam duas línguas dentro da boca), balbucia, voltado na direção de Meca:

– Só há um Deus, e Muhammad é seu Profeta!

Diz e morre. E se depois ingressa na glória dos crentes, não há homem ou imã que possa afirmá-lo.

Tristão derrotara o sarraceno, e o povo inteiro o aclamava.

– Tire o elmo! Queremos ver o rosto do herói! – ululava, histérica, a turba.

Tristão olhou para a tribuna, onde brilhava a mulher adorada. Ela agitava um lenço alvíssimo, quase tão branco como os seus dedos transparentes. Ao seu lado, o rei exibia, feliz, a sua dentição arruinada.

Então o cavaleiro retirou finalmente o elmo, e a populaça conheceu o delírio.

– Mas é o tocador de harpa! – disse o rei, ignorante de tudo quanto se passara.

Isolda quase desmaiou de orgulho e alegria.

– Sim, papai, é Tristão, meu futuro esposo!

– Então, além da lira, sabe também manejar a lança? Grata surpresa! – disse o rei, eufórico. – Será um belo esposo para você e um pai à altura dos meus netos!

O rei irlandês procurou a confirmação das suas palavras com a rainha, que assistira a toda a disputa com a cara azeda de sempre, mas ela não manifestou a menor expressão de alegria.

"Há nele algo de errado, e eu vou descobrir o que é!", pensou ela, a regurgitar o fel em meio à alegria.

Tristão vivera até ali o dia do triunfo completo, almejado por todos os que vivem. Aclamado pelo povo e com a posse da mulher amada garantida, não podia desejar mais nada da vida.

Ao retornar ao castelo, entretanto, deu de cara com a rainha.

– Grande senhora! – disse ele, fazendo-lhe uma profunda mesura.

A rainha rasgou na boca, com um cinzel imaginário, uma fenda vazia que chamou de sorriso.

Tristão havia colocado sua espada sobre o divã – o mesmo local no qual tivera sua cabeça repousada pelas doces mãos de Isolda –, mas, por uma inadvertência sua, ela resvalou da bainha e foi cair aos pés da soberana.

– Perdão, alteza! – disse o jovem, recolhendo a arma.

A rainha persistiu em seu desprezo, até o instante em que seu olhar pousou sobre a espada.

– Espere! – gritou ela, com um gesto ríspido da mão. – Deixe-me ver isto!

Tristão entregou sua arma, com uma má intuição.

"Pela gralha de Morrigane!", pensou ela, invocando a deusa irlandesa da guerra (pois, apesar de batizada, continuava a cultuar secretamente os deuses ancestrais do seu clã).

– É sua ou tomou-a de alguém? – disse ela, após perceber a falha da lâmina.

– Certamente que é minha – respondeu ele, razoavelmente ofendido. – Não costumo apropriar-me do alheio.

– A não ser da vida dos infelizes que mata – disse a rainha, apresentando ao jovem o seu primeiro sorriso sincero: um sorriso de ódio.

– Matei o sarraceno, alteza, num duelo justo, à vista de toda a corte, como manda o nobre ritual da cavalaria.

– Códigos, rituais, tudo isto são balelas! – exclamou a rainha, cosendo outra vez, no vão da boca, as duas tiras finíssimas de carne. – O que vocês buscam sempre, com novos ademanes, é o velho gosto do sangue!

A rainha pronunciou as últimas palavras com uma salivação intensa, mas, antes que Tristão pudesse dizer algo em sua defesa, ela o impediu asperamente, apontando-lhe a espada.

– Dê-me. Ficarei esta noite com ela.

Tristão, sem meios de negar, acabou concordando.

– Como quiser, alteza. Tenha uma boa noite.

– Eu a terei – disse ela, afastando-se, de espada em punho, como quem vai decepar a cabeça do mundo.

Assim que entrou em seus aposentos, a rainha correu para o baú dos seus pertences. Dele retirou um escrínio de prata, onde escondia as jóias reais, penhor maior da sua segurança. (Ela costumava extorquir regularmente do monarca pelo menos duas jóias caríssimas ao mês para a eventualidade de alguma daquelas medonhas reviravoltas políticas que pairavam, então, no horizonte de todas as monarquias — verdadeiros apocalipses de fúria capazes de obrigar rainhas a lançarem-se seminuas na floresta, em plena noite e sob os clarões horripilantes dos incêndios, levando consigo apenas um punhal de marfim e um escrínio abarrotado de jóias.)

Desta feita, porém, a jóia valiosa que procurava não era feita de diamante, rubi ou de qualquer outra pedra mágica capaz de pôr em ação o veneno no seio das mais altas famílias, mas de um mísero pedaço de metal.

O lenço de seda roxo foi desdobrado sofregamente e, de dentro dele, retirada a lasca maldita. Entre dois dedos aduncos reluziu, outra vez, o pedaço de metal pintalgado de algumas placas ressequidas de sangue.

Tomando a espada na mão, a rainha encaixou, com absoluta perfeição, a lasca no vão da lâmina.

Ao ver confirmadas suas suspeitas, a rainha aspirou longa e profundamente o ar. E foi, então, como se uma gigantesca naja enroscada e pronta para o bote houvesse sibilado em algum lugar do castelo.

– Maldito assassino! Esta noite correrá o seu sangue!

Sem poder controlar seu gênio funesto, a rainha deixou o aposento de espada na mão. Uma chuva intensa começara a descer dos céus, abafando o ruído dos seus passos. Ao chegar à porta do quarto de Tristão, escutou, no entanto, o ruído corrente de água – uma água a despejar-se com força, mas que não era da chuva.

Colando o olho a uma fresta, entreviu o escudeiro de Tristão a lançar vasilhas de água numa grande tina.

"Irra! O harpista efeminado banha-se antes de deitar-se!", pensou a rainha, estrangulando, com fúria, o cabo da espada. Teria, então, de sujar as mãos também com um reles escudeiro a fim de levar adiante a sua vingança?

Já estava quase desistindo do sinistro projeto quando viu o jovem cavaleiro ressurgir no seu campo de visão. Pondo-se diante da tina, na pose indolente da nobreza ociosa, deixou-se, então, despir pelas mãos do escudeiro.

"Vamos, pateta, saia daí!", censurou-lhe uma voz dentro da cabeça. "É o prometido de sua filha!"

"Tolices!", respondeu a si mesma. "Não pertencerá a Isolda jamais, pois morrerá antes disto!"

Apertando ainda mais o cabo da espada entre os dedos recurvos, a rainha continuou a observar a operação morosa efetuada pelo pajem. Ali estava uma bela oportunidade para escolher o local onde enterraria com mais dano a espada!, pensava, sem deixar, contudo, de admirar secretamente aquela harmoniosa compleição física. (A verdade é que esta rainha rica e poderosa jamais vira um jovem belo e desnudo em toda a sua vida. Houvera o rei, mas este sempre fora, desde a juventude, um pobre barril desengonçado.)

Então, na vertigem desta visão, lhe sobreveio esta loucura: Por que não Eros antes de Tanatos?

Em sua mente desenhou-se, então, uma cena verdadeiramente extravagante.

De espada em punho, a rainha invadia repentinamente o aposento. Num golpe rápido e certeiro, digno de um cavaleiro arturiano, cortava fora a cabeça do escudeiro imbecil. Tristão, pálido e pudico como uma virgem, mantinha-se mergulhado na tina, temeroso de erguer-se e expor suas vergonhas a tão alta senhora.

— Agora, a Morte! – dizia ela, a brandir a lâmina na face do jovem assassino.

Tristão indagava, então, das razões de tão extremado gesto. Ela as dava com o vigor que a mais absoluta razão lhe emprestava. Tristão, vencido, admitia sua culpa, declarando-se disposto a submeter-se ao seu veredito.

Neste instante, triunfante, a rainha afastava ligeiramente a ponta da espada da garganta do jovem.

— Há uma chance, porém, efebo desnudo, para que escapeis à mão justa da Vingança!

Tristão, sabendo-se condenado, bebia suas palavras.

— O que vós ordenardes, altíssima soberana!

Altíssima soberana! Assim o jovem belo e desnudo a chamava!

Desvairada de gozo, a rainha ordenava que ele a chamasse assim outra e muitas vezes.

— Altíssima soberana! Altíssima soberana! – repetia a voz, engasgada pelo gume da espada.

— Muito bem, agora atenção! – dizia ela, pressionando outra vez a lâmina afiada. – Se me deres um beijo de tua boca virginal, eu vos liberarei, ainda e agora, da Morte! Mas, ouve! Um beijo inteiro, com alma e verdade!

Então, erguendo-se da tina, falava assim o efebo, com a água a gotejar-lhe dos membros:

— Jamais desejei outra coisa, altíssima rainha! E se depois de beijá-la não puder voltar nunca mais a fazê-lo, podeis enterrar-me a espada ao peito, pois não merecerá mais o nome de vida o que então se seguir!

Surpreso e maravilhado, o coração da rainha conhecia, finalmente, o perdão.

— Que dizeis, boca divina? Amais-me, então?

— Desde o primeiro dia, amantíssima rainha! – dizia o jovem, aproximando seus lábios sôfregos.

— Mas e Isolda? – balbuciava ela, a contragosto. – Não a amais com fervor?

— Isolda é uma tagulha, vós sois o sol! Como podeis comparar-vos a ela?

Sem descuidar da espada, ela acolhia, então, os lábios do jovem para um beijo escaldante.

— Fujamos, então, adorado! – dizia ela, descolando a boca e tomando o jovem pela mão.

Ele saía da tina e fazia menção de tomar suas vestes, mas ela não o consentia.

— Não, quero-o assim, nu e virginal, a fugir comigo pelas florestas da Irlanda!

E somente quando o dia do enfado chegasse, após ter desfrutado de todas as delícias daquele corpo jovem e viril, executaria, afinal, a sua áspera vingança, cortando-lhe fora a cabeça.

A rainha acordou do seu delírio no exato instante em que, depois de o Tristão real ter entrado na tina, o escudeiro, de posse ainda da sua cabeça, cresceu repentinamente para a porta e escancarou-a.

— Rainha?! A senhora aqui? — exclamou o escudeiro ao deparar-se com a soberana do lado de fora, de cócoras e a espremer convulsivamente o cabo da espada.

Num gesto rápido, ela pôs-se em pé e pulou para dentro do aposento.

— Não se mexa, assassino! — disse ela, apontando o gládio ao banhista.

Num instante, Tristão compreendeu tudo o que se passava.

— Não reaja! — exclamou ele ao escudeiro.

— Não se erga, já disse! — insistiu ela, de lábios lívidos.

— Bem sei, grande senhora, o motivo que a traz aqui, a estas horas e em tal estado — afirmou o cavaleiro.

— Tanto melhor! — sibilou a rainha, recuando a espada para enterrá-la no peito do jovem.

— Meu senhor...! — clamou o escudeiro.

— Quieto! — disse Tristão.

Depois, voltando-se, para a rainha, acrescentou:

— Não suje de sangue, grande senhora, as suas mãos reais.

"Não permita que a chame de altíssima soberana!", disse a rainha a si mesma.

— Pense em sua filha Isolda, é só o que lhe peço. Ela jamais a perdoaria. Tenho consciência de minha inocência, mas se tiver de receber a morte por aquele ato, que seja pelas mãos do carrasco e não pelas de uma tão alta senhora.

"Não permita! Não permita!"

Então, num ímpeto cego, a rainha escutou sua própria voz bradar dentro da noite:

— Guardas! Guardas!

Os guardas surgiram sem demora.

— Prendam este assassino! — disse a rainha, com os olhos vidrados.

Tristão foi retirado da tina. Um dos guardas lhe estendeu uma peça de roupa para cobrir-se.

— Levem-no como está! E desapareçam todos! — exclamou a rainha.

Com o rabo do olho ela viu o dorso branco do jovem luzir na semitreva do corredor que levava ao calabouço do castelo, até desaparecerem todos, prisioneiros e aprisionadores, na goela silente da noite.

Agora, a rainha estava só na peça em que amara de mentira e odiara de verdade. Seu olhar pousou na água da tina, um espelho que aos poucos ia sossegando outra vez. Viu seu rosto ali refletido, um rosto de traços moventes que parecia continuar a praguejar. Num gesto abrupto, desceu a mão e espanejou raivosamente a água. Seu rosto desapareceu por um momento, transformado num borrão indefinido, mas logo a carantonha feroz ressurgiu, disforme e fluida, até imobilizar-se naqueles traços seus tão conhecidos – os traços da velhice que nada na terra podia deter.

Então, noutro gesto repentino e tresloucado (decerto, o mais tresloucado da noite), a rainha da Irlanda agachou-se e pôs-se a beber de gatinhas a água onde a juventude acabara de lavar o suor e a sujeira do corpo – sorveu a água, longa e agoniadamente, como os cães nas sarjetas, como os cavalos nos cochos, como o desgraçado que atravessou três desertos, até quase secar a tina, pondo-se, em seguida, a regurgitar o excesso, em arrancos de afogada – e só então, findo o êxtase hidrópico, pôs-se em pé, outra vez, na pose que pedia e exigia a sua elevada estirpe, e, tomando da espada, rumou com nobre altivez para o salão principal do castelo, onde, sentada no trono real, com o gládio ereto numa das mãos, como se fora a personificação de alguma divindade tutelar da guerra, pôs-se a esperar e a esperar e a esperar – pois assim mandavam os protocolos e os costumes e os hábitos e as sujeições malditas da realeza – o senhor seu marido, que ainda estava a embebedar-se lá fora com a escória da nobreza – *rex magnus*, dono da vida e da morte de tudo quanto anda voa e rasteja por sobre toda a infelicíssima Irlanda feliz.

3 – O FILTRO DO AMOR

Assim que tomou conhecimento de tudo quanto se passara no castelo, o rei mandou chamar Tristão à sua presença. Agora que já sabia quem verdadeiramente era aquele jovem, queria dele algumas justas explicações.

– Quer dizer, então, que você não passa de um mentiroso e assassino? – rugiu o rei.

Tristão pediu licença para defender-se.

– O irmão de sua esposa lançou um desafio, sire, e eu saí em defesa da honra de meu tio.

– Honra do seu tio? – interrompeu o rei, com um riso espirrado. – Aquele caloteiro miserável!

– Tenho deveres para com o meu sangue, sire. Além do mais, ele acolheu-me paternalmente em seu castelo.

– E eu não lhe fiz o mesmo, seu tratante? Mas aqui bem soube retribuir com a perfídia!

Tristão, curvando a cabeça, reconheceu sua falta.

— Peço perdão, alteza, por ter-lhe ocultado minha identidade. Se soubesse que a rainha estava tão magoada com o resultado do duelo, jamais teria vindo buscar abrigo sob o seu honrado teto.

A verdade é que o rei irlandês não estava tão irado quanto parecia estar, mas precisava, ao menos, demonstrá-lo para aplacar a ira da esposa, que não queria explicações, mas a cabeça de Tristão.

E com isto, o rei encerrou a audiência, declarando que iria pensar antes de proferir seu julgamento.

Isolda, como seria de prever, rogou mil vezes ao pai pela vida de Tristão.

— Está bem, ele não morrerá – disse ele, afinal. – Mas o casamento de vocês jamais se realizará.

— Mas papai...!

— Não insista, minha filha! Posso, após muitos esforços, convencer sua mãe a poupar-lhe a vida. Esperar, no entanto, que ela o receba como genro já é demais! Impossível e impensável!

— Mas eu o amo!

— E sua mãe o odeia! Respeite o seu ódio!

Isolda chorou, mas o rei foi inflexível.

— Impossível e impensável! Dê adeus a ele, é o que eu digo.

E foi o que a inconsolável Isolda fez na manhã seguinte.

— Tristão adorado! Morrer não é separar-se? Então esta separação é morte bem viva para nós dois!

Tristão também declarou-se morto em vida e foi com a face lavada das lágrimas suas e da amada que embarcou, naquela gélida manhã, de volta para a Cornualha.

Quanto a Isolda, internou-se na floresta úmida, e ali seus lamentos repercutiram o restante do dia.

Tristão retornou para o castelo de seu tio na Cornualha, mas, desde o dia em que colocou lá os seus pés, não falou em outra coisa senão em Isolda. Sua harpa despediu acordes de uma tristeza jamais escutada antes, que provocavam lágrimas dentro e fora do castelo. Dizia-se mesmo que certas romanças que ele compusera nos momentos de pior aflição eram capazes de ensejar o suicídio aos ouvidos mais sensíveis.

— Grande coisa a arte! – dizia o escudeiro, com tampões nos ouvidos. – Triunfos alcançados à custa da dor!

Os versos de Tristão terminaram por atrair até mesmo a atenção do seu tio, curioso em saber mais sobre aquela donzela cuja ausência era capaz de trazer tamanha desolação ao coração do seu sobrinho.

– Fale-me mais sobre ela! – dizia o rei Mark, e Tristão falava, em prosa e em verso.

O resultando de tudo foi que o rei terminou se apaixonando também pela bela Isolda, já que, naqueles dias de amor cortês, a coisa mais comum era alguém apaixonar-se por ouvir dizer.

Tristão ganhara, sem o saber, o melhor dos ouvintes, mas também o pior dos rivais.

Um dia, o rei, inflamadíssimo pelas palavras do sobrinho, decidiu revelar seus sentimentos.

– Tanto você me falou desta donzela, Tristão querido, que estou apaixonado por ela!

O jovem ficou pasmo, sem saber o que dizer.

– Posso vê-la diante de mim! – continuou o rei. – É como se já a conhecesse! Posso sentir sua boca delicada posta sobre a minha e seus belos seios a palpitarem em minhas mãos!

Então, após dar um grande tapa no joelho, o rei pôs-se em pé, animadamente.

– O que passou, passou-se! Isolda está para sempre interdita a você, querido sobrinho, mas não para mim! Apesar das desavenças que tive com o rei da Irlanda, vou propor-lhe o melhor entendimento possível: unir as duas coroas por meio de um casamento entre mim e a bela Isolda!

Sem atentar para os perigos desta decisão, o rei Mark ordenou a Tristão:

– Vá a Irlanda e peça Isolda em casamento, em meu nome! Ganharei a mais bela das esposas, e você, a mais bela das tias!

Tristão estava triste no aumentativo, mas isto não o impediu de reagir.

– Meu tio, me perdoe, mas isto não posso fazer.

– Ora, e por que não? Não quer tê-la por perto, outra vez?

– Eu a quero para mim, e não para minha tia.

– Poderá admirá-la o quanto quiser, asseguro-lhe! Desde, é claro, que não ultrapasse a barreira do respeito que deve a seu tio! De outra forma, não esqueça, jamais poderá voltar a colocar os olhos sobre ela!

Então, com esta única esperança no coração, Tristão terminou concordando.

– Irei, então. A dor em meu coração é ainda tão grande que reclama a presença de Isolda sob que condição for.

– Muito bem, partirá amanhã mesmo! – disse o rei, fazendo tilintar suas pulseiras com uma salva de palmas.

E foi assim que o rei da Cornualha, movido por alguma misteriosa força telúrica, começou a fazer-se digno do nome da sua terra.

O escudeiro, no entanto, não conseguia entender aquela reviravolta.

– O quê? Vai realmente pedi-la em casamento para outro?

– Não é para outro qualquer; é para o rei. Ela será mais feliz tornando-se rainha da Cornualha do que se continuar a estiolar solitariamente sob os olhos de sua mãe. Ela tem ciúmes da filha e não deseja vê-la casada com ninguém.

– Desculpe a intromissão, meu senhor, mas abdicar da donzela não me parece uma atitude digna de um glorioso cavaleiro que já derrotou um rei sarraceno por ela.

– Bem sei, mas agora já é tarde – respondeu o cavaleiro, envergonhado. – Não posso deixar de cumprir a vontade de meu tio. Além do mais, é a única esperança que tenho de voltar a pôr os olhos sobre a bela Isolda.

– Mas não percebe que este casamento poderá provocar uma séria desavença entre você e seu tio?

Tristão afirmou, contudo, que estava disposto a correr qualquer risco para voltar a conviver com Isolda.

– Aí está o preço de contar segredos de amor! – sentenciou o escudeiro. – Eu não os contaria nem mesmo à minha própria sombra!

Então, num claro dia de sol, Tristão chegou novamente à costa da Irlanda. Com que prazer viu desenhar-se, à distância, outra vez, os contornos da terra onde sua amada Isolda habitava!

– Eis o mais belo de todos os países! – disse ele, apontando a terra firme para o escudeiro.

Em terra, a nau foi logo avistada.

– Traz o brasão da Cornualha! – disse um vigia, indo, às pressas, levar a novidade ao rei.

Tristão desembarcou sob os olhos desconfiados do soberano irlandês.

– Que ventos indesejados o trazem de volta ao meu país?

Tristão revelou, então, o teor da sua embaixada, entregando ao rei uma carta selada.

Brados e risos de estupor ocuparam a primeira parte da reação do monarca.

– De onde o tratante tirou a idéia de que lhe entregaria minha filha por esposa?

Mas havia ainda a segunda parte da missiva, a que falava de promessas e recompensas, e aqui o monarca foi mais cauteloso.

– Sente-se, meu bom jovem – disse ele, pondo-se a reler cada linha da proposta.

Enquanto isto se dava, Isolda era informada por uma lépida serva de que seu amado cavaleiro estava não só na Irlanda, outra vez, como a poucos passos de si, no salão real, a conferenciar com seu pai.

— Tristão, aqui?! – exclamou a donzela, fazendo-se de todas as cores.
— Ele mesmo, minha senhora! Ai, como continua lindo e pálido!
Isolda fê-la silenciar com uma chinelada amistosa.
— Vamos, diga logo: do que está a tratar com meu pai?
A serva ainda não sabia, pois ao ver o maravilhoso jovem, correra como doida para avisar.
— Tonta! Então volte para lá e traga-me as novas, ande!
A serva partiu velozmente e espichou a orelha o quanto pôde para entender o que se dizia nas profundidades do salão. Mas, ao ouvir a palavra "casamento", desembestou de volta para os aposentos de Isolda.
— Valha-me Deus, minha donzela! Veio pedir-vos em casamento, eis o que é!
Um arco-íris inteiro passou novamente pela face de Isolda antes que ela caísse desmaiada ao chão.

Isolda não cabia em si de contentamento. Suas preces delirantes haviam sido atendidas!
— Vamos, ajude-me a pôr uma roupa melhor! Se é assim como diz, devo ser chamada logo a pronunciar-me!
A serva ajudou sua ama a despir-se e, depois de lavá-la dos pés à cabeça, deixou-a como nova.
Mas a coisa demorou mais tempo do que Isolda podia suportar.
— Volte e veja o que está acontecendo! – disse ela à serva.
Dali a instantes a criatura retornou, taquicardíaca de emoção.
— Mandam chamá-la ao salão! – disse ela, numa excitação servil mais intensa do que a da própria donzela.
Isolda ergueu-se e, como quem ruma para o paraíso, com a possibilidade de perdê-lo no caminho, rumou seus passos na direção do salão e de seu amado Tristão.

Ao rever sua amada, Tristão sentiu os olhos nublarem-se de lágrimas. Quatro Isoldas começaram a esvoaçar diante dos seus olhos, entrando umas por dentro das outras, como num sonho. Nunca seus cabelos haviam apresentado um brilho tão intenso, sua pele, um fulgor tão radiante, e seu sorriso, uma luminosidade tão viva e cativante.
Isolda, por sua vez, viu somente um único Tristão e absolutamente mais nada ao seu redor.
— Como vê, minha filha, este jovem resolveu importunar-nos novamente! – disse o pai de Isolda.
— Como poderia importunar a mim, senhor meu pai? – perguntou ela, com a voz trêmula.

Então, ao ver que a filha enredava-se outra vez em sua antiga paixão, resolveu desfazer logo as suas ilusões.

– Tristão veio como embaixador de seu tio – de seu nobilíssimo tio.

Ao escutar o superlativo inesperado, Isolda sentiu um frio glacial gelar-lhe a sola dos pés, como se o piso inteiro houvesse congelado instantaneamente.

– O rei Mark da Cornualha deseja tê-la como esposa, minha filha – disse o rei da Irlanda. – Bem sei que não é o que esperava, mas é, ao mesmo tempo, bem mais do que poderíamos todos esperar. Afinal, está prestes a casar-se com um dos soberanos mais prósperos, justos e honrados de toda a cristandade.

Isolda sentiu o frio dos pés subir-lhe pelas pernas como finíssimas heras de gelo. Logo, toda ela era um bloco frio, impassível e sem cor, uma flor a quem uma lufada invernal houvesse tirado todo o viço, fazendo evaporar, de um instante para o outro, todas as cores do seu belo rosto. Antes que pudesse dizer qualquer coisa, escutou, como do fundo de um poço, a voz áspera de sua mãe (embora não pudesse vê-la, bem como aos demais).

– Alegre-se, minha filha: agora saberá o que é estar casada com um rei.

Isolda deu as costas a todos e retornou à úmida floresta para mais uma ronda de lágrimas.

Naquela noite, Isolda desabafou todas as suas mágoas diante da mãe.

– Como pode entregar-me a um homem que sequer conheço?

– Estou entregando-a a um rei conhecido de todo o mundo.

– Ele é tio do homem que você quis matar.

– Tudo isto passou. Ele é o rei da Cornualha. E você não vai casar-se com o assassino, mas com seu tio.

– A mim pouco importa que ele seja rei!

– Importa, sim. Uma filha de rainha tem de ser rainha, ela também.

– Outra rainha infeliz?

– Que seja. Antes rainha infeliz do que camponesa feliz.

– Ora, mamãe!

– Você já viu uma camponesa feliz? É horrível! Elas ficam gordas e felizes. Quer ser gorda e feliz?

Isolda tapou os ouvidos com as duas mãos transparentes.

– Por favor, pare! Você sabe que eu jamais serei uma camponesa!

– Acredite, minha filha: não há mulher neste mundo instável, por mais infeliz e poderosa que seja, que não esteja sob o risco terrível de transformar-se, a qualquer momento, numa camponesa gorda e feliz!

Isolda redobrou o choro, e sua mãe ficou, enfim, penalizada.

– Não se entristeça, minha filha. Você amará seu esposo. Dê tempo ao tempo.

A rainha, entretanto, sabendo por experiência própria que o tempo é mais hábil em matar o amor do que em fazê-lo frutificar, havia preparado um filtro do amor tão forte que seria capaz de fazer uma delicada ninfa apaixonar-se pelo mais imundo dos faunos. Assim, antes que Isolda embarcasse para a Cornualha, deu à criada que iria junto com ela na viagem o vidro contendo a poção mágica, dizendo-lhe:

– Preste bem atenção: quando o rei Mark e Isolda estiverem juntos, sirva o conteúdo deste vidro numa taça para cada um. Mas apenas quando os dois estiverem juntos. Entendeu bem?

– Sim, grande rainha.

– Repita, então, o que deve fazer!

– Quando o rei da Cornuália e Isolda estiverem juntos, deverei servir o conteúdo da poção separadamente, numa mesma taça, para os dois beberem depois, quando estiverem sozinhos.

A rainha estudou bem as feições catatônicas da serva para ver se ela não estava debochando. Quando teve, enfim, a certeza de estar lidando com uma retardada, mandou chamar outra serva e repetiu a mesma instrução.

Após quatro exasperantes substituições, a rainha mandou embarcar uma serva do seu próprio séquito.

Isolda e Tristão partiram para a Cornualha numa manhã triste e nebulosa de inverno. Tudo muito diferente do que a donzela projetara nas suas noites delirantes de otimismo. (Não sabia, a pobrezinha, que noites delirantes de otimismo costumam não se tornar realidade).

Assim que viu uma oportunidade de estar a sós com Isolda, Tristão foi explicar-se com ela.

– Meu tio apaixonou-se perdidamente por você, e não tive meios de desobedecê-lo.

Isolda respondeu com lamúrias e queixas e lágrimas e tudo a que tinha direito uma mulher que vira suas melhores esperanças serem transformadas em nada e coisa nenhuma.

Ora, no exato instante em que o casal conversava, a serva inteligentíssima foi imediatamente servir o conteúdo do vidro, lembrando-se das palavras da rainha: "Não esqueça de servir quando estiverem os dois juntos!".

Isolda bebeu sua taça, o mesmo fazendo Tristão.

Foi o mesmo que lançar duas taças de álcool numa fornalha: mal a serva deu as costas e já os dois jovens – agora duplamente apaixonados – convertiam-se em efetivos amantes sobre as águas revoltas da Cornualha.

Quando a bela Isolda desembarcou no castelo de Tintagel, já não era mais casta: a sua virgindade havia ficado em algum lugar em alto-mar, a vogar sobre as ondas como um espectro feliz e, ao mesmo tempo, atormentado.

Outro ex-casto era Tristão, que abraçou o tio com um rubor de culpa nas faces.

– Estou feliz em tê-lo de volta, adorado sobrinho!

Mas os olhos do rei estavam, inteiros, voltados para a sua noiva.

"Santa Mãe de Deus! Nem em minhas mais delirantes noites de otimismo poderia esperar uma noiva tão bela!", pensou o rei, outro amante das profecias noturnas.

Isolda entrou no castelo como um raio de sol ao perfurar a cortina de névoa num pântano. Imediatamente, todos os rostos se maravilharam de sua beleza.

– Tintagel tem, finalmente, uma rainha à altura! – disse o rei Mark, abraçando sua noiva.

Isolda permaneceu molemente em seus braços rijos, como um feixe de trigo.

– Amanhã, a donzela já será senhora e rainha da Cornualha! – disse o rei, tentando animá-la.

Isolda olhou de través para Tristão. Entre eles estava a serva inepta, única, além deles, a conhecer o segredo mais terrível do reino: o de que a futura rainha não era mais virgem.

Logo mais à noite, porém, haveria uma quarta pessoa a dividir com eles este palpitante segredo: o rei da Cornualha.

– Tristão amado, o que faremos? – indagou-lhe a apavorada Isolda, durante os festejos do casamento.

– Confessemos de uma vez nosso pecado! – disse ele, num ímpeto atormentado.

– Não, não faça isto! – suplicou ela, impedindo-o. – Não sabemos qual poderá ser a reação do seu tio!

Para quem imaginava não poder haver destino pior do que ver-se transformada numa noiva contrariada, Isolda descobria agora haver um ainda pior: o de ver-se transformada numa noiva contrariada e decapitada.

– Que temperamento tem o seu tio? – perguntou ela, tentando raciocinar.

Infelizmente, era um homem severíssimo em questões de moral, garantiu Tristão. Casto da cabeça aos pés, jamais fizera uso de sua condição de soberano para abusar de qualquer mulher do reino. Não suportava ouvir pronunciar, sequer, a palavra adultério. Aliás, em nenhum outro reino Tristão ouvira dizer que as penas para a traição conjugal fossem piores do que as vigentes na Cornualha. Tanto para homens quanto para mulheres.

– Um monstro de honradez! – resumiu o jovem, sem enxergar outra saída.

Então, a serva trapalhona, que a tudo escutava, resolveu consertar um engano com outro.

– Fui eu quem deu início a este dilema – disse ela, de repente. – Que seja eu, pois, a dormir com o rei!

Tanto Isolda quanto Tristão sentiram o peso de uma montanha deslocar-se de suas costas.

– Você...?! – exclamaram ambos.

– Sim, tomarei o lugar de minha ama no leito conjugal! – disse a serva, com altivez.

– Mas como o fará?

– Não se preocupem. A noite e alguma bebida (Deus me perdoe, bebidas outra vez!) trarão uma certa confusão à cabeça de sua majestade. Quanto ao resto, é lá comigo.

Isolda aprovou, num primeiro momento – o momento do desespero. Mas Tristão parecia indeciso.

– Mas você ainda é... você compreende...

– Se ainda sou virgem? Decerto que sim! – disse ela, triunfante.

Os dois amantes entreolharam-se, abismados: uma serva casta!

– Minha mãe praticava as artes divinatórias – disse a serva, hilária. – Disse-me sempre que preservasse a virgindade, pois estava destinada a perdê-la somente para um rei!

A serva fez uma pausa, como quem rememora antigas e sagradas humilhações.

– Oh, aquelas linguarudas! Se pudessem ver-me esta noite, deflorada pelo senhor de Tintagel!

E assim foi: a serva deitou-se no lugar de Isolda, e o rei Mark a deflorou muito alegremente.

Dois logros nas costas, antes mesmo de concluir-se a lua-de-mel: nada mau para o rei da Cornualha.

Mas se alguém pensava que o rei Mark desconhecia completamente o significado da palavra ciúme, enganava-se redondamente. Sabedor da paixão que sua esposa nutria pelo sobrinho, cercou-se de todos os cuidados para não ver perigar sua honra. O rei, na verdade, amava Tristão e não queria inimizar-se com ele, por isto tentava evitar a todo custo que um passo em falso do jovem pudesse provocar um rompimento que jamais desejara.

– Vigiem-no o tempo todo, mas sem fazer-lhe afrontas – dissera o rei à sua guarda.

Mas a maledicência dos seus súditos não conhecia limites. Não se passava um dia sem que algum invejoso fosse fazer intrigas a respeito de supostos encontros secretos entre a rainha e seu sobrinho.

Certa feita o rei chegou a dependurar-se no alto de uma árvore para observar o encontro furtivo que realmente ocorria entre os dois. Mas sua conversa revelou-se tão inocente – toda ela discorrendo sobre o respeito que deviam à figura do rei – que ele perdoou a desobediência dos infratores. (Que Tristão tenha visto, pouco antes, a figura dependurada do rei refletida nas águas de um córrego e alertado sua amada Isolda para o fato nada diz contra a sinceridade das palavras trocadas entre os dois amantes.)

Mas os boatos continuaram a infernizar a vida do rei de tal maneira que ele viu-se obrigado a pedir, certo dia, ao sobrinho, que se afastasse da Cornualha por algum tempo.

– Não posso permitir que minha honra continue a ser enxovalhada na boca do povo – disse ele, com grande dor na alma, a Tristão. – Faça isto por mim e pelo bom nome de nossa amada Isolda.

Tristão, sem meios de recusar, viu-se, assim, obrigado a transformar-se novamente em menestrel amargo. Junto dele seguiu o fiel escudeiro, deliciado com a perspectiva de voltar a escutar, debaixo de sol e de chuva, todas as canções que seu amo compusera em honra do seu amor infeliz.

Mas o amor foi mais forte, e Tristão permaneceu escondido na Cornualha, apesar dos protestos do escudeiro.

– Nada de bom poderá resultar de tal desobediência.

– Isto é problema meu – respondeu Tristão, acidamente. – Vá sozinho até Camelot, pois pretendo, cedo ou tarde, conhecer a corte onde vivem Artur e seus cavaleiros.

– Por que não vamos já e juntos? – insistiu o escudeiro.

– Quero ver Isolda mais uma vez – disse o cavaleiro.

Compreendendo, então, que seu senhor desejava rever Isolda não uma, mas diversas vezes, o escudeiro partiu, deixando Tristão entregue aos azares da sua teimosia.

Escondido no interior de uma floresta, nas proximidades do castelo de Tintagel, o cavaleiro arrumou um meio de avisar a sua amada de que permanecia próximo dela.

Isolda – por que negá-lo? – adorou a novidade. Exausta de saborear os frutos insossos da virtude, ela decidiu infringir, outra vez, a proibição de estar a sós com Tristão.

Os dois combinaram, então, encontrar-se nas brenhas mais ocultas da floresta.

– Finalmente, Isolda amada, a sós outra vez! – disse o cavaleiro, ao vê-la surgir por entre a vegetação.

Isolda lançou-se aos seus braços, mas logo libertou-se deles, assustada.

— Não, amado! Não podemos repetir o que fizemos, certa feita, em alto mar!

Tristão, porém, estava farto de possuí-la e não possuí-la ao mesmo tempo.

— Basta de virtudes que só aproveitam os outros! – rugiu ele. – Amemo-nos furiosamente sobre a relva!

"Que frase!", pensou ela, ao mesmo tempo em que lutava para libertar-se do novo abraço.

— Não, Tristão, pare! – disse ela, aterrada, sentindo na face o sopro escaldante do homem insaciado.

Tristão só parou quando percebeu que estava a um passo de violar a mulher amada. Envergonhado, libertou-a das suas mãos de dedos crispados como garras.

— Aí está até onde pode levar a luxúria da virtude! – disse ele, desabando sobre a relva.

Passada a primeira exaltação, Isolda sentou-se, também, sobre a relva macia.

— Conversemos, Tristão amado! Digamo-nos, ao menos, tudo quanto a tirânica virtude nos impede de fazer!

Tomando a mão do amante, ela levou-o, então, a uma escondida gruta, onde, no mais aprazível dos silêncios, os dois praticaram o amor verbal – modalidade retórica do sexo oral que somente os platônicos alucinados ousam experimentar sem infringir os seus rígidos limites.

A tarde inteira passaram imersos nesta orgia verbal, feita de sussurros e suspiros ardentes, até que, exaurido todo o vocabulário do amor, adormeceram, um ao lado do outro. (Tristão, porém, tomara o cuidado de colocar a espada entre ambos, a fim de evitar que o delicioso – mas fatal – desastre da nau se repetisse.)

Havia, dentre os invejosos da corte, um que, apesar do tamanho diminuto, excedia a todos. Chamava-se Frocin, um anão corcunda que tinha motivos de sobra para invejar a humanidade inteira. Versado nas artes mágicas, descobrira que Tristão continuava a vagar nas proximidades do castelo e fora correndo avisar seu soberano.

— Tristão continua a tramar contra a sua honra! – disse ele ao rei, com o olho direito arregalado (o outro olho ele não podia arregalar porque tinha a pálpebra caída).

— Lá vem você com suas calúnias! – disse o rei, colérico. – Lembra-se da outra vez, em que, graças às suas intrigas, vi-me obrigado a dependurar-me ridiculamente numa árvore para escutar o que os dois diziam entre si?

Sim, fora o anão pérfido quem levara o rei até o local dos encontros secretos.

– Se estiver mentindo, outra vez, mandarei desentortar suas costas a pauladas!

– Por que diz, justíssima majestade, que Frocin mente, se Frocin não mente? Não estavam juntos os dois tratantes, tal como Frocin avisara?

– E daí, palerma? Era um encontro inocente, no qual só trataram dos meios de preservar minha honra.

– Só que desta vez, alteza, não haverá lagos espelhados a refletirem a sua augusta figura!

– Basta, idiota! Vamos de uma vez!

Quando chegaram próximos da gruta onde Tristão e Isolda dormiam, o rei despachou o anão com um pontapé e foi verificar sozinho o que se tramava ali dentro contra a sua realíssima testa.

Os olhos do soberano demoraram um pouco até acostumarem-se com a semi-treva da gruta. Dentro, havia somente o ruído de algumas gotas de água a pingarem das estalactites e o manso ressonar de duas pessoas.

Aos poucos, porém, foi enxergando melhor – até enxergar, finalmente, o pior.

– *Nom de Dieu*! – sussurrou ele, ao ver os dois amantes dormindo lado a lado.

Por alguns instantes delirantes, o rei enxergou-os totalmente nus, a recuperarem-se da sua jornada infamante com um sorrisinho lúbrico nos lábios. Sua mão apertou o cabo da espada que trouxera para transfixar o peito dos dois traidores, mas logo acalmou-se ao descobrir que ambos estavam vestidíssimos, dos pés à cabeça.

– Se tivessem se amado, não estariam assim tão ataviados! – pensou o rei, cujas desventuras conjugais haviam-no tornado habilíssimo na arte de encontrar justificativas.

Entretanto, ao aproximar-se mais, teve a grande e grata surpresa do dia.

– Uma espada entre ambos! – exclamou ele, aliviado.

O rei – e todos quantos viviam naquele tempo de admirável pureza – sabia que uma espada colocada entre um casal significava uma interdição entre ambos do "comércio carnal" (como se dizia, então).

Ele ficou tão comovido com aquela prova de respeito à sua real pessoa que retirou a espada que jazia entre os dois amantes e colocou no lugar a sua própria, uma maneira sutil de lhes dizer: "Como podem ver, adoráveis fujões, estive aqui e nada me escapou, mas como não ousaram o pior, deixei minha espada entre vós para que saibam o quanto sou compreensivo e tolerante e, principalmente, o quanto permaneço a ser para vós um generosíssimo estorvo!"

Quando os dois amantes acordaram, Tristão percebeu logo a troca das espadas e ficou pálido como a morte.
– Isolda querida, o rei Mark esteve aqui!
– Como pode ser isto? – disse ela, voltando a deitar-se.
– Veja, esta espada não é a minha, mas a de meu tio! Não há engano possível!
Então um terror frio desceu sobre a cabeça dos dois amantes. Oprimida pelo medo, Isolda entendeu às avessas o recado do rei.
– Está óbvio que quer dizer com este gesto que cortará fora nossas cabeças!
– Mas por que não o fez já?
– É um aviso, está claro! Fuja, Tristão! Faça o que ele pediu e não retorne nunca mais a Cornualha!
– Nunca mais é tempo demais!
– Faça o que lhe peço! Não é mais ao pedido do rei que deve atender, mas à minha súplica!
Então, ao ver que jamais poderia estar em paz ao lado da amada, Tristão cedeu e partiu.
– Prometa que irá me chamar de volta um dia! – disse ele, em prantos.
– Está bem, meu amor, eu prometo! Adeus!
Mal sabiam que seria ele o autor do chamado – um último e desesperado chamado.

4 – ATÉ QUE A MORTE OS UNA

Depois de vagar sozinho por boa parte da Europa, Tristão foi reencontrar-se como seu escudeiro em Camelot, tal como haviam combinado antes da separação na floresta.
O rei bretão gostou tanto do cavaleiro triste e de suas músicas que quis saber logo quem era o "cavaleiro nascido no pesar" das suas baladas melancólicas.
– Eu próprio, alteza – disse Tristão, com um orgulho mórbido.
– Pelo visto, gosta de sofrer – disse ele, com certa malícia.
– Diria antes, alteza, que o sofrimento é que parece gostar de mim – corrigiu o da triste figura –, já que não me concede um único instante de ventura.
– Perdão, meu senhor, mas há aí um dedo de mentira! – disse o escudeiro, meio tocado pelo vinho. – Ao que sei, houve, pelo menos, um instante de ventura digno de toda a desventura do mundo!

Tristão fuzilou o escudeiro com um olhar de fúria que o obrigou a recolher-ser novamente ao silêncio.

Mais tarde, Artur ficou sabendo, também, das proezas bélicas do visitante, o que ainda mais o agradou.

– Sente-se conosco, à Távola Redonda! – disse o rei, para surpresa de Tristão.

O sábio Merlin, mago e mentor de Artur, já havia alertado o rei da chegada de seu novo cavaleiro, de modo que naquele mesmo dia Tristão tomou assento entre o seleto grupo dos cavaleiros de Camelot.

Infelizmente, todas estas glórias só faziam Tristão lembrar-se ainda mais de sua amada Isolda.

"Pode algo ser realmente grato sem Isolda por perto?", pensava ele, com uma lágrima pendente.

– Diga-me, bom Tristão: o que mais posso fazer para alegrá-lo? – disse Artur, penalizado do jovem.

– É inútil, alteza – disse o escudeiro, intrometido. – Nada, a não ser outra Isolda, poderá consolá-lo!

Ao escutar isto, Artur abriu um grande sorriso.

– Realmente? Mas acho que posso fazer isto!

O rei lembrara-se da filha do duque de Arundel, cujo nome também era Isolda.

– Isolda das Brancas Mãos é tida como uma das mais belas donzelas da Europa.

Artur mandou trazê-la, e assim que chegou a Camelot esta segunda Isolda também enamorou-se perdidamente de Tristão. Ele, porém, não pôde retribuir o amor, pois só tinha olhos para a Isolda original.

Mas tanto persistiu a das brancas mãos, que acabou por casar-se com o cavaleiro triste.

– Jamais a amarei como amo Isolda das mãos transparentes – teve ele a franqueza de confessar –, mas aceito tomá-la por esposa, pois já desesperei de ser feliz ao lado daquela que amo.

E foi assim que, graças a um esmorecimento fatal do ânimo, Tristão ergueu a muralha mais sólida de quantas poderia ter erguido entre si e a sua amada: os ciúmes de uma esposa.

A segunda Isolda fez de tudo para Tristão esquecer a primeira. A pobrezinha chegou a cobrir as mãos com luvas negras durante um ano inteiro, na esperança de torná-las ainda mais brancas do que as de sua rival translúcida. Tristão, porém, não admitia comparações. Depois de colocar uma das mãos da esposa contra o sol e verificar que os raios solares ainda não eram capazes de vará-la, deu seu veredito frustrante:

— Estão mais brancas, sim, mas não se igualam às de minha primeira Isolda.

Então, ao convencer-se de que a segunda Isolda jamais chegaria às mãos da primeira, o cavaleiro atirou-se a toda espécie de duelos e batalhas, na esperança de perder a vida e ganhar a paz.

Ora, num destes enfrentamentos, ele finalmente conseguiu o que queria. Ferido mortalmente e certo de que seu fim estava próximo, chamou o escudeiro e o incumbiu da mais grave das missões.

— Vá até a Cornualha e informe minha amada Isolda do estado em que me encontro. Caso ela retorne consigo, hasteie uma bandeira branca no navio, a fim de que eu me previna da sua chegada. Se ela não vier — infausta previsão! —, hasteie uma bandeira negra e saberei, então, que jamais tornarei a vê-la neste mundo.

E eis aí, outra vez, o bom Tristão à mercê de brincadeiras marítimas propícias a enganos funestos.

Tão logo soube que seu amado Tristão estava às portas da morte, Isolda resolveu partir ao seu encontro, ignorando os protestos do rei da Cornualha.

— Que eu possa, ao menos, vê-lo uma última vez! — esbravejou ela com tal veemência que o rei Mark achou mais prudente permitir.

— Está bem, mas volte o quanto antes — disse ele, tomando o cuidado de mandar junto a mais severa de suas aias.

Depois de navegarem uma semana na mais absoluta das aflições, Isolda e o escudeiro avistaram, finalmente, a pátria de Tristão. Felizmente, o escudeiro não era um asno completo como as servas da Cornualha e mandou hastear imediatamente a bandeira branca no mais alto dos mastros da embarcação.

— Meu senhor saberá, assim, que vossa alteza retorna comigo!

Saberia, caso fosse ele a avistar a bandeira. Acontece que, como ele estava fraco demais para ir até a janela, pediu à sua esposa que lhe dissesse qual era a cor da bandeira do mastro.

A segunda Isolda, porém, sabedora do ardil do esposo, resolvera ser ainda mais ardilosa do que ele.

— E então, que bandeira traz a nau? — balbuciou o cavaleiro moribundo.
— Negra — disse a segunda Isolda, categoricamente.

Um gemido vindo da cama deu à alma da esposa um misto de dor e alegria.

— Veja de novo — sussurrou ele.
— Estou vendo. Bem no alto do mastro tremula uma bandeira negra como a noite.

Ao escutar estas palavras, Tristão cerrou os olhos, mergulhando seu espírito, também, na mais negra treva.

– Ah, Isolda, amada minha! Adeus, amor da minha vida!

Tais foram as últimas palavras proferidas por Tristão nesta vida. De olhos fechados, guardou na mente a imagem da amada até perder a consciência, enquanto, debruçada sobre ele, a segunda e quiçá mais infeliz das Isoldas – pois a si coube a má sorte de ser a mal-amada – fazia de conta que eram para si as últimas palavras dirigidas pelo esposo.

Quando o navio ancorou, Isolda da Cornualha correu para ver seu adorado Tristão. Mas, ao entrar no quarto, deparou-se com ele rígido e frio, incapaz, para sempre, de reconhecê-la.

– Oh, atraso funesto! – disse ela, desabando sem vida sobre o corpo do amante.

Ao saber da dupla desgraça, o rei Mark chorou duplamente, ordenando, ao mesmo tempo, que levassem os esquifes dos dois amantes para a Cornualha. Foram enterrados em covas paralelas, onde uma videira nasceu na sepultura de Tristão, e uma rosa selvagem, na de Isolda. Logo ambas se enroscaram uma na outra e ali permaneceram como dois corpos amantes. Por três vezes o ciumento rei mandou arrancá-las, e por três vezes as duas plantas tornaram a brotar, com viço e beleza ainda maiores, obrigando o rei a deixar, finalmente, os dois amantes em paz.

CUCHULAIN E EMER

1 - ORIGEM DO NOME "CUCHULAIN"

Dectera era uma mulher celta,
E os celtas, um povo que adorava ouvir histórias
Contadas por poetas e cantadas por bardos.
Ora, certa vez Dectera deu à luz a um menino,
E este menino era filho do deus Lugh,
Um dos deuses celtas mais importantes,
Versado, dizia-se, em todas as artes.

César associara Lugh ao Mercúrio romano.
Porque os romanos tinham pouca imaginação,
E uma arrogância que não conhecia limites;
Sua religião, por exemplo, era copiada dos gregos,
E seus poetas, a maioria, cortesãos bajuladores.
E o resto, uma súcia de oradores políticos,
Hábeis em dizer o que nunca pensaram fazer.

O filho da celta Dectera chamou-se Setanta,
Um garoto que cedo cresceu e quis ser logo guerreiro.
Com este fim partiu, certo dia, para a corte de Connor,
Que outros, aqui e ali, chamam de Conchobar.

Setanta percorreu álgidos campos cobertos de neve,
E após muito andar, chegou à casa do ferreiro Cullan.
E na casa do ferreiro Cullan decidiu pernoitar.

Só que na frente da casa de Cullan, o ferreiro,
Havia um enorme e bestial cão de guarda.
Este monstro ressonava com as orelhas em pé,
E seus dentes estavam todos dentro da boca.

Não espanta dizer que bastou Setanta se aproximar
Para que o cão de Cullan, abrindo um dos olhos

Lhe saltasse veloz, arreganhando os dentes,
Decidido a estraçalhar antes de voltar a roncar.

Cullan, o ferreiro, ao ver que o seu cão de caça latia
E que depois não latia, mas somente gania e uivava,
Desceu as escadas e correu a ver o que lhe acontecia.
"Cão dos infernos, que alarido diabólico é este?",
Disse Cullan, a surgir das profundezas da ferraria.

O cão de Cullan, porém, parou de latir subitamente,
Pois jazia estraçalhado aos pés de Setanta, o jovem.
"Louco!", bradou o ferreiro, levando as mãos à cabeça,
Mais vermelho que o sangue do cão a escorrer pela neve.

"Assassino, matou meu melhor cão de guarda!"
Acusou o ferreiro, e Setanta, contrito, escutou.
"Onde encontrarei, agora, cão de guarda melhor?"
Setanta, limpando o sangue na roupa úmida da neve,
Ergueu, então, a cabeça e disse com simplicidade:
"Encontrará em mim, senhor, o seu novo cão".

Cullan cuidou para ver se o jovem não debochava
Mas Setanta, filho de Dectera, falava muito sério:
"Se matei seu cão, prometo ficar em seu lugar
Até que possa criar um novo de igual tamanho".

Cullan, o ferreiro, gostou imenso do que escutava,
Isto Setanta intuiu pelo sorriso que lhe entreviu.
Então aproveitou para exigir algo que lhe parecia direito:
"Em troca de servi-lo, senhor ferreiro, quero armas,
E também ser treinado para lutar e triunfar".

Cullan fez o trato, muito feliz do seu novo "cão",
Passando a chamá-lo, desde então, de "Cuchulain",
Que quer dizer "Cão de guarda de Cullan"
E aí está como Setanta virou Cuchulain.

2 - CUCHULAIN E OS FILHOS DE NECHTAN

Logo no dia seguinte, o ferreiro deu uma espada a Cuchulain – a pior que tinha em toda a ferraria.

— Pode começar treinando com esta – disse o ferreiro, sem olhar para o aprendiz.

Infelizmente, Cuchulain não pôde nem começar, pois a espadinha desfez-se em suas mãos assim que a tocou.

— Irra, começam os prejuízos! – exclamou o ferreiro.

Cullan remexeu em seus trastes, num rumor de ferro e ferrugem, até encontrar algo que julgou adequado.

— Aqui está, não tem do que se queixar. É a melhor lança do mundo.

Cuchulain pegou a melhor lança do mundo, mas, logo ao fazê-lo, ela partiu-se em duas, feito um graveto.

— Mas aonde vamos com isto? – exclamou o senhor das forjas.

Então, convencido de que teria de arrumar algo melhorzinho para o aprendiz, Cullan deu-lhe uma espada comum, usada por todos os guerreiros da corte.

— Vamos, pegue esta – disse, estendendo-lhe a espada.

Mas também esta dissolveu-se entre os dedos do aprendiz numa chuva de cacos.

Cuchulain passou a tarde inteira esfarelando espadas, lanças e machados até que o ferreiro decidiu entregar-lhe a espada que recém retirara da forja: nada menos do que a espada do rei Connor.

— Quero ver dar cabo desta, agora! – disse ele, arreganhando os três dentes remanescentes.

— A espada do rei?! – exclamou Cuchulain, boquiaberto, tomando-a nas mãos.

Desta vez, porém, a espada permaneceu inteira, provando a estirpe superior do aprendiz.

O armeiro observou o jovem com olhos admirativos.

"Decididamente, este novo cão de guarda vale muito mais do que o meu velho cão dorminhoco!"

Os anos passaram, e Cuchulain terminou o seu treinamento. Após despedir-se do mestre Cullan, partiu em direção à corte do rei, já um rapagão forte e belo, mas carregando para sempre o seu nome de "Cão de guarda de Cullan".

Logo a sua beleza começou a chamar a atenção das jovens solteiras, e até mesmo das senhoras casadas, o que começou a inquietar os homens do condado de Ulster.

— Porque não se casa, rapagão? – perguntavam-lhe, como quem não queria nada, os maridos das belas mulheres.

— Sou muito novo ainda – respondia sempre Cuchulain.

Mas, na verdade, não era por isso que ele não se casava. Cuchulain conhecera uma bela jovem chamada Emer, com a qual pretendia casar-se. Infelizmente ela alegava sempre a mesma coisa para não aceitá-lo.

– Quantas vezes vou ter de dizer que não posso casar-me antes que Fial, minha irmã mais velha, se case? – respondia sempre a bela Emer numa resposta evasiva, para se livrar do teimoso candidato.

Mas Cuchulain insistiu tanto que um dia ela resolveu dizer a verdade.

– Como posso casar-me com um homem que nunca realizou um grande feito?

– Mas que façanhas quer que eu realize? – exclamou Cuchulain.

– O pior dos meus pretendentes realizou façanhas que você não poderia jamais realizar. Pergunte a qualquer um deles.

A bela Emer deu as costas – adeus! – e foi cuidar da sua vida.

Depois dessa conversa, Cuchulain tornou-se convicto de que teria de provar seu valor. Após atravessar os mares, chegou a Skye, a Terra das Sombras. Ouvira falar que havia ali uma célebre profetisa e mestra, de nome Scáthcath.

– Se ela aceitá-lo como aprendiz – dissera um amigo – dê-se por feliz, pois jamais encontrará mentora melhor.

Mas para chegar até o bem guardado castelo de Scáthcath era preciso passar antes pela Planície da Fortuna e atravessar o Rio dos Saltos.

Cuchulain tentou, mas não conseguiu, mesmo depois de quatro tentativas.

– Não perca o seu tempo, bobão! É impossível atravessar este rio! – disse um velho que estava às margens, após assistir seus quatro miseráveis fracassos.

Ora, se havia algo que tirava Cuchulain do sério era escutar alguém dizer que algo era impossível.

– Se um salto só não basta, preciso dar mais de um salto! – exclamou ele, todo molhado.

– Claro, bobão! Iák! Iák! – disse o velho, casquinando uma boa risada. – Por isto se chama Rio dos Saltos! Iák! Iák!

– Quer voar para dentro do rio num só arremesso? – ameaçou Cuchulain, antes de desenhar sua estratégia.

– Dividirei o salto, fazendo uma primeira parada no centro do rio; depois, num segundo salto, alcanço a outra margem. Simplíssimo de simples!

– Iák! Iák!

Cuchulain sentou-se na relva e ficou observando as águas agitadas passarem num torvelinho. De repente, viu que um tronco de carvalho enorme descia rio abaixo. Num pulo, pôs-se em pé e correu até a margem.

– Desta vez, vai! – gritou ele, triunfante.

Cuchulain deu alguns passos para trás e arremessou-se. Seu pé tocou no tronco, bem no meio do rio, dando-lhe o impulso necessário para alcançar a outra margem.

– Consegui! – gritou ele, enquanto o velho continuava a rir na outra margem, pois o seu negócio era rir.

Mas havia uma segunda pessoa a admirar o triunfo de Cuchulain: a própria Scáthcath.

Da torre do seu castelo, a maga alisava os cabelos, feliz com o que vira.

– Enfim chegou meu novo discípulo – disse ela, convicta.

E desde este dia tomou Cuchulain sob os seus cuidados, ensinando-lhe todas as artes de um verdadeiro guerreiro.

– Tome, esta é Gae Bolg – disse a mestra, entregando ao discípulo uma lança afiada.

Cuchulain tomou-a nas mãos, sentindo-lhe o peso.

– Desculpe, mestra, mas com lanças nada tenho a aprender. Sou um exímio atirador de lanças!

Cuchulain herdara o dom de seu pai Lugh do Braço Longo, assim dito por arremessar dardos com perfeição.

– Pode ser – disse a maga. – Só que esta é para ser arremessada com os pés. Além do mais, ela tem um pequeno segredo que só aquele que a recebe no corpo sabe dizer.

Então Cuchulain compreendeu que tinha muito a aprender com aquela mulher.

Tão bem treinado tornou-se o jovem que, ao final do seu aprendizado, declarou-se apto a enfrentar a maior inimiga de sua mestra, uma guerreira amazona chamada Aiffé.

Foi uma bela luta aquela – tão bela que Cuchulain saiu vitorioso, e a adversária, grávida.

Mas Cuchulain não esquecia a bela Emer e a sua missão de provar-lhe a sua coragem. Por isto, decidiu seguir para a fronteira das duas Irlandas rivais – "Conacht" (Irlanda) e "Ulster" (Irlanda do Norte) –, onde ficava o castelo dos filhos de Nechtan. Dizia-se que estas criaturas eram as mais ferozes de toda a região, sendo impossível vencê-las.

Cuchulain partiu no seu carro de guerra, puxado por dois pôneis robustos e, logo na chegada, bem diante do castelo de Nechtan, deparou-se com uma gigantesca pedra com uma inscrição provocadora:

> Todo homem que pisar este chão
> Deve estar pronto para lutar
> E provar sua viril condição.

Cuchulain desceu da carruagem, ergueu o pedregulho e atirou-o às margens de um rio que passava perto dali.

– Que venha lutar comigo o autor desses versinhos ordinários!

Cuchulain voltou para a carruagem, pronto para o desafio: vestido apenas com sua *bracae* (uma calça de lã xadrez de duas cores) e o colar torcido dos celtas, empunhou sua espada, pronto para o que desse e viesse. Na verdade, estava tão furioso e fora de si que mais parecia um enlouquecido *berseker*, o mais temível guerreiro de quantos a história registra.

– Aceito o desafio, atrevido! – urrou, no mesmo instante, do alto de uma das torres, Foill, um dos filhos de Nechtan.

Este Foill era quase um gigante, mas Cuchulain não sentiu um pingo de medo. Como mandava a melhor tradição celta, Cuchulain pôs-se a andar de lá para cá em seu carro de guerra, a dirigir insultos os mais pavorosos ao seu adversário, enquanto este lhe dirigia outros no mesmo tom.

Esquentados suficientemente os ânimos, Cuchulain desceu do carro a transpirar suor e fel por todos os poros. Seu aspecto tornara-se ainda mais ameaçador: com seu bigode encrespado e o cabelo de três cores – escuro nas raízes, vermelho no meio e dourado nas pontas –, o filho de Dectera parecia a encarnação de algum ogro infernal.

– Pode vir, monte de estrume! – rugiu o herói irlandês, dando início, assim, ao combate.

Os combatentes pareciam dois entes animalescos, formados unicamente de ossos, músculos e tendões. Seus movimentos e golpes eram dirigidos pelo mais puro instinto. Uma vez provocado, Cuchulain era impossível de ser controlado, de tal modo que, em poucos minutos, havia tomado a espada do adversário e partido-a a dentadas.

O pobre Foill ainda tentou reagir, mas foi inútil: Cuchulain mergulhou no rio, trouxe de volta a pedra que arremessara e esmagou com ela o peito do inimigo, sem a menor piedade.

– Acho que isto bastará à minha adorada Emer! – disse ele, cortando fora a cabeça de Fioll e prendendo-a à carruagem.

Mas não bastou. No mesmo instante em que guardava na bainha a sua espada melada de sangue, escutou vindo do interior do castelo não um, mas dois urros ainda mais bestiais do que o anterior.

– Assassino maldito! Pagará com a vida a morte do pobre Foill!

Eram os dois filhos restantes de Nechtan, criaturas duas vezes mais bestiais do que a primeira.

Desta vez, ao ver que vinham em dupla, Cuchulain decidiu usar um pouco sua cabeça – ou antes, a deles. Após tomar a funda, preparou-se para arremessar dois seixos enormes ao mesmo tempo. (Outra vez o sangue do seu pai divino falava mais alto: Lugh do Braço Longo era exímio na atiradeira, tendo derrotado seu avô, o temido Balor do Olho Maligno, com uma pedrada certeira no olho maléfico.)

Assim que as duas criaturas covardes aproximaram-se, de espadas em punho, Cuchulain gritou-lhes:

– Patifes! Dois contra um, então?

– Um verme como você não merece outra coisa! – urraram os dois.

– Então tomem duas coisinhas para vocês, também! – disse o herói, apresentando a funda e efetuando o disparo.

Cuchulain havia colocado tão bem as pedras na atiradeira que cada uma delas partiu na direção da cabeça de cada um dos adversários, atravessando-lhes o crânio e saindo-lhes pelas respectivas nucas.

Cuchulain cortou as duas cabeças e juntou-as à do primeiro, perfazendo assim três magníficos troféus para levar à sua amada Emer. Depois de subir na carruagem, Cuchulain ainda esperou mais um pouco para ver se o pai dos três infelizes irmãos apareceria, mas o tal de Nechtan não apareceu e ele partiu para sempre daquele lugar amaldiçoado.

No caminho de volta, Cuchulain viu passar no céu uma revoada de cisnes, e decidiu abatê-los para enfeitar ainda mais o seu carro de guerra.

– Minha doce Emer irá por certo adorar! – disse ele, arremessando uma dúzia de pedradas.

Logo o seu carro de guerra estava coberto de cabeças humanas e cisnes dependurados.

Depois foi um bando de veados que ele devastou, acrescentando as cabeças galhadas ao seu carro feérico.

– Agora ficou perfeito! – disse ele, conduzindo seu carro de guerra convertido em carro alegórico.

Cuchulain duplicou o vigor das chicotadas nos pôneis, a fim de apressar o retorno, e foi como o condutor do Carro da Morte que entrou nos domínios do rei Connor outra vez, para grande espanto de todos.

Ao ser informado da sua chegada, o rei mandou que cinqüenta mulheres nuas fossem recebê-lo, pois haviam lhe dito que o jovem estava num estado de extraordinária excitação.

Assim que viu, porém, aquele pequeno exército de mulheres nuas a correr em sua direção, Cuchulain tapou seus olhos, pois não pretendia trair sua adorada Emer.

– Só em você, amada Emer, porei novamente meus olhos!

E passou ventando sobre as pobrezinhas.

– Que alvoroço todo é este? – perguntou um cego ao neto, ao ouvir aquele rebuliço todo.

– É uma carruagem! – respondeu o moleque.

– De quem é ela, menino?

– De um sujeito com o cabelo todo colorido.

– Colorido...?

– Sim, e tem três cabeças humanas, e mais três de animais dependuradas no carro!

– Seis cabeças...?

– E duas vezes seis de cisnes!

– Por que cisnes...?

– E cinqüenta mulheres nuas vão ao seu encontro!

– Ah meu neto, quanto eu tinha a tua idade também tinha tão prodigiosa imaginação....!

Antes, porém, que a carruagem de Cuchulain adentrasse as muralhas da cidade, alguns soldados do rei saltaram sobre o jovem de olhos tapados e fizeram-no parar à força.

– Vamos esfriar a cabeça, garoto! – disseram eles, colocando-a dentro de uma imensa tina de água.

Mas Cuchulain estava com os miolos tão quentes que a primeira tina explodiu, a segunda evaporou e a terceira ficou em estado de ebulição. Só depois disto foi que ele se acalmou um pouco e pôde ir cear com o rei.

E foi assim que Cuchulain conquistou a admiração não só da bela Emer, mas do rei e dos próprios deuses.

O FURTO DO TOURO DE COOLEY

1 – A APOSTA MORTAL

Devido a uma terrível profecia, Cuchulain, o imbatível herói celta, filho do deus Lugh, já sabia que sua vida seria breve. No entanto, vivia sua existência farta de glórias e aventuras, fazendo inveja até aos próprios deuses.

Na verdade, este jovem guerreiro tinha um currículo de tirar o fôlego de qualquer mortal ou imortal. Até mesmo no Sidhe (Outro Mundo) ouviam-se preces endereçadas a este misto de homem e deus.

– Era só o que faltava! – reclamavam alguns deuses mais conservadores. – Já estamos nos igualando aos mortais!

Cuchulain, no entanto, indiferente a tudo, vencia todas as batalhas com sua cabeça quente e suas armas mágicas.

Mas um casal real, entre os suaves lençóis do seu leito, tramava já uma aposta que faria com que a profecia sobre o destino infeliz de Cuchulain começasse a se tornar realidade.

O dia amanhecera negro e chuvoso nos céus do reino de Conacht. A rainha Maeve acordara com o ruído dos trovões ecoando pelas altas paredes do seu quarto, enquanto os raios riscavam as sacadas do palácio real.

Maeve despertou o rei, mais voluptuosa do que os ventos e mais ardente do que os raios. Na verdade, ela tinha uma profunda afinidade com as tempestades.

Antes de casar-se com Maeve, o rei Ailil abominava chuvas e tormentas, pois significavam perdas nas plantações e de gados nos campos. Agora, não mais: tempestades significavam apenas acréscimos ao seu prazer.

– Que inundem as plantações e que morra o gado à vontade! – dizia ele, nos braços da tempestuosa rainha.

O tempo amainara fora e dentro do quarto real. A manhã já ia longe, apesar da treva persistente. Ailil, de olhos fixos no teto de magníficos afrescos, acariciava a esposa que descansava sobre ele, como uma amazona sobre o corcel, após uma longa e exaustiva cavalgada. Então, o rei, pesaroso, disse à rainha que não poderia ficar mais tempo com ela.

– Tenho uma infinidade de obrigações a cumprir – disse ele, a contragosto.

Maeve ergueu a bela cabeça, espiando por entre uma cascata de cabelos negros.

— Por que pronuncia esta palavra horrenda depois de tantas outras mais belas?

— Que palavra?

— Obrigações. Deveria proibi-lo de pronunciá-la aqui dentro.

Este casal tinha o estranho hábito de começar o dia jogando no leito uma partida de xadrez. Depois de apanhar o tabuleiro, o rei dispôs as peças sobre ele.

— Vamos lá – disse ela, dando o primeiro lance.

Uma criada surgiu e, após acender alguns castiçais e servir vinho em dois cálices de ouro, sumiu outra vez.

— Você sabe que não gosto de beber quando jogo – disse o rei, recusando a bebida. – Gosto de estar perfeitamente lúcido nos meus lances.

A rainha bebia do vinho da taça, provocante como uma cortesã. Não estava muito a fim de jogar, por isto mais acompanhava a chuva lá fora do que os lances da partida.

— Xeque-mate! – exclamou Ailil, movendo uma peça, numa jogada de mestre.

— Meus parabéns, sabichão! – disse a bela Maeve, inclinando sobre o tabuleiro os seus fartos seios, esparramando reis, peões e rainhas sobre o leito, numa minúscula orgia.

O vinho respingou sobre Ailil, e a rainha gargalhou alegremente, com a espontaneidade de um homem.

— Como você anda desastrada e tola ultimamente! – exclamou o rei, mudando de humor no mesmo instante. – Nem parece mais a mesma rainha que comandou sozinha uma das cinco províncias de Erin!

— Ora, o que tem você?

— Nada. Apenas acho que um pouco de compostura não faz mal à esposa do rei mais importante do mundo.

"De onde tirou estas palavras tão impertinentes?", pensou Maeve.

No mesmo instante a rainha se recompôs. Após liberar o rosto da nuvem dos seus cabelos negros, vestiu um manto com tanta rapidez que Ailil não teve a chance de ver nem de onde surgira.

Uma Maeve austera e vestida tornou a recolocar as peças no tabuleiro, iniciando nova partida.

— Joguemos – disse ela, numa voz sisuda.

O rei tentou quebrar o gelo que ele próprio criara.

— Sabe, gosto de chuva, aprecio muito mesmo!

Mas Maeve nada respondeu e foi perfeitamente muda que transformou o seu peão em uma rainha.

– Xeque-mate – disse ela, recostando-se no travesseiro, como quem provou algo com muita facilidade.

O ânimo do rei mudou outra vez; após batucar nervosamente no tabuleiro, começou a arrancar um por um os cabelos do nariz, com os dedos em pinça. Escuros e sombrios estavam os seus grandes olhos.

"Uma maldita bruxa geniosa, eis o que é!", pensou ele, espreitando-a por sob as espessas sobrancelhas.

Imediatamente lembrou-se da advertência de seu irmão Temair: "Vai ter trabalho para dominar esta mulher!"

– Está bem, birras outra vez! – disse ele, afinal.

– Decerto – respondeu ela, tranqüila. – E sempre depois das ofensas.

– Oh, mulher irascível e mal-agradecida! – explodiu ele, finalmente. – Paguei por você o mais exorbitante dote que homem algum já pagou por mulher alguma em toda a Irlanda e jamais escutei qualquer agradecimento!

Ia começar, outra vez, a ronda das cobranças, pensou a rainha, irritando-se para valer.

– Sempre tive meus próprios bens, e são muito maiores do que os seus! – disse ela, gabola.

– Não são, não – respondeu o rei, atingido em sua honra patrimonial. – Eu tenho muito mais do que você!

Então, antes que Ailil pudesse dizer qualquer outra coisa, ela ergueu-se da cama, atirando o tabuleiro para o alto. As peças espalharam-se pelo chão, num ruído estridente de cacos. As taças as seguiram, juntamente com o cântaro do vinho, fazendo uma lambança geral.

Maeve pulou da cama e seus seios estremeceram como frutos que o vento sacode.

– Tragam, imediatamente, à minha frente, todos os tesouros do reino! – ordenou ela, aos gritos, aos servos. – Quero todos, sem esquecer um alfinete! Das terras e de tudo que não puder ser apresentado, exijo um inventário! Vamos ver se meus bens são inferiores aos seus, como proclama!

– Pelo cavalo negro de Chemosh! – gritou Ailil, saltando da cama, nu como estava. – Que a terra me engula, Maeve adorada, se alguma vez na vida pretendi humilhá-la!

Mas já era tarde. Nada faria a colérica Maeve voltar atrás.

A chuva cessara, o céu clareara, e as águas baixavam rapidamente, sorvidas pela terra árida e esponjosa. Em lugar da água, filas infindáveis de servos desciam agora as colinas, sobrecarregados de tesouros. Um por um, chegavam aos pés do casal real e depositavam ali a sua carga: tecidos, anéis, berloques, colares, braceletes, brincos e jóias em geral. Tesouros transbordavam de milhares de arcas como rios em tempo de cheia.

Primeiro, procedeu-se à contagem dos objetos mais leves: vasos, cântaros e jarras desfilavam em frente aos reis como vaidosos e obesos anãozinhos. Depois, foi a vez dos pesadões: caldeirões, arcas e móveis imensos, que a pobre criadagem teve de retirar dos seus lugares e arrastar sob o sol, apenas para satisfazer o capricho de suas altezas.

A herança da nobre dinastia era exposta à luz do sol, e muita coisa ali viu a luz do dia pela primeira vez, extraída de invioláveis cofres subterrâneos, desde que o casal real unira de maneira tão feliz e harmônica os seus destinos.

As arcas foram avaliadas e não houve um único pingente dentre os bens de Ailil que não encontrasse paralelo nas ricas jóias de Maeve. Tudo estava rigorosamente empatado, sem que o rei ou a rainha pudessem contar vantagem.

Chegou depois a vez dos estábulos: cavalos, mulas, corcéis e garanhões foram comparados entre os bens de cada um. Maeve tinha um magnífico e nobre corcel, que deixou os olhos de Ailil secos à procura de outro igual nos seus estábulos, até que finalmente encontrou. Depois passou-se aos currais, aos chiqueiros, às florestas, aos pântanos. Se havia um cavalo selvagem, ou um javali nas terras de Maeve, havia, em contrapartida, outro igual ou melhor nas terras de Ailil.

Tudo ia sendo contado, pesado e avaliado. Todos com seus pares como gêmeos.

Seguiram, então, para os campos e prados para fazer a contagem dos rebanhos de ovelhas e gado em geral. Tudo foi contado e pesado e nenhuma disparidade surgia, até que a rainha sobressaltou-se, como se tivesse acabado de levar uma bofetada. Viu, de repente, no pasto de Ailil, o magnífico touro do Chifre Branco a pastar no meio das vacas.

– Espere aí! – esbravejou ela. – Este touro é meu!

– Era – disse o rei. – Ele não aceitou ficar entre os pastos de uma mulher, preferindo estar no meu rebanho.

– Mentira! Surrupiou-me o touro, salafrário maldito!

Maeve ergueu os magníficos olhos e viu que Ailil sorria, usufruindo de sua vitória.

– Tente levá-lo, então, para os seus pastos – disse o rei.

Ela bem que tentou, mas o touro refugou. Por algum motivo, não queria saber de pertencer à rainha.

Maeve, inconformada, mandou chamar imediatamente nove de seus melhores mensageiros.

– Vão e tragam-me um touro de valor igual ou maior ao do Chifre Branco! – disse ela, irada.

Os mensageiros partiram como um raio, desaparecendo por sobre a colina, como se fossem a encarnação céltica do Hermes grego.

2 – O TOURO DA DISCÓRDIA

Três dias se passaram, e Maeve não tirava os olhos da colina onde os nove mensageiros haviam desaparecido. Quando finalmente os viu ressurgir, saiu correndo em sua direção. O sorriso deles era o prenúncio de uma formosa novidade.

– Encontramos um touro mágico, alteza, de valor ainda maior do que o do Chifre Branco! – disse o líder do grupo.

– Não acredito! Onde está este animal? – disse a rainha, extasiada.

– Está na província de Ulster, alteza, e pertence a Cooley.

– Que maré de sorte! Cooley é meu amigo e certamente não se importará em me ceder esta preciosa jóia!

Maeve estava embriagada de alegria, com um sorriso mais radiante do que os chifres do touro do marido.

– Então, o que estão esperando? Vão buscá-lo! Prometam a Cooley as colinas de Ai, o mundo inteiro, mas tragam-me este bendito touro nem que seja arrastado pelos chifres!

A verdade é que até mesmo o rei mostrou-se aliviado com o bom resultado da busca.

– Perco a aposta, mas ganho de volta a mulher, e a história acaba por aqui.

Infelizmente o segundo retorno dos mensageiros não se mostrou tão auspicioso quanto o primeiro, a começar pelo fato de ter retornado somente um deles: MacRoth, o líder dos nove.

– E então? – disse a rainha, com um mau pressentimento.

– Cooley recusa-se a ceder o touro mágico – disse MacRoth.

Maeve ficou branca de frustração, e depois rubra de cólera.

– O que alegou este imbecil para ousar negar-me este favorzinho mixuruca? – disse ela, de olhos chispantes.

– Bem, a princípio ele teve muito boa-vontade em nos ceder o touro, ficando grandemente honrado com o vosso pedido. Infelizmente, alteza, os outros oito mensageiros embriagaram-se durante a noite e caíram na asneira de proferir bazófias pelas tavernas.

– Pelas luzes de Lugh! Que bazófias?

– Disseram que Cooley teria de ceder o touro de qualquer jeito, pois nossos exércitos eram suficientemente fortes para obrigá-lo a isto. Assim que soube dos deboches, Cooley voltou atrás, negando-nos o touro.

Não é preciso dizer que naquele mesmo dia houve oito línguas a menos no reino de Ailil.

Maeve, no entanto, não se deu por vencida. Após mandar várias embaixadas com mil pedidos de desculpas e promessas de recompensas a Cooley, e vê-las todas negadas, perdeu a paciência e partiu para a ignorância.

– Se um cavalo deu fim à guerra dos gregos, um touro a desencadeará entre nós! – esbravejou ela. – Como disseram meus dignos e honrados mensageiros, obterei este touro amaldiçoado pela força das armas!

De nada adiantaram as súplicas e advertências de seu marido para que esquecesse aquilo tudo. A enfurecida Maeve fora desfeiteada e queria agora uma reparação de sangue. Após golpear com fúria um gongo de bronze como se fosse a cabeça de Cooley, convocou de todos os recantos da Irlanda os seus melhores guerreiros.

E foi assim que começou a Demanda do Touro, a guerra que varreria das hostes de Conacht e do Ulster os melhores combatentes, pondo termo, também, à vida do maior de todos os heróis da tradição celta.

3 – O FURTO E A GUERRA

O rei Ailil, como se disse, vira-se obrigado a deixar o insulto maior (a negativa de Cooley) engolir o menor (a aposta que fizera com a esposa), tomando imediatamente o partido da rainha.

Logo os clarins de guerra começaram a soar por toda a Irlanda. Cada província tomou o seu partido: alguns escolheram ficar do lado de Ailil e Maeve, enquanto outros tomaram o partido oposto.

Na verdade, pouco importava de que lado estivessem; o importante era que todos estavam plantando assuntos e temas para as futuras baladas e conversas à beira das fogueiras, a paixão nacional celta por excelência.

– Que os guerreiros das províncias fiéis se reúnam em Cruachan Ai – disse Maeve, expedindo centenas de arautos.

Cada um destes mensageiros levava consigo a sua *carnyx*, uma trompa celta de guerra comprida e fina, com uma cabeça de javali em bronze na extremidade, por onde saía o chamado aterrador. Como dardos velozes, cada qual tomou um rumo diferente, apesar de terem sido arremessados por um mesmo arco – o arco da ira de Maeve.

Sim, os bons tempos das emoções fortes estavam de volta!

Por onde quer que os mensageiros passassem soprando furiosamente as suas *carnyx*, os milhares de fornos a céu aberto dos ferreiros cuspiam fumaça como pequenos vulcões. O alarido de espadas e machados sendo empilhados era ensurdecedor, e não havia quem não estivesse excitado com a novidade. Mulheres cansadas dos seus maridos sonhavam com a possibilidade de, em breve, trocar de esposos. Os maridos, por sua vez, fartos das suas demônias domésticas, não viam a hora de ganhar a liberdade dos campos para pilhar e estuprar livremente. As crianças, sem os pais por perto, também tramavam secretamente ousadas e nunca vistas travessuras. E os velhos esfregavam as mãos, na esperança de poderem escutar em breve novas histórias de valor e coragem, pois suas mentiras sovadas dos tempos idos já haviam esgotado a paciência de qualquer um.

Os guerreiros de Conacht foram chegando aos milhares e logo povoaram a cidade que brilhava mais do que o sol, com os milhares de escudos, elmos, lanças e espadas afiadas de seus visitantes. Enquanto aguardavam Maeve dar o sinal da investida, bebiam e se divertiam nas estalagens, ouvindo os bardos cantarem suas futuras glórias. Não havia um único ali que não imaginasse estar próximo de igualar à fama de Cuchulain, o guerreiro que, apesar de pertencer às hostes do Ulster (a rival Irlanda do Norte), era o modelo a ser alcançado por todo guerreiro celta que se pretendesse digno do nome.

– Traga minha carruagem – ordenou Maeve ao cocheiro, em seu castelo. Depois, voltando-se para o rei, avisou: – Vou consultar o meu druida, antes de dar o sinal de ataque. Quero ver o que ele tem a me dizer sobre esta batalha.

Logo a rainha estava chacoalhando pelas estradas pedregosas do seu reino, com o olhar perdido no horizonte árido. De repente, avistou, em meio à poeira, uma garota que fazia sinal para que a carruagem parasse. Ela vestia uma túnica de longo capuz, que deixava entrever três longas tranças douradas. Seus aspecto fugia muito ao estilo das mulheres do povo.

A rainha ordenou aos homens do seu séquito que perguntassem o que ela queria.

– Há dias que a procuro, rainha – disse ela, aflita. – Preciso muito lhe falar.

– Quem é você e por que me procura? – perguntou a própria Maeve, intrigada.

– Chamo-me Fedelm e sou de Alba, onde moro desde que adquiri os dons da profecia.

– É mesmo? – disse a rainha, agradavelmente surpresa. – Diga, então como me sairei nesta guerra.

– Vejo seu exército, alteza, mergulhado num mar de sangue – respondeu Fedelm.

– Então me aguardava aqui, à beira da estrada, só para me agourar? – exclamou Maeve, irritada. – Volte já para o buraco de onde veio e trate de estudar mais, pois este não é um prenúncio possível!

Algo, porém, no olhar límpido e sereno da profetisa fez a rainha reconsiderar.

– Fale a verdade, garota. O que prevê para meu exército?

– Eu o vejo banhado num mar de sangue, alteza – insistiu a tal Fedelm.

– Estúpida! Isso é impossível! Quem não sabe que os homens de Conchobar estão sob o efeito da maldição da deusa Macha? Eles sequer podem lutar! Vamos, diga a verdade: o que antevê para meu exército?

– Eu o vejo banhado num mar de sangue.

– Escute, sua idiotinha. Meus mensageiros foram a Emain e me trouxeram notícias bem mais coerentes do que as suas. Então vou perguntar-lhe pela última vez: o que vê para meu exército?

– Eu o vejo, contra toda a minha vontade, grande alteza, banhado num mar de sangue.

Então, farta de tentar mudar o vaticínio desfavorável, Maeve mandou seguir o cortejo, deixando para trás, numa nuvem de pó, a Cassandra dos celtas.

Os exércitos de Maeve se aproximaram do Ulster, sabedores de que os guerreiros daquele reino estavam sob o efeito da maldição da deusa Macha. (Esta maldição acontecera porque alguns homens violentos do Ulster haviam maltratado a deusa; desde então, perdiam suas forças em tempo de guerra.)

Os soldados dirigiram-se ilesos e confiantes aos confins do reino de Conchobar e apoderaram-se do touro disputado com a facilidade com que se toma um doce de criança.

O que eles não sabiam é que Cuchulain, herói supremo do Ulster, por ser filho de um deus estava fora do alcance da maldição da vingativa Macha.

Isto significa que ele estava com todas as suas forças e pronto para destroçar um exército inteiro.

Quando os homens do rei do Ulster foram avisar da chegada do inimigo, ele estava reunido com uma porção dos seus amigos. Estavam todos envolvidos numa tradicional brincadeira celta, que poderíamos chamar de "capilar": Cuchulain, postado no centro dos demais, estava parado, à espera de que um dos colegas viesse testar a dureza do seu cabelo. (Após passar uma mistura de água e giz no cabelo, para clareá-lo, o celta adulto penteava-o de maneira espetada, como a dos moicanos, aguardando que ele endurecesse.) Um pouco antes do mensageiro chegar, um dos companheiros do maior de todos os guerreiros celtas aproximou-se com uma maçã e, sob a atenta curiosidade de todos, espetou-a na ponta de uma das mechas ressequidas, convertida em cerda duríssima.

– Viva! É o vencedor! – gritaram todos, num coro de risos e aplausos.

A maçã permanecera empalada no alto da cabeça de Cuchulain!

– Cuchulain! Inimigos às portas! – bradaram neste instante os arautos.
O filho do deus Lugh arrancou a maça da cabeça e trepou em sua biga.
– Adeus, amigos! Vou defender o nosso bom e velho Ulster!

Os ladrões de gado disfarçados de guerreiros já iam saindo do Ulster quando escutaram um ruído às suas costas.
– Pelo caldeirão de Daghda! – berrou um dos soldados. – Vejam quem vem lá!

Cuchulain avançava, ao longe, em sua biga de guerra, levantando poeira na estrada.
– O que faz este louco? – perguntaram-se os soldados de Conacht. – Pretende enfrentar sozinho um exército?
– Nossa! Vai ser um massacre! – exclamaram os deuses do Outro Mundo, de mãos na cabeça.

E foi mesmo. Após fazer suas idas e vindas repletas de ameaças, como mandava a tradição, Cuchulain saltou da sua biga como um tigre. De posse de suas armas extraordinárias – e, principalmente, de sua prodigiosa força física –, enfrentou todo o exército de Maeve, desbaratando-o inteiro.

Mas se alguém pensava que a rainha Maeve iria desistir, estava enganado.

"Hei de encontrar um meio de derrotar este celerado!", pensava Maeve, decidida a colocar as mãos no touro.

Convocou, então, Ferdiad, o irmão adotivo de Cuchulain, e ordenou que lutasse contra ele.
– Cuchulain não ousará matar seu irmão! – disse ela, esfregando as mãos.

O herói vacilou ao ver-se frente a frente com Ferdiad, mas teve, enfim, de enfrentá-lo. Durante três dias, os dois irmãos duelaram, até que o herói do Ulster, sem ter outra opção, decidiu matar seu próprio irmão.

"Só há um meio de matá-lo", pensou o herói, ao descansar durante a noite para recomeçar a luta no dia seguinte.

O dia raiou, e Cuchulain apresentou-se para a nova sessão de sopapos.
– Meu irmão, peço-lhe que desista, pois hoje trago a morte comigo – disse ele.
– Minha ou sua? – perguntou Ferdiad, sarcasticamente.
– A sua, velho companheiro. Não me obrigue a matá-lo.

Mas Ferdiad continuou a ironizar, de modo que Cuchulain não teve outro jeito senão usar a arma fatídica. Tomando nas mãos a lança mágica que a maga Scáthcath lhe dera, Cuchulain arremessou-a contra Ferdiad. A ponta enterrou-se em seu peito, convertendo-se imediatamente em outras 24 pontas, matando-o na hora.

Neste instante Cuchulain teve uma pausa nos seus acessos de fúria: ajoelhado ao lado do corpo do irmão, entoou-lhe lindos versos de dor e pesar que comoveram até mesmo os homens de Conacht.

Então chegou a hora de a própria rainha enfrentar o herói do Ulster: montada em seu corcel, cavalgou em direção ao campo de batalha, empunhando sua lança mágica. Junto com ela seguiam poderosos guerreiros espectrais, aos quais a rainha transferira a sua magia.

Cuchulain, porém, desconhecia o medo e esperou a todos, com destemor.

Então a rainha decidiu preparar três javalis mágicos para lançar contra o herói. Os dois primeiros mataram o cocheiro e o cavalo da carruagem de Cuchulain, e o terceiro enterrou suas presas no peito do herói.

Segurando as vísceras com as mãos, Cuchulain cambaleou até o riacho onde havia matado Ferdiad e lavou ali o sangue que brotava de sua ferida com a água da fonte.

– Foi às margens deste riacho que matei meu irmão e melhor amigo. É justo que também aqui eu pereça – disse o herói, vendo chegar seu último momento. Com a mão livre amarrou-se com seu cinto a uma árvore e bradou:

– O maior herói dos celtas haverá de morrer em pé! Que venham todos dar-me o último combate!

Mas ninguém teve coragem de chegar perto dele. Durante três dias, esteve amarrado à árvore, até que um corvo pousou sobre a sua cabeça, anunciando que o herói finalmente morrera.

E este foi o fim do maior herói e guerreiro irlandês de todos os tempos.

Quanto ao touro da discórdia, cumpre dizer que, numa das reviravoltas da guerra, terminou sendo levado para Conacht. Diz a lenda que, ao chegar ao local onde estava o outro touro – o dos Chifres Brancos –, os dois atracaram-se numa luta feroz que durou vários dias, ao cabo dos quais o touro do Ulster sagrou-se vencedor.

Carregando nos chifres o rival abatido, o touro do Ulster retornou à sua pátria, mas, ao pisar no terreno onde seu dono Cooley vivia, ele também tombou morto.

E foi assim que as duas Irlandas belicosas ficaram sem touro nenhum, embora jamais tenham deixado de encontrar, pelos séculos afora, outros mil touros para disputarem, como bem mostra a sua conturbada história.

O FLAUTISTA DE HAMELIN

A cidade de Hamelin ainda dormia quando foi despertada pelo grito histérico de uma mulher:
– Um raaato...!
Um grito corriqueiro que até hoje se ouve em qualquer parte do mundo. Nos dias antigos, nos quais se passa esta história, devia ser ainda mais corriqueiro. Na verdade, todos teriam voltado a dormir corriqueiramente não fosse este primeiro grito ter sido seguido de muitos outros mais, o que logo deu às autoridades a certeza de que algo bem pouco corriqueiro estava a passar-se em toda a cidade.

Imediatamente, o burgomestre de Hamelin, homem cioso até a morte da paz do seu burgo, viu-se obrigado a averiguar as razões de tamanha gritaria. Após convocar os mais capacitados averiguadores de razões da cidade, despachou-os com a nobre incumbência de solucionar o mistério.

– Cumpram com presteza e eficiência – disse a autoridade, repetindo a sua regra favorita.

Não demorou muito para que o primeiro retornasse.

– Muito bem, a presteza cumpriu-se – disse o burgomestre, sentado rigidamente em seu escabelo de suprema autoridade do burgo. – Agora, para aplaudirmos também a eficiência, diga logo e de uma vez o porquê de todas as mulheres estarem a gritar "Rato!" ao mesmo tempo por toda a cidade.

– Há ratos, senhor burgomestre – disse o funcionário.

– Como disse?

– Há ratos nas casas de todas estas mulheres.

O burgomestre pôs-se a alisar o cavanhaque grisalho como um verdadeiro filósofo, e o averiguador de razões achou isto muito bonito: "O senhor burgomestre a meditar! E eu a vê-lo meditar!"

Infelizmente este quadro profundo e sereno foi quebrado repentinamente pela batida vigorosa do bastão cerimonial da suprema autoridade sobre a larga extensão da sua mesa.

– Pacóvio! É óbvio que se todas as mulheres gritam "Rato" é porque há ratos em suas casas!

O subalterno viu-se forçado a admitir tremulamente:

– Decerto, senhor burgomestre.

– Quero saber por que todas continuam a gritar esta palavra nojenta. Compreendeu agora?

Sim, disse a cabeça balouçante do averiguador de razões.
– O problema é que há milhares de ratos, senhor.
– Milhares...?!
– Milhares, não. Milhões.

A coisa era mesmo grave.

Imediatamente, os fiscais municipais da higiene (ou que outro nome belamente composto tivessem) foram percorrer todas as casas. Em todas elas, encontraram verdadeiros tapetes de ratos espalhados pelo chão. Eram tantos roedores que havia uma camada dupla deles, andando uns por cima dos outros.

Outra coisa que os fiscais encontraram por toda parte eram mulheres trepadas pelas cadeiras, pelas camas e por todas as coisas possíveis de serem trepadas. Todas gritavam a plenos pulmões que as salvassem, *mein Gott!*, daqueles pequenos demônios dentuços.

– Parecem garotinhas encurraladas por um lobisomem – disse um dos fiscais, amante do drama.

Só que não era drama, mas uma verdadeira tragédia que se iniciava.

– Mas de onde vem toda esta rataria? – perguntavam-se todos.

Aparentemente, eles brotavam de toda parte: das despensas, dos armários, dos poços, dos ralos e até mesmo do interior das calças de um distinto juiz do burgo, como afirmara, convictamente, a sua esposa.

Logo todos os habitantes, e não só as mulheres, andavam trepados por cima de mesas e cadeiras, sapateando freneticamente para que aquele mar fétido e acinzentado não os alcançasse.

Tornava-se também cada vez mais insuportável escutar-se os guinchos das ratazanas enquanto elas disputavam freneticamente entre si qualquer alimento, desde os grãos dos celeiros até os móveis, as roupas e qualquer coisa possível de ser roída por seus dentes afiados como pequeninos punhais.

– Praga bíblica! Bem bíblica mesmo! – decretou uma senhora devota e gulosa de castigos divinos, a quem a Providência Divina inspirara a viver sempre cercada de um pequeno exército de gatos.

– Ps-tchô! Já pra cá, Mimi! – disse ela, reforçando o seu valoroso contingente com um dos seus soldados menos empolgados. (Na verdade Mimi, enfarado já de ratos, parecia mais preocupado em estudar uma retirada estratégica do que em tomar parte numa carga heróica contra aqueles demônios dentuços.)

Após negociações secretas com a Divina Providência, Mimi desertou, de fato, das hostes da piedosa velhota, desaparecendo para sempre daquele lugar amaldiçoado onde a comida ameaçava devorá-lo.

O certo disto tudo é que todos os habitantes, desde o mais rico ao mais pobre, o mais inteligente ao mais imbecil, ninguém atinava mais que atitude tomar.

– Estes homens parecem um bando de bebezinhos órfãos! – diziam as mulheres umas às outras, por cima das árvores e dos muros, enquanto assistiam impotentes à derrocada final da cidade.

Então o burgomestre, do alto do seu escabelo duplamente suspenso, ordenou que os habitantes de Hamelin se unissem e, "despidos de vãs piedades", matassem todos os ratos.

Os moradores de Hamelin tentaram cumprir exemplarmente o decreto. Deram bordoadas a torto e a direito, mas quanto mais bichos pestilentos matavam, mais bichos pestilentos surgiam. Havia sangue de rato por tudo, pelas paredes, pelos tetos, pelas ruas, pelas roupas e até mesmo pelas perucas empoadas dos figurões de Hamelin, mas era tudo em vão: nos lugares secretos as ratazanas continuavam a proliferar a olhos não vistos.

Então, inspirados pelo exemplo da favorita da Providência, os sabichões da cidade decidiram importar gatos de outras cidades. Fizeram anunciar por todos os burgos vizinhos que Hamelin tornara-se o paraíso dos felinos. Trouxeram-nos de todas as raças, cores e tamanhos e os atiraram por todos os cantos da cidade.

No começo foi um massacre. Mas logo os gatos tornaram-se gordos e preguiçosos, e foi quanto bastou para que começasse a reação fulminante dos ratos. Gatos agora fugiam espavoridos pelas ruas, levando atrás de si legiões acinzentadas de ratos, de tal forma que logo não havia mais nenhum deles na cidade (nem mesmo os da velha senhora, comidos todos pela rataria herética).

Hamelin tornara-se, definitivamente, a Cidade dos Ratos na Era dos Ratos.

No terceiro dia do flagelo, os moradores da cidade, habitantes agora dos telhados das suas casas, conseguiram recobrar um pouco de serenidade para buscarem uma nova solução. Reuniram-se os homens mais sábios de Hamelin em conselho, no telhado da municipalidade.

Dali o burgomestre continuava a dirigir os destinos do seu amado burgo, a desprezar impavidamente os "os azares dos sóis ou das chuvas".

Todos falaram, e o burgomestre atentamente os escutou – mas não até o fim, pois conhecia uma sandice desde as primeiras palavras.

Ora, para saber-se o resultado de tão alto conselho basta dizer-se que o burgomestre não escutou proposta alguma até o fim.

Então uma mulher gorda como uma pipa e com as unhas todas roídas pelos seus próprios dentes, ousou opinar do telhado vizinho onde se dava o elevado concílio:

– Patuscos! Ofereçam uma gorda recompensa a qualquer estrangeiro que consiga nos livrar do flagelo!

O burgomestre, após calcular bem a distância que ia do telhado vizinho até o da municipalidade, ordenou imediatamente que a rolha de poço se calasse.

– Silêncio, estulta! Isto são deliberações de sábios e não de lavadeiras!

A gorda calou-se, mas só depois de disparar uma rajada de ofensas que ninguém ousou responder.

– Cuidado, senhor. A plebe já começa a rebelar-se! – segredou uma voz previdente ao burgomestre.

Ora, se havia algo no mundo que este senhor abominava era "a hidra da plebe".

– Antes os ratos que a ratatuia! – resmungou, a espichar o cavanhaque.

O fato é que, de algum modo, conseguiu-se fazer com que a idéia da gorducha fosse aprovada como se o próprio burgomestre a tivesse tido. Logo lépidos emissários partiram de Hamelin para cidades vizinhas, levando consigo cartazes nos quais se fazia a oferta da generosa recompensa a quem conseguisse livrar a cidade dos ratos.

Alguns dias se passaram até que, do alto dos telhados, a população de Hamelin viu surgir um sujeito magro e alto, com uma enorme flauta debaixo do braço. Após atravessar aquele oceano fétido e movente de roedores, ele postou-se diante do prédio da municipalidade e anunciou, muito pimpão:

– Vim buscar a recompensa!

Os homens enregelados do telhado, inteiramente coberto de neve, abismaram para a estranha figura.

– Quem é você, falastrão? – disse o burgomestre, a tiritar de frio sob uma pele esburacada de urso, arrumada às pressas por um de seus mais dedicados conselheiros.

– Sou o maior exterminador de ratos do mundo! Vou livrá-lo desta praga, mas antes quero estipular o preço.

– Já estipulei! – disse o burgomestre, agarrado à chaminé gélida e sem fumaça.

– Nada feito, urso velho. Eu estipulo!

Um instante de silêncio paralisou todas as ações. Ninguém ignorava que, para além da discórdia, praticara-se também uma afronta verbal intolerável contra a suprema autoridade do burgo.

Não demorou, porém, para que o silêncio fosse rompido vivamente.

– Canalha! Repita o que disse!

Muito bem! Era o conselheiro fiel do sr. burgomestre a exigir uma reparação!

– Idiota! Silêncio! – disse uma nova remessa de gritos.

Infelizmente era o próprio sr. burgomestre a rejeitar brutalmente o auxílio.

Neste instante, ouviu-se outra vez a voz da gorducha do telhado vizinho.
– Panjolas! – gritou a Fúria obesa. – Dêem o que ele pede antes que não sobre vivalma na cidade!
Em suas mãos balançava como um pêndulo o cadáver de uma ratazana imensa como um cachorro. A fera quase havia devorado o seu bebê, juntamente com o berço, numa única dentada.
O burgomestre, sensível a todas estas argumentações, resolveu ceder, afinal.
– Está bem, pau-de-vira-tripa! Diga quanto quer!
– Quero receber por cada cabeça de rato morto!
O burgomestre hesitou, espantado pela audácia. Mas, ao ver a cabeça pendida dos demais, compreendeu que teria de aceitar os termos da proposta da maneira mais digna e honrosa possível.
– Está bem, seu tratante! Miserável! Judeu dos esgotos! (Esta última injúria, aplicada a todo sujeito de nariz comprido e hábil negociador, era a preferida da época atrasada em que se deram estes fatos.)
Satisfeito, o flautista rodou nos calcanhares e entregou-se energicamente ao trabalho.

Filho ou não da nobre estirpe de Abraão, o fato é que o flautista foi postar-se logo à saída da cidade, onde começou a tocar o seu instrumento. Era uma música tão doce e inebriante que capturou imediatamente a atenção de todos os roedores.
No mesmo instante, a roeção irritante cessou em toda a cidade.
– Que maravilhoso silêncio! – disseram as vozes nos telhados.
Uma horda pacífica de roedores começou a postar-se, docilmente, diante do caçador-menestrel. Logo, havia ao seu redor uma tal quantidade deles (houve até quem visse esquilos e coelhos misturados à escória das ratazanas) que o flautista quase desapareceu, restando visível apenas a sua flauta.
Esta, porém, não cessava nunca de tocar a sua hipnótica melodia.
– Vejam, ele está deixando a cidade! – berrou alguém dos telhados.
E berrou com verdade. O flautista, trauteando uma marcha empolgante, começara, de fato, a sair da cidade, levando atrás de si a legião incomensurável dos ratos. Aos poucos deixou para trás as muralhas até chegar às margens do grande rio Weser, de fortes correntezas. Sem hesitar, o flautista adentrou o rio, seguido sempre dos ratos, até que estes terminaram morrendo todos afogados.
E foi assim que Hamelin viu-se livre, para sempre, da praga dos ratos.
Mas não do flautista.

— O que quer esta praga por aqui, outra vez?

Quem fez esta irritada indagação foi o burgomestre de Hamelin. Passado um mês dos eventos sublimes que culminaram no triunfo da administração sobre os ratos, o nobre mandatário estava às voltas, agora, com questões muito mais importantes para o progresso do seu amado burgo. A principal delas era a realização de uma festa solene em comemoração da vitória. (Que ele pudesse, eventualmente, vir a ser condecorado nesta ocasião com uma comenda dourada do tamanho de um escudo viking nada significava, afirmamos, para a sua vaidade.)

Mas o flautista irritante insistiu em dizer que não iria embora sem o seu pagamento.

— Pascácio! Que volte no outro mês! — exclamou, colérico, o burgomestre.

— Perdão, mas ele quer já o seu pagamento — tornou o secretário.

— Mas se não há numerário! Já não lhe disse isto mais de mil vezes?

"Numerário" é o termo técnico do qual se valem os administradores quando não querem pagar algo.

O flautista, porém, quase engoliu a sua flauta de raiva.

— Depois sou eu o judeu dos esgotos! — disse ele, fazendo coro ao preconceito imbecil.

No dia da festa, o caçador de ratos reapareceu, de flauta em punho.

— Oh, veio tocar um negocinho para nós? — disse-lhe um bêbado, a cuspilhar perdigotos.

— Vim cobrar o que me é devido! — respondeu o flautista, não a ele, mas às autoridades reunidas.

— Chato! Quer estragar a festa? — disse o tesoureiro da cidade, com a braguilha inadvertidamente aberta.

Todos divertiam-se euforicamente. Até o sr. burgomestre (quem diria!), com a mão suavemente pousada nas ancas prodigiosas da sua esposa, ensaiava os passos comedidos de uma alegre giga.

Mas o maçador da flauta não desistia.

— Caloteiros do inferno! Quero o meu pagamento!

— Que sujeito inconveniente! — disse alguém, com a voz ligeiramente pastosa. — Não pode nos ver felizes que já vem nos lembrar novamente daqueles bichos nojentos!

— Exijo o pagamento!

— Raios! Como vamos lhe pagar por cabeça de rato, se não nos apresentou as cabeças? — disse, afinal, um caloteiro mais inspirado. — Traga as cabecinhas de todos eles para que possamos contá-las uma por uma, e adeus!

O flautista ficou observando enquanto o sujeito se aliviava contra um muro do barril de cerveja que entornara.

"É, não tem jeito", pensou o instrumentista. "O negócio é apelar mesmo."

Ao verem o magricela retirar-se da festa todo trêmulo de raiva, as mulheres pressentiram o pior.

– Paguem o compridão de uma vez! Isto não nos cheira a coisa boa!

Infelizmente os varões de Hamelin não possuíam o mesmo faro para desgraças.

– Sosseguem! O bobão vai desistir logo!

Mas nem bem se afastara um pouco da praça central, toda enfeitada de bandeirolas e girândolas, o flautista pôs-se outra vez a tocar o seu instrumento.

– Viram, ainda vai tocar uma sarabanda para nós!

Assim como hoje é a época do pagode, aquela era a época da sarabanda. Não havia, na verdade, um único adulto de mau gosto que não adorasse escutar, a qualquer hora, uma sarabandinha bem tocada.

Pena que o flautista não tocou sarabandinha nenhuma.

– Cantigas de roda por aqui? – disse um Fritz qualquer, de bochechas escarlates.

Sim, o que o flautista tocava era a mais bela cantiga de roda jamais escutada.

No mesmo instante todas as crianças de Hamelin que se encontravam na festa deixaram de lado as brincadeiras e correram hipnotizadas na direção do tocador de flauta. Todas traziam nas mãos lambuzadas as suas maçãs carameladas parcialmente comidas e com elas continuaram a marchar alegremente atrás do hipnotizador.

– Bastardinhos de Judas, aonde pensam que vão? – disseram as mães, retirando às pressas os seus tamancos para um corretivo daqueles.

A verdade é que estas senhoras não eram lá muito amorosas com os seus filhos.

– Maldita hora em que nasceram! Por que não voltam para o lugar de onde vieram?

Não se passava um único dia sem que algum inocente tivesse de escutar da boca da própria mãe esta que, para os ouvidos de um filho, será sempre a mais terrível das frases.

Esta é que era a verdade, e não outra.

E agora o mais culposo dos desejos começava a tornar-se uma dolorosa realidade.

Era uma música alegre a que o flautista tocava. E não menos alegres iam as crianças atrás dele. As meninas batiam palmas, fazendo voar suas trancinhas, enquanto os meninos batiam os pés e assoviavam.

E assim seguiram todos contra o vento, até ficarem com os narizes escarlates. Depois atravessaram o mesmo rio ao qual o flautista conduzira os ratos, porém sem que nenhuma das crianças se afogasse. E isto porque o flautista as estava levando para desfrutarem do lugar mais lindo da terra, a Terra da Fartura sem Dor de Barriga.

– Ah, quando voltarem...! – diziam as mães, de longe, a estalarem os tamancos nas solas dos pés.

Só que elas jamais retornariam.

Quando estas senhoras se deram conta de que o negócio era para valer, começaram a se desesperar. Correram de casa em casa, mas em nenhuma delas havia criança alguma, senão caminhas e berços vazios.

Céus! Nem mesmo os bebês haviam ficado!

Então começou o segundo ato do desespero materno: a choradeira infernal das mães de Hamelin. Uma verdadeira ópera executada por cem mil gordas (pois a maioria delas padecia desta moléstia esferizante), a gritar e arrancar histericamente os seus cabelos cor de palha.

– Crianças ingratas...! Como puderam nos trocar por um reles tocador de pífaro?

Vendo, porém, que de nada adiantavam as lágrimas, passaram imediatamente ao estágio seguinte da revolta feminina: a atribuição de toda a culpa aos seus maridos idiotas.

– Moleirões! Deixarem-se enganar, deste jeito, por um tal sujeitinho!

Os homens calaram-se, mais chochos do que a cerveja dentro de suas canecas.

– Que estão esperando, toleirões? Vão buscar nossos amados filhos!

Amados?... Disseram amados, obesas senhoras?

É duro dizer, mas para vós a hora do afeto materno já passou.

Impelidos pelas esposas, os homens fizeram de tudo para encontrarem as crianças, pois elas diziam que não fariam outras sem antes reaverem as primeiras.

– Sexo nunca mais, entenderam? – ameaçaram todas, e talvez em má hora, com o aspecto que tinham.

De qualquer modo, os homens espalharam cartazes por toda a parte, oferecendo uma fortuna por qualquer informação sobre as crianças raptadas. Emissários também foram enviados para tentar localizar o seqüestrador.

Mas foi tudo em vão, pois nunca mais ouviu-se falar do raptor nem dos raptados. A única coisa que as mães encontraram foram pistas inúteis, que não apontavam em direção alguma: uma fita de cabelo, um brinco, um sapatinho, um pauzinho de pirulito totalmente limpo, uma funda quebrada e um dente de leite com o barbantinho ainda atado. E só. As pistas sumiram repentinamente, como se fosse a última traquinagem das crianças antes de ingressarem nas delícias do seu novo lar.

E aqui chegamos ao ápice da tragédia – pois desde o começo foi dito que se tratava de uma.

O desfecho soturno da história diz que as mulheres, corroídas pelo remorso, abandonaram a cidade e lançaram-se como loucas pelo mundo, numa busca desesperada pelos filhos. Se os encontraram, jamais saberemos, pois elas também jamais retornaram. A única coisa que restou de mães e filhos foram os seus nomes inscritos nas muralhas da cidade – nomes que os homens sem palavra de Hamelin escreviam e reescreviam mil vezes, enquanto se embebedavam até cair.

FIM